PRAZER EM QUEIMAR
HISTÓRIAS DE FAHRENHEIT 451

RAY BRADBURY

PRAZER EM QUEIMAR

HISTÓRIAS DE FAHRENHEIT 451

tradução:
Antônio Xerxenesky e Bruno Cobalchini Mattos

BIBLIOTECA AZUL

Copyright © 2010 Ray Bradbury
Copyright da tradução © 2020 Editora Globo S/A

Todos os direitos reservados. Nenhuma parte desta edição pode ser utilizada ou reproduzida – em qualquer meio ou forma, seja mecânico ou eletrônico, fotocópia, gravação etc. – nem apropriada ou estocada em sistema de bancos de dados, sem a expressa autorização da editora.

Título original: *A Pleasure to Burn: Fahrenheit 451 Stories*

Texto fixado conforme as regras do novo Acordo Ortográfico da Língua Portuguesa (Decreto Legislativo nº 54, de 1995).

Editor: Lucas de Sena Lima
Assistente editorial: Jaciara Lima da Silva
Preparação: Vanessa Carneiro Rodrigues
Revisão: Isis Batista e Renan Castro
Capa: Delfin [Studio DelRey]
Diagramação: Ilustrarte Design e Produção Editorial
Foto da orelha: Sophie Bassouls/Getty Images

CIP-BRASIL. CATALOGAÇÃO NA PUBLICAÇÃO
SINDICATO NACIONAL DOS EDITORES DE LIVROS, RJ

B79p

Bradbury, Ray, 1920-2012
    Prazer em queimar : histórias de Fahrenheit 451 / Ray Bradbury ; organização Donn Albright ; editor do texto Jon Eller ; tradução Antonio Xerxenesky, Bruno Mattos. - 1. ed. - Rio de Janeiro : Biblioteca Azul, 2020.
    416 p. ; 21 cm.

Tradução de: A pleasure to burn: Fahrenheit 451 stories
ISBN 978-65-5567-012-7

    1. Contos americanos. I. Albright, Donn. II. Eller, Jon. III. Xerxenesky, Antonio. IV. Mattos, Bruno. V. Título.

Leandra Felix da Cruz Candido - Bibliotecária - CRB-7/6135

Direitos de edição em língua portuguesa para o Brasil adquiridos por Editora Globo S. A.
Rua Marquês de Pombal, 25 – 20230-240 – Rio de Janeiro – RJ
www.globolivros.com.br

NOTA INTRODUTÓRIA

RAY BRADBURY DEFINIA A criação de *Fahrenheit 451* como "cinco pulos breves e um grande salto". Os contos presentes neste livro são a gênese de sua grande obra, mas cinco deles em especial, escritos em um período de dois a três anos, formam os pulos breves a que ele se referia: "Fogueira", "Fênix brilhante", "Os feiticeiros loucos de Marte", "Carnaval da loucura" e "O pedestre", na ordem em que foram escritos. O grande salto foi com a novela cuja forma final mais se assemelha a *Fahrenheit 451*, "O bombeiro". O rascunho inicial desta história foi batizado de "Muito depois da meia-noite", e também está contida neste livro; o leitor poderá perceber as semelhanças entre eles, como quem observa o mapa de um caminho criativo. Em todas as narrativas deste volume, no entanto, há os elementos que inspiraram Bradbury a escrever sua obra-prima: a censura, a crítica social, a destruição, as referências às artes e o amor pelos livros.

SUMÁRIO

O reencarnado 9

Pilar de fogo 33

A biblioteca 87

Fênix brilhante 93

Os feiticeiros loucos de Marte 105

Carnaval da loucura 125

Fogueira 147

Um grilo na lareira 153

O pedestre 167

O lixeiro 175

O sorriso 183

Muito depois da meia-noite 191

O bombeiro 281

Histórias-bônus

    O dragão que comeu a própria cauda 377

    Um pouco antes do amanhecer 383

    Para o futuro 393

O REENCARNADO

DEPOIS DE UM TEMPO, você consegue superar o complexo de inferioridade. Possivelmente. Quanto a isso, não se pode fazer nada. Só tome cuidado ao andar por aí à noite. O sol quente certamente é difícil para você. E as noites de verão não ajudam muito. Então, é melhor esperar um clima mais fresco. Os primeiros seis meses são os piores. No sétimo mês, a água escorre e os vermes aparecem. Pelo fim do oitavo mês, a sua utilidade míngua. Por volta do décimo mês, você jaz exausto, chorando, enlutado, sem lágrimas, e então saberá que não conseguirá se mexer nunca mais.

Mas antes de isso acontecer, há muito a ser pensado e concluído. Muitos pensamentos para renovar, muitos prazeres e desprazeres serão revirados pela sua mente antes que as laterais de seu crânio desabem.

Isso é novo para você. Você renasce. E seu útero tem costura de seda, um cheiro agradável de tuberosa e linho, e antes do seu nascimento nenhum som é ouvido a não ser a pulsação de bilhões de corações de insetos na Terra. Seu útero é de madeira, metal e cetim; não o alimenta, oferece apenas uma implacável fresta de ar estagnado, um bolsão dentro da mãe terra. E agora só há uma maneira de você sobreviver: receber um tapa nas costas de uma mão emocional para que você se mexa. Um desejo, uma vontade, uma emoção. Ao perceber isso, você se levanta e bate a testa na madeira forrada de seda. Sente uma descarga de emoções chamando você. Se não for forte o bastante, você se deitará outra vez, cansado, e não se levantará mais. Mas se de alguma forma você encorajar isso, se patear o ar, se trabalhar monotonamente, com lentidão, por vários dias a fio, encontrará maneiras de deslocar a terra, um centímetro por vez, e numa bela noite você fará a escuridão desmoronar: a saída está pronta, e você se contorce para avançar e ver as estrelas.

Agora você está de pé e se deixa conduzir pela emoção enquanto uma antena esguia treme, guiada por ondas de rádio. Você alinha os ombros, dá um passo, como um filhote recém-nascido, cambaleia, busca um apoio — e encontra um pedaço de mármore onde se escorar. Sob seus dedos tremulantes, a breve história de sua vida está inscrita de maneira demasiado lacônica: Nasceu — Morreu.

Você é um pedaço de pau. Aprender a se endireitar, a caminhar naturalmente, não é fácil. Mas não se preocupe. A força dessa emoção é intensa demais, e você prossegue, deixando a terra dos monumentos, caminhando pelas ruas crepusculares, sozinho nas calçadas pálidas, passando por muros de tijolos, descendo trilhas de pedregulhos.

Você sente que deixou algo incompleto. Em algum lugar, há uma flor que você não viu e gostaria de ver, uma piscina esperando seu mergulho, um peixe que não foi pescado, lábios não beijados, uma estrela despercebida. Você vai voltar para algum lugar e terminar o que deixou incompleto.

Todas as ruas ficaram estranhas. Você adentra uma cidade que nunca viu, uma espécie de cidade dos sonhos à beira de um lago.

Agora, tem mais certeza de que está caminhando de fato, e consegue fazer isso com destreza. A memória volta. Você conhece cada pedregulho dessa rua, cada lugar onde o asfalto borbulhou nas betoneiras, no forno quente do verão. Você sabe onde os cavalos eram amarrados em postes de ferro, suando na grama verde, tanto tempo atrás que a memória em seu cérebro parece um verme frágil. Esse cruzamento, onde a luz brilha no alto, feito uma aranha cintilante tecendo uma teia de luz sobre esse espaço da solidão. Você escapa rapidamente dessa teia para adentrar as trevas dos plátanos. Uma cerca de madeira dança sob os dedos que a apalpam. Quando criança, você correu por ela segurando um pedaço de pau e provocando ruídos dignos de uma metralhadora, rindo.

Essas casas, com essas pessoas e a lembrança das pessoas que moravam nelas. O cheiro de limão da velha sra. Hanlon que morava ali, lembra? Uma senhora ressequida, com mãos e gengiva ressequidas, quando seus dentes cintilavam diante da vitrine do armário, sorrindo para todos os seus eus de porcelana. Ela lhe dava um sermão ressequido todos os dias por ter cortado caminho em meio às petúnias. Agora ela está completamente ressequida, como a página de um papel antigo queimado. Lembra como os livros queimam? Agora ela está assim em seu túmulo, toda enrolada, uma camada embaixo da outra, contorcendo-se numa agonia putrefata e muda.

A rua está em silêncio, exceto pelos passos de um homem. O homem vira numa esquina e você colide, inesperadamente, contra ele.

Os dois dão um passo para trás. Por um instante, enquanto ambos se examinam, vocês compreendem algo acerca um do outro.

Os olhos do estranho são como chamas contidas no fundo de recipientes gastos. É um homem alto e magro, com um belo terno escuro, loiro, uma brancura flamejante nas bochechas protuberantes. Logo depois, ele se curva de leve, sorrindo.

— Você é novo por aqui — diz ele. — Nunca vi você antes. E você descobre, então, *o que* ele é. Também está morto. Também está caminhando. Ele é "diferente", assim como você. Você sente essa diferença.

— Por que está andando com tanta pressa? — pergunta ele, educado.

— Não tenho tempo para conversa — você diz, a garganta seca e encolhida. — Preciso ir a um lugar, só isso. Por favor, se puder me dar licença.

Ele segura com força em seu ombro.

— Sabe o que eu sou? — Ele se curva, aproximando-se. — Não notou que somos da mesma legião? Os mortos que andam. Somos irmãos.

Você se agita, impaciente.

— Eu... não tenho tempo para isso.

— Não — ele concorda. — Também não tenho tempo para desperdiçar.

Você avança, roçando ao passar, mas não consegue se livrar do homem, pois ele caminha ao seu lado.

— Sei aonde você está indo.

— Sabe, é?

— Sim — diz ele, de um jeito casual. — Para algum lugar de sua infância. Algum rio. Alguma casa ou lembrança. Alguma mulher, talvez. Algum sítio de um amigo. Ah, eu sei, pode ter certeza, sei tudo a respeito da nossa espécie. Eu sei — ele diz, sacudindo a cabeça, entre a luz e a sombra que passam.

— Sabe mesmo, é?

— É sempre esse o motivo por que os mortos caminham. Descobri isso. É estranho pensar em todos os livros que já se escreveram sobre mortos, vampiros, cadáveres que andam e tudo mais, e que nenhum autor de nenhuma dessas obras tão valiosas jamais tenha falado sobre o verdadeiro segredo que faz os mortos andarem. O motivo é sempre o mesmo: uma lembrança, um amigo, uma mulher, um rio, um pedaço de torta, uma casa, um gole de vinho, tudo, qualquer coisa, ligado à vida e a ESTAR VIVO! — Ele fechou o punho para agarrar as palavras com força. — Vida! Vida REAL!

Sem palavras, você acelera o passo, mas os sussurros dele o seguem:

— Você precisa me encontrar mais tarde, à noite, amigo. Vamos encontrar os outros, hoje à noite, amanhã à noite, e todas as noites, até vencermos.

Apressadamente:

— Que outros?

— Os outros mortos. — Ele fala de um jeito sinistro. — Estamos nos organizando contra a intolerância.

— Intolerância?

— Somos uma minoria. Os recém-mortos, os recém-embalsamados, os recém-enterrados, somos uma minoria no mundo, uma minoria perseguida. Existem leis contra nós. Não temos direitos! — declara ele num tom acalorado.

O concreto freia sob os seus calcanhares.

— Minoria?

— Sim. — Ele o pega pelo braço, com confiança, agarrando-o com mais força a cada nova afirmação. — Somos desejados? Não! Gostam de nós? Não! As pessoas sentem medo de nós! Somos conduzidos como ovelhas até uma pedreira de mármore, e aí gritam conosco, nos atiram pedras e nos perseguem, como os judeus da Alemanha! As pessoas nos odeiam porque sentem medo. Isso está errado. E digo mais, é injusto! — Ele grunhe. Levanta as mãos, irritado, e golpeia o ar. Agora você parou, contido pelo sofrimento

que ele arremessa na sua direção, de corpo todo, causando impacto.
— Justo, justo, é justo? Não. Deixa eu lhe perguntar. É justo que a gente, uma minoria, apodreça nos nossos túmulos enquanto o resto do continente canta, ri, dança, brinca, rodopia e gira e enche a cara? É justo que eles se amem enquanto nossos lábios murcham no frio, que eles se acariciem enquanto nossos dedos viram pedra, que eles façam cócegas uns nos outros enquanto os vermes nos distraem?
— Não! Eu brado! É inacreditavelmente injusto! E eu digo: vamos acabar com eles, vamos acabar com quem tortura a nossa minoria! Temos os mesmos direitos — ele grita. — Por que nós estamos mortos, e não os outros?
— Talvez você tenha razão.
— Eles nos jogam pra baixo e atiram terra em nossas caras brancas, colocam uma pedra entalhada sobre nosso peito, que pesa em cima da gente, enfiam flores numa lata velha e a enterram num buraco uma vez por ano. Uma vez por ano? Às vezes nem isso! Ah, como eu odeio eles, ah, como cresce dentro mim, como floresce esse desprezo pelos vivos. Esses imbecis. Grandes imbecis! Dançando a noite toda, amando, enquanto nos reclinamos inertes, cheios de paixão desintegrante e desamparada! Você acha isso certo?
— Nunca tinha pensado a respeito — você diz, de forma vaga.
— Bom — ele bufou —, bom, a gente vai dar um jeito nisso.
— O que vocês vão fazer?
— Milhares de nós se reunirão hoje à noite no Parque Elísio, e eu sou o líder! Nós vamos destruir a humanidade! — ele grita, jogando os ombros para trás, erguendo a cabeça com rígida rebeldia. — Estivemos negligenciados por muito tempo, e vamos matá-los. É o correto a se fazer. Se não podemos viver, eles tampouco têm direito à vida! E você virá, certo, amigo? — ele pergunta,

esperançoso. — Convenci muitos, falei com multidões. Você virá nos ajudar. Você está amargurado por esse embalsamento e essa supressão, não está? Do contrário, não estaria andando por aí à noite. Junte-se a nós. Os cemitérios do continente explodirão como maçãs que passaram do ponto, e os mortos transbordarão nos vilarejos! Você virá?

— Não sei. Sim. Talvez eu vá — você diz. — Mas agora preciso ir. Antes eu preciso encontrar um lugar. Eu vou, sim.

— Que bom — ele diz, enquanto você se afasta, deixando-o na sombra. — Muito bom, muito bom.

Agora você sobe o morro o mais rápido que pode. Graças a Deus, há frio sobre a Terra hoje à noite. Se fosse uma noite quente, seria terrível estar acima do solo na sua condição.

Você suspira de alegria. Lá está, em toda a sua magnificência rococó, a casa onde Vovó abrigava os pensionistas. Onde você, ainda criança, sentou na varanda na festa de Quatro de Julho, vendo foguetes subirem ao céu numa espuma incandescente, os cata-ventos girando, cuspindo centelhas, os rojões golpeando seu ouvido após serem lançados do canhão metálico de Tio Bion, que adorava barulho e gastou cinquenta dólares em fogos de artifício só para explodi-los com o cigarro que ele mesmo enrolava.

Agora, de pé, tremendo de emoção ao recobrar esses momentos, você entende por que os mortos caminham. Para ver coisas como essa de novo. Aqui, nas noites em que o orvalho invadia a grama, vocês esmagavam as folhas e as pétalas úmidas enquanto seus corpos de menino lutavam no chão, e vocês conheciam a doçura do agora, agora, ESTA NOITE! Quem se importa com o amanhã, o amanhã não é nada, o ontem já foi e já era, viva essa noite, essa noite!

Dentro daquela casa alta e antiga ocorriam as incríveis noites de sábado, o feijão cozido aos montes, saturado com sua suculência espessa, acompanhado por plataformas de bacon. Ah, sim, tudo isso. E aquele piano preto enorme que gritava quando você bancava o dentista musical manuseando aqueles dentes...

E aqui, aqui, meu amigo, lembra? Essa é a casa da Kim. Aquela luz amarela, aos fundos, aquele é o quarto dela. Você acha que ela está ali dentro agora, pintando seus quadros ou lendo seus livros? Olhe por um instante para aquela casa, a varanda, o balanço diante da porta onde você se sentava nas noites de agosto. Pense nisso. Kim, sua esposa. Logo você a verá outra vez!

Você escancara o portão e sobe apressadamente. Pensa em chamá-la, mas, em vez disso, entra silenciosamente pela lateral. Os pais dela ficariam loucos se o vissem. O choque de Kim já seria ruim o bastante.

Esse é o quarto dela. Reluzente, quadrado, suave e vazio. Alimente-se disso. Não é bom voltar a ver este lugar?

Sua respiração forma na janela o símbolo de sua ansiedade; o vidro gelado é coberto pela névoa borrando os detalhes maravilhosos e precisos da existência dela naquele lugar.

Quando a névoa desaparece, surge a forma do quarto. O lençol rosa sobre a cama macia e baixa, o piso amadeirado, encerado; tapetes que parecem cachorros muito peludos cambaleando no centro. O espelho. A pequena penteadeira, onde realiza sua magia como se fosse uma pantomima simples. Você aguarda.

Ela entra no quarto.

O cabelo dela é como uma lamparina queimando, preso atrás das orelhas graças ao movimento. Ela parece cansada, tem os olhos semicerrados, mas mesmo nessa luz precária são azuis. Seu vestido é curto e ajustado à sua silhueta.

Sem fôlego, você, colado na casca gelada do vidro, ouve uma canção como se ela viesse das profundezas dos mares. Ela canta tão suavemente que as notas se tornam um eco antes mesmo de sair de sua boca. Você se pergunta no que ela pensa ao cantar e pentear o cabelo diante do espelho.

O mar gelado dentro de você se agita e se debate. É certo que ela pode ser capaz de ouvir o trovão gélido do seu coração! Sem pensar, você bate de leve.

Ela continua penteando o cabelo com suavidade, pensando ser apenas o vento de outono do lado de fora.

Você bate de novo, ansioso, com um pouco de medo.

Dessa vez ela larga o pente e a escova e se levanta para investigar, calma e confiante.

De início, ela não vê nada. Você está nas sombras. Ao caminhar em direção à janela, ela foca os olhos nas partes reluzentes do vidro. Então ela olha através dele. Enxerga uma figura apagada no escuro. Ela ainda não o reconhece.

— Kim! — Você não se segura. — Sou eu! Estou aqui!

Seu rosto ansioso avança em direção à luz, como um corpo submerso que precisa emergir da correnteza escura, flutuando de repente, triunfante, com olhos negros fulgurantes!

As bochechas dela perdem a cor. As mãos se abrem para deixar escapar a sanidade, que sai voando em asas estranhas. As mãos se fecham outra vez para recapturarem o último pensamento são. Ela não grita. Mas seus olhos estão escancarados como as janelas de uma casa branca quando cai um raio aterrorizante numa tempestade de verão, sem sombra, vazias e prateadas por causa daquele disparo incrível de poder!

— Kim! — você grita. — Sou eu!

Ela fala o seu nome. Ela forma a palavra com uma boca dormente. Nenhum dos dois escuta. Ela quer sair correndo, mas, em vez disso, por insistência sua, ela abre a janela e, soluçando, você escala em direção à luz. Você bate a janela e fica ali, cambaleante, enquanto ela se encontra do outro lado do quarto, grudada contra a parede, crucificada de medo.

Você chora, desesperado. Suas mãos se erguem na direção dela, num gesto de fome antiga e desejo.

— Ah, Kim, faz tanto tempo...

O TEMPO NÃO EXISTE. Por cinco longos minutos, você não se lembra de nada. Você deixa o torpor. Você se encontra na borda macia da cama, encarando o chão.

Nos seus ouvidos, o choro dela.

Ela se senta diante do espelho, os ombros se movendo em agonia, como asas que tentam voar, enquanto ela profere esses sons.

— Sei que estou morto. Eu sei. Mas o que posso fazer com esse frio? Quero estar perto do seu calor, que é como uma fogueira numa floresta imensa e gélida, Kim...

— Seis meses — ela suspira, descrente. — Faz seis meses que você se foi. Vi a tampa do caixão se fechar na sua cara. Vi a terra caindo no caixão feito o barulho de um tambor. Eu chorei. Chorei até que restasse apenas um vácuo. Não tem como você estar aqui agora...

— Mas eu *estou*!

— E o que a gente pode fazer? — ela se pergunta, abraçando o próprio corpo.

— Não sei. Agora que eu a vi, não quero voltar para aquela caixa. É uma crisálida de madeira horrível, Kim, não quero passar por essa metamorfose...

— Por que, por que, por que você veio?

— Estava perdido no escuro, Kim, e sonhei profundamente com você, debaixo da terra. Eu me retorci no sonho, como uma cigarra-periódica que se levanta depois de tantos anos. Precisava encontrar meu caminho de volta, de algum jeito.
— Mas você não pode ficar aqui.
— Só até o sol nascer.
— Paul, não tire o meu sangue. Eu quero viver.
— Não é assim que funciona, Kim, não sou desse tipo. Sou só eu.
— Você está diferente.
— Sou o mesmo. Ainda amo você.
— Você tem inveja de mim.
— Não, não tenho, Kim. Não tenho inveja.
— Somos inimigos, Paul. Você não pode mais amar. Eu estou viva e você, morto. Somos opostos por natureza. Somos inimigos naturais. Sou o que você mais deseja, e você representa o que eu menos desejo, a morte. É o oposto do amor.
— Mas eu amo você, Kim!
— Você ama a minha vida e o que significa estar vivo, não consegue entender?
— Não consigo *mesmo*! Porque estamos os dois sentados aqui, falando em termos científicos, filosóficos, quando deveríamos estar rindo e felizes de ver um ao outro.
— Não quando existe a inveja e o medo entre nós, como se fossem uma rede. Eu amei você, Paul. Amei o que fizemos juntos. Os processos, a dinâmica do nosso relacionamento. As coisas que você disse, os pensamentos que teve. Essas coisas eu ainda amo. Mas, mas...
— Ainda penso essas coisas, e penso nelas sem parar, Kim!
— Mas estamos distantes.

— Não seja cruel, Kim. Tenha piedade!

O rosto dela cede. Ela constrói uma jaula ao redor do rosto com seus dedos convulsivos. Palavras escapam da jaula:

— Piedade é amor? É, Paul?

Há um cansaço amargurado na respiração dela. Você se levanta.

— Vou enlouquecer se continuarmos com isso!

Cansada, a voz dela responde:

— Os mortos podem enlouquecer?

Você caminha na direção dela, apressado, tira as mãos, levanta o rosto dela, ri com toda a alegria falsa que consegue fingir:

— Kim, apenas me escuta! Escuta! Querida, eu poderia vir aqui todas as noites! A gente podia conversar como antes, fazer o que fazia. Seria como era um ano atrás, brincaríamos, nos divertiríamos! Caminhadas longas à luz do luar, o carrossel da Cidade Branca, os cachorros-quentes na Praia Coral, os barcos no rio... tudo o que você quiser, querida, basta apenas...

Ela corta seu rompante de alegria, que lhe desperta pena.

— Não vai dar.

— Kim! Uma hora por noite. Só uma. Ou meia hora. Quanto tempo você quiser. Quinze minutos. Cinco. Um minuto para ver você, só isso. Só isso.

Você afunda a cabeça em suas mãos dormentes, mortas, e sente que o contato rápido desperta nela um tremor involuntário. Ela se afasta, os olhos bem fechados e diz, apenas:

— Tenho medo.

— Por quê?

— Me ensinaram a ter medo, só isso.

— Malditas sejam essas pessoas e seus hábitos e suas superstições antiquadas!

— Conversar não vai acabar com o medo.

Você quer agarrá-la, segurá-la, sacudi-la até que ela entenda, calar seu tremor, confortá-la como se fosse um pássaro selvagem tentando escapar dos seus dedos.

— Pare com isso, pare com isso, Kim!

O tremor dela passa aos poucos, como movimentos numa piscina agitada que, acalmando-se, vão parando. Ela afunda na cama e sua voz parece velha numa garganta jovem.

— Tá certo, querido. — Uma pausa. — Como quiser. — Engole seco. — Como quiser. Se... se vai fazer você feliz.

Você tenta ficar feliz. Tenta explodir de alegria. Tenta sorrir. Olha para baixo, enquanto ela continua falando de um jeito vago:

— Como quiser. Qualquer coisa, querido.

Você se arrisca a dizer:

— Você não vai ficar com medo.

— Ah, não. — A respiração dela tremula. — Não vou ficar.

Você dá desculpas.

— Eu precisava te ver, entende? Precisava mesmo!

Agora os olhos dela brilham e estão focados em você.

— Eu sei, Paul, como você deve se sentir. Vou encontrar você do lado de fora da casa em poucos minutos. Só preciso inventar uma desculpa para passar pelos meus pais.

Você levanta a janela e põe uma perna para fora, e então se vira para ela antes de desaparecer.

— Kim, eu te amo.

Ela não fala nada, está com o olhar vazio, e fecha a janela quando você sai. Então, ela se afasta, apagando as luzes. Sustentado pela escuridão, você chora, um choro não exatamente de luto, não exatamente de alegria. Você caminha até a esquina para esperá-la.

Do outro lado da rua, passando um arbusto de lilases, um homem caminha retesado. Tem algo de familiar. Você se lembra dele. É o homem que o acossou antes. Também está morto e caminha por um mundo alienígena a ele, apenas por ser um mundo vivo. Ele segue pela rua, à procura de algo.

Agora Kim está ao seu lado.

Um sundae é a coisa mais maravilhosa do mundo. Descansando, gélida, uma pequena montanha branca coberta por uma túnica de chocolate, dentro de um vidro: é isso que você encara com a colher pronta.

Você leva um pouco à boca, sorvendo o frio. Você para. A luz nos seus olhos perde o brilho. Você se recosta, abalado.

— O que foi? — O homem atrás da fonte antiga olha para você, preocupado.

— Nada.

— O sorvete está com gosto esquisito?

— Não, está bom.

— Pousou uma mosca nele? — Ele se inclina.

— Não.

— Você não vai comer? — ele pergunta.

— Não quero mais. — Você afasta o sorvete e seu coração, reduzido a um naco, afunda, precário, entre as paredes solitárias e tristes de seus pulmões. — Estou enjoado. Sem fome. Não consigo comer.

Kim está à sua esquerda, comendo devagar. Ao ver seu gesto, ela também deixa de lado a colher. Não consegue comer.

Você senta-se rijo, encarando o nada. Como contar que os músculos de sua garganta não se contraem mais o suficiente para que a comida passe? Como falar da fome frustrada que arde em você quando observa os músculos gulosos do maxilar de Kim se abrirem e se fecharem, acabando com a frieza branca do sorvete dentro da boca enquanto ela saboreia e aproveita?

Como explicar seu estômago contorcido como um damasco seco, espremido contra o peritônio? Como descrever a corda seca à qual seu intestino foi reduzido? Uma corda enroladinha, como se você a tivesse empilhado no fundo de um poço gelado? Ao se levantar, você percebe que não tem nenhuma moeda, e Kim paga a conta. Juntos, escancaram a porta e caminham rumo às estrelas.

— Kim...
— Está tudo bem. Eu compreendo — ela diz.

Pegando-o pelo braço, ela caminha em direção ao parque. Sem palavras, você percebe que a mão dela encostava de um jeito muito fraco na sua. Está lá, mas a sensação se perdeu. Abaixo dos pés, a calçada perde a solidez. Ela se move sem choques ou solavancos abaixo de você, como em um sonho.

Só por dizer algo, Kim fala:
— Que cheiro incrível no ar hoje, né? Os lilases se abriram.

Você testa o ar. Não consegue sentir o cheiro de nada. O pânico cresce dentro de si. Tenta de novo, mas não adianta nada.

Duas pessoas passam por você no escuro e, ao fazerem isso, alguém gesticula com a cabeça na direção de vocês; ao se afastarem, alguém comenta, num som que vai desaparecendo:
— Sentiu o cheiro de algo... esquisito? Acho que mataram um cachorro nessa rua hoje...
— Não estou vendo nada...
—... bom...
— KIM! VOLTA AQUI!

Você agarra a mão dela, que se desvencilha. Ela parece ter aguardado por esse momento, num silêncio tenso, apreensivo, algo gracioso. As pessoas passando e trocando aquelas poucas palavras serviram de gatilho para que ela fugisse de você, quase aos gritos.

Você a agarra pelo braço. Sem palavras, luta contra ela. Ela bate em você, se contorce e golpeia seus dedos. Você não consegue senti-la. Não consegue sentir ela fazendo isso!

— Kim! Não faça isso, querida. Não fuja. Não precisa ter medo!

O broche dela cai no chão como se fosse um besouro. Os saltos dos sapatos se arrastam pela superfície dura do pavimento rochoso. Ela está ofegante. Os olhos esbugalhados. Uma das mãos escapa e se estende para trás enquanto ela tenta usar o próprio peso para se libertar. As sombras cercam a sua luta. Só se escutam os barulhos de respiração. O rosto dela reluz, tenso, não mais suave, todo partido na luz. Não há troca de palavras. Você a puxa em sua direção. Ela o puxa na direção dela. Você tenta falar de um jeito suave e tranquilizador:

— Não deixe que os outros a assustem ao falar de mim. Calma...

As palavras dela são arrancadas a mordidas em sussurros:

— Me solta. Me solta. Me solta.

— Não posso fazer isso.

Outra vez, o movimento sombrio de corpos e braços, sem palavras. Ela afrouxa e fica pendurada, claudicante, soluçando. Ao sentir o seu toque, ela estremece profundamente. Você a puxa para perto, os dentes tilintando.

— Eu quero você, Kim. Não me abandone. Eu tinha tantos planos. Ir para Chicago uma noite. É só uma hora de trem. Me escute. Pense nisso. Dar de comer um ao outro, comida das mais elegantes, com toalha de linho e talheres de prata! Deixar que o vinho nos faça levitar. Nos encher de comida. Mas agora... — você declara de um jeito severo, os olhos brilhando na escuridão das folhas — Agora... — você segura o estômago afinado, pressionando o traidor, essa coisa seca e revirada como um tubo de tinta. — Agora não sinto mais o gelado do sorvete, a suculência das frutas, ou uma torta de maçã ou... ou...

Kim fala.
Você gira a cabeça.
— O que foi que você disse?
Ela repete.
— Fale mais alto — você pede, puxando-a para perto. — Não consigo ouvir. Ela fala e você dá um grito, se inclinando para perto dela. E não escuta absolutamente nada, a princípio, e então, por trás de uma camada grossa de algodão, a voz dela diz:
— Paul, não adianta. Está vendo? Entende agora?
Você a solta.
— Eu queria ver as luzes de neon. Queria encontrar as flores como elas costumavam ser, tocar suas mãos, seus lábios. Mas, ai meu Deus, primeiro o gosto desaparece, depois não consigo nem comer e a minha pele parece concreto. E agora não consigo mais ouvir sua voz, Kim. É como um eco num mundo perdido.
Uma ventania sacode o universo, mas você não consegue senti-la.
— Paul. Assim não dá. As coisas que você deseja não podem ser alcançadas assim. É preciso mais do que desejo para consegui-las.
— Eu quero beijar você.
— Seus lábios são capazes de sentir algo?
— Não.
— O amor não depende apenas de pensamento, Paul, porque o próprio pensamento é construído a partir dos sentidos. Se não podemos conversar, ouvir um ao outro, ou sentir, ou sentir o cheiro da noite, o gosto da comida, o que resta para nós?
Você sabe que não adianta nada, mas, com uma voz trêmula, insiste:
— Eu ainda consigo *ver* você. E lembro como era ANTES!
— É uma ilusão. A memória é uma ilusão, e só. É como a chama de uma fogueira que precisa ser constantemente alimenta-

da. E não temos como alimentá-la se você não consegue usar os próprios sentidos.

— Isso é tão injusto! Eu quero viver!

— Você vai viver, Paul, eu prometo. Mas não DESSA maneira, desse jeito impossível. Você morreu há mais de meio ano, e eu vou para o hospital daqui a um mês...

Você para. Está gelado. Segurando-a pelos ombros, encara o rosto dela, suave, em movimento.

— Quê?

— Sim. O hospital. Nosso filho. Nosso filho. Está vendo? Não precisava ter voltado. Você está sempre comigo, Paul. Você está vivo. — Ela o obriga a se virar. — Agora, eu te peço, volte. Tudo se equilibra. Acredito nisso. Você pode me deixar uma lembrança sua melhor do que essa, Paul. Tudo vai melhorar, mais cedo ou mais tarde. Volte para o lugar de onde veio.

Nem chorar você consegue. Seus dutos lacrimais estão murchos. A lembrança do bebê surge e soa quase correta. Mas a rebelião interna não será estancada com tanta facilidade. Você se vira mais uma vez para gritar com Kim, mas, sem aviso prévio, ela desaba lentamente no chão. Agachando-se sobre ela, você a escuta balbuciando algumas palavras:

— O choque. O hospital. Rápido. O choque.

Você desce a rua com ela em seus braços. Uma película cinza se forma sobre o seu olho esquerdo.

— Não estou enxergando. O ar está me fazendo mal. Logo ficarei cego dos dois olhos, Kim, isso é tão injusto!

— Tenha fé — ela sussurra de perto, e você mal escuta as palavras.

Começa a correr, cambaleante. Passa um carro. Você grita. O carro para e, logo depois, Kim e o motorista disparam sem emitir ruídos rumo ao hospital.

No meio dessa tempestade, a voz dela se sobressai:
— Tenha fé, Paul. Acredito no futuro. Acredite você também. A natureza não é cruel ou injusta. Existe uma compensação para você em algum lugar.

O seu olho esquerdo agora está completamente cego. O direito enxerga tudo borrado, o que é preocupante.

Kim desapareceu! Os atendentes do hospital a levam para longe de você, apressados. Você não se despediu dela, nem ela de você! Você fica ali parado do lado de fora, desamparado, e então se vira para se afastar do prédio. Os contornos do mundo estão borrados. Do hospital, começa uma pulsação que transforma seus pensamentos num vermelho pálido. Como um tambor grande e vermelho batendo na sua cabeça, com ritmos altos, suaves, intensos, fáceis.

Você vaga estupidamente pelas ruas, por pouco os carros não o atingem. Você observa pessoas comendo através das vitrines reluzentes. Observa cachorros-quentes suculentos em um restaurante grego. Observa pessoas erguendo garfos e facas. Tudo deslizando na lubrificação insonora do silêncio. Você flutua. Seus ouvidos estão solidamente bloqueados. Seu nariz está entupido. O tambor vermelho soa mais alto, num ritmo constante. Você sente falta e deseja o cheiro de lilases, o gosto do bacon, ou a lembrança do som de um sabiá fatiando o céu com as tesouras de seu bico. Todas essas coisas maravilhosas da memória que você tenta capturar.

Amargurado e enjoado, sacudido por um terremoto de pensamentos e confusão, você se encontra descendo um desfiladeiro no Parque Elísio. Os mortos, hoje os mortos caminham. Eles se reúnem hoje à noite. Lembra do homem que conversou com você? Lembra do que ele disse? Sim, sim, você ainda tem fragmentos de memória.

Os mortos vão se reunir hoje à noite, unindo-se para invadir as casas das pessoas vivas e quentes, para matá-las e dizimá-las! O que inclui a Kim. Kim e o bebê. Kim vai morrer e terá que cambalear, tatear e tagarelar, fedendo e desmoronando, com ouvidos surdos e olhos cegos, narinas secas e erodidas. Como *você*.

— Não! O desfiladeiro passa depressa de ambos os lados e sob os seus pés. Você cai, se levanta, cai de novo.

O Líder permanece de pé enquanto você cambaleia na direção dele pelo córrego silencioso. Ofegando com um som rouco, você está diante dele, fechando os punhos, perguntando-se onde estará a horda de mortos-vivos, que você não enxerga. E agora o Líder fala com você, explicando, dando de ombros, irritado:

— Eles não vieram. Nenhum morto apareceu. Você é o único recruta. — Ele se apoia, cansado, na árvore, como se estivesse bêbado. — Aqueles covardes, os porcos perseguidos.

— Que bom. — Sua respiração, ou ilusão de respiração, diminui de velocidade. As palavras dele caem como chuva gelada sobre você, trazendo calma e confiança. — Fico feliz por não lhe darem ouvidos. Devem ter seus motivos para não obedecer. Talvez... — você busca a lógica daquilo... — talvez tenha acontecido com eles alguma coisa que ainda não somos capazes de entender.

O Líder faz um movimento amargurado com os lábios, jogando a cabeça para trás.

— Eu tinha planos ousados, mas estou sozinho. E agora consigo enxergar a futilidade disso. Mesmo se todos os mortos se levantassem, não seríamos fortes o bastante. Basta um golpe para que nossos membros desmoronem como uma casa incendiada. Nós nos cansamos muito depressa. Acima da terra, nossas discrepâncias se aceleram. Levantar uma sobrancelha é um esforço lento e doloroso. Estou cansado... Você o deixa para trás. Os resmungos dele desaparecem. As batidas vermelhas pulsam outra vez em sua cabeça como cascos de cavalo na grama macia. Você se afasta do desfiladeiro, desce pela rua, entra no cemitério, em silêncio, decidido. Seu nome ainda está no túmulo. A cova o aguarda. Você desliza pelo pequeno túnel, para dentro da cavidade de madeira que o espera, e não está mais assustado, com inveja ou empolgado.

A remoção completa dos seus vários sentidos deixou pouca coisa além da memória, e até isso parece se dissolver conforme o cetim se desfaz e a caixa de madeira dura amolece. A madeira fica maleável. Você jaz suspenso numa escuridão quente. Consegue até trocar os pés de lugar. Você relaxa.

É dominado pela luxúria de uma sustentação cálida, de profundos pensamentos cor-de-rosa e um ócio tranquilo. Você é como um grande fermento antigo que se contrai, o perímetro externo de sua velha fetidez desmorona, você é lavado por uma correnteza sussurrante, uma pulsação e movimentos suaves.

O caixão se tornou agora uma concha redonda e escura, deixou de ser um retângulo. Você respira o bastante, não está com fome, nem preocupado, e você é amado. Você é profundamente amado. Você está em segurança. O lugar onde você está sonhando se desloca, contrai e movimenta.

Sonolento. Seu corpo imenso é arrastado em vários movimentos até se tornar pequeno, minúsculo, compacto, certeiro. Sonolência, sonolência, numa correnteza que cantarola para você dormir. Lentidão. Silêncio. Silêncio.

O que você está tentando lembrar? Um nome brinca na beira do mar. Você corre na sua direção, as ondas o levam embora. Uma pessoa bonita em que você tentou pensar. Alguém. Um horário, um lugar. Ah, tanto sono. Uma escuridão fechada, redonda, o calor, o cansaço. Uma casca à prova de som. Uma correnteza fraca pulsante. Uma contração silenciosa.

Um rio de escuridão carrega seu corpo frágil numa série de curvas e círculos, cada vez mais rápido, mais rápido e ainda mais rápido.

Você irrompe no aberto e é suspenso de cabeça para baixo numa luz amarela brilhante!

O mundo é imenso, como uma nova montanha branca. O sol arde e uma mão vermelha e enorme o agarra pelos dois pés, juntando-os, enquanto outra dá um golpe nas suas costas nuas para forçar um choro.

Uma mulher está embaixo de você, cansada, o rosto perolado de um suor adocicado, e há um maravilhamento harmônico, fresco e aguçado naquele quarto, naquele mundo. Você chora com sua voz recém-formada. Antes de ponta-cabeça, você agora é girado para o lado certo, afagado e cuidado por um peito adocicado e apimentado.

Em meio à sua fome, você esquece como falar, como se preocupar, como pensar nas coisas. A voz dela, acima de você, com um cansaço carinhoso, sussurra várias vezes:

— Meu lindo bebezinho. Vai se chamar Paul, em homenagem a ele. Em homenagem a ele...

Você não compreende essas palavras. Algum dia você temeu algo aterrorizante e sombrio, mas não sabia o que era. Algo esquecido no calor da carne e em sua alegria tagarela. Por um instante, um nome surge em sua boca com forma de dedal; você tenta pronunciá-lo, sem saber o que significa, incapaz de dizê-lo, apto apenas a engoli-lo, contente, com um brilho fresco que provém de fontes desconhecidas. O mundo se desvanece rapidamente, deixando para

trás uma imagem jubilosa que desaparece com rapidez e logo será apagada, uma imagem de triunfo e risos na curvatura minúscula de sua cabeça tão ocupada:
— Kim! Kim! Ah, Kim!

PILAR DE FOGO

ELE SAIU DA TERRA sentindo ódio. O ódio era seu pai; o ódio era sua mãe. Era bom caminhar outra vez. Era bom saltar para fora da terra, não ficar mais deitado de costas, alongar violentamente seus braços com câimbra e tentar respirar fundo.
Ele *tentou*. Ele gritou. Não conseguia respirar. Jogou os braços contra o rosto e tentou respirar. Era impossível. Ele caminhava pela terra, ele tinha vindo da terra. Porém, estava morto. Não podia respirar. Podia encher a boca de ar e forçá-lo a descer pela garganta, com movimentos murchos de músculos que passaram muito tempo adormecidos, de um jeito selvagem, selvagem! E com aquele pouco de ar, era capaz de gritar e chorar! Queria ter lágrimas, mas não sabia como fazer com que aparecessem. Tudo o que sabia é que estava de pé, estava morto, não deveria estar caminhando! Não podia respirar e, ainda assim, estava de pé.
Os cheiros do mundo o rodeavam. Frustrado, tentou sentir o odor do outono. O outono queimava a terra, arruinando-a.

Jaziam, por todo o país, as ruínas do verão; florestas vastas floresciam em chamas, troncos de árvores desabavam sobre outros troncos, despidos de folhas. A fumaça da queimada era intensa, azul e invisível.

Ele ficou parado no cemitério, sentindo ódio. Caminhava pelo mundo e não conseguia sentir seu gosto ou cheiro. Ele, sim, ouvia. O vento rugia nas suas orelhas recém-abertas. Mas estava morto. Embora caminhasse, sabia que estava morto e não devia esperar muito de si ou desse detestável mundo vivo.

Tocou na lápide de sua própria cova vazia. Soube outra vez seu nome. Fizeram um bom trabalho no entalhe.

WILLIAM. LANTRY

Era o que a lápide dizia.
Seus dedos tremeram na superfície gelada da pedra.

NASCIDO EM 1898 – MORTO EM 1933

Nascido *outra vez*...?
Em que ano? Ele olhou para o céu. As estrelas outonais da meia-noite se moviam em uma iluminação lenta pela escuridão ventosa. Ele leu a passagem dos séculos naquelas estrelas. Orion e ali estava Auriga. E onde se encontrava Taurus? Lá!

Seus olhos se espremeram. Seus lábios soletraram o ano:
— 2349.

Um número ímpar. Como uma soma escolar. Costumavam dizer que um homem não conseguia dar conta de nenhum número acima de cem. Afinal, tudo era tão abstrato, que nem valia a pena contar. Estava no ano de 2349! Um numeral, uma soma. E lá estava ele, um homem que ficou deitado em seu detestável caixão escuro, odiando estar enterrado, odiando as pessoas vivas que viviam e viviam e viviam, odiando-as por tantos séculos, até hoje, agora, nascido do ódio, ele ficou de pé ao lado de sua cova que tinha acabado de ser escavada, o cheiro de terra no ar, quem sabe, mas ele não era capaz de senti-lo!

— Eu — ele disse, dirigindo-se a um choupo que sacudia com o vento — sou um anacronismo. — Ele abriu um sorriso fraco.

OLHOU PARA O CEMITÉRIO. Estava gelado e vazio. Todas as pedras tinham sido arrancadas e empilhadas como tijolos, uma em cima da outra, no canto extremo, ao lado da cerca de ferro. Isso ocorreu ao longo de duas infinitas semanas. No seu caixão secreto e profundo, ele escutou a movimentação selvagem e impiedosa de homens que espetavam a terra com pás geladas e arrancavam os caixões para transportar os corpos ressequidos com o intuito de queimá-los. Revirando-se de medo no seu caixão, ele esperou que chegassem até ele.

Hoje tinham chegado ao seu caixão. Mas... tarde demais. Pararam de cavar a poucos centímetros da tampa. Soou o sino das cinco horas, fim do expediente. Voltar para o jantar. Os trabalhadores foram embora. Terminaremos o trabalho amanhã, disseram, ajeitando-se nos seus casacos.

O silêncio chegara ao cemitério vazio.

Cuidadosamente, sem fazer barulho, apenas um ruído suave na relva, a tampa foi levantada.

William Lantry estava de pé e agora tremia no último cemitério da Terra.

— Você se lembra? — ele se perguntou, olhando para a terra remexida. — Lembra daquelas histórias do último homem na

Terra? Essas histórias de homens vagando sozinhos pelas ruínas? Bom, você, William Lantry, é uma inversão dessa história antiga. *Sabia* disso? Você é o último morto em todo o mundo! Não havia mais mortos. Em nenhum lugar naquela terra havia um morto. Impossível? Lantry não sorriu com isso. Não, não era impossível, nessa era estúpida, estéril, sem imaginação, antisséptica, de limpezas e métodos científicos. As pessoas morriam, sim, ai meu Deus. Mas... pessoas *mortas*? Cadáveres? Isso não existia!

O que *acontecia* com as pessoas mortas?

O cemitério ficava num morro. William Lantry caminhou pela noite escura em chamas até chegar à beira do cemitério e olhou para baixo, para a nova cidade de Salem. Pura iluminação e cores. Naves-foguetes cuspiam fogo acima da cidade, cruzando o céu a caminho de todos os portos distantes da Terra.

Dentro da cova, a nova violência desse mundo futuro tinha se infiltrado na terra e pingado em William Lantry. Ele se banhou nela por anos. Sabia tudo a seu respeito, o conhecimento de um morto cheio de ódio.

O mais importante é que sabia o que os idiotas faziam com os mortos.

Ele ergueu os olhos. No centro da cidade, um dedo gigante de pedra apontava para as estrelas. Tinha noventa metros de altura e quinze de largura. Havia uma abertura ampla e uma estrada à frente.

Na cidade, teoricamente, pensou William Lantry, digamos que você está com um moribundo. Em um instante, estará morto. O que acontece? Assim que seu pulso esfria, quando se elabora uma certidão de óbito, seus parentes o colocam num carro funerário e o levam rapidamente para...

O Incinerador!
O dedo funcional, o Pilar de Fogo apontando para as estrelas. Incinerador. Um nome terrível, funcional. Mas a verdade é verdadeira nesse mundo futuro. Como um graveto para acender a lareira, o sr. Morto é jogado na fornalha.

Uma calha!

William Lantry olhou para o topo daquela pistola gigantesca que apontava para as estrelas. Uma pequena flâmula de fumaça saía da parte de cima.

É para lá que vão os mortos.

— Cuide-se, William Lantry — ele murmurou. — Você é o último, o item mais raro, o último morto. Todos os outros cemitérios da Terra foram explodidos. Esse é o último cemitério e você é o último morto dos séculos. Essas pessoas não acreditam que podem ter mortos por aí, que dirá mortos caminhando. Tudo que não pode ser utilizado é riscado como um fósforo. As superstições vão junto!

Olhou para a cidade. Está certo, ele pensou em silêncio, eu odeio você. Você me odeia, ou *odiaria*, se soubesse que existo. Você não acredita em vampiros, fantasmas e essas coisas. São nomes para algo que não existe, você grita! Você bufa. Tá bom, pode bufar! Francamente, também não acredito em *você*! Não *gosto* de você! Você e os seus Incineradores.

Estremeceu. Como chegou perto. Dia após dia, eles arrancavam os outros mortos, queimavam-nos como gravetos. Tinham transmitido um decreto pelo mundo todo. Ouviu os escavadores conversando enquanto trabalhavam!

— Acho que é uma boa ideia, limpar os cemitérios — disse um dos homens.

— Acho que sim — respondeu outro. — Que hábito medonho. Dá pra imaginar? Ser enterrado, quer dizer! Nada higiênico! Todos aqueles germes!

— Até que é uma pena. É um pouco romântico, né. Quer dizer, deixar só esse cemitério intocado por todos esses séculos. Os outros foram esvaziados, em que ano foi mesmo, Jim?

— Por volta de 2260, acho. É, isso aí, 2260, quase cem anos atrás. Mas em algum Comitê de Salem alguém subiu nas tamancas e disse: "Olha, vamos deixar só UM cemitério, para nos lembrarmos dos hábitos dos bárbaros". E o governo coçou a cabeça, pensou a respeito e disse: "Tá bom. Vai ser em Salem. Mas todos os outros cemitérios precisam ser destruídos, entendeu? Todos!".

— E foi o que fizeram — disse Jim.

— Sim, acabaram com todos, com fogo, pás a vapor e foguetes-limpadores. Se sabiam que um homem tinha sido enterrado num pasto, consertavam ele! Chamava isso de "evacuar a pessoa". É meio cruel, eu acho.

— Detesto parecer antiquado, mas ainda vinha um monte de turistas aqui todos os anos, só para ver como era um cemitério de verdade.

— Pois é. Recebemos quase um milhão de pessoas nos últimos três anos. Dava um belo lucro, mas... ordem é ordem. O governo disse: chega de morbidez. Então vamos lá acabar com ela. Me passa a pá, Bill.

William Lantry estava de pé, sob o vento de outono, na colina. Era bom caminhar mais uma vez, sentir o vento e ouvir as folhas farfalhando como ratos correndo na estrada diante dele. Era agradável ver as estrelas frias e amargas quase sopradas pelo vento.

Até sentir medo outra vez era bom, pois agora estava tomado de medo e não conseguia controlá-lo. O próprio fato de estar caminhando fazia dele um inimigo. E não havia um só amigo, um único outro morto, em todo o mundo, alguém a quem pudesse pedir ajuda ou consolo. Todo o mundo de vivos melodramáticos enfrentava um tal de William Lantry. O mundo inteiro de pessoas que não acreditavam em vampiros, que queimavam corpos e aniquilavam cemitérios contra um homem de terno escuro em uma colina escura de outono. Ele estendeu as mãos pálidas e geladas em direção aos postes de luz. Vocês arrancaram os túmulos como se fossem dentes, pensou. Agora vou encontrar uma maneira de transformar seus Incineradores em ruínas. Vou criar novos mortos e fazer amigos assim. Não posso ficar sozinho e solitário. Preciso começar a fabricar amigos logo. Hoje à noite.

— Guerra declarada — ele disse, e riu. Era muito bobo, um homem declarar guerra contra o mundo inteiro.

O mundo não respondeu. Um foguete atravessou o céu num lampejo de chamas, como um Incinerador decolando.

Passos. Lantry se apressou até a borda do cemitério. Os escavadores retornando para terminar o trabalho? Não. Apenas uma pessoa, um homem, caminhando.

Quando o homem chegou ao portão do cemitério, Lantry saiu rapidamente.

— Boa noite — disse o homem, sorrindo.

Lantry deu um soco no homem, que caiu no chão. Lantry se curvou, em silêncio, e deu um golpe fatal no pescoço do sujeito usando a lateral da mão.

Ao arrastar o corpo de volta para as sombras, trocou de roupas com ele. Não seria bom sair vagando por aí com roupas antigas. Encontrou um pequeno canivete no bolso do homem; não chegava a ser uma faca, mas talvez funcionasse se manejado direito. E ele sabia fazer isso.

Ele rolou o cadáver para uma das covas já abertas e exumadas. Em um minuto, jogou algumas pás de terra sobre o corpo, apenas o suficiente para escondê-lo. Havia poucas chances de que fosse localizado. Não cavariam duas vezes a mesma cova.

Ele ajeitou o novo terno de cor metálica, de caimento folgado. Certo, certo.

Sentindo ódio, William Lantry entrou na cidade, para começar a batalha contra a Terra.

O INCINERADOR ESTAVA ABERTO. Nunca fechava. Havia uma entrada ampla, toda iluminada com luzes ocultas, um heliporto e uma vaga de garagem. A cidade em si morria após um dia de uso do dínamo. As luzes se enfraqueciam, e o único lugar silencioso e iluminado na cidade agora era o Incinerador. Meu Deus, que nome prático, que nome nada romântico.

William Lantry entrou pela porta larga e bem iluminada. Era mais um pórtico, na verdade; não havia portas para abrir ou fechar. As pessoas podiam entrar e sair, verão ou inverno, e o interior estava sempre aquecido. O aquecimento vinha do fogo que subia, sussurrante, pela alta chaminé onde lâminas rodopiantes, hélices e jatos lançavam as cinzas em uma jornada de quinze quilômetros pelo céu.

Havia o calor da padaria. As salas tinham um piso de parquet de borracha. Era possível não fazer barulho algum se você não quisesse. A música tocava em gargantas ocultas em algum lugar. Não havia nada de música da morte, apenas a música da vida e a maneira como o Sol vivia dentro do Incinerador; ou o irmão do Sol, ao menos. Era possível ouvir as chamas flutuando dentro da parede de tijolos pesada.

William Lantry desceu pela rampa. Atrás dele, escutou um sussurro e se virou em tempo de ver um carro parar na entrada. Soou a campainha. A música, como se aquilo fosse um sinal, aumentou de volume, atingindo níveis extasiantes. Havia alegria no ato.

Do carro funerário, que foi aberto por trás, algumas pessoas desceram carregando um caixão dourado com dois metros de comprimento e símbolos solares. Em outro carro, os parentes do homem acomodado na caixa desceram e seguiram os sujeitos que carregavam o caixão dourado por uma rampa, em direção a uma espécie de altar. Na lateral do altar estava escrito: "NÓS, QUE NASCEMOS DO SOL, AO SOL RETORNAMOS". O caixão dourado foi depositado sobre o altar, o volume da música deu um salto, o Guardião do local falou apenas algumas poucas palavras e os funcionários ergueram o caixão dourado, caminharam até uma parede transparente onde havia uma trava de segurança também transparente e a abriram. O caixão foi enfiado dentro desse buraco de vidro. Um instante depois, abriu-se uma trava interna, o caixão foi injetado para dentro da chaminé e desapareceu no mesmo instante numa chama rápida.

Os funcionários se afastaram. Os parentes não disseram uma palavra, apenas se viraram e foram embora. A música continuou a tocar.

William Lantry se aproximou da trava de vidro. Ele olhou através da parede para o coração vasto, cintilante e incessante do Incinerador. Ele queimava de forma constante, sem tremular, cantando para si, tranquilamente. Era tão sólido quanto um rio dourado fluindo da terra para o céu. Qualquer coisa que você colocasse no rio ascendia e desaparecia.

Lantry sentiu mais uma vez seu ódio irracional em relação àquela coisa, aquele fogo monstruoso e purificador.

Um homem parou atrás dele.

— Posso ajudá-lo, senhor?

— Quê? — Lantry se virou abruptamente. — O que foi que você disse?

— Como posso ajudá-lo?

— Eu... quer dizer... — Lantry olhou rapidamente para a rampa e a porta. Suas mãos tremiam. — Nunca estive aqui antes.

— Nunca? — O Funcionário ficou surpreso.

Lantry percebeu que tinha dito a coisa errada. Mas, de todo modo, já tinha dito. — Quer dizer... — ele falou — não tinha vindo de verdade aqui. Sabe, quando você é criança, você não presta atenção. De repente me dei conta de que não *conhecia* de fato o Incinerador.

O Funcionário sorriu.

— Nunca conhecemos nada de fato, não é? Será um prazer mostrar o lugar ao senhor.

— Ah, não. Deixa pra lá. É... é um lugar incrível.

— É mesmo. — O Funcionário se orgulhou daquilo. — Um dos melhores do mundo, creio eu.

— Eu... — Lantry sentiu necessidade de se explicar melhor. — Poucos parentes meus morreram desde a minha infância. Na verdade, nenhum. Então, como pode ver, faz muitos anos que não venho aqui.

— Entendi. — O rosto do Funcionário pareceu ficar mais sombrio.

O que foi que eu disse agora, pensou Lantry. Que diabos tem de errado? O que foi que eu fiz? Se não tomar cuidado, vão me enfiar direto nessa maldita armadilha de fogo. O que tem de errado no rosto desse camarada? Ele parece estar prestando mais atenção em mim do que o normal.

— Você não é, por acaso, um dos homens que acaba de retornar de Marte, não é? — perguntou o Funcionário.
— Não, por que a pergunta?
— Por nada, não. — O Funcionário começou a se afastar. — Se quiser saber alguma coisa, é só chamar.
— Só uma coisa — falou Lantry.
— O quê?
— Isso.
Lantry deu um golpe atordoante no pescoço dele. Ele havia observado com olhos de especialista o funcionamento do sistema de fogo. Agora, com o corpo mole em seus braços, apertou o botão que abria a trava externa, colocou o corpo, ouviu a música aumentando de volume e viu a trava interna se abrir. O corpo foi lançado no rio de fogo. O volume da música baixou.
— Muito bem, Lantry, muito bem.

UM INSTANTE DEPOIS, outro Funcionário entrou na sala. Lantry foi pego com uma expressão de entusiasmo contente no rosto. O Funcionário olhou ao redor, procurando alguém, e então caminhou na direção de Lantry.
— Posso ajudá-lo?
— Estou só olhando — disse Lantry.
— Já está tarde — falou o Funcionário.
— Não consegui dormir.
Essa também era uma resposta errada. Todo mundo dormia nesse mundo. Ninguém tinha insônia. Se tivessem, bastava ligar um raio hipnotizador e, sessenta segundos depois, você já estaria roncando. Ah, ele estava *repleto* de respostas erradas. Primeiro, cometeu o erro fatal de dizer que nunca estivera num Incinera-

dor, quando sabia muito bem que as crianças eram levadas ali em tours anuais desde os quatro anos de idade, para que se incutisse em suas mentes a ideia do Incinerador e da morte limpa pelo fogo. A morte eram as chamas claras, a morte era calor e sol. Não era algo escuro, sombrio. Isso era importante para a formação delas. E ele, um idiota pálido, cabeça-oca, expusera de imediato a sua ignorância.

Além disso, tinha a questão da palidez. Ele olhou para as mãos e notou, com terror crescente, que não havia homens pálidos nesse mundo. Suspeitariam de sua palidez. Por isso o primeiro funcionário perguntou:

— Você é um dos que acabam de voltar de Marte? — Agora esse novo Funcionário era limpinho e reluzente como uma moeda de cobre, as bochechas vermelhas de saúde e energia. Lantry escondeu as mãos pálidas no bolso, mas estava de todo ciente que o Funcionário examinava seu rosto.

— O que eu quis dizer — falou Lantry — é que eu não *queria* dormir. Queria pensar.

— Houve um funeral aqui há pouco? — perguntou o Funcionário, olhando ao redor.

— Não sei, acabei de chegar.

— Tive a impressão de ouvir o barulho da trava.

— Não sei — respondeu Lantry.

O homem apertou um botão na parede.

— Anderson?

Uma voz respondeu:

— Sim.

— Pode localizar o Saul para mim?

— Vou chamar pelos corredores. — Uma pausa. — Não consegui encontrá-lo.

— Obrigado. — O Funcionário estava intrigado. Começava a fazer gestos de quem fareja com o nariz. — Você está sentindo um *cheiro*?

Lantry fungou.

— Não. Por quê?

— Sinto o *cheiro* de algo.

Lantry pegou o canivete no bolso. Aguardou.

— Lembro de quando era criança — disse o homem. — E encontramos uma vaca morta no campo. Tinha passado dois dias no calor do sol. É o mesmo cheiro. Eu me pergunto de onde está vindo.

— Ah, eu sei o que é — respondeu Lantry, em voz baixa. Ele estendeu a mão. — Daqui.

— Quê?

— Está vindo de mim, é claro.

— De você?

— Morto há centenas de anos.

— Você tem um humor esquisito. — O Funcionário estava intrigado.

— Muito. — Lantry puxou a faca. — Sabe o que é isso?

— Uma faca.

— Vocês ainda usam facas nas pessoas?

— Como assim?

— Quer dizer, como vocês se matam? Com facas, armas ou veneno?

— Você tem um humor esquisito *mesmo*! — o homem gargalhou, desconfortável.

— Vou matar você — disse Lantry.

— Ninguém mata ninguém — falou o homem.

— Não matam mais. Mas, antigamente, matavam.

— Eu sei.

— Esse vai ser o primeiro assassinato em trezentos anos. Eu acabo de matar o seu amigo. Enfiei ele na chaminé.

O comentário provocou o efeito desejado. Deixou o homem tão atordoado, tão paralisado nos aspectos ilógicos, que Lantry teve tempo de avançar. Colocou a faca contra o peito do homem.

— Vou matar você.

— Isso é idiotice — respondeu o homem, aturdido. — As pessoas não fazem isso.

— Desse jeito — disse Lantry. — Está vendo?

A faca deslizou para dentro do peito dele. O homem a encarou por um instante. Lantry segurou o corpo, que caía.

O FUMEIRO DE SALEM EXPLODIU às seis da manhã. A grande chaminé se espatifou em dez mil pedaços e foi arremessada na terra, no céu e nos lares das pessoas adormecidas. Houve fogo e ruído, mais fogo do que as queimadas de outono nos morros.

William Lantry estava a oito quilômetros de distância quando a explosão ocorreu. Viu a cidade se acender com a cremação que se espalhava. E sacudiu a cabeça e riu um pouco e espalmou as mãos.

Era relativamente simples. Você vagava por aí matando pessoas que não acreditavam em assassinato, que só tinham ouvido relatos indiretos a respeito disso, como se fosse um hábito esquecido das antigas raças bárbaras. Você caminhava até a sala de controle do Incinerador e perguntava "Como funciona esse Incinerador?", e o responsável pela operação contava, porque todos falavam a verdade no mundo do futuro, ninguém mentia, não havia motivos para mentir, não havia perigos pelos quais mentir. Só existia um criminoso no mundo, e ninguém sabia que ELE ainda existia.

Ah, era uma situação incrível de tão linda. O Homem do Controle tinha acabado de explicar como funcionava o Incinerador, que medidores de pressão controlavam o fluxo de gases que subiam pela chaminé, que alavancas eram ajustadas ou reajustadas. Ele e Lantry tiveram uma boa de uma conversa. Era um mundo livre e fácil. As pessoas confiavam umas nas outras. Logo em seguida, Lantry enfiou uma faca no Homem do Controle, ajustou para que a pressão estourasse meia hora depois e foi embora do Incinerador a pé, assoviando.

Agora, até mesmo o céu estava pálido graças à vasta nuvem preta da explosão.

— Esse foi apenas o primeiro — disse Lantry, olhando o céu. — Vou acabar com os outros antes de suspeitarem que existe um homem antiético na sociedade deles. Não conseguem lidar com uma variável como eu. Estou além de sua compreensão. Sou incompreensível, impossível, portanto, não existo. Meu Deus, posso matar centenas de milhares de pessoas antes de se darem conta de que os assassinatos voltaram ao mundo. Sempre posso fazer parecer que foi um acidente. A ideia é tão grandiosa que chega a ser inacreditável!

As chamas queimavam a cidade. Ele ficou sentado sob uma árvore por um bom tempo, até de manhã. Então encontrou uma caverna na colina, entrou e dormiu.

Ele acordou no pôr do sol com um sonho repentino de fogo. Enxergou-se sendo empurrado para a chaminé, fatiado pelas chamas, carbonizado até virar nada. Sentou-se no chão da caverna, rindo consigo mesmo. Teve uma ideia.

Ele desceu até a cidade e entrou numa cabine de som. Discou OPERADOR.

— Passa pro Departamento de Polícia — ele disse.

— Como é que é? — perguntou a operadora.

Tentou outra vez.
— A Força da Lei — ele disse.
— Vou passar para o Controle da Paz — ela disse, enfim.
Um pequeno medo começou a pulsar dentro dele, como um pequeno relógio. E se a operadora reconhecesse que Departamento de Polícia era um anacronismo, anotasse o número do seu áudio e o encaminhasse para que alguém investigasse? Não, ela não faria uma coisa dessas. Por que ela suspeitaria de algo? Não existiam paranoicos nessa civilização.
— Controle da Paz, isso — ele disse.
Um zumbido. Atendeu a voz de um homem:
— Controle da Paz, aqui é o Stephens.
— Pode me passar para o setor de homicídios? — perguntou Lantry, sorrindo.
— Para *onde*?
— Quem investiga assassinatos?
— Perdão, mas do que o senhor está falando?
— Engano, número errado. — Lantry desligou, gargalhando. Meu Deus, não havia um setor de homicídios. Não havia assassinatos, não precisavam de detetives. Perfeito, perfeito!
O áudio voltou a tocar. Lantry hesitou, e então atendeu.
— Diga — perguntou a voz no telefone —, *quem* é você?
— O homem que ligou foi embora — disse Lantry, e desligou outra vez.
Saiu correndo. Reconheceriam a sua voz e talvez enviariam alguém para averiguar. As pessoas não mentiam. Ele tinha acabado de mentir. Conheciam a sua voz. Ele havia mentido. Quem mentia precisava de um psiquiatra. Iam buscá-lo para descobrir por que estava mentindo. Só por isso. Não suspeitavam de mais nada. Portanto... ele precisava sair correndo.

Ah, agora precisava agir de maneira muito cuidadosa. Não sabia nada a respeito desse mundo, desse mundo estranho, verdadeiro e ético. Você se tornava suspeito apenas por parecer pálido. Você era suspeito por não dormir à noite. Só por não tomar banho, por ter um cheiro parecido ao de uma... vaca morta? Por qualquer coisa.

Precisava ir a uma biblioteca, mas isso também seria perigoso. Como eram as bibliotecas hoje em dia? Havia livros ou rolos de filme que projetavam livros em telas? Ou as pessoas tinham bibliotecas em casa, eliminando a necessidade das grandes?

Decidiu arriscar. Seu uso de termos arcaicos poderia muito bem torná-lo suspeito outra vez, mas era muito importante que ele aprendesse todo o possível sobre esse mundo asqueroso ao qual retornara. Parou um homem na rua.

— Qual é o caminho para a biblioteca?

O homem não ficou surpreso.

— Duas quadras para o leste, uma para o norte.

— Obrigado.

Simples assim.

Ele entrou na biblioteca poucos minutos depois.

— Posso ajudar?

Ele olhou para a bibliotecária. Posso ajudar, posso ajudar. Que mundo cheio de gente prestativa!

— Gostaria de "acessar" Edgar Allan Poe. — Escolheu com cuidado o verbo. Não disse "ler". Tinha medo que os livros fossem coisa do passado, que a impressão fosse uma arte perdida. Talvez todos os "livros" de hoje estivessem na forma de filmes tridimensionais completamente delineados. Como diabos seria possível fazer um filme a partir de Sócrates, Schopenhauer, Nietzsche e Freud?

— Pode repetir o nome?
— Edgar Allan Poe.
— Não temos esse autor listado em nossos arquivos.
— Pode conferir?
Ela conferiu.
— Ah, sim. Tem um marcador vermelho no arquivo. Foi um dos autores eliminados na Grande Queima de 2265.
— Como sou ignorante.
— Tudo bem — ela disse. — Você ouviu falar muito nele?
— Ele tinha umas ideias bárbaras a respeito da morte — disse Lantry.
— Terríveis — ela disse, franzindo o nariz. — Medonhas.
— Sim. Medonhas. Abomináveis, na verdade. Ainda bem que foi queimado. Impuro. Por sinal, você tem *Sussurros na Escuridão*, do Lovecraft?
— É um livro sobre sexo?
Lantry explodiu numa gargalhada.
— Não, não. Deixa pra lá.
Ela percorreu o arquivo.
— Também foi queimado. Junto com os de Poe.
— Imagino que o mesmo tenha ocorrido com os de Machen, do homem chamado Derleth e de outro chamado Ambrose Bierce, certo?
— Sim. — Ela fechou o armário de arquivos. — Todos queimados. E já foram tarde. — Lançou um olhar esquisito, interessada. — Aposto que você acaba de voltar de Marte.
— Por que você acha isso?
— Passou outro explorador aqui ontem. Ele tinha acabado de dar um pulo em Marte e voltado. Também estava interessado em literatura sobrenatural. Parece que existem "túmulos" em Marte.

— O que são "túmulos"? — Lantry estava aprendendo a ficar de bico fechado.
— Ah, aquelas coisas onde enterravam as pessoas, sabe.
— Um costume bárbaro. Medonho!
— Não é? Bom, o jovem explorador ficou curioso ao ver túmulos marcianos. Ele veio aqui e perguntou se tínhamos algum desses autores que você mencionou. Claro que não temos nem rastro disso aqui. — Ela fitou o rosto pálido dele. — Você *é* um dos homens que foram para Marte, não?
— Sim — ele disse. — Acabei de voltar.
— O nome do outro jovem era Burke.
— Claro. Burke! Grande amigo meu!
— Sinto muito por não poder ajudar. Você deveria tomar umas injeções de vitamina e usar uma lâmpada de sol. Está com uma aparência terrível, senhor...
— Lantry. Vou ficar bem. Muito obrigado. Vejo você no próximo Dia das Bruxas!
— Essa foi boa. — Ela riu. — Se *houvesse* Dia das Bruxas, marcaria esse encontro.
— Mas queimaram isso *também* — ele disse.
— Ah, queimaram tudo — ela disse. — Boa noite.
— Boa noite. — E lá foi ele.

AH, COMO ELE SE EQUILIBRAVA cuidadosamente nesse mundo! Como uma espécie de giroscópio sombrio, rodopiando sem emitir um murmúrio, um homem muito silencioso. Enquanto caminhava na rua às oito da noite, notou com um interesse especial que não havia muitas luzes acesas. Tinha os postes de luz a cada esquina, mas a iluminação das quadras era precária. Será que essas pessoas incríveis não *temiam o escuro?* Que bobagem inacreditável! *Todo mundo* tinha medo do escuro. *Até ele* sentia medo, quando criança. Era tão natural quanto sentir fome.

Um garotinho saiu correndo, pisando no chão com força, seguido por outros seis. Gritavam, berravam e rolavam pelo quintal fresco e sombrio de outubro, sobre as folhas. Lantry os observou por vários minutos antes de se dirigir a um dos garotinhos que parava para respirar, recobrando o fôlego em seus pequenos pulmões, como um garoto soprando para encher um saco de papel furado.

— Calma, calma — disse Lantry. — Assim você vai ficar exausto.

— Pode crer — disse o menino.

— Você sabe me dizer — perguntou o homem — por que não há postes de luz no meio das quadras?

— Por quê?

— Sou professor, queria testar o seu conhecimento — disse Lantry.

— Bom — disse o garoto —, você não precisa de luzes no meio da quadra, é por isso.

— Mas fica tão escuro — disse Lantry.

— E daí? — falou o garoto.

— Você não tem medo? — perguntou Lantry.

— Do quê? — questionou o garoto.

— Do escuro — disse Lantry.

— Ha, ha — disse o garoto. — Por que teria medo?

— Bom — disse Lantry. — Está escuro, sombrio. E, afinal, as luzes das ruas foram inventadas para afastar a escuridão e o medo.

— Que besteira. As luzes foram criadas para ver por onde você anda. E só.

— Você não está entendendo a pergunta... — disse Lantry. — Quer dizer que você ficaria sentado no meio de um terreno baldio a noite inteira e não sentiria medo?
— Do quê?
— Do que, do que, do que, seu bobinho! Do escuro!
— Ha, ha.
— Você subiria o morro e ficaria no escuro a noite toda?
— Claro.
— Você ficaria sozinho numa casa vazia?
— Claro.
— E não ficaria com medo?
— Claro que não.
— Que mentiroso!
— Não me xingue com nomes feios! — o garoto gritou.

Mentiroso era um substantivo impróprio, de fato. Parecia impossível chamar alguém de coisa pior.

Lantry ficou completamente furioso com o monstrinho.
— Olha — ele insistiu. — Olha bem nos meus olhos...

O menino olhou.

Lantry mostrou de leve os dentes. Estendeu as mãos, fazendo um gesto de garras. Ele lançou um olhar malicioso, gesticulou e franziu o rosto, formando uma máscara terrível de horror.

— Ha, ha — disse o menino. — Você é engraçado.
— O que foi que você disse?
— Você é engraçado. Faz de novo. Ei, pessoal, chega aí! Esse cara faz uns troços engraçados!
— Deixa pra lá.
— Faz de novo, senhor.
— Deixa pra lá, deixa pra lá. Boa noite! — Lantry saiu correndo.

— Boa noite, senhor. E cuidado com o escuro, senhor! — gritou o garotinho.

De toda a estupidez, de toda a estupidez rastejante, nojenta, podre, asquerosa, ele nunca vira algo assim na vida! Crianças crescendo sem um pingo de imaginação! Qual era a graça de ser criança se você não imaginava coisas?

Ele parou de correr. Diminuiu o ritmo e pela primeira vez se avaliou. Passou a mão sobre o rosto e mordeu o próprio dedo. Viu que estava parado no meio da quadra e se sentiu desconfortável. Avançou até a esquina, onde havia uma lâmpada brilhando.

— Melhor assim — ele disse, estendendo as mãos, como um homem diante de uma fogueira quente.

Escutou. Não havia nenhum barulho além da respiração noturna dos grilos. Um som fraco à distância, as chamas de um foguete que singrava o céu. Era o som que uma tocha poderia fazer se brandida suavemente no ar escuro.

Escutou a si mesmo e, pela primeira vez, notou o que havia de tão peculiar. Não emitia um só ruído. Os barulhos das narinas e dos pulmões estavam ausentes. Seus pulmões não absorviam oxigênio ou dióxido de carbono; não se moviam. Os pelos de suas narinas não tremulavam com o ar quente. O sussurro fraco de redemoinho da respiração não ressoava em seu nariz. Estranho. Curioso. Um barulho que você nunca ouvia quando estava vivo, a respiração que alimentava o seu corpo e, apesar disso, depois de morto, como você sentia falta daquilo!

A única outra vez que você a escutava era em noites de vigília, sem sonho, quando você estava desperto, escutando, e ouvia primeiro o seu nariz puxando e suavemente empurrando o ar, o trovão vermelho e surdo do sangue nas têmporas, nos seus tímpanos, na garganta, nos pulsos doloridos, na virilha quente, no peito. Todos esses pequenos ritmos tinham desaparecido. A batida do pulso tinha sumido, a pulsação na garganta tinha sumido, a vibração no peito tinha sumido. O som do sangue subindo, descendo e correndo, subindo, descendo e correndo. Agora era como se ouvisse uma estátua. E, ainda assim, estava *vivo*. Ou melhor, ele se movia. E como isso ocorria, para além das explicações científicas, teorias, dúvidas? Graças a uma coisa, e só uma coisa.

Ódio.

Ódio era o sangue dentro dele, que subia, descia, corria em seu corpo, dando voltas e mais voltas. Era seu coração, que não batia, é verdade, mas estava quente. E o que ele era? Ressentimento. Inveja. Diziam que ele não podia mais ficar deitado no seu caixão no cemitério. Ele *gostaria* de fazer isso. Nunca teve qualquer vontade de se levantar e sair andando. Tinha sido suficiente, ao longo de todos esses séculos, ficar deitado em um caixão profundo e sentir, mas *sem sentir*, o tiquetaquear dos milhões de relógios de insetos na terra ao seu redor, os movimentos dos vermes com pensamentos tão profundos no solo.

Mas aí apareceram dizendo:

— Lá vai você para dentro da fornalha!

E isso é a pior coisa que se pode dizer a qualquer homem. Você não pode dizer a ele o que fazer. Se disser que está morto, ele não desejará estar morto. Se disser que não existem vampiros, meu Deus, o homem tentará ser um só para irritá-lo. Se disser que um morto não pode caminhar, ele testará as pernas. Se disser que não ocorrem mais assassinatos, ele fará com que aconteçam. Ele era, em tudo, todas as coisas impossíveis. Com suas práticas detestáveis e ignorâncias, eles o deram à luz. Ah, como estavam enganados. Precisavam que mostrasse a eles. E ele mostraria! O Sol é *bom*, assim como a *noite*, não tem nada de errado com o escuro, *diziam*.

O escuro é o horror, ele gritou, em silêncio, encarando as casinhas. Foi *feito* para gerar contraste. Você precisa temer, ouviu? O mundo sempre foi assim. Seus destruidores de Edgar Allan Poe, e do ótimo Lovecraft, tão cheio de palavras imensas, seus incendiários de máscaras de Dia das Bruxas, destruidores de lanternas de abóboras! Farei a noite voltar a ser o que era, aquilo que levou os homens a construírem todas suas cidades iluminadas e a terem seus muitos filhos!

Como se fosse uma resposta a isso, um foguete, voando baixo, deixou como rastro uma longa e devassa pluma de chamas. Lantry hesitou e recuou.

A PEQUENA CIDADE do Porto da Ciência ficava a pouco mais de quinze quilômetros. Ele chegou lá andando perto do amanhecer. Mas nem isso era bom. Às quatro da manhã, um carro prateado parou ao seu lado na estrada.

— Olá — chamou o homem dentro do veículo.

— Olá — disse Lantry, cansado.

— Por que você está caminhando? — perguntou o homem.

— Estou indo para o Porto da Ciência.

— E por que não está dirigindo?

— Eu *gosto* de caminhar.

— *Ninguém* gosta de caminhar. Você está doente? Posso oferecer uma carona?

— Obrigado, mas eu gosto de caminhar.

O homem hesitou e fechou a porta do carro.

— Boa noite.

Quando o carro desapareceu sobre o morro, Lantry recuou para a floresta mais próxima. Um mundo cheio de gente desajeitada tentando ajudá-lo. Meu Deus, não dava nem para *caminhar* sem ser acusado de estar doente. Isso só podia significar uma coisa. Ele não deveria mais caminhar, tinha que andar de carro. Deveria ter aceitado a oferta do camarada.

Ele caminhou pelo resto da noite bem distante da estrada, de modo que, se um carro passasse por ele, teria tempo suficiente para desaparecer atrás de um arbusto. Ao amanhecer, ele se enfiou numa vala seca e fechou os olhos.

O SONHO FOI PERFEITO, *como um floco de neve numa geada. Ele viu o cemitério onde o enterraram nas profundezas por séculos. Escutou os passos matinais dos trabalhadores retornando para encerrarem seu trabalho.*

— Você se incomoda de me passar a pá, Jim?
— Tá aqui.
— Espere um minutinho, um minutinho!
— O que foi?
— Escuta só. A gente não terminou o serviço ontem à noite, né?
— Não.
— Tinha mais um caixão, não?
— Sim.
— Bom, tá aqui e tá aberto!
— Esse é o buraco errado.
— O que está escrito na lápide?
— Lantry. William Lantry.
— É ele, é esse aí! Desapareceu!
— O que pode ter acontecido com ele?
— Como é que eu vou saber? O corpo estava aqui ontem à noite.
— Não dá para ter certeza, a gente não olhou.

— Meu Deus, cara, as pessoas não compram caixões vazios. Ele estava dentro da caixa. E agora não está mais.
— Talvez o caixão estivesse vazio.
— Besteira. Tá sentindo o cheiro? Ele estava aqui, sem dúvida.
Uma pausa.
— Ninguém levaria o corpo, certo?
— Por que alguém faria isso?
— Curiosidade, talvez.
— Não seja ridículo. As pessoas não roubam. Ninguém rouba.
— Bom, então só tem uma solução.
— Que é?
— Ele se levantou e saiu andando.
Uma pausa. No sonho obscuro, Lantry esperava escutar risadas. Nenhum riso. Em vez disso, a voz do coveiro, depois de uma pausa pensativa, afirmou:
— Sim. É isso, de fato. Ele se levantou e saiu andando.
— Interessante pensar nisso — disse o outro.
— Não é?
Silêncio.

LANTRY ACORDOU. Tinha sido apenas um sonho, mas, meu Deus, que sonho realista. Como havia sido estranho o jeito como os dois homens superaram a questão. Mas não de forma não natural, nada disso. Era exatamente o que se esperaria de uma conversa entre homens do futuro. Homens do futuro. Lantry abriu um sorriso amarelo. Que anacronismo. Você estava no futuro. Isso estava acontecendo *agora*. Não daqui a trezentos anos, agora, não no passado ou em qualquer outro momento. Não estava no Século Vinte. Ah, a calma dos homens ao dizer: "Ele se levantou e saiu andando. Interessante pensar nisso".

"Não é?" E a voz nem oscilara. Nenhum olhar para trás, por cima dos ombros, nenhum tremor nas mãos. Mas, é claro, graças à sua mente perfeitamente honesta e lógica, só havia uma explicação; claro que ninguém *roubara* o cadáver. "*Ninguém* rouba." O cadáver tinha se levantado e saído andando, simples assim. O cadáver era o único capaz de *mover* o cadáver. Graças às poucas palavras casuais trocadas pelos coveiros, Lantry sabia no que eles estavam pensando. Eis um homem que passara centenas de anos não morto de verdade, mas em animação suspensa. Os golpes ao seu redor e a atividade intensa o trouxeram de volta.

Todos tinham ouvido falar naqueles sapinhos verdes que passam séculos encerrados na lama endurecida ou em blocos de gelo, vivos, ó tão vivos! E em como os cientistas os escavavam como se tivessem mármore nas mãos, até que os sapinhos pulavam, saltitavam, piscavam. A única coisa lógica para os coveiros era pensar que William Lantry fizera o mesmo.

Mas e se as várias partes da história se encaixassem no dia seguinte ou logo depois? Se o corpo desaparecido e a explosão do incinerador espatifado tivessem alguma ligação? E se o camarada chamado Burke, que retornou pálido de Marte, fosse à biblioteca e dissesse à jovem que estava atrás de alguns livros e ela dissesse: "Ah, seu amigo Lantry passou aqui uns dias atrás". Ele então perguntaria: "Que Lantry? Não conheço ninguém com esse nome". E ela diria: "Ah, ele *mentiu*". E as pessoas naquela época não mentiam. Assim tudo iria se encaixando, item por item, pedaço a pedaço. Um homem pálido, que era pálido quando não deveria ser pálido, tinha mentido, e as pessoas não mentiam, e um homem caminhando solitário por uma estrada rural caminhava, quando as pessoas já não caminhavam, e um corpo tinha sumido do cemitério, e o Incinerador tinha explodido e e e...

Viriam atrás dele. Eles o encontrariam. Seria fácil localizá-lo. Ele caminhava. Ele mentia. Ele era pálido. Eles o encontrariam, o levariam e o enfiariam na chaminé do Incinerador mais próximo, e aí já era para o sr. William Lantry, como um acessório de Quatro de Julho! Só havia uma coisa a ser feita de forma eficiente e definitiva. Ele se ergueu em um movimento violento. Seus lábios se esgarçaram e seus olhos escuros reluziram, e ele sentiu um tremor e uma queimação percorrendo-o por inteiro. Ele precisava matar e matar e matar e matar e matar. Precisava transformar seus inimigos em amigos, em pessoas que, como ele, caminhassem quando não deveriam caminhar, fossem pálidas em uma terra de gente corada. Ele precisava matar e matar e então matar outra vez. Precisava criar cadáveres e mortos. Precisava destruir Incinerador atrás de Chaminé atrás de Crematório. Explosão atrás de explosão. Morte sobre morte. Então, quando todos os Incineradores estivessem arruinados e os necrotérios montados às pressas estivessem lotados de corpos de pessoas estilhaçadas pelas explosões, ele começaria a fazer amigos, a angariar mortos para a sua causa.

Antes que possam rastreá-lo, localizá-lo e matá-lo, eles precisam ser mortos. Até agora, estava seguro. Podia matar sem ser morto. As pessoas não saíam por aí simplesmente matando. Havia essa margem de segurança. Ele saiu da vala abandonada, ficou de pé na estrada.

Tirou a faca do bolso e chamou o próximo carro que passou.

ERA COMO SE FOSSE Quatro de Julho, dia da independência dos Estados Unidos! A maior de todas as queimas de fogos. O Incinerador do Porto da Ciência se partiu ao meio e saiu voando. Gerou milhares de pequenas explosões, que culminaram em outra ainda maior. Caiu sobre a cidade, esmagou casas, queimou árvores.

Despertou pessoas do seu sono e as fez dormir outra vez instantes depois, dessa vez para sempre.

William Lantry, sentado num carro que não era o seu, mexeu no botão do rádio para sintonizar uma estação. O colapso do Incinerador havia assassinado quatrocentas pessoas. Muitas estavam nas casas esmagadas, outras foram atingidas pelo metal que voou. Um necrotério temporário estava sendo montado em...

Deram um endereço.

Lantry o anotou a lápis num caderno.

Poderia seguir assim, pensou, de cidade em cidade, de país em país, destruindo os Crematórios, os Pilares de Fogo, até derrubar por completo aquela magnífica estrutura de chamas e cauterização. Fez uma estimativa apropriada: cada explosão provocava em média quinhentos mortos. Era possível elevar esse número para cem mil em pouco tempo.

Ele pisou fundo no acelerador. Sorrindo, dirigiu pelas ruas sombrias da cidade.

O MÉDICO-LEGISTA tinha solicitado um antigo galpão. Da meia-noite às quatro da manhã, os veículos cinza zuniram pelas ruas cintilantes pela chuva, entrando e largando os corpos sobre o piso frio de concreto, cobertos por lençóis brancos. O fluxo se manteve contínuo até por volta das quatro e meia da manhã, quando cessou. Havia quase duzentos corpos ali, brancos e gélidos.

Os corpos foram deixados sozinhos; ninguém ficou para trás para cuidar deles. Não havia por que cuidar dos mortos; era um procedimento inútil; os mortos sabiam cuidar de si mesmos.

Por volta das cinco, com um rastro de sol despontando ao leste, a primeira leva de parentes chegou para identificar filhos, pais, mães e tios. As pessoas entraram depressa no galpão, identificaram os corpos e saíram com a mesma rapidez. Por volta das seis, com o céu ainda mais claro ao leste, todos já haviam partido.

William Lantry atravessou a avenida ampla e úmida e entrou no galpão.

Tinha um pedaço de giz azul na mão.

Passou pelo legista, que estava parado na entrada falando com outros dois:

— ... levar os corpos ao Incinerador em Mellin Town amanhã... — As vozes desapareceram.

Os pés de Lantry ecoavam suavemente no concreto frio conforme ele andava. Uma onda de alívio que não se sabe de onde surgiu tomou conta dele enquanto caminhava em meio às pessoas cobertas. Estava entre outros como ele. E... melhor do que isso, meu Deus! Ele os *criara*! Fizera com que estivessem mortos! Havia criado para si um vasto número de amigos inertes!

Será que o legista o observava? Lantry virou a cabeça. Não. O galpão estava tranquilo e silencioso, coberto pela sombra da manhã escura. Agora o legista se afastava, atravessando a rua ao lado de dois funcionários; um carro havia aparecido do outro lado, e o legista tinha ido conversar com seja lá quem estivesse dentro do veículo.

William Lantry ficou ali e desenhou com o giz azul um pentagrama ao lado de cada corpo. Ele se movia com rapidez, muita rapidez, sem emitir um só ruído, sem piscar. Em poucos minutos, conferindo de vez em quando para ver se o legista ainda estava ocupado, tinha feito desenhos ao lado de cem corpos no chão. Ele se endireitou e guardou o giz no bolso.

Agora chegou a hora de todos os bons homens virem em auxílio, agora chegou a hora de todos os bons homens virem em auxílio, agora chegou a hora de todos os bons homens virem em auxílio, agora chegou a hora...

Ao longo de séculos, enquanto estava deitado na terra, os processos e pensamentos das pessoas que passaram, do tempo que passou, foram se infiltrando nele, devagarinho, como se fosse uma esponja enterrada bem fundo. Dentro dele, movida por alguma memória de morte, uma máquina de escrever preta datilografava repetidamente, por ironia, em linhas escuras e alinhadas, estas palavras pertinentes:

Agora chegou a hora de todos os bons homens, de todos os bons homens, virem em auxílio de...

William Lantry.

Outras palavras...

Levante-se, meu amor, e venha...

A raposa marrom e veloz saltou pela... Uma paráfrase. O corpo que se ergueu depressa saltou sobre o Incinerador derrubado...

Lázaro, emerja do seu túmulo...

Ele sabia as palavras certas. Só precisava dizê-las do modo como foram pronunciadas ao longo dos séculos. Bastava gesticular com as mãos e proferir as palavras, as palavras sombrias que fariam esses corpos tremularem, erguerem-se e caminharem!

E, quando se levantassem, ele os levaria à cidade, eles matariam os outros, e os outros se ergueriam e caminhariam. No fim, milhares de bons amigos caminhariam ao seu lado. E quanto às pessoas ingênuas e vivas deste ano, deste dia, desta hora? Estariam completamente despreparadas. Seriam derrotadas, pois não esperavam nenhuma guerra de nenhum tipo. Tampouco achavam que aquilo era possível, e tudo chegaria ao fim antes que elas pudessem ao menos se convencer de que algo tão ilógico fosse plausível.

Ele ergueu as mãos. Seus lábios se moveram. Ele disse as palavras. Começou a entoar um sussurro e foi erguendo a voz. Repetiu as palavras, várias e várias vezes. Seus olhos se fecharam, apertados. Seu corpo sacodiu. Ele falou cada vez mais rápido. Começou a avançar entre os corpos. As palavras sombrias fluíam de sua boca. Estava encantando com sua própria fórmula. Ele se curvou e fez mais símbolos azuis no concreto, como os antigos feiticeiros, sorrindo, confiante. A qualquer momento, o primeiro tremor dos corpos inertes, a qualquer momento se ergueriam e saltariam os gelados!

Suas mãos se ergueram no ar. Sacudiu a cabeça. Falou, falou, falou. Gesticulou. Falou e falou e falou. Gesticulou. Falou alto acima dos corpos, seus olhos cintilaram, seu corpo enrijeceu.

— Agora! — ele gritou, violentamente. — Levantem-se, *todos* vocês.

Nada aconteceu.

— Levantem-se! — ele berrou, com uma voz terrível e atormentada.

Os lençóis permaneceram brancos na sombra azul sobre os corpos silenciosos.

— Escutem-me e ajam! — ele gritou.

A distância, na rua, um carro passou zunindo.

Ele gritou e implorou outra e outra vez. Ajoelhou-se diante de cada corpo e pediu aquele favor, tão violento e específico. Nenhuma resposta. Ele perambulou, selvagem, entre as fileiras brancas, jogando os braços para o alto, curvando-se de novo para desenhar os símbolos azuis!

Lantry estava muito pálido. Lambeu os lábios.

— Vamos lá, levantem-se — ele disse. — Os corpos fazem isso, sempre fizeram, por milhares de anos. Quando você desenha um símbolo... tcharam! E fala uma palavra... tcharam! Eles sempre se erguem! Por que vocês não, por quê? Vamos lá, *vamos*, antes que *eles* voltem!

O galpão foi coberto pela sombra. Havia vigas de aço horizontais e verticais. Debaixo daquele telhado não se ouvia um som, exceto os desvarios de um homem solitário.

Lantry parou.

Através das portas amplas do galpão, ele vislumbrou as últimas estrelas frias da manhã.

O ano era 2349.

Seus olhos gelaram e suas mãos caíram ao lado do corpo. Ele não se mexeu.

ERA UMA VEZ UMA ÉPOCA em que pessoas estremeciam ao ouvir o vento percorrendo a casa, em que pessoas erguiam crucifixos e usavam acônito, em que acreditavam em mortos que andavam e morcegos e lobos brancos galopantes. A mente os trouxe à luz e lhes deu a realidade.

Mas...

Ele olhou para os corpos cobertos por lençóis brancos.

Essas pessoas não acreditavam nessas coisas.

Nunca acreditaram. Nunca acreditariam. Nunca imaginaram que os mortos poderiam voltar a caminhar. Os mortos eram queimados e saíam pela chaminé. Nunca ouviram falar em superstições, nunca estremeceram ou hesitaram frente à escuridão. Mortos-vivos não podiam existir, eram ilógicos. Afinal, era o ano 2349!

Portanto, essas pessoas não podiam se erguer, não podiam voltar a caminhar. Estavam mortas e geladas. Nada, nem giz, nem pragas ou superstições, seria capaz de colocá-las para caminhar outra vez. Estavam mortas e *sabiam* disso!

Ele estava sozinho.

Havia pessoas vivas no mundo, andando por aí, dirigindo carros, bebendo em silêncio em bares mal iluminados de estradas vicinais, beijando mulheres e travando boas conversas o dia todo, todos os dias. Mas ele não estava vivo.

A fricção lhe dava o pouco calor que possuía.

Agora havia duzentas pessoas mortas naquele galpão, geladas sobre o chão. Os primeiros mortos em centenas de anos que receberam a permissão de serem cadáveres por outra hora ou mais. Os primeiros que não foram enfiados de imediato no Incinerador e queimados feito um fósforo.

Ele deveria estar feliz com eles, entre eles.

E não estava.

Eles estavam completamente mortos. Não sabiam caminhar nem acreditavam que, com o coração parado, isso fosse possível. Estavam mais mortos do que ele jamais estivera.

E de fato ele se encontrava sozinho, mais sozinho do que qualquer outro homem estivera. Sentiu o arrepio da solidão subir pelo seu peito, estrangulando-o em silêncio.

William Lantry se virou de repente e tomou um susto.

Enquanto permanecera ali parado, alguém havia entrado no galpão. Um homem alto, de cabelo grisalho, que vestia um sobretudo leve e bege e não usava chapéu. Era impossível saber quanto tempo fazia que ele estava ali.

Lantry não tinha por que ficar. Ele se virou e começou a se afastar lentamente. Olhou apressadamente para o outro homem ao passar, e o senhor grisalho retribuiu o olhar, curioso. Teria escutado algo? As maldições, as súplicas, os gritos? Suspeitava de algo? Lantry reduziu o passo. Será que fora visto fazendo as marcas de giz azul? Nesse caso, o homem as interpretaria como símbolos de uma superstição antiga? Provavelmente não.

Chegando à porta, Lantry parou. Por um instante, não quis fazer nada a não ser se deitar fria e verdadeiramente morto no chão, e ser carregado em silêncio pelas ruas até chegar a qualquer crematório distante, onde seria despachado na forma de cinzas e fogo sussurrante. Se de fato estava sozinho e não havia como reunir um exército para lutar por sua causa, existiria algum motivo para seguir em frente? Matar? Sim, ele mataria mais uns milhares, mas não seria o bastante. Ele só chegaria até certo ponto, até o ponto em que alguém o derrubasse.

Olhou para o céu frio.

Um foguete percorreu o paraíso negro, soltando chamas.

Marte ardia em vermelho entre um milhão de estrelas.

Marte. A biblioteca. A bibliotecária. A conversa. Homens que voltaram do foguete. Túmulos.

Lantry quase soltou um grito. Segurou a mão, que ardia com o desejo de se erguer aos céus e encostar em Marte. Linda estrela vermelha no céu. Bela estrela, que de repente lhe trazia uma nova esperança. Se seu coração estivesse vivo, agora estaria batendo ensandecido; o suor escorreria por seu corpo e seus pulsos tremeriam, seus olhos se encheriam de água!

Ele iria até seja lá onde os foguetes eram lançados rumo ao céu. Iria a Marte, de um jeito ou de outro. Viajaria aos túmulos marcianos. Lá, lá, meu Deus, havia cadáveres, e ele apostaria até sua última gota de ódio que se ergueriam, caminhariam e trabalhariam com ele! Sua cultura era muito diferente daquela da Terra, era muito mais antiga. Se a bibliotecária não tinha mentido, era herdeira dos egípcios. E os egípcios... que cultura repleta de superstições sombrias e terrores noturnos! Então, iria para Marte. O lindo planeta Marte!

Mas não podia chamar atenção. Precisava andar com cuidado. Queria correr, é claro, afastar-se, mas aquele seria o pior movimento possível. O homem grisalho observava Lantry de tempos em tempos junto à entrada. Havia muitas pessoas por ali. Se algo desse errado, ele era minoria. Até agora, não havia enfrentado mais de um homem por vez.

Lantry se forçou a parar e pisar nos degraus diante do galpão. O homem grisalho também apareceu nos degraus e ficou parado, observando o céu. Parecia prestes a falar algo a qualquer instante. Mexericou nos bolsos, pegou um maço de cigarros.

FICARAM PARADOS DO LADO DE FORA do necrotério juntos, o homem rosado, grisalho, e Lantry, com as mãos nos bolsos. Era uma noite fresca e a Lua parecia uma concha branca inundando uma casa aqui, uma estrada acolá e, mais à frente, um trecho de rio.

— Quer um cigarro? — o homem ofereceu a Lantry.

— Obrigado.

Acenderam os cigarros juntos. O homem olhou para a boca de Lantry.

— Noite fria.

— Fria mesmo.

Trocavam o peso dos pés.

— Acidente terrível.

— Terrível.

— Muitos mortos.

— Muitos.

Lantry sentiu-se como um delicado contrapeso em uma balança. O outro homem não parecia observá-lo, apenas escutava e sentia alguma coisa. Havia um equilíbrio frágil que provocava um amplo desconforto. Ele queria se afastar e romper esse equilíbrio, aumentando seu peso. O homem alto e grisalho disse:

— Meu nome é McClure.
— Você tinha algum amigo ali dentro? — perguntou Lantry.
— Não. Um conhecido. Acidente pavoroso.
— Pavoroso.
— Eles se equilibravam mutuamente. Um carro passou zunindo pela rua com suas dezessete rodas girando em silêncio. A lua exibiu uma pequena cidade para além das colinas escuras.
— A ver — disse o homem, McClure.
— Sim.
— Pode me ajudar com uma dúvida?
— Com todo prazer. — Soltou a faca do bolso do seu casaco, preparando-se.
— Seu nome é Lantry? — perguntou, enfim, o homem.
— Sim.
— *William* Lantry?
— Sim.
— Então você é o homem que saiu do cemitério de Salem anteontem, não?
— Sim.
— Ah, meu Deus, estou tão feliz em encontrá-lo, Lantry! Estamos procurando você há vinte e quatro horas!

O homem tomou sua mão, apertou-a, deu um tapinha em suas costas.

— Como é que é?
— Meu Deus, camarada, por que você saiu correndo? Você não se deu conta do que está acontecendo? Queremos conversar com você!

McClure estava sorrindo, reluzente. Outro aperto de mão, outro tapinha.

— Achei que era *mesmo* você!

Esse homem está louco, pensou Lantry. Completamente maluco. Derrubei Incineradores, matei pessoas e ele está apertando a minha mão. Louco, louco!

— Você me acompanharia até o Salão? — perguntou o homem, pegando-o pelo ombro.

— Q-que salão? — Lantry deu um passo para trás.

— O Salão Científico, é claro. Não é todo ano que temos um caso real de animação suspensa. Em pequenos animais, sim, mas dificilmente num homem! Você virá?

— Qual é o esquema? — Lantry exigiu, encarando-o. — Que papo é esse?

— Meu bom camarada, do que você está falando? — O homem estava perplexo.

— Deixa pra lá. Era só por isso que você queria me ver?

— Que outro motivo eu teria, sr. Lantry? Você não faz ideia de como estou feliz por encontrá-lo! — Ele quase deu uma dancinha. — Bem que suspeitei. Quando estávamos lá dentro, juntos. Você todo pálido. E o jeito como fumou seu cigarro, tinha algo nisso, e muitas outras coisas, todas subliminares. Mas é você, não é? É você!

— Sou eu. William Lantry — disse, seco.

— Que bom, amigo! Vamos lá!

O CARRO SE MOVIA COM AGILIDADE pelas ruas ao amanhecer. McClure falava rapidamente.

Lantry ficou sentado, ouvindo, surpreso. Aqui está McClure, um idiota mostrando suas cartas! Eis um cientista estúpido, ou seja lá o que for, aceitando-o não como um passageiro suspeito, um instrumento de assassinato. Ah não! Pelo contrário! Apenas um caso de animação suspensa! Não era nada perigoso. Longe disso!

— Claro! — gritou McClure, sorrindo. — Você não sabia aonde ir, a quem recorrer. Deve ter sido incrível.

— Foi.

— Suspeitei que você estaria no necrotério hoje à noite — disse McClure, feliz.

— Ah é? — Lantry enrijeceu.

— Sim. Não consigo explicar. Mas você... como posso dizer? Americanos antigos? Vocês tinham ideias engraçadas a respeito da morte. E você estava entre os mortos havia tanto tempo, senti que você seria atraído pelo acidente, pelo necrotério e tudo mais. Não faz muito sentido. É meio bobo, para falar a verdade. Só um pressentimento. Odeio pressentimentos, mas lá estava eu. Eu tive uma, acho que você chamaria isso de intuição, não?

— Dá pra chamar assim.

— E lá estava você!

— Lá estava eu — disse Lantry.

— Está com fome?

— Já comi.

— Como você andou por aí?

— De carona.

— Como?

— Umas pessoas me deixaram viajar com elas na estrada.

— Impressionante.

— Imagino que pareça mesmo. — Ele olhou para as casas que passavam. — Então, estamos na era das viagens espaciais?

— Ah, faz uns quarenta anos que viajamos para Marte.

— Incrível. E esses grandes funis, essas torres no meio da cidade?

— Você não ouviu falar deles? São os Incineradores. Ah, é claro, não existia nada parecido em sua época. Não estamos tendo sorte com eles. Houve uma explosão em Salem e outra aqui, tudo em apenas quarenta e oito horas. Achei que você ia dizer algo; o que foi?

— Estava pensando — disse Lantry. — Como tive sorte de sair do meu caixão na hora certa. Poderia muito bem ter sido jogado num desses Incineradores e acabar queimado.

— Isso seria terrível, não?

— Muito.

Lantry brincou com os botões no painel do carro. Não iria para Marte. Tinha mudado de planos. Se esse idiota simplesmente se recusava a reconhecer um ato de violência ao se deparar com um, melhor deixá-lo agir feito idiota. Se não ligaram as duas explosões ao homem saído do túmulo, estava tudo bem. Que continuassem se iludindo. Se não eram capazes de imaginar alguém cruel e assassino, que Deus os ajudasse. Ele esfregou as mãos, satisfeito. Não, nada de viagem a Marte para você por enquanto, meu amigo Lantry. Antes vamos ver o que pode ser feito de dentro. Há tempo de sobra. Os Incineradores podem esperar uma semana a mais. Sabe, é preciso sutileza. Por ora, qualquer outra explosão pode levantar uma onda de pensamentos.

McClure continuava tagarelando sem parar.

— Claro, você não precisa ser examinado de imediato. Vai querer descansar. Você vai ficar na minha casa.

— Obrigado. Não estou a fim de ser futricado. Temos tempo de sobra para começarmos daqui a tipo... uma semana.

Eles pararam diante de uma casa e saíram do veículo.

— Você, naturalmente, vai querer dormir.

— Dormi durante séculos. Estou feliz de estar acordado. Não estou nem um pouco cansado.

— Que bom. — McClure deixou-o entrar na casa. Ele avançou até o bar. — Um drinque vai nos animar.

— Tome um você — disse Lantry. — Depois eu bebo. Só quero me sentar.

— Claro, sem problemas, fique à vontade. — McClure preparou um coquetel para si. Olhou ao redor do cômodo, olhou para Lantry, parou por um instante com a bebida em mãos, curvou a cabeça para um lado e pôs a língua no queixo. Então deu de ombros e misturou a bebida. Caminhou lentamente até a cadeira e se sentou, bebericando o drinque. Parecia esperar ouvir algo. — Tem cigarros na mesa — ele disse.

— Obrigado. — Lantry pegou um, acendeu e fumou. Não falou por um bom tempo.

Lantry pensou, estou levando tudo isso muito tranquilamente. Talvez devesse matá-lo e fugir. Ele é o único que me descobriu até agora. Talvez seja tudo armação. Talvez estejamos apenas esperando a polícia. Ou seja lá o que diabos usam no lugar da polícia hoje em dia. Olhou para McClure. Não. Não aguardavam a polícia. Esperavam alguma outra coisa.

McClure não falou. Olhou para o rosto de Lantry e para as suas mãos. Olhou o peito de Lantry por um bom tempo, num silêncio tranquilo. Bebericou seu coquetel. Olhou para os pés de Lantry.

Enfim, disse:

— Onde você conseguiu suas roupas?

— Pedi roupas a umas pessoas e me deram. Foi uma grande gentileza.

— Você logo vai descobrir que somos assim nesse mundo. Basta pedir.

McClure ficou em silêncio de novo. Ele mexia os olhos. Apenas os olhos, nada mais. Ergueu o copo uma ou duas vezes.

Um pequeno relógio tiquetaqueava ao longe.
— Fale-me sobre você, sr. Lantry.
— Não tenho muito o que dizer.
— Você é modesto.
— Dificilmente. Você conhece o meu passado. Não sei nada do futuro, ou melhor, de "hoje", ou de anteontem. Não se aprende muito dentro de um caixão.

McClure não falou nada. De repente, sentou-se inclinado na cadeira, recostou-se outra vez e balançou a cabeça.

Nunca suspeitarão de mim, pensou Lantry. Não são supersticiosos, simplesmente *não* acreditam que um morto possa caminhar. Portanto, estarei sempre seguro. Continuarei adiando o exame físico. São educados. Não vão me pressionar. Então, me esforçarei para ir a Marte. Depois disso vêm os túmulos, no meu próprio tempo, e o plano. Nossa, que simples. Como essas pessoas são ingênuas.

MCCLURE FICOU SENTADO do outro lado da sala por cinco minutos. Tinha sido dominado por uma frieza. A cor desaparecia lentamente de seu rosto, como some a cor de um remédio quando pressionamos a extremidade de um conta-gotas. Ele se inclinou para a frente, sem dizer nada, e ofereceu outro cigarro a Lantry.

— Obrigado — Lantry aceitou. McClure afundou na poltrona, os joelhos curvados um sobre o outro. Não olhou para Lantry diretamente, mas de algum modo o observou. A sensação de peso e contrapeso voltou. McClure era como um mestre dos cães, alto e magro, buscando ouvir algo que ninguém mais conseguia escutar. Existem uns apitos pequenos e cinza que só os cães escutam. McClure parecia aguçar seus ouvidos, sensível a um apito invisível, escutando com os olhos e a boca seca, semiaberta, inspirando com as narinas doloridas.

Lantry puxou fumaça do cigarro, puxou fumaça do cigarro, puxou fumaça do cigarro, e soprou a fumaça, soprou a fumaça, soprou a fumaça. McClure era como um cão magro de ouvidos aguçados, deslizando os olhos para o lado, apreensivo com aquela mão tão precisamente microscópica que só podia ser sentida como fazemos para ouvir os apitos invisíveis, acionando-se uma parte do cérebro mais profunda que os olhos, as narinas ou o ouvido. McClure era todo uma balança de precisão, era todo antenas. O cômodo estava tão silencioso que a fumaça do cigarro produzia uma espécie de ruído invisível ao subir em direção ao céu. McClure era um termômetro, uma balança química, um cão de ouvidos aguçados, um papel de tornassol, uma antena; tudo isso. Lantry não se moveu. Talvez a sensação passasse. Já passara outra vezes. McClure não se mexeu por um bom tempo e então, sem dizer uma palavra, apontou com a cabeça para o decantador de xerez, e Lantry recusou, tão silencioso quanto ele. Ficaram sentados, olhando sem olhar um para o outro, outra vez, e então desviando os olhos para longe, outra vez, e então para longe.

McClure foi se enrijecendo lentamente. Lantry viu suas bochechas magras empalidecerem e a mão que apertava o copo de xerez, e enfim ele entendeu, um entendimento que jamais o deixaria, e esse entendimento penetrou seus olhos.

Lantry não se moveu. Não podia. Tudo por causa do fascínio, porque queria ver, ouvir o que aconteceria a seguir. De agora em diante, o show era de McClure.

McClure disse:

— Primeiro pensei que era a psicose mais incrível que já vi. Eu me refiro a você, no caso. Pensei: ele se convenceu, Lantry se convenceu, ele está doido, ele disse a si mesmo todas essas bobagens.

— McClure falava como se estivesse em um sonho, e continuou falando, sem parar.

"Disse a mim mesmo, é de propósito que ele não respira pelo nariz. Observei suas narinas, Lantry. Os pequenos pelos das narinas não tremularam nenhuma vez na última hora. Isso não foi o bastante. Foi apenas um fato que registrei. Ele respira pela boca, eu disse a mim mesmo, de propósito. E então ofereci um cigarro, que você puxou e soprou, puxou e soprou. Nenhum traço de fumaça saiu pelo seu nariz. Eu me disse, bom, tudo certo. Ele não traga. Seria algo terrível, algo suspeito? Tudo na boca, tudo na boca. E então olhei para o seu peito. Fiquei observando. Nunca se moveu, nem para cima, nem para baixo, não fez nada. Ele se convenceu disso, falei a mim mesmo. Ele se convenceu de todas as coisas. Ele não move o peito, só muito lentamente, quando acha que você não está olhando. Foi o que eu disse a mim mesmo."

As palavras seguiram no quarto silencioso, sem pausa, ainda como num sonho.

— E então ofereci uma bebida, e você não a bebeu, e pensei, ele não bebe. Seria algo terrível? E observei e observei você esse tempo todo. Lantry está prendendo a respiração, está se enganando. Mas agora, sim, agora entendo muito bem. Agora entendo as coisas como são. Sabe o que eu sei? Não escuto respiração nessa sala. Espero e não escuto nada. Não há coração batendo nem ar entrando nos pulmões. O lugar está tão silencioso. Besteira, alguém poderia dizer, mas eu sei. No Incinerador eu já sabia. Há uma diferença. Quando você entra num quarto onde um homem está na cama, sabe de imediato se ele vai olhar para cima e falar com você ou se nunca mais fará isso de novo. Pode rir, se quiser, mas é possível saber. É algo subliminar. É o apito que o cachorro escuta e nenhum ser humano ouve. É o tique-taque de um relógio que bateu por tanto tempo que você para de perceber. Tem algo no quarto quando um homem mora nele. E isso já não está no quarto quando o homem dentro dele está morto.

McCLURE FECHOU OS OLHOS por um instante. Largou a taça de xerez. Esperou um momento. Pegou o cigarro, puxou a fumaça e colocou-o de volta num cinzeiro preto.

— Estou sozinho nesse quarto — ele disse.

Lantry não se mexeu.

— Você está morto — disse McClure. — Minha mente não sabe disso. Não é algo que se possa pensar. É algo dos sentidos, do inconsciente. Primeiro pensei, esse homem acha que está morto, que voltou dos mortos, um vampiro. Isso não é lógico? Será que um homem, enterrado muitos séculos atrás, que cresceu numa cultura supersticiosa e ignorante, não pensaria assim a respeito de si ao sair do túmulo? Sim, é lógico. O homem se hipnotizou e adaptou suas funções corporais de tal modo que não interfeririam em sua autoilusão, sua grande paranoia. Ele controla sua respiração. Ele diz a si mesmo "não consigo ouvir minha respiração, logo estou morto". Sua mente interna censura o som da respiração. Ele não se permite comer ou beber. Ele provavelmente faz tudo isso enquanto dorme, em algum lugar de sua mente, escondendo as provas de sua humanidade, de sua mente que passa iludida a maior parte do tempo.

McClure chegou ao fim.

— Eu estava errado. Você não está louco. Você não está se enganando. Nem a mim. Tudo isso é muito ilógico e, preciso admitir, quase assustador. Isso lhe faz bem, achar que me assusta? O fato de que não tenho como catalogá-lo? Você é um homem muito estranho, Lantry. Fico feliz por ter conhecido você. Isso vai resultar num relatório muito interessante, de fato.

— Tem algo errado com o fato de eu estar morto? — perguntou Lantry. — É crime?

— Você precisa admitir que é bastante incomum.

— Sim, mas insisto, é crime?

— Não temos criminalidade, nem tribunal de justiça. Queremos examiná-lo, é claro, para descobrir como isso aconteceu. É como uma substância que está inerte em um instante, e no seguinte se torna uma célula viva. Quem pode dizer o que aconteceu? Você é essa impossibilidade. Isso é o bastante para enlouquecer um homem.

— Serei liberado quando você terminar de me apalpar?

— Você não será preso. Se não quiser ser examinado, não será. Mas espero que nos ajude, oferecendo-nos seus serviços.

— De repente — disse Lantry.

— Mas, me diga — falou McClure. — O que você estava fazendo no necrotério?

— Nada.

— Ouvi você falando quando entrei.

— Estava apenas curioso.

— Mentira. Isso é muito ruim, sr. Lantry. A verdade é muito melhor. A verdade é que você está morto e, por ser o único de sua espécie, estava solitário. Então você matou aquela gente para arranjar companhia.

— Qual é a ligação?

McClure riu.

— Lógica, meu caro. Depois que *soube* que você estava morto de fato, há um instante, que você de fato era... como vocês chamam... um vampiro (que palavra besta!), associei-o de imediato às

explosões dos Incineradores. Antes disso, não havia motivos para fazer essa conexão. Mas depois que uma peça se encaixou, isso é, o fato de que você estava morto, foi simples presumir sua solidão, seu ódio, sua inveja, todas as motivações espalhafatosas de um cadáver ambulante. Então precisei apenas de um instante para ver os Incineradores explodidos, e imaginá-lo em meio aos corpos do necrotério, buscando ajuda, buscando amigos e pessoas como você com quem pudesse trabalhar para...
— Você é tão esperto! — Lantry tinha saído da cadeira.
Estava no meio do caminho até o outro homem quando McClure rolou e fugiu, arremessando o decantador de xerez. Lantry percebeu com grande desespero que, ao agir feito idiota, desperdiçara sua única chance de matar McClure. Deveria ter feito aquilo antes. Era a única arma de Lantry, sua margem de segurança. Em uma sociedade em que as pessoas nunca matavam umas às outras, elas jamais *suspeitavam* uma das outras. Era possível se aproximar de qualquer um e até matá-los.
— Volte já aqui! — Lantry arremessou a faca.
McClure foi para trás de uma cadeira. A ideia de fugir, de buscar proteção, de brigar, ainda era novidade para ele. Ele compreendia parte da ideia, mas restava a Lantry um pouco de sorte, se quisesse usá-la.
— Ah, não — disse McClure, segurando a cadeira entre si e o homem, que avançava. — Você quer me matar. É estranho, mas é verdade. Não consigo compreender. Você quer me cortar com essa faca ou algo assim, e cabe a mim convencê-lo a não fazer uma bizarrice dessas.
— Eu *vou* matar você! — Lantry deixou escapar. Ele se censurou. Era a pior coisa que poderia ter dito.
Lantry se jogou por cima da cadeira, agarrando McClure.

McClure lidou com isso de forma muito lógica.

— Nada de bom acontecerá se você me matar. Você *sabe* disso.

— Eles brigaram e se agarraram em uma grande balbúrdia, derrubando coisas no chão. Mesas caíram, espalhando objetos. — Lembra do que aconteceu no necrotério?

— Não me interessa! — gritou Lantry.

— Você não *trouxe* aqueles mortos de volta à vida, trouxe?

— Não me interessa! berrou Lantry.

— Olha só — disse McClure, razoável. — Nunca haverá outros como você, nunca, não há o que fazer.

— Então destruirei todos vocês, todos! — gritou Lantry.

— E depois? Você ainda estará sozinho, não haverá outros como você por aí.

— Vou para Marte. Há túmulos lá. Vou encontrar outros como eu!

— Não — disse McClure. — Foi expedida ontem uma ordem executiva. Todos os túmulos serão esvaziados. Os corpos serão queimados na semana que vem.

Caíram juntos no chão. Lantry tinha as mãos em volta da garganta de McClure.

— Por favor — disse McClure. — Você não percebe, você vai *morrer*.

— O que você disse? — berrou Lantry.

— Depois de matar todos nós, você ficará sozinho e morrerá! O ódio vai morrer. Você é movido a ódio, e só! A inveja te move. Nada além disso! Você morrerá, inevitavelmente. Você não é imortal. Você nem sequer está vivo, você não passa de um ódio ambulante.

— Não me interessa! — gritou Lantry, e começou a sufocar o homem, batendo com os punhos na cabeça dele, que estava agachado, com o corpo desamparado. McClure olhou para cima, para ele, com seus olhos moribundos.

A porta da frente se abriu. Dois homens entraram.

— Então — disse um deles. — O que é isso? Um jogo novo?

Lantry deu um pulo para trás e começou a correr.

— Sim, um jogo novo! — disse McClure, esforçando-se para se erguer. — Quem pegar ele ganha!

Os dois homens agarraram Lantry.

— Ganhamos — eles disseram.

— Me soltem! — Lantry se sacudiu, atingindo-os no rosto, fazendo sangue brotar.

— Segurem-no com força! — gritou McClure.

Eles o agarraram.

— Difícil esse jogo, hein? — disse um deles. — E o que a gente faz agora?

O CARRO ZUNIU PELA ESTRADA CINTILANTE. A chuva caía e um vento ressoava pelas árvores verde-escuras. No carro, com as mãos no volante, McClure falava. Sua voz era algo sussurrante, murmurante, hipnótica. Os dois outros homens estavam sentados no banco de trás. Lantry se sentou, ou melhor, recostou-se, no banco do carona, a cabeça para trás, os olhos pouco abertos, o brilho da luz verde dos medidores do painel nas suas bochechas. Sua boca estava relaxada. Ele não falou nada.

McClure conversou em voz baixa, com lógica, a respeito da vida e do movimento, da morte e da falta de movimento, a respeito do Sol e do grande sol, o Incinerador, a respeito do cemitério esvaziado, a respeito do ódio e de como o ódio sobrevivia e era capaz de fazer um homem de argila viver e se mover, e como tudo era ilógico, tudo, tudo. A pessoa estava morta, estava morta, e isso era tudo, tudo, tudo. Não tentava fazer diferente. O carro sussurrava pela estrada em movimento. A chuva pingava suavemente no para--brisa. Para onde se dirigiam? Para o Incinerador, é claro. A fumaça do cigarro subia lentamente pelo ar, encaracolando e amarrando-se em círculos e espirais cinza. Quando se estava morto, era preciso aceitar isso.

Lantry não se mexeu. Ele era uma marionete com os fios cortados. Só havia um pouquinho de ódio em seu coração, em seus olhos, que eram como carvões gêmeos, fracos, reluzentes, apagando.

Sou Poe, ele pensou. Sou tudo o que restou de Edgar Allan Poe, sou tudo o que restou de Ambrose Bierce e tudo o que restou de um homem chamado Lovecraft. Sou um morcego noturno cinza com dentes afiados e sou um monstro de um monólito preto quadrado. Sou Osíris, Baal e Seth. Sou o Necronomicon, o Livro dos Mortos. Sou a casa de Usher, desabando em chamas. Sou a Morte Rubra. Sou o homem emparedado nas catacumbas com um barril de Amontillado... Sou um esqueleto que dança. Sou um caixão, uma névoa, um raio refletido numa janela de uma casa antiga. Sou uma árvore de outono sem folhas, sou uma persiana sacudida pelo vento. Sou um volume amarelado que uma mão em forma de garra manuseia. Sou um órgão sendo tocado num sótão à meia-noite. Sou uma máscara, uma máscara de caveira atrás de um carvalho no último dia de outubro. Sou uma maçã envenenada flutuando na banheira, colidindo com narizes infantis, quebrando os dentes das crianças... Sou uma vela preta acesa diante de uma cruz invertida. Sou a tampa de um caixão, um lençol com olhos, passos numa escadaria sombria. Sou Dunsany e Machen e sou a Lenda de Sleepy Hollow. Sou A Pata do Macaco e o Fantasma de Rickshaw.

Sou o Gato e o Canário, o Gorila, o Morcego. Sou o fantasma do pai de Hamlet nos muros do castelo. Sou todas essas coisas. E agora essas últimas coisas serão queimadas. Enquanto eu vivi, elas viveram. Enquanto eu me movia e odiava e existia, *elas* ainda existiam. Sou *todos* que se lembram delas. Sou todas elas, que *ainda* persistem e *deixarão* de persistir hoje à noite. Hoje à noite, todos nós, Poe, Bierce e o pai de Hamlet, queimaremos juntos. Seremos reunidos, amontoados, e farão uma grande fogueira conosco, como no dia de Guy Fawkes, com gasolina, tochas, gritos e tudo a que se tem direito! E como berraremos. O mundo se livrará de nós, mas, ao partirmos, diremos como é o mundo, livre de medo, onde está a imaginação sombria dos tempos sombrios, a empolgação e a antecipação, o suspense do antigo Outubro, que desaparecerão e jamais retornarão, aplainados, esmagados e queimados pelo povo do foguete, pelo povo do Incinerador, destruídos e obliterados, a serem substituídos por portas que abrem e fecham e luzes que acendem e apagam sem medo. Se vocês fossem capazes de lembrar como vivemos um dia, o que o Dias das Bruxas era para nós, e o que Poe era, e como adorávamos a morbidez sombria. Mais um gole, caros amigos, de Amontillado, antes da queima. Tudo isso, tudo, existe apenas em um último cérebro da Terra. Um mundo inteiro morre hoje à noite. Mais uma bebida, reze.

— Chegamos — disse McClure.

O INCINERADOR ESTAVA BEM ILUMINADO. Uma música baixinha tocava por perto. McClure saiu do carro e surgiu do outro lado. Abriu a porta. Lantry ficou ali, recostado. A conversa, a conversa lógica, tinha drenado sua vida. Agora, ele não passava de um boneco de cera com um tênue brilho nos olhos. Esse mundo futuro, a maneira lógica que os homens tinham de falar com você, a lógica que usavam para tirar sua vida. Não acreditavam nele. A força de sua descrença o paralisou. Não era mais capaz de mover as pernas ou os braços. Só conseguia murmurar coisas sem sentido, gélido, os olhos piscando.

McClure e os dois outros o ajudaram a sair do carro, colocaram-no dentro de uma caixa dourada e o empurraram sobre a mesa de rolagem para o interior quente e cintilante do prédio.

Sou Edgar Allan Poe, sou Ambrose Bierce, sou o Dia das Bruxas, sou um caixão, uma névoa, a Pata do Macaco, um fantasma, um vampiro...

— Sim, sim — disse McClure, em voz baixa, acima dele. — Eu sei, eu sei.

A mesa deslizou. As paredes fecharam sobre ele e ao seu lado, a música tocou. Você está morto, você está logicamente morto.

Sou Usher, sou o Maelstrom, sou o Manuscrito Encontrado na Garrafa, sou o Poço e sou o Pêndulo, sou o Coração Delator, sou o Corvo, nunca mais, nunca mais.

— Sim — disse McClure, enquanto caminhavam suavemente. — Eu sei.

— Estou nas catacumbas! — gritou Lantry.

— Sim, as catacumbas — disse o homem caminhando atrás dele.

— Estou sendo amarrado a uma parede e não há garrafas de Amontillado aqui! — Lantry gritou, fraco, de olhos fechados.

— Sim — alguém disse.

Houve um movimento. A porta corta-fogo abriu.

— Agora estão me prendendo na cela, me trancafiando!

— Sim, eu *sei*. — Um sussurro.

A caixa dourada deslizou para dentro.

— Estou sendo emparedado! Que bela piada! Deixe-nos partir!
— Um grito selvagem e muitas risadas.
— Nós sabemos, nós entendemos...
A trava interna se abriu. O caixão dourado foi disparado às chamas.
— Pelo amor de Deus, Montresor! Pelo amor de Deus!

A BIBLIOTECA

AS PESSOAS LOTARAM A SALA. Profissionais da saúde cheirando a desinfetante, com extintores em mãos. Policiais com distintivos reluzindo nas chamas. Homens com tochas metálicas e exterminadores de baratas, jogando-se um em cima do outro, murmurando, gritando, curvando-se, apontando. Os livros eram rasgados e partidos como vigas. Cidades inteiras e torres de livros desmoronaram e se espatifaram. Machados bateram nas janelas, cortinas caíram em nuvens de poeira e fuligem. Do lado de fora da porta, o menino de olhos dourados observava em silêncio, vestindo um sári azul, seu pai dos foguetes e sua mãe dos plásticos atrás de si. O profissional de saúde pronunciou o pronunciamento. Um médico se curvou.

— Ele está morrendo — foi dito, de leve, no meio do barulho.

Homens antissépticos o colocaram numa maca e o carregaram pela sala, que desabava. Livros eram empilhados num incinerador portátil; crepitavam e estalavam e queimavam e se contorciam e desapareciam em chamas de papéis.

— Não! Não! — gritou A. — Não faça isso! São os últimos do mundo! Os últimos!

— Sim, sim — acalmou-o, mecanicamente, o profissional de saúde.

— Se você os queimar, não restará nenhum exemplar!

— A gente sabe, a gente sabe. A lei, a lei — disse o profissional de saúde.

— Idiotas, imbecis, babacas! Parem!

Os livros subiam e despencavam em cestos carregados. Escutava-se a sucção enérgica de um aspirador de pó.

— E quando os livros forem queimados, os últimos livros — A. enfraquecia —, só restarei eu, e as memórias na minha cabeça. E quando eu morrer, tudo isso desaparecerá. Desaparecerá para sempre. Todas as noites sombrias, os Dias das Bruxas, as máscaras brancas de esqueletos, os Bierces e os Poes, Anubis e Seth e os Nibelungos, os Machens e os Lovecrafts e os Frankensteins e os morcegos negros dos vampiros pairando, os Dráculas e os Golens, desaparecerão, todos desaparecerão.

— Sabemos disso, desaparecerão, desaparecerão — sussurrou o profissional.

Ele fechou os olhos.

— Desaparecerão. Desaparecerão. Rasguem meus livros, queimem meus livros, erradiquem, rasguem, limpem. Desenterrem os caixões, incinerem, livrem-se disso. Matem-nos, ah, matem-nos, pois somos castelos sinistros em manhãs à meia-noite, estamos soprando teias de vento e aranhas ágeis, e somos as portas que abrem rangendo e as persianas que batem, e somos a escuridão tão vasta que dez milhões de noites de escuridão são armazenadas em um neurônio. Somos corações enterrados em quartos assassinados, corações que brilham debaixo do assoalho.

Somos correntes tilintando e véus diáfanos, vapores de moças encantadas, adoráveis, mortas há muito tempo, em grandes escadarias de castelos, flutuantes, flutuando, ventosos, sussurrantes e uivantes. Somos a Pata do Macaco e a catacumba e a garrafa gorgolejante de Amontillado e o tijolo cimentado, e os três desejos. Somos a silhueta com uma capa, o olho de vidro, a boca ensanguentada, o canino afiado, a asa cheia de veias, a folha de outono no céu escuro e gelado, o lobo com o contorno do seu pelo branco reluzindo na manhã, somos os dias antigos que não voltaram à terra, somos o olho vermelho e selvagem e o uso repentino da faca ou da pistola. Somos tudo que é violento e sombrio. Somos os ventos lamuriosos e a triste neve caindo. Somos outubro, incendiando as terras até virar uma ruína fundida, tudo em chamas, tudo azul e uma fumaça melancólica. Somos o inverno profundamente congelado. Somos os monumentos nos quintais, o nome com as datas de nascimento e morte gravados no mármore. Somos a batida no caixão e o grito na noite.

— Sim, sim — sussurrou o profissional.

— Leve-me daqui, me queime, deixe que as chamas me carreguem. Me coloque numa catacumba de livros, emparede-me com os livros, cimente-me com os livros e queime todos nós juntos.

— Descanse tranquilo — sussurrou o profissional. — Estou morrendo, disse o sr. A.

— Não, não.

— Sim, estou. Você está me carregando.

A maca se movia. Seu coração empalidecia junto com ele e ficava cada vez mais fraco.

— Morrendo. Em um instante estarei morto.

— Descanse, por favor.

— Tudo isso se foi, para sempre, e nenhum de nós saberá que existiu, as noites escuras, Poe, Bierce, o resto. Já foi, tudo se foi.

— Sim — disse o profissional na escuridão em movimento.

Houve um crepitar de chamas. Estavam queimando a sala de forma científica, com fogo controlado. Havia uma chama vasta que soprava e destruía o interior da escuridão. Ele conseguia enxergar os livros explodirem como espigas de milho escuro.

— Pelo amor de Deus, Montresor!

A cunha ressecou, o vasto e antigo quintal do quarto chiou e soltou fumaça.

— Sim, pelo amor de Deus — murmurou o profissional.

— Uma bela piada, de fato, uma brincadeira excelente! Vamos dar uma bela risada ao falar disso no *palazzo*... tomando nosso vinho! Que desapareçamos...

No escuro, o profissional de saúde:

— Sim. Que desapareçamos.

A. caiu na escuridão suave. Tudo escuro, tudo se foi. Escutou os lábios secos repetirem, repetirem a única coisa que pensou em repetir enquanto sentia seu velho coração ceder e gelar dentro dele.

— *Requiescat in pace*.

Sonhou que estava se emparedando com tijolos e mais tijolos de livros.

Pelo amor de Deus, Montresor!

Sim, pelo amor de Deus!

ELE DESCEU NA ESCURIDÃO SUAVE, e antes de tudo ficar preto e desaparecer, ouviu seus próprios lábios secos repetindo e repetindo a única coisa que conseguia pensar em repetir enquanto sentia seu coração ceder e desistir dentro dele.

— *Requiescat in pace.*

FÊNIX BRILHANTE

NUM DIA DE ABRIL DE 2022, a grande porta da biblioteca fechou numa batida forte. Trovão. Olá, pensei.

NUM DEGRAU MAIS ABAIXO, olhando irritado para minha mesa e vestindo o uniforme da Legião Unida que não lhe caía mais tão bem como vinte anos antes, encontrava-se Jonathan Barnes. Percebendo a pausa momentânea de sua bravata, lembrei-me de dez mil discursos aos veteranos disparados pela sua boca, dos infinitos comícios que ele tinha organizado, sacudindo bandeiras ao vento, ofegante, dos banquetes de galinha fria e gordurosa e ervilhas que ele tinha praticamente preparado sozinho; seus natimortos impulsos cívicos.

Agora Jonathan Barnes subia pisoteando os degraus da escadaria da biblioteca, empregando em cada passo toda sua força, seu peso e sua nova autoridade. Seus ecos, que ecoavam apressados do vasto teto, devem tê-lo impressionado a ponto de melhorar seu

comportamento, pois quando enfim chegou à minha mesa, senti seu hálito caloroso de álcool emitir meros sussurros em meu rosto.
— Estou aqui por causa dos livros, Tom.
Casualmente me virei para conferir umas fichas.
— Quando estiverem prontos, nós o chamaremos.
— Um momento — ele disse. — Espere...
— Você veio pegar os livros salvos dos veteranos para distribuir no hospital?
— Não, não — ele gritou. — Vim por causa de *todos* os livros.
Encarei-o.
— Bom — ele disse —, pela *maioria*.
— Maioria? — Pisquei e voltei a folhear as fichas. — Só é possível retirar dez volumes por vez. Deixe-me ver. Aqui. Oras, seu cadastro da biblioteca está vencido há vinte, trinta anos. Viu só? — Levantei o cartão.

Barnes pôs as mãos na mesa e inclinou seu corpanzil sobre ela.
— O que eu vejo é que você está interferindo. — Seu rosto enrubesceu, sua respiração ficou rouca e crepitante. — *Eu* não preciso de um cartão para fazer *meu* trabalho!

Seu sussurro saiu tão alto que uma miríade de páginas brancas parou de borboletear sob as luminárias verdes nas grandes salas de pedra. Num som fraco e distante, alguns livros foram fechados.

Leitores ergueram seus rostos serenos. Seus olhos, que pareciam os de antílopes devido ao tempo e ao clima daquele lugar, imploravam pela volta do silêncio, como quando um tigre aparece e some de uma fonte de água fresca. Olhando para esses rostos gentis, fitando para o alto, pensei em meus quarenta anos de vida, de trabalho e até de sono que passei aqui entre vidas ocultas e pessoas de pergaminho, silenciosas e imaginárias. Agora, como sempre, eu considerava minha biblioteca como uma caverna fresca ou uma floresta que não parava de crescer na qual homens fugiam do calor do dia e do movimento febril para refrescar o corpo e banhar a mente por uma hora na iluminação cor de grama, no som da pequena brisa que soprava no folhear das páginas suaves e pálidas. Então, mais focados, suas ideias voltavam a ser emolduradas, sua carne amolecia ao redor dos ossos, e podiam retornar à fornalha da realidade, do meio-dia, do trânsito da multidão, da senescência improvável, da morte inescapável. Vi milhares de pessoas entrando na biblioteca esfomeadas e saindo dela bem alimentadas. Vi pessoas perdidas se encontrarem. Vi realistas sonharem e sonhadores acordarem nesse santuário de mármore onde o silêncio era o marcador de cada livro.

— Sim — disse, enfim. — Mas só preciso de um segundinho para registrar um novo cartão para você. Pode me dar duas referências confiáveis...

— Não *preciso* de referências — disse Jonathan Barnes — para queimar livros!

— Pelo contrário — eu disse. — É aí que você precisa delas.

— Meus homens são minhas referências. Estão esperando pelos livros lá fora. Eles são perigosos.

— Esses homens sempre são.

— Não, não, estou falando dos livros, seu idiota. Os *livros* são perigosos. Por Deus, eles não entram em acordo. Toda essa conversa dúbia. Toda essa porcaria de Babel, que baboseira. Então, a gente está aqui para simplificar, esclarecer, seguir a orientação. Precisamos...

— Conversar a respeito — eu disse, pegando um exemplar de Demóstenes, colocando-o debaixo do braço. — Está na hora de meu jantar. Junte-se a mim, por favor...

Estava na metade do caminho até a porta quando Barnes, de olhos esbugalhados, de repente se lembrou do apito prateado pendurado diante da camisa, enfiou-o nos lábios molhados e deu um sopro penetrante.

As portas da biblioteca se escancararam. Homens de uniforme chamuscados de carvão inundaram o local, colidindo uns nos outros enquanto subiam as escadas, barulhentos.

Chamei a atenção deles, suavemente.

Eles pararam, surpresos.

— Silêncio, por favor — disse.

Barnes me pegou pelo braço.

— Você está se opondo a uma ordem legal?

— Não — disse. — Nem vou pedir para ver sua permissão de invasão de propriedade. Apenas quero que façam silêncio enquanto trabalham.

Os leitores nas mesas tinham se levantado, numa tempestade de pés. Fiz um gesto com a mão. Eles voltaram a se sentar e não olharam de novo para cima, para os homens apertados em seus uniformes justos e escuros, manchados de carvão, que encaravam minha boca, como se não acreditassem em meus alertas. Barnes acenou com a cabeça. Os homens se moveram suavemente, na ponta dos pés, pelas grandes salas da biblioteca. Com um cuidado extra, sorrateiros, ergueram as janelas. Sem emitir um ruído, sussurrando, coletaram livros das estantes e os jogaram no quintal abaixo. Várias vezes, franziram as sobrancelhas para os leitores que continuaram folheando calmamente seus livros, mas não fizeram nenhum movimento para recolher esses volumes, e continuaram esvaziando as estantes.

— Bom — eu disse.

— Bom? — perguntou Barnes.

— Seus homens conseguem trabalhar sem sua supervisão. Tire cinco minutos de descanso.

E saí no crepúsculo tão rapidamente que ele só pôde me seguir, explodindo com perguntas que não tinha feito. Atravessamos o quintal verde, onde um enorme Inferno portátil tinha se erguido esfomeado, um forno de piche preto que disparava chamas vermelho-alaranjadas e de um azul gasoso ao qual homens atiravam com pás os pássaros selvagens, os pombos literários que desciam loucamente, despencando de asas quebradas, os voos preciosos que saíam de todas as janelas e caíam num baque na terra, para serem banhados em querosene e atirados na fornalha gulosa. Enquanto passamos por essa indústria destrutiva, mas colorida, Barnes ponderou.

— Curioso. Deveria haver multidões para testemunhar uma cena dessas. Mas... nada de multidão. Qual seria a razão disso?

Segui adiante. Ele teve de correr para me alcançar.

No pequeno café do outro lado da rua, pegamos uma mesa e Barnes, irritado por algum motivo que não era capaz de dizer, berrou:

— Garçom! Preciso voltar logo pro trabalho!

Walter, o proprietário, veio caminhando com alguns cardápios de bordas gastas. Walter olhou para mim. Pisquei para ele.

Walter olhou para Jonathan Barnes.

Walter disse:

— "Venha viver comigo e seja meu amor, vamos provar todos os prazeres."*

— Quê? — Jonathan Barnes pestanejou.

— "Me chame de Ismael"** — disse Walter.

— Ismael — falei. — Vamos começar com um café.

Walter voltou com café.

---

* Citação de Marlowe, "The Passionate Shepherd to His Love": "Come live with me and be my love, And we will all the pleasures prove".(N.T.)
** Citação de *Moby Dick*, Herman Melville. (N.T.)

— "Tigre, tigre, que flameja" — ele disse — "nas florestas da noite."*

Barnes encarou o homem, que se afastou, descontraído.

— Qual é a dele? Tá doido?

— Não — respondi. — Mas pode continuar o que você estava falando na biblioteca. Explique.

— Explicar? — disse Barnes. — Meu Deus, você é todo doçura racional. Certo, vou explicar. Esse é um experimento incrível. Uma cidade-teste. Se a queima aqui funcionar, funcionará em todos os outros lugares. Não queimamos tudo, não, não. Você notou que meus homens limparam apenas certas estantes e categorias? Vamos eviscerar 49,2%. Então relataremos o nosso sucesso ao comitê geral do governo...

— Excelente — eu disse.

Barnes me encarou.

— Como pode estar tão alegre?

— O problema de toda biblioteca — falei — é onde colocar os livros. Você me ajudou a resolver isso.

— Achei que você ficaria... assustado.

— Andei com Lixeiros a minha vida toda.

— Como é que é?

— Uma queima é uma queima. Quem faz isso é Lixeiro.

— Censor-Chefe, Green Town, Illinois, maldição!

Um novo homem, um garçom, apareceu com uma jarra de café fervendo.

— Olá, Keats — eu disse.

— "Estação das brumas e da fecundidade amadurecida" — respondeu o garçom.**

---

* Citação de William Blake, "The Tyger": "Tyger! Tyger! burning bright/ In the forests of the night". (N.T.)
** Citação de John Keats, "Ode ao Outono". (N.T.)

— Keats? — perguntou o Censor-Chefe. — O nome dele não é Keats.

— Ah, que bobo que eu sou — eu disse. — Esse é um restaurante grego, não é, Platão?

O garçom encheu minha xícara:

— "As pessoas têm sempre algum campeão a quem puseram sobre elas a quem nutrem de grandeza... Isso, e nenhuma outra coisa, é a raiz da qual um tirano surge; quando ele aparece pela primeira vez, é um protetor."*

Barnes se inclinou para a frente e encarou o garçom, que se manteve imóvel. Então Barnes se ocupou soprando o café.

— Como pode ver, nosso plano é tão simples quanto um mais um é dois...

O garçom disse:

— "Quase nunca conheci um matemático que fosse capaz de raciocinar."**

— Maldição! — Barnes bateu com a xícara na mesa. — Nos deixe em paz! Vá embora enquanto comemos, você, Keats, Platão, Holdridge, *esse* é o seu nome. Agora lembrei, *Holdridge!* Que porcaria toda é *essa?*

— Só vaidade — eu disse. — Presunção.

— Maldita vaidade, e pro inferno com essa presunção, você pode comer sozinho, estou saindo desse hospício.

E Barnes entornou o café enquanto o garçom e o proprietário o observavam e eu o observava, e do outro lado da rua, a fogueira reluzente nas vísceras do monstro ardiam fervorosamente. Ao observarmos em silêncio, Barnes congelou, enfim, com a xícara na mão e o café escorrendo de seu queixo.

* .Citação de Platão, *A República*. (N.T.)
** Idem.

— Por quê? Por que você não está gritando? Por que você não está me enfrentando?

— Eu estou enfrentando — disse, tirando o livro de debaixo de meu braço. Arranquei uma página de DEMÓSTENES, deixei que Barnes visse o nome, enrolei-a como um belo charuto cubano, acendi, traguei e disse: — "Por mais que um homem escape de todos os perigos, nunca pode escapar por completo daqueles que não querem que uma pessoa como ele exista."*

Barnes estava de pé, gritando, o "charuto" tinha sido arrancado de minha boca, pisoteado, e o Censor-Chefe saiu pela porta, quase em um só movimento.

Só pude segui-lo.

Na calçada, Barnes colidiu com um velho que entrava no café. O velho quase caiu no chão. Segurei-o pelo braço.

— Professor Einstein — eu disse.

— Sr. Shakespeare — ele disse.

Barnes fugiu.

Encontrei-o no quintal, perto da bela e antiga biblioteca, onde os homens cobertos de preto, que emanavam o perfume de querosene a cada movimento, ainda despejavam, do alto das janelas, vastas colheitas de livros-pombos mortos a tiro, faisões moribundos, todo ouro e prata do outono. Mas... suavemente. E enquanto essa pantomima inerte, quase serena, prosseguia, Barnes ficou parado, berrando em silêncio, o grito encerrado em seus dentes, língua, lábios, bochechas, amordaçado de forma que ninguém pudesse escutar. Mas o grito disparava de seus olhos selvagens em centelhas e estava pronto para ser libertado por seus punhos fechados, e era transportado em cores que percorriam seu rosto, agora pálido,

---

* Citação de Demóstenes. (N.T.)

agora rubro, enquanto ele olhava para mim, para o café, para o maldito proprietário, para o garçom terrível que agora acenava de um modo amigável para ele. O incinerador Baal rugia com seu apetite, chamuscava a grama. Barnes encarou por completo o ofuscante sol vermelho-amarelado em seu estômago furioso.

— Vocês — tive facilidade em chamar a atenção dos homens, que pararam. — Ordens da cidade. A hora de fechar é às nove em ponto. Por favor, terminem até lá. Não queria desrespeitar a lei. Boa noite, sr. Lincoln.

— Oitenta — disse um homem que passava ali — e sete anos atrás...

— Lincoln? — O Censor-Chefe se virou lentamente. — Aquele ali é o Bowman. Charlie Bowman. Eu conheço você, Charlie, volte aqui, Charlie, Chuck!

Mas o homem tinha ido, e os carros passavam enquanto a queimada progredia. Homens me chamavam e eu os chamava, fosse "Sr. Poe!" ou um olá para um estranho qualquer que atendesse por Freud, e sempre que eu chamava alguém, de bom humor, e ele respondia, o sr. Barnes se contorcia como se outra flecha penetrasse profundamente seu corpo estremecido e ele morresse aos poucos em consequência de um vazamento oculto de fogo e vida em movimento. E, ainda assim, nenhuma plateia se reunia para testemunhar tal comoção.

De repente, sem qualquer motivo discernível, sr. Barnes fechou os olhos, abriu bem a boca, inspirou fundo e gritou:

— Parem!

Os homens pararam de arremessar com pás os livros pela janela.

— Mas — eu disse — ainda não é hora de fechar...

— Hora de fechar! Todo mundo para fora! — Buracos profundos tinham comido o centro dos olhos de Jonathan Barnes.

Dentro, não havia fundo. Ele capturou o ar. Empurrou para baixo. Obedientes, todas as janelas despencaram como guilhotinas, e as vidraças badalaram.

Os homens de preto, exasperados, saíram descendo as escadas.

— Censor-Chefe. — Entreguei a ele a chave, mas ele não a aceitou, então forcei para que sua mão se fechasse ao redor dela.

— Volte amanhã, respeite o silêncio, pode terminar.

O Censor-Chefe deixou seu olhar de buraco de bala, seu vazio, procurar onde encarar, sem me localizar.

— Há... há quanto tempo que isso vem ocorrendo...?

— Isso?

— Isso... e... aquilo... e *eles*.

Ele tentou, mas não conseguiu apontar com a cabeça na direção do café, dos carros em movimento, dos leitores silenciosos saindo da biblioteca quente, sacudindo a cabeça ao passarem para o frio e a escuridão, amigos, todos. Seu olhar de cego esburacou o local onde se encontrava o meu rosto. A língua dele, anestesiada, remexeu-se:

— Você acha que pode me enganar? A mim? A *mim*?

Não respondi.

— Como você pode ter a certeza — ele disse — de que não vou queimar pessoas além de livros?

Não respondi.

Deixei-o ali parado, na noite completa.

Lá dentro, guardei os últimos volumes de quem tinha acabado de deixar a biblioteca com a chegada da noite, e as sombras por todos os lados, e a grande máquina de Baal cuspindo fumaça, seu fogo morrendo na grama onde o Censor-Chefe estava parado como uma estátua de cimento, sem observar seus homens se afastando. De repente, seu punho saltou para o alto. Algo rápido e brilhante voou até rachar o vidro da porta de entrada. Então, Barnes se virou e saiu andando, enquanto o Incinerador girava lentamente, uma pira funerária gorda e preta desdobrando longos tecidos e cachecóis de fumaça negra tremulante e papel-crepom que esvanecia rapidamente.

Fiquei sentado, escutando.

Nas salas distantes, preenchidas por uma iluminação suave de selva, havia uma adorável mudança de folhas de outono, leves sopros de respiração, tiques infinitesimais, o gesto de uma mão, o brilho de um anel, a piscada inteligente de um olho. Algum aventureiro noturno viajava entre as estantes semivazias. Na serenidade de porcelana, as privadas fluíam para um oceano inerte e distante. Meu povo, meus amigos, um a um, passaram do mármore frio às clareiras verdejantes, rumo a uma noite melhor do que podíamos esperar.

Às nove, saí para pegar a chave da porta que tinha sido arremessada. Deixei o último leitor, um velho, sair comigo, e, enquanto eu trancava o local, ele respirou fundo no ar fresco, olhou para a cidade, para o quintal chamuscado, e disse:

— Será que eles voltam?

— Deixe que voltem. Estaremos prontos para eles, não acha?

O velho pegou em minha mão:

— "O lobo conviverá com o cordeiro e o leopardo repousará junto ao cabrito. O bezerro, o leão e o novilho gordo se alimentarão juntos pelo campo."*

Descemos as escadas.

— Boa noite, Isaías — eu disse.

— Sr. Sócrates — ele disse. — Boa noite.

E cada um seguiu seu caminho pelo escuro.

---

* Citação da Bíblia, Isaías 11:6. (N.T.)

OS FEITICEIROS LOUCOS DE MARTE

SEUS OLHOS ERAM FOGO e chamas eram sopradas pela boca das bruxas enquanto se curvavam para experimentar o caldeirão, com um bastão gorduroso e um dedo ossudo.

"Quando é que nos reuniremos nesta planura
assim com tantos trovões, relâmpagos e chuva?
Quando cessar todo o tumulto dessa batalha, finalmente,
seja perdida ou seja ganha."*

Dançaram embriagadas às margens de um mar vazio, empesteando o ar com suas três línguas e queimando-o com seus olhos felinos a reluzir:

"Rodemos em volta do caldeirão
e dentro as venenosas entranhas joguemos!
Dobrem, dobrem, problema e confusão;
o fogo queima e borbulha o caldeirão!"**

* Tradução: Manuel Bandeira. (N.T.)
** Tradução: Rafael Rafaelli. (N.T.)

Elas pararam e olharam em volta.
— Onde está o cristal? Onde estão as agulhas?
— Aqui!
— Ótimo!
— A cera amarela enrijeceu?
— Sim!
— Derrame-a na forma de ferro.
— A figura de cera está pronta?
Moldaram a coisa como se escorresse melaço por suas mãos verdes.
— Enfie a agulha no coração!
— O cristal, o cristal, pegue-o do saco do tarô, tire o pó, e olhe!
Foram até o cristal e seus rostos empalideceram.
— Veja, veja, veja...

UM FOGUETE SE DESLOCAVA da Terra rumo ao planeta Marte. No foguete, homens morriam.

O capitão ergueu a cabeça, cansado:
— Precisaremos da morfina.
— Mas, Capitão...
— Veja você mesmo a condição em que se encontra este homem.

O capitão levantou o cobertor de lã e o homem preso debaixo do lençol molhado se remexia e grunhia. O ar estava repleto de trovão sulfuroso.
— Eu vi, eu vi!

O homem abriu seus olhos e encarou o porto onde só havia espaços negros, estrelas cambaleantes, a Terra muito longe, e o planeta Marte ascendendo, enorme e vermelho.

— Eu vi, um morcego, uma coisa gigantesca, um morcego com um rosto humano, espalhado pelo porto frontal. Tremulando e tremulando, tremulando e tremulando!

— Batimentos? — perguntou o capitão.

O assistente aferiu:

— Cento e trinta.

— Ele não pode continuar assim. Use a morfina: vamos lá, Smith.

Eles se afastaram. De repente, as chapas do piso estavam cobertas de caveiras brancas que gritavam. O capitão não ousou olhar para baixo e, por cima da gritaria, disse:

— É aqui onde está Perse? — girando uma escotilha.

Um cirurgião de branco se afastou de um corpo.

— Eu simplesmente não entendo.

— Como foi que Perse morreu?

— Não sabemos, capitão. Não foi coração, cérebro ou choque. Ele apenas... morreu.

O capitão sentiu o pulso do doutor, que se transformou numa cobra sibilante e o mordeu. O capitão nem pestanejou.

— Cuide-se. Você está com os batimentos acelerados também.

O doutor assentiu.

— Perse reclamou de dor, agulhas, ele disse, nos pulsos e pernas. Disse que se sentia como cera, derretendo. Ele caiu. Eu o ajudei a se levantar. Ele chorou como uma criança. Disse que estava com uma agulha prateada cravada no coração. Morreu. Aqui está ele. Tudo está normal, fisicamente falando.

— Isso é impossível. Ele morreu por *alguma* causa.

O capitão caminhou até um porto. Ele sentiu o cheiro de mentol, iodo e sabão pré-cirúrgico em suas mãos polidas e de unhas aparadas. Seus dentes brancos eram muito claros, e suas orelhas tendiam ao cor-de-rosa, assim como suas bochechas. Seu uniforme era da cor de sal refinado, e suas botas eram espelhos negros brilhando sob ele. Seu cabelo de corte militar preciso tinha o odor pungente de álcool. Até seu hálito era antisséptico, novo e limpo. Não havia nele qualquer mancha. Era um instrumento fresco, preparado e pronto, ainda quente por ter acabado de sair do forno do cirurgião.

Os homens que o acompanhavam seguiam o mesmo molde. Era de se esperar que houvesse enormes manivelas de dar corda em suas costas, mas não havia. Eram brinquedos caros, talentosos e bem lubrificados, obedientes e rápidos.

O capitão observou o planeta Marte avolumando-se no espaço.

— Pousaremos em uma hora naquele lugar maldito. Smith, você viu algum morcego ou teve outro pesadelo?

— Sim, senhor. Um mês antes de nosso foguete decolar de Nova York, senhor. Senti ratos mordendo meu pescoço, bebendo meu sangue. Acabei não dizendo nada. Tive receio de que o senhor não me permitisse embarcar na viagem.

— Deixe para lá — suspirou o capitão. — Sonhei, também. Em todos os meus cinquenta anos, nunca tive um sonho até uma semana antes de decolarmos da Terra. E então, todas as noites, sonhei que era um lobo branco. Pego num morro nevado. Atingido por uma bala de prata. Enterrado com uma estaca no coração.

— Ele apontou com a cabeça na direção de Marte. — Você acha, Smith, que *eles* sabem que estamos a caminho?

— Não sabemos nem se marcianos *existem*, senhor.

— Não sabemos? Começaram nos assustando, oito semanas atrás, ainda antes de começarmos. Mataram Perse e Reynolds agora. Ontem, cegaram o Grenville. Como? Não sei. Morcegos, agulhas, sonhos, homens morrendo sem motivo algum. Em outra época, chamaria isso de bruxaria. Mas estamos em 2120, Smith. Somos homens racionais. Isso não pode estar acontecendo, mas está. Seja lá quem forem, com suas agulhas e morcegos, tentarão acabar conosco. — Ele balançou. — Smith, pegue aqueles livros de meu arquivo. Precisarei deles quando aterrissarmos.

Duzentos livros estavam empilhados no convés do foguete.

— Obrigado, Smith. Você chegou a folheá-los? Acha que estou louco? Talvez. É um palpite doido. No último instante, solicitei esses livros do Museu de História. Por causa de meus sonhos. Vinte noites atrás, fui esfaqueado, eviscerado, um morcego gritando preso num colchão cirúrgico, uma coisa apodrecendo debaixo da terra numa caixa preta; sonhos ruins, malévolos. Nossa tripulação inteira sonhou com bruxaria, vampiros e fantasmas, coisas que nem sequer poderiam *saber* que existiam. Por quê? Porque os livros a respeito desses assuntos tão sinistros foram destruídos há um século. Por lei. Qualquer pessoa ficou proibida de possuir um desses volumes medonhos. Esses livros que você está vendo aqui são as últimas cópias, mantidos por fins históricos e trancados nos cofres do Museu.

Smith se curvou para ler os títulos empoeirados.

— *Contos de mistério e imaginação*, de Edgar Allan Poe. *Drácula*, de Bram Stoker. *Frankenstein*, de Mary Shelley. *A volta do parafuso*, de Henry James. *A lenda do cavaleiro sem cabeça*, de Washington Irving. *A filha de Rappaccini*, de Nathaniel Hawthorne. *Um incidente na ponte Owl Creek*, de Ambrose Bierce. *Alice no país das maravilhas*, de Lewis Carroll. *Os salgueiros*, de Algernon Blackwood. *O mágico de Oz*, de L. Frank Baum. *A sombra de Innsmouth*, de H. P. Lovecraft. E mais! Livros de Walter De La Mare, Wakefield, Harvey, Wells, Asquith, Huxley, todos autores proibidos. Todos queimados no mesmo ano em que se proibiu o Dia das Bruxas e o Natal foi banido! Mas, senhor, para que nos servem eles aqui no foguete?

— Não sei — suspirou o capitão. — Ainda.

As TRÊS BRUXAS LEVANTARAM o cristal onde a imagem do capitão tremeluzia, uma voz diminuta que tilintava para fora do vidro:
— Não sei — suspirou o capitão. — Ainda.
As três bruxas encararam umas às outras, enrubescidas.
— Não temos muito tempo — uma disse.
— Melhor avisá-los lá em cima na Casa.
— Vão querer saber dos livros. A situação está feia. Que idiota, esse capitão!
— Em uma hora vão aterrissar o foguete.
As três bruxas estremeceram e fitaram o castelo à borda do mar seco de Marte. Da janela mais alta, um pequeno homem puxava para o lado uma cortina vermelho-sangue. Ele observava as terras áridas onde as três bruxas alimentavam o caldeirão e moldavam a cera. Mais adiante, dez mil outros fogos azuis e incensos de louro, fumaça de tabaco escuro e ervas daninhas, canela e pó de osso subiam suaves como mariposas pela noite marciana. O homem contava os furiosos fogos mágicos. Então, enquanto as bruxas observavam, ele se virou. A cortina rubra, ao ser solta, caiu, fazendo o portal distante piscar, como um olho amarelo.

O sr. Edgar Allan Poe estava parado na janela da torre, com um leve vapor de álcool no hálito.

— As amigas de Hécate estão ocupadas hoje à noite — ele falou, vendo as bruxas, à distância, lá embaixo.

Uma voz atrás dele disse:

— Vi mais cedo Will Shakespeare à beira-mar, trazendo-as à vida. Espalhado por toda a margem, só o exército de Shakespeare, hoje à noite, está na casa dos milhares; as três bruxas, Oberon, o pai de Hamlet, Otelo, Lear, todos, milhares! Meu Deus, um verdadeiro mar de gente.

— Belo William. — Poe se virou.

Ele fechou a cortina rubra. Ficou um tempo parado observando a sala de pedra bruta, a mesa de madeira escura, a luz da vela, o outro homem, o sr. Ambrose Bierce, sentado fitando a chama da vela, desolado.
— Precisamos contar ao sr. Hawthorne agora — disse sr. Poe.
— Adiamos por tempo demais. É questão de horas. Você desce comigo até a casa dele, Bierce?
Bierce olhou para cima:
— O que vai acontecer com a gente? Que Deus nos salve!
— Se não conseguirmos matar os homens do foguete, afugentá-los de medo, então teremos de sair, é claro. Iremos para Júpiter, e quando eles forem para Júpiter, iremos a Saturno, e quando eles forem a Saturno, iremos para Urano, ou Netuno, e então para Plutão...
— E então, para onde?
O rosto do sr. Poe estava cansado. Ainda restavam brasas que se apagavam em seus olhos, e havia uma selvageria triste no jeito como ele falava, e uma inutilidade de suas mãos e da maneira como o cabelo caía sobre seu incrível cenho branco. Era como o satã de uma obscura causa perdida, um general que chegara de uma invasão abandonada. Seu bigode suave e sedoso estava gasto de tanto que seus lábios ponderavam. Ele era tão pequeno que sua testa parecia flutuar, vasta e fosforescente, na sala escura.
— Temos a vantagem de dominar formas sofisticadas de viagem — ele disse. — Sempre podemos aguardar outra guerra atômica, a dissolução, a volta da era das trevas. O retorno da superstição. Daí todos nós voltaríamos para a Terra numa noite.
— Os olhos negros do sr. Poe estavam melancólicos ao redor de sua fronte redonda e iluminadora. Ele encarou o teto. — Então, eles vêm para arruinar esse mundo também? Não deixam nada imaculado, não é?

— Por acaso uma alcateia para antes de matar sua presa e comer suas entranhas?
Poe cambaleou, um pouco embriagado de vinho.
— O que foi que fizemos? Tivemos um julgamento justo diante de um comitê de críticos literários? Não! Nossos livros foram pegos com pinças estéreis de cirurgião e jogados em tonéis ferventes! Foram interrompidos por um grito histérico vindo da escadaria da torre.
— Sr. Poe, sr. Bierce!
— Sim, sim, já vamos! — Poe e Bierce desceram e encontraram um homem arquejante apoiado no muro de pedra da passagem.

— VOCÊS OUVIRAM A NOTÍCIA! — ele gritou, de imediato, agarrando-se neles como um homem prestes a cair no abismo. — Aterrissam dentro de uma hora! Estão trazendo livros consigo, livros antigos, falaram as bruxas! O que estão fazendo na torre em uma hora dessas? Por que não estão agindo?
Poe disse:
— Estamos fazendo tudo o que é possível, Blackwood. Você é novo no assunto. Venha comigo, vamos até a casa do sr. Hawthorne...
—... para contemplar nossa desgraça, nossa desgraça *sombria* — falou o sr. Bierce.
Eles desceram as gargantas ecoantes do castelo, andar por andar escuro e esverdeado, descendo ao mofo, à decomposição, às aranhas e às teias oníricas.
— Não se preocupe — disse Poe, sua testa parecendo um enorme lampião branco atrás deles, descendo, afundando. — Por todo o mar morto, chamei os Outros esta noite. Os seus e os meus amigos, Blackwood, Bierce. Estão todos lá. Os animais, as velhas e

os homens altos de dentes brancos e afiados. As armadilhas estão no aguardo, o poço, sim, e os pêndulos. A Morte Rubra. — Então ele riu, silenciosamente.
— Sim, até a Morte Rubra. Nunca pensei, não, nunca imaginei que chegaria a hora que algo como a Morte Rubra seria algo de fato. Mas eles... — ele apontou o dedo para o céu — ... estão pedindo, e vão ver só!
— Mas somos fortes o bastante? — perguntou-se Blackwood.
— Quão forte é o bastante? Não estão preparados para nós, ao menos. Não têm imaginação. Esses jovens do foguete, tão limpinhos, com suas plantas antissépticas, seus capacetes de aquário, sua nova religião. Pendurados no pescoço deles, em correntes de ouro, bisturis. Na cabeça, uma coroa de microscópios. Em seus dedos sagrados, urnas fumegantes de incenso que, na verdade, são fornos germicidas para vaporizar a superstição. Os nomes de Poe, Bierce, Hawthorne, Blackwood são blasfêmias em seus lábios limpos.

Do lado de fora do castelo, avançaram por um espaço alagadiço, um lago que não era um lago, que aparecia numa névoa diante deles como o material de que são feitos os pesadelos. O ar foi preenchido por sons de asas e um zumbido, um movimento de vento e escuridão. Vozes se alteravam, silhuetas tremulavam ao redor de fogueiras. O sr. Poe observou as agulhas costurando, costurando, costurando à luz da fogueira, costurando dor e sofrimento, costurando maldade em marionetes de cera, títeres de argila. Os cheiros do caldeirão de alho selvagem, caiena e açafrão chiavam e preenchiam a noite com uma pungência maléfica.

— Apressem-se! — gritou Poe. — Já volto!

Por toda a margem vazia, silhuetas escuras giravam e empalideciam, cresciam e explodiam em fumaça preta no vento. Sinos ressoavam em torres nas montanhas e ravinas de alcaçuz derramavam os sons de bronze e giravam até virar cinzas.

O SR. HAWTHORNE ERA O HOMEM que trancava portas e olhava para você através de persianas fechadas. Você sabia que ele estava em casa pela fumaça na chaminé, ou notando suas pegadas nas trilhas numa tarde de outono após uma forte chuva. Você via seu hálito pálido no inverno nas janelas de sua casa, de manhã, quando os vidros estavam cegos pelo gelo. Esta era a sua casa, distante das outras em Marte, numa terra que criou para si, uma terra onde nevava, as chuvas resfriavam a areia quente, e a primavera e o verão duravam apenas um instante se o sr. Nathaniel Hawthorne apenas piscasse de sua porta.

Quando o sr. Poe, o sr. Bierce e o sr. Blackwood se aproximaram a passos rápidos, a porta da frente do sr. Hawthrone, que um momento antes estava aberta para o calor de uma noite de verão e o cheiro de maçãs vermelhas em árvores distantes, fechou-se numa batida. Houve um guincho de gotas d'água, uma agitação de neve leve como pólen; e então tudo ficou inerte.

Sr. Poe deu uma batida na porta.

— Quem está aí? — uma voz falou, enfim.

— É o sr. Poe.

— O que você quer? — Muito depois.

— Vim contar as últimas novidades.

— Já sei, já sei. Vi no céu. A marca vermelha.

— Abra, precisamos de sua ajuda. Queremos que você vá ao encontro do foguete.

— Não gosto de conhecer pessoas — disse Hawthorne, escondido. — Nem pertenço a este lugar, de qualquer maneira. Não sou como vocês aí fora, Poe, Bierce!

Enfim a porta se escancarou num rangido e Hawthorne revelou-se, sua massa de cabelo branco sacudindo, seu bigode cheio, animalesco, e seus olhos solitários, profundos e questionadores.

— Você será o enviado para receber os homens do foguete — disse Poe. — Quando forem ninados para dormir e não suspeitarem de nada, nós daremos um jeito neles.

O sr. Hawthorne olhou as dobras da capa preta que escondia as mãos de Poe. O sr. Poe tirou de uma delas uma espátula.

— O Amontillado? — Hawthorne se afastou.

— De *um* de nossos visitantes. — Na outra mão, Poe mostrou um gorro com sinos que tilintavam com suavidade, sugestivamente.

— E quanto aos outros?

Poe sorriu de novo, muito satisfeito.

— Terminamos de cavar o Poço essa manhã.

— E o Pêndulo?

— Está sendo instalado.

— E o Enterro Prematuro?

— Isso também.

— Você é um homem sinistro, sr. Poe.

— Sou um homem assustado e irritado. Sou um deus, sr. Hawthorne, e você também, e todos nós somos deuses, e nossas invenções, nosso povo, se quiser pensar assim, não apenas estão sob ameaça como foram banidos e queimados, rasgados e censurados, arrasados e destroçados. Os mundos que criamos estão virando ruínas! Até os deuses precisam lutar!

— Então... — Hawthorne curvou um pouco a cabeça. — Sim. Talvez isso explique por que estamos aqui. Como chegamos aqui?

— Uma guerra leva a outra guerra. A destruição gera mais destruição. Na Terra, há um século, no ano de 2067, proibiram nossos livros. Ah, que coisa terrível, destruir nossas criações literárias dessa maneira. Fomos invocados da — de onde? Da morte? Do além? Não gosto de coisas abstratas. Não sei. Só sei que nossos mundos e nossas criações nos chamaram e tentamos salvá-las, mas a única coisa que podíamos fazer era esperar um século se passar aqui em Marte, na esperança de que a Terra, com seus cientistas cheios de dúvidas, pudesse se desajustar, mas agora eles estão vindo até aqui, até nós e nossas coisas sombrias, e a todos os alquimistas, vampiros, bruxas e lobisomens que, um a um, se retiraram para o espaço enquanto a ciência penetrava todos os países do planeta até que não restasse qualquer alternativa além do êxodo. Você precisa nos ajudar. Você fala bem. Nós precisamos de você.

— Mas eu não sou um *de* vocês, não aprovo você ou qualquer outro! — gritou Hawthorne, indignado. — Não fui um fantasista, não brinquei com bruxas, vampiros e coisas da meia-noite.

— E "A filha de Rappaccini"?

— Ridículo! Foi só *um* conto. Talvez tenha escrito outros, mas o que importa? Minhas obras principais não tinham nada dessas besteiras!

— Equivocado ou não, você se juntou a nós. Destruíram suas obras também. Você *deve* odiá-los, sr. Hawthorne.

— Eles são estúpidos e rudes — refletiu o sr. Hawthorne. Ele olhou para o símbolo escarlate imenso no céu, onde o foguete queimava. — Sim — ele disse, enfim — vou ajudar vocês.

CORRERAM ÀS MARGENS DO MAR SECO. Entre fogo e fumaça, o sr. Poe parou, gritou ordens, conferiu as poções borbulhantes e os pentagramas riscados a giz. — Bom! — Continuou correndo. — Ótimo! — E correu de novo, passando por exércitos de sombras, os exércitos de Oberon e Otelo, os exércitos de Arthur e Macbeth, que aguardavam trajando armadura completa. E havia serpentes e demônios furiosos, dragões de bronze, víboras pestilentas e bruxas tremulantes como os espinhos, urtigas e todos os destroços amaldiçoados de navios e aviões do mar da imaginação que recuava, abandonados na margem da melancolia, gemendo, espumando e cuspindo.

Bierce parou. Sentou-se como uma criança na areia fria. Começou a soluçar. Tentaram acalmá-lo, mas ele não os ouvia.

— Só pensei — ele disse — o que acontecerá com a gente quando destruírem as *últimas* cópias de nossos livros?

O vento rodopiou.

— Nem fale uma coisa dessas!

— A gente precisa falar — uivou Bierce. — Agora, com a descida do foguete, você, Hawthorne, Poe, Coppard, todos vocês, ficam mais fracos. Como fumaça da lenha. Soprando à distância. Seus rostos emagrecem e derretem...

— A morte. A morte *de verdade* para todos nós.

— Só existimos através do sofrimento da Terra. Se um decreto final de hoje à noite destruir nossas últimas obras, seremos como luzes apagadas.

Hawthorne refletiu, com suavidade triste:

— Eu me pergunto quem sou eu. Em que mente da Terra eu existo hoje? Em alguma cabana africana? Algum ermitão lê minhas histórias? Será ele a vela solitária ao vento do tempo e da ciência? A orbe piscante que me sustenta aqui nesse exílio rebelde? Será ele? Ou algum menino num sótão abandonado, me encontrando, na hora certa! Ah, ontem à noite adoeci, adoeci até o âmago, pois existe um corpo da alma assim como um corpo do corpo, e essa alma-corpo doía em todas suas partes reluzentes, e ontem à noite eu me senti como uma vela derretendo. Quando de repente me soergui, recebendo uma nova luz! Como se uma criança em algum sótão amarelado na Terra tivesse encontrado mais uma vez um exemplar de mim, gasto, manchado pelo tempo, empoeirado! E assim recebi um curto alívio.

A PORTA SE ESCANCAROU numa pequena cabana à margem. Um homem pequeno e magro, sua carne pendia das rugas, saiu e, sem prestar atenção nos outros, se sentou e encarou suas mãos cerradas.

— É dele que sinto pena — sussurrou Blackwood. — Olhe só para ele, está morrendo. Houve uma época em que ele fora mais real do que nós, que éramos homens. Levaram-no, um pensamento esquelético, e o vestiram com séculos de carne rosada e barba cor de neve, um traje de veludo vermelho e botas pretas, criaram renas para ele, azevinhos e enfeites. E depois de séculos fabricando-o, afogaram-no em um tonel de desinfetante, por assim dizer.

Os homens ficaram em silêncio.

— Como deve ser a Terra — perguntou-se Hawthorne — sem o Natal? Sem avelãs assadas, sem árvores, sem enfeites, tambores ou balas, nada; nada além da neve, o vento e as pessoas solitárias e factuais...

Todos olharam para o velho magrinho com a barba desleixada e o traje de veludo vermelho gasto.

— Você ouviu a história dele?

— Posso imaginar. O psicólogo de olhos brilhantes, o sociólogo esperto, o educador ressentido, espumando pela boca, os pais antissépticos...

— Dickens o viu?

— Dickens! — cuspiu o sr. Poe. — Ele! Ele apareceu aqui para uma visita! Uma *visita*, veja bem! Como está você, ele perguntou. Que lugar agradável você tem aqui! Dickens apareceu e desapareceu daqui. Por quê? Pois seu único livro queimado no Grande Incêndio foi *Um conto de Natal*, e outros poucos contos de fantasma. Ele vai viver para sempre na Terra. Escreveu uma grande quantidade de material não censurável.

— Não é justo — protestou Hawthorne. — Ele ficou e eu vim parar aqui.

— Um erro terrível — todos concordaram.

— Um homem é lembrado pelas suas obras extraordinárias — observou o sr. Bierce. — Eu, pelo "Incidente na Ponte de Owl Creek", o sr. Poe por seus cadáveres e terrores, e não por seus ensaios sérios. E...

Bierce não prosseguiu. Caiu para a frente, com um suspiro. E todos assistiram, horrorizados, ao seu corpo queimando em poeira azul e ossos carbonizados, as cinzas voando em farrapos negros, caindo em seus rostos chocados como se fosse uma neve terrível.

— Bierce, Bierce!

— Ele se foi.

Olharam para o alto, para um amontoado gélido de estrelas.

— Seu último livro se foi. Alguém, em algum lugar na Terra, acaba de queimá-lo.

— Que Deus o tenha, pois não sobrou nada mais dele. Afinal, não somos senão nossos livros, e quando estes se vão, não resta nada.

O som de algo se aproximando preencheu o céu.

Soltaram um grito selvagem e olharam para cima. No céu, cintilante com suas nuvens de chamas, estava o Foguete! Lampiões se sacudiram ao redor dos homens à beira-mar, e houve guinchos, borbulhas e um cheiro de comida. Abóboras iluminadas por velas se ergueram no ar límpido e frio. Dedos magros formaram punhos e uma bruxa gritou com sua boca ressequida:

"Ship, ship, break, fall!
Ship, ship, burn all!
Crack, flake, shake, melt!
Mummy-dust, cat-pelt!"*

— Hora de partir — murmurou Hawthorne. — Para Júpiter, Saturno ou Plutão.
— Fugir? — gritou Poe ao vento. — Jamais!
— Sou um velho cansado.
Poe fitou o rosto do velho e acreditou nele. Subiu no alto de uma rocha enorme e encarou as dez mil sombras cinza, as luzes verdes e os olhos amarelos no vento uivante.
— As agulhas! — ele gritou.
O foguete cintilou.
— Os pós! — ele berrou.
Um cheiro quente e espesso de amêndoas amargas, almíscar, cominho, erva-de-santa-maria e raiz de orris.
O foguete desceu — e ia descendo de forma constante, com o guincho agudo de um espírito maldito! Poe ficou furioso com ele! Ergueu os punhos e a orquestra de calor, odor e ódio respondeu numa sinfonia. Com galhos vazios de árvore, morcegos voaram para o alto! Queimando corações, disparados como mísseis, explodiram em fogos de artifício sanguinolentos no ar chamuscado. Descendo, descendo, descendo incansavelmente, como um pêndulo vinha o foguete! E Poe uivou, furioso e se encolheu com cada movimento do foguete, que cortava e arrebatava o ar! Todo o mar morto parecia um poço no qual eles, presos, esperavam o

---

* Tradução literal: "Navio, navio, romper, cair!/ Navio, navio, queimar tudo!/ Quebrar, descamar, sacudir, derreter!/ Pó de múmia, pele de gato!" (N.T.)

maquinário pavoroso afundar, o machado reluzente; eram pessoas sob uma avalanche!

— As cobras! — gritou Poe. E serpentinas luminosas de um verde ondulante voaram rumo ao foguete. Mas ele desceu num movimento, num fogo, numa moção, e deitou-se, ofegante, expirando sua plumagem vermelha na areia, mais de um quilômetro de distância.

— Vamos lá — guinchou Poe. — Mudança de plano! Só temos uma chance! Corram! Na direção dele! Na direção dele! Vamos afogá-los com nossos corpos! Vamos matá-los!

Como se tivesse comandado um mar violento a mudar seu curso, a se soltar de seus leitos primordiais, o turbilhão e as gotas selvagens de fogo se espalharam e correram como o vento, a chuva e o raio sobre as areias do mar, percorrendo deltas vazios do rio, criando sombras e gritando, assoviando e gemendo, cuspindo e coalescendo rumo ao foguete que, extinto, jazia como uma tocha de metal limpa no buraco mais fundo. Como se um grande caldeirão carbonizado de lava borbulhante tivesse sido virado, e as pessoas, fervidas, e os animais, reduzidos a restos secos!

— Matem-nos! — gritou Poe, correndo.

— Talvez — murmurou Hawthorne, abandonado, sozinho, à beira do mar antigo.

OS HOMENS DO FOGUETE saíram da nave, armas na mão. Andaram por aí, farejando o ar como cães de caça. Não viram nada. Relaxaram.

Enfim saiu o capitão. Ele deu ordens diretas. Reuniu-se lenha, que foi acesa, e o fogo surgiu no mesmo instante. O capitão pediu para que os homens formassem um semicírculo a seu redor.

— Um novo mundo — ele disse, se forçando a falar com determinação, embora olhasse nervoso, de vez em quando, por cima do próprio ombro, para o mar vazio. — O mundo antigo foi deixado de lado. Um novo começo. O que seria mais simbólico do que nós aqui, a nos dedicarmos com ainda mais firmeza à ciência e ao progresso? — Ele acenou com a cabeça a seu tenente. — Os livros.

Os livros antigos foram trazidos.

A luz do fogo iluminou os títulos em letras douradas gastas: *Os salgueiros, O intruso, Contemplem o sonhador, Dr. Jekyll e Mr. Hyde, O mágico de Oz, Pellucidar, A terra que o tempo esqueceu, Sonhos de uma noite de verão* e os nomes monstruosos de Machen, Edgar Allan Poe, Cabell, Dunsany, Blackwood e Lewis Carroll; os nomes, os nomes antigos, os nomes malévolos, os nomes negros, os nomes blasfemos.

— Um novo mundo. Com um gesto, queimamos o que restou dos velhos!

O capitão rasgava páginas dos livros. Uma folha chamuscada atrás da outra, ele as alimentava no fogo.

Um grito!

Pulando para trás, os homens olharam para além da fogueira, para as margens do mar intrusivo e desabitado.

Outro grito! Um uivo agudo, como a morte de um dragão, ou uma baleia bronzeada se revirando, ofegante, quando as águas de um mar de leviatãs são drenadas pelo ralo e evaporam.

Era o som do ar correndo para preencher um vácuo onde, um instante atrás, havia algo.

Os homens do foguete, tão limpos, encararam a direção de onde o grito avançou como a maré.

O capitão se desfez com rapidez do último livro.

O ar parou de tremular.
Silêncio.
Os homens do foguete se curvaram para ouvir.
— Capitão, escutou isso?
— Não.
— Como uma onda, senhor. No fundo do mar! Achei ter visto algo. Ali. Uma onda negra. Imensa. Vindo em nossa direção.
— Você se enganou.
— Mas e o som?
— Estou falando: você não ouviu *nada*.
— Ali, senhor!
— O quê?
— Está vendo? Ali! O castelo! Lá adiante! O castelo negro, perto do lago! Está partindo em dois. Está desmoronando!
Os homens encararam.
— Não vejo.
— Sim, está desmoronando! É pura pedra e fogo.
Os homens espremeram os olhos e avançaram.
Smith ficou parado entre eles, tremendo. Colocou a mão na cabeça como se tentasse encontrar um pensamento ali.
— Eu me lembro. Sim, agora lembro. Muito tempo atrás. Quando eu era criança. Um livro que eu li. Um conto. Usher, acho que era. Sim, Usher. "A queda da casa de Usher"...
— Quem escreveu?
— Não... não consigo lembrar.
— Usher? Nunca ouvi falar disso.
— Sim, Usher, é isso. Vi desmoronar de novo, agora mesmo, como se fosse no conto.
— Smith!
— Sim, senhor?

— Consulte um psicanalista amanhã.
— Sim, senhor! — Uma saudação breve.
— Tome cuidado.

Os homens andaram na ponta dos pés, as armas em alerta, passando a luz asséptica da nave para fitar o longo mar e os morros baixos.

— Oras — sussurrou Smith, decepcionado —, não tem ninguém aqui, tem? Ninguém mesmo.

O vento soprou, gemendo, jogando areia por cima de seus pés.

CARNAVAL DA LOUCURA

"Durante todo um dia de outono, monótono, escuro e silencioso, quando as nuvens pendiam opressivamente baixas no céu, eu tinha passado sozinho, a cavalo, por um trecho de terreno singularmente lúgubre e, finalmente me encontrei, quando as sombras da noite se aproximavam, diante da triste visão da Casa de Usher..."*

Sr. William Stendahl interrompeu sua citação. Ali, sobre um morro escuro e baixo, jazia a casa, e um pilar trazia a inscrição: 2249 d.C.

Sr. Bigelow, o arquiteto, disse:

— Está completa. Aqui está a chave, sr. Stendahl.

Os dois homens ficaram parados juntos, em silêncio, na tarde quieta de outono. Projetos arquitetônicos farfalhavam na relva aos pés deles.

— A Casa de Usher — disse o sr. Stendahl, com deleite. — Projetada, construída, comprada e paga. Você não acha que o sr. Poe ficaria *contentíssimo*?

---

* Tradução: Domingos Domasi. (N.T.)

O sr. Bigelow espremeu os olhos.
— É tudo o que senhor queria?
— Sim!
— Acertei a cor? Está *desolada* e *terrível*?
— *Muito* desolada, *muito* terrível.
— As paredes são... *lúgubres*?
— Impressionantemente!
— O lago está escuro e lúrido o bastante?
— Incrivelmente escuro e lúrido.
— E a junça... nós a tingimos, sabia? Está cinzenta e sombria?
— Tenebrosa!

Sr. Bigelow consultou seus projetos arquitetônicos. A partir desses, citou em parte:

— A estrutura toda causa uma "frigidez, uma prostração, uma repugnância do coração", a casa, o lago, o terreno, sr. Stendahl?

— Sr. Bigelow, sua mão! Parabéns. Valeu cada centavo. Você tem a minha palavra, ficou *linda*!

— Obrigado. Trabalhei na ignorância total. Uma demanda intrigante. Como você percebe, aqui nessa terra, está sempre no crepúsculo, sempre é outubro, estéril, árido, morto. Demoramos um tempo para isso. Tivemos que matar tudo! Dez mil toneladas de DDT. Não sobrou uma cobra, sapo, mosca, nada! Sempre crepúsculo, sr. Stendahl, estou orgulhoso disso. Há máquinas escondidas que tapam o Sol. Está sempre adequadamente "repugnante".

Stendahl absorveu tudo aquilo, a repugnância, a opressão, os vapores fétidos, toda a "atmosfera", tão delicadamente artificial e ajustada. E aquela Casa! O horror que desmorona, aquele lago malévolo, os fungos, a decadência extensa! Plástico ou outro material, quem seria capaz de adivinhar?

Ele olhou para o céu de outono. Em algum lugar, acima, além, à distância, estava o Sol. Em algum lugar era o mês de maio, um mês amarelado de céu azul. Em algum lugar lá em cima, foguetes de passageiros disparavam de leste a oeste, atravessando continentes, numa terra moderna. O som de grito de suas passagens era abafado e morto naquele mundo apagado, à prova de ruídos, esse mundo antigo de outono.

— Agora que meu trabalho terminou — disse o sr. Bigelow, inquieto —, sinto-me livre para perguntar: o que você vai fazer com isso tudo?

— Com Usher? Você não adivinhou?

— Não.

— O nome Usher não significa nada para você?

— Nada.

— Bom, e quanto a este nome: Edgar Allan Poe?

O sr. Bigelow sacudiu a cabeça, negando.

— É claro — Stendahl bufou, delicado, numa mistura de desprezo e desgosto. — Como posso esperar que você conheça o abençoado sr. Poe? Ele morreu há muito tempo, antes de Lincoln. Já faz quatro séculos. Todos seus livros foram queimados no Grande Incêndio.

— Ah — respondeu o sr. Bigelow, esperto — Um *daqueles*!

— Sim, um daqueles, Bigelow. Ele, Lovecraft, Hawhtorne, Ambrose Bierce e todos os contos de terror e fantasia e, por isso, contos do futuro, foram queimados. Sem piedade. Aprovaram uma lei. Ah, tudo começou tão pequeno. Séculos atrás, era um grão de areia. Aí começaram a controlar os livros e, é claro, os filmes, de um jeito ou de outro, um grupo ou outro, tendência política, preconceito religioso, pressão dos sindicatos, sempre tinha uma minoria com medo de algo e uma grande maioria com medo do escuro, com medo do futuro, com medo do passado, com medo do presente, com medo deles mesmos e das sombras deles mesmos.

— Compreendo.

— Com medo da política da palavra (que acabou virando sinônimo de comunismo entre os indivíduos mais reacionários, ouvi dizer, e que podia custar sua vida se usasse essa expressão!), e com um parafuso apertado aqui, um ferrolho preso ali, um puxão, um empurrão, a arte e a literatura logo passaram a formar uma espécie de bordado, trançadas em rendas e atadas em nós, jogado para todas as direções, até perder a resiliência e o sabor. Aí as câmeras cortaram os filmes mais curtos, apagaram as luzes do teatro e a imprensa deixou de desaguar uma grande Niágara para pingar um inócuo material "puro". Ah, a palavra "escapar" era radical, também, vou te dizer!

— Era?

— Era! Diziam que todo homem precisava encarar a realidade. Precisava encarar o Aqui e Agora! Tudo que não fosse assim deveria ser abandonado. Todas as belas mentiras literárias e todos os arroubos de imaginação deveriam ser recebidos à bala! Então colocaram todos enfileirados contra uma parede da biblioteca numa manhã de domingo há vinte anos, em 2229, Papai Noel, o Cavaleiro Sem Cabeça, a Branca de Neve, Rumpelstiltskin e a Mamãe Ganso, ah, que uivo!, e os fuzilaram, e queimaram os castelos de papel e os sapos encantados, os antigos reis e as pessoas que viviam felizes para sempre (pois, é claro, era um fato que *ninguém* vivia feliz para sempre!), e assim Era Uma Vez virou Nunca Mais!

— E espalharam as cinzas do Riquixá Fantasma, com os detritos da Terra de Oz, filetaram os ossos de Glinda, a Bruxa Boa do Sul, e Ozma, e estraçalharam a Policromia no espectroscópio e serviram Jack, a cabeça de abóbora, com merengue no Baile dos Biólogos! O Pé de Feijão morreu num espinheiro de fita vermelha! A Bela Adormecida acordou com o beijo de um cientista e faleceu com a punção fatal de sua seringa. E fizeram Alice beber algo de uma garrafa que a reduziu de tamanho de maneira que ela não podia mais gritar Cada Vez Mais Curiosa, e deram um golpe de martelo que atravessou o Espelho e que também atingiu o Rei Vermelho e todas as ostras!

ELE CERROU OS PUNHOS. Meu Deus, foi de imediato! Seu rosto enrubesceu e ele ficou sem ar.
Quanto ao sr. Bigelow, ele ficou impressionado com aquela longa explosão. Piscou os olhos e disse, enfim:
— Sinto muito, não sei do que você está falando. Nomes, isso são apenas nomes para mim. Pelo o que eu ouvi, a Queima foi uma coisa boa.
— Saia daqui! — gritou o sr. Stendahl. — Saia já daqui! Você recebeu o dinheiro, fez seu trabalho, agora me deixe só, seu idiota!
O sr. Bigelow chamou os trabalhadores e se afastou.
O sr. Stendahl parou sozinho diante de sua Casa.
— Escutem aqui — ele disse aos foguetes que sobrevoavam e ele não enxergava. — Vou mostrar a todos vocês. Vou ensinar uma bela lição a vocês, pelo que fizeram com o sr. Poe. A partir de agora, cuidado. A Casa de Usher está aberta para visitantes!
Ele levantou o punho na direção do céu.

O FOGUETE ATERRISSOU. UM homem saiu de lá. Olhou para a Casa e seus olhos cinza demostraram desgosto e vergonha. Ele atravessou o fosso e confrontou o homenzinho que estava lá.
— Seu nome é Stendahl?
— Sou o sr. Stendahl, sim — disse o pequeno homem.

— Sou Garrett, investigador de Clima Moral. — O homem, irritado, sacudiu um cartão na direção da Casa. — Me fale desse lugar, sr. Stendahl.

— Muito bem. É um castelo. Um castelo assombrado, se preferir.

— Não prefiro não, sr. Stendahl, não gosto *nem um pouco* do som dessa palavra, "assombrado".

— É simples. Neste ano de Nosso Senhor, 2249, construí um santuário mecânico. Nele, morcegos de cobre voam em vigas eletrônicas, ratos de bronze percorrem porões de plástico, esqueletos-robôs dançam; vampiros-robôs, arlequins, lobos e fantasmas brancos, compostos de substâncias químicas e criatividade, moram aqui.

— Isso era o que eu temia — disse Garrett, sorrindo silenciosamente. — Lamento informar que precisaremos derrubar este lugar.

— Eu sabia que você apareceria assim que descobrissem o que acontecia por aqui.

— Eu teria vindo antes, mas nós, do departamento de Climas Morais, queríamos ter certeza de suas intenções antes de vir. A equipe de Desmonte e Incineração talvez chegue aqui antes do jantar. Por volta da meia-noite, o local já estará destruído até o porão. Sr. Stendahl, acho que o senhor foi um tanto idiota. Gastando um dinheiro suado numa Loucura. Nossa, isso deve ter custado uns três milhões de dólares.

— Quatro milhões! Porém, sr. Garrett, herdei vinte e cinco milhões quando eu era muito jovem. Posso me dar ao luxo de desperdiçar. Mas é uma pena que a casa esteja pronta há apenas uma hora e você já venha correndo com seus desmanteladores. Você não me deixaria usar meu brinquedo por, sei lá, vinte e quatro horas?

— Você conhece a lei. É preciso segui-la à risca. Nada de livros, nada de casas, nada fabricado de modo a sugerir fantasmas, vampiros, fadas ou qualquer criatura da imaginação.

— O próximo passo vai ser queimar Babbitts!
— Você nos causou muitos problemas, sr. Stendahl. Está nos arquivos. Vinte anos atrás. Você e sua biblioteca.
— Sim, eu e minha biblioteca. E alguns outros como eu. Ah, Poe foi esquecido há muitos séculos, e Oz e as outras criaturas. Mas eu tinha o *meu* pequeno acervo. Poucos cidadãos tinham bibliotecas, até você enviar seus homens com suas tochas e incineradores destruírem meus cinquenta mil livros e queimá-los. Da mesma maneira como cravaram uma estaca no coração do Dia das Bruxas e ordenaram os produtores de cinema, caso quisessem continuar filmando, a rodar e fazer *remakes* de obras de Ernest Hemingway. Ai meu Deus, quantas vezes assisti a *Por quem os sinos dobram*! Trinta versões diferentes! Todas realistas. Ah, realismo! Ah, *aqui*, ah, agora, ah, que diabos!
— Não custa nada tentar ser uma pessoa melhor!
— Sr. Garrett, você precisa entregar um relatório completo, não?
— Sim.
— Então, por curiosidade, é melhor você entrar e dar uma olhada. Só vai demorar um minutinho.
— Certo. Mostre o caminho. E nada de truques. Estou armado.
A porta da Casa de Usher se escancarou com um rangido, emanando um vento úmido. Houve imensos suspiros e gemidos, como pulmões subterrâneos respirando em catacumbas perdidas.
Um rato saltitou pelas pedras do chão. Garrett, gritando, deu um chute no animal, que caiu, e de baixo de seu pelo de nylon fluiu uma incrível horda de pulgas metálicas.
— Incrível! — Garrett se curvou para ver melhor.
Uma velha bruxa estava sentada num nicho, e suas mãos de cera tremulavam sobre cartas azuis e laranja. Ela sacudiu a cabeça

e silvou com sua boca desdentada para Garrett, tamborilando as cartas engorduradas.

— Morte! — ela gritou.

— É *desse* tipo de coisa que estou falando — disse Garrett. — Deplorável!

— Deixarei você queimá-la pessoalmente.

— Vai deixar *mesmo*? — Garrett ficou contente. E então franziu a testa. — Devo admitir que você está levando isso muito bem.

— Para mim bastou criar o lugar. Ser capaz de dizer que fiz isso. Afirmar que cultivei uma atmosfera medieval num mundo moderno e incrédulo.

— Tenho uma admiração algo relutante por seu gênio, senhor.

— Garrett assistiu a uma névoa passar, sussurrando e sussurrando, na forma de uma mulher bela e nebulosa. Descendo um corredor úmido, uma máquina girava. Como de uma centrífuga de algodão-doce, névoas brotavam e flutuavam, murmurantes, nos cômodos silenciosos.

Um orangotango apareceu do nada.

— Calma lá! — gritou Garrett.

— Não tenha medo. — Stendahl bateu no peito preto do animal. — É um robô. Esqueleto de cobre e tudo mais, como a bruxa. Olhe só. — Ele acariciou o pelo e, de debaixo dele, veio à luz uma tubulação de metal.

— Sim. — Garrett estendeu uma mão tímida para acariciar aquela coisa. — Mas por que, sr. Stendahl, por que isso tudo? Qual foi sua obsessão?

— Burocracia, sr. Garrett. Mas não tenho tempo para explicar. O governo vai descobrir logo mais. — Ele fez um gesto com a cabeça, sinalizando para o orangotango. — Certo. *Agora.*

O orangotango matou o sr. Garrett.

DA MESA, Pikes olhou para cima.

— Estamos prontos, Pikes? — perguntou Stendahl.

— Sim, senhor.

— Você fez um trabalho esplêndido.

— Bom, sou pago para isso, sr. Stendahl — disse Pikes, com suavidade, enquanto levantava a pálpebra de plástico do robô e inseria o globo ocular de vidro e prendia bem os músculos borrachudos. — Aí está.

— Está a cara do sr. Garrett.

— O que vamos fazer com *ele*? — Pikes apontou para a laje onde jazia o corpo do verdadeiro sr. Garrett.

— Melhor queimá-lo, Pikes. Não vamos querer *dois* sr. Garrett, não é?

Pikes levou num carrinho de mão o sr. Garrett até o incinerador.

— Adeus. — Empurrou o sr. Garrett e bateu a porta.

Stendahl confrontou o robô Garrett.

— Quais são suas ordens, Garrett?

O robô se sentou.

— Devo retornar ao Climas Morais. Vou arquivar um relatório complementar. Adiar a ação por pelo menos quarenta e oito horas. Afirmar que estou investigando de forma mais completa.

— Certo, Garrett. Tchau.

O robô saiu apressado, entrou no foguete de Garrett e saiu voando.

Stendahl se virou.

— Agora, Pikes, vamos mandar o resto dos convites para hoje à noite. Acho que vamos nos divertir muito, não?

— Levando em conta que esperamos vinte anos, será muito divertido mesmo!

Piscaram um para o outro.

SETE DA NOITE. Stendahl contemplou seu relógio. Quase na hora. Ele rodopiou a taça de xerez com a mão. Sentou-se tranquilo. Acima dele, entre vigas de carvalho, os morcegos, com seus delicados corpos de cobre escondidos embaixo da pele de borracha, piscaram e guincharam para ele. Ele ergueu a taça para eles.

— Ao nosso sucesso.

Então, recostou-se, fechou os olhos e pensou sobre tudo aquilo. Agora ele *aproveitaria* a velhice. Essa retaliação ao governo antisséptico por seus medos literários e conflagrações. Ah, como o ódio e a raiva cresceram nele ao longo dos anos. Ah, como o plano tinha aos poucos ganhado forma em sua mente entorpecida, até aquele dia, três anos atrás, quando conheceu Pikes.

Ah, sim, Pikes. Pikes, com a amargura tão profunda quanto um poço preto chamuscado de ácido verde. Quem era Pikes? Apenas o maior de todos! Pikes, o homem de dez mil rostos, uma fúria, uma fumaça, uma névoa azul, uma chuva branca, um morcego, uma gárgula, um monstro, esse era Pikes! Um sussurro, um grito, um medo, uma bruxa, um títere, Pikes era tudo isso! Melhor que Lon Chaney, seu pai?

Stendahl ruminou. Uma noite atrás da outra ele assistiu a Chaney atuar naqueles filmes antigos. Sim, melhor do que Chaney. Melhor até do que aquela outra múmia antiga? Qual era o nome dele mesmo? Karloff? Muito melhor! Lugosi? A comparação era detestável! Não, só havia um Pikes, e ele era um homem despido de suas fantasias agora, sem lugar na Terra, sem ninguém para quem se exibir. Proibido até de atuar para si mesmo, diante de um espelho!

Pobre Pikes, impossível e derrotado! Como Pikes deve ter se sentido na noite em que tiraram seus filmes, como se entranhas fossem arrancadas da câmera, de suas tripas, agarrando-os aos montes em rolos para enfiá-los num forno e queimá-los! Será que a sensação era tão ruim quanto a de aniquilarem seus cinquenta mil livros sem qualquer indenização? Sim. Sim. Stendahl sentia suas mãos gelarem com um ódio despropositado. Então, nada mais natural do que eles um dia conversarem, tomando infinitas jarras de café, em inúmeras meias-noites, e de toda essa conversa e de infusões amargas surgir a Casa de Usher.

O grande sino da igreja soou. Os convidados estavam chegando. Sorrindo, ele foi cumprimentá-los.

TENDO CRESCIDO SEM MEMÓRIA, os robôs aguardavam. Vestindo uma seda verde, da cor de poças na floresta, sedas da cor de sapos e samambaias, eles aguardavam. De cabelos amarelo, da cor do sol e da areia, os robôs aguardavam. Azeitados, com os ossos de tubos talhados em bronze e mergulhados em gelatina, jaziam os robôs. Em caixões para os que não estão mortos nem vivos, em caixas de madeira, os metrônomos esperavam ser postos em movimento. Havia um odor de lubrificante e bronze torneado. O silêncio de um cemitério. Com gênero, mas assexuados, os robôs. Com nome, mas inomináveis, tomando emprestado dos humanos tudo menos a humanidade, os robôs encaravam as tampas pregadas de suas caixas com a etiqueta Livre a Bordo, numa morte que nem morte era, pois nunca houve vida. E agora escutava-se um grito vasto de pregos arrancados. Agora levantavam-se as tampas. Agora havia sombras nas caixas, e a pressão de uma mão esguichando óleo. Agora um relógio foi posto em andamento, um tiquetaquear fraco. Outro e outro, até isso virar uma imensa loja de relógios, ronronando. Os olhos de mármore esgarçaram suas pálpebras de borracha. As narinas piscaram.

Os robôs, vestindo cabelos de macaco e coelho branco, levantaram-se, primeiro Tweedledum, depois Tweedledee, a Tartaruga Fingida, Dormundongo, corpos afogados do mar composto de sal e algas brancas, balançando; pendurados, homens de gargantas azuis com olhos de pele de mexilhão apontando para cima, e criaturas de gelo e latão, anões de barro e elfos de pimenta, Tique-Taque, Ruggedo, Papai Noel com uma neve autofabricada que caía sobre ele, Barba Azul com bigodes de chama de acetileno, nuvens de enxofre de onde apareciam focinhos de fogo verde, e, feito de uma serpentina gigante e escamosa, um dragão, com uma fornalha na barriga, se desenrolando pela porta com um grito, um urro, um silêncio, uma correria, um vento.

Dez mil tampas caíram. A relojoaria entrou em Usher. A noite virou encantada.

UMA BRISA QUENTE SOPROU sobre a Terra. Os foguetes convidados, que ardiam no céu e transformavam o clima de outono em primavera, tinham chegado.

Os homens saíram usando roupas noturnas e as mulheres logo atrás deles, com os cabelos arrumados com muito cuidado.

— Então, aqui é Usher!

— Mas onde está a porta?

Nesse momento, Stendahl apareceu. As mulheres riram e tagarelaram. O sr. Stendahl ergueu uma mão para que fizessem silêncio. Virando-se, ele olhou para uma janela no alto do castelo e chamou:

— Rapunzel, Rapunzel, jogue suas tranças.

E lá do alto, uma bela donzela se curvou no vento noturno e deixou cair um cabelo dourado. E o cabelo se enroscou, soprou e

virou uma escada pela qual os convidados poderiam subir à casa, entre gargalhadas.
  Quantos sociólogos proeminentes! Quantos psicólogos espertos! Que políticos de tremenda importância, bacteriologistas e neurologistas! Lá estavam eles, entre as paredes úmidas.
  — Sejam todos bem-vindos! O sr. Tryon, sr. Owen, sr. Dunne, sr. Lang, sr. Steffens, sr. Fletcher e mais duas dúzias deles.
  — Entrem, entrem!
  A sra. Gibbs, sra. Pope, sra. Churchill, sra. Blunt, sra. Drummond e um monte de outras mulheres, todas reluzindo.
  Pessoas, pessoas eminentes, todas e cada uma delas, membros da Sociedade pela Prevenção da Fantasia, defensores da proibição do Dia das Bruxas e da Noite de Guy Fawkes, assassinos de morcegos, queimadores de livros, portadores de tochas; bons e puros cidadãos, todos eles! Além disso, amigos! Sim, cuidadosamente, cuidadosamente, ele conheceu e virou amigo de cada um deles no ano passado!
  — Sejam bem-vindos aos vastos salões da Morte! — ele gritou.
  — Olá, Stendahl, o que é *isso* tudo?
  — Você verá. Tirem suas roupas, todos vocês. Vocês vão encontrar cabines ali no lado. Troquem pela fantasia que vocês encontrarão lá. Homens desse lado, mulheres daquele.
  As pessoas estavam paradas, desconfortáveis.
  — Não sei se deveríamos ficar aqui — disse a sra. Pope. — Não estou gostando nada disso. Isso é quase... blasfêmia.
  — Besteira, é um baile à fantasia!
  — Isso parece um tanto ilegal — disse o sr. Steffens, desconfiado.
  — Ah, deixem disso — falou Stendahl, rindo. — Aproveitem. Amanhã, isso tudo vai virar ruínas. Entrem lá, todos vocês. Às cabines!

A Casa pulsava de vida e cor, arlequins passavam tilintando com sinos em seus gorros, ratos brancos dançavam quadrilha em miniatura ao som da música dos anões que faziam cócegas em minúsculos violinos com minúsculos arcos, e asas ondulavam de vigas chamuscadas enquanto os morcegos voavam em nuvens ao redor de torres de gárgulas e as gárgulas cuspiam vinho tinto, fresco, selvagem e borbulhante. Havia um córrego percorrendo as sete salas do baile à fantasia, e pediriam aos convidados para tomar um gole, e então descobririam que era xerez.

Os convidados saíram das cabines levados de uma época a outra, o rosto coberto com dominós. O simples ato de botar uma máscara lhes revogava a licença de brigar contra a fantasia e o terror. As mulheres deslizavam em seus vestidos vermelhos, rindo.

Os homens compareceram, dançando com elas. E nas paredes tinha sombras sem corpos que as lançassem, e aqui e ali havia espelhos que não refletiam imagem alguma.

— Vampiros, todos nós — riu o sr. Fletcher. — Mortos!

Havia sete salões, cada um com uma cor diferente, um azul, um roxo, um verde, um laranja, outro branco, o sexto, violeta, e o sétimo estava envolto em veludo preto. Na sala preta havia um relógio de ébano que marcava ruidosamente a hora. Os convidados corriam por essas salas, enfim embriagados, entre fantasias de robôs, entre Dormundongos e Chapeleiros Malucos, trolls e gigantes, Gatos Pretos e Rainhas Brancas, e sob seus pés dançarinos, o chão denunciava a pulsação enorme do coração delator escondido.

— Sr. Stendahl!

Um sussurro.

— Sr. Stendahl!

Um monstro com o rosto da morte estava ao seu lado. Era Pikes.
— Preciso falar com você a sós.
— O que foi?
— Olhe isso. — Pikes estendeu uma mão de esqueleto. Nela havia parafusos, arruelas, porcas e engrenagens semiderretidos. Stendahl fitou-os por um bom tempo. Então levou Pikes a um corredor.
— Garrett? — ele sussurrou.
Pike assentiu.
— Ele mandou um robô em seu lugar. Encontrei isso limpando o incinerador agora há pouco.
Ambos encararam as engrenagens fatídicas por um tempo.
— Isso significa que a polícia vai bater aqui a qualquer momento — disse Pikes. — Nosso plano será arruinado.
— Não sei. — Stendahl olhou para as pessoas de azul e amarelo rodopiando. A música percorria os salões enevoados. — Deveria ter adivinhado que Garrett não seria burro de vir pessoalmente aqui. Mas espere!
— Qual é o problema?
— Nada. Problema nenhum. Garrett nos mandou um robô. Bom, nós mandamos um de volta. A não ser que ele o analise com muita atenção, não vai notar a diferença.
— É claro!
— Da próxima vez, ele virá *pessoalmente*. Dessa vez, achará que é seguro. Oras, ele pode bater à porta a qualquer momento! Mais vinho, Pikes!
Soou a grande campainha.
— E acaba de chegar, posso apostar. Vai lá abrir para o sr. Garrett.

Rapunzel deixou cair seu cabelo dourado.
— Sr. Stendahl?
— Sr. Garrett. O *verdadeiro* sr. Garrett?
— Ele mesmo. — Garrett olhou as paredes úmidas e as pessoas rodopiando. — Achei melhor ver por conta própria isso aqui. Você não pode depender dos robôs. Dos robôs de outras pessoas, ainda por cima. Também tomei a precaução de chamar os Desmanteladores. Eles vão chegar em uma hora para derrubar todas as bugigangas desse lugar horrível.

Stendahl se curvou.
— Obrigado por me avisar. — Ele fez um aceno com a mão. — Enquanto isso, você pode aproveitar. Vai um pouquinho de vinho?
— Não, obrigado. O que está acontecendo? Até que ponto pode descer o ser humano?
— Veja por conta própria, sr. Garrett.
— Que horror — disse Garrett.
— Horror dos mais execráveis — respondeu Stendahl.

Uma mulher gritou. A sra. Pope apareceu correndo, com o rosto cor de queijo.
— Acaba de acontecer a coisa mais horripilante comigo! Vi a sra. Blunt ser estrangulada por um orangotango e enfiada numa chaminé!

Olharam para lá e viram o longo cabelo amarelo descendo pelo cano da chaminé. Garrett deu um grito.
— Que terror! — soluçou sra. Pope, e então parou de chorar. Ela piscou e se virou. — Senhora Blunt!
— Sim — disse a sra. Blunt, ali parada.
— Mas eu acabo de ver você enfiada na chaminé!
— Não — riu sra. Blunt. — Foi um robô meu. Uma imitação muito esperta!

— Mas, mas...
— Não chore, querida. Está tudo bem. Deixe-me olhar para mim mesma. Olha, lá estou eu! Na chaminé, como você disse. Engraçado, não?

A sra. Blunt se afastou, rindo suavemente.

— Vai uma bebida, Garrett?
— Acho que vou aceitar. Isso me deixou nervoso. Meu Deus, que lugar. Isso merece *mesmo* ser derrubado. Por um instante, eu... — Garrett bebeu.

OUTRO GRITO. Sr. Steffens, apoiado nos ombros de quatro coelhos brancos, foi carregado por uma escadaria que apareceu magicamente no chão. Foi levado para baixo, a um poço, onde o amarraram e o deixaram encarar uma lâmina de aço num pêndulo que descia, aproximando-se cada vez mais de seu corpo desesperado.

— Sou eu lá embaixo? — perguntou sr. Steffens, aparecendo ao lado de Garrett. Ele se curvou sobre o poço. — Que estranho, que esquisito, ver a si mesmo morrer.

O pêndulo fez o movimento final.

— Que realista — disse sr. Steffens, afastando-se.
— Outra bebida, sr. Garrett?
— Sim, por favor.
— Não vai demorar muito. Logo chegam os Desmanteladores.
— Graças a Deus!

E pela terceira vez, um grito.

— O que foi agora? — perguntou Garrett, apreensivo.
— É a minha vez — disse sra. Drummond. — Olhe.

E uma segunda sra. Drummond, gritando, foi pregada num caixão e enfiada na terra abaixo do piso.

— Oras, eu me lembro *disso* — arquejou o Investigador de Climas Morais. — Dos antigos livros proibidos. O Enterro Prematuro. E os outros. O Poço, o Pêndulo e o orangotango; a chaminé, os Assassinatos na Rue Morgue. De um livro que eu queimei, sim!
— Outra bebida, Garrett. Aqui, segure firme a taça.
— Meu Deus, você tem uma imaginação e tanto, hein?

Observaram cinco outras pessoas morrerem, uma na boca do dragão, outras jogadas no lago escuro, afundando e desaparecendo.

— Quer ver o que planejamos para o senhor? — perguntou Stendahl.

— Com certeza — disse Garrett. — Qual é a diferença? Vamos explodir tudo mesmo. Vocês são asquerosos.

— Acompanhe-me, então. Por aqui.

Ele conduziu Garrett, descendo por numerosos caminhos subterrâneos, descendo outra vez por escadas em espiral, entrando em catacumbas.

— O que você quer me mostrar aqui embaixo? — perguntou Garrett.

— Você sendo morto.

— Uma cópia?

— Sim. E uma outra coisa mais.

— O Amontillado — disse Stendahl, tomando a dianteira, com um lampião incandescente que ele ergueu bem elevado. Esqueletos congelaram, com metade do corpo fora do caixão. Garrett botou a mão no nariz, com expressão de desgosto.

— O quê?

— Você nunca ouviu falar de Amontillado?

— Não!

— Você não reconhece isso? — Stendahl apontou para uma cela.

— Deveria reconhecer?

— Ou isso? — Stendahl tirou uma espátula de sua capa, sorridente.
— O que é isso?
— Venha — disse Stendahl.
Entraram na cela. No escuro, Stendahl amarrou as correntes ao homem um tanto bêbado.
— Pelo amor de Deus, o que você está fazendo? — gritou Garrett, chacoalhando os braços.
— Estou sendo irônico. Não interrompa um homem no meio de uma coisa dessas. Não é educado de sua parte. Pronto!
— Você me prendeu!
— Prendi, sim.
— E o que você vai fazer?
— Deixar você aqui.
— Só pode ser brincadeira.
— Uma ótima brincadeira.
— Onde está minha cópia? Não íamos ver ele morrer?
— Não há cópia.
— Mas e os *outros*?
— Os outros estão mortos. Aqueles que você viu serem assassinados eram pessoas de verdade. As cópias, os robôs, ficaram paradas assistindo. — Garrett não disse nada.
— Agora você deve dizer: "Pelo amor de Deus, Montresor" — falou Stendahl. — E eu vou responder: "Sim, pelo amor de Deus". Não vai dizer? Vamos lá. *Diga*.
— Seu imbecil.
— Preciso convencê-lo? Diga. Diga "Pelo amor de Deus, Montresor!".
— Não vou falar isso, seu idiota. Me tire daqui. — Ele ficou sóbrio agora.

— Ponha isso aqui. — Stendahl jogou algo que tilintava.
— O que é isso?
— Um gorro com sinos. Vista isso e talvez eu solte você.
— Stendahl!
— Vista isso, eu disse!
Garrett obedeceu. Os sinos tilintaram.
— Você não tem uma sensação de que tudo isso já aconteceu antes? — inquiriu Stendahl, começando a trabalhar com a espátula, a argamassa e os tijolos.
— O que você está fazendo?
— Emparedando você. Foi uma fileira. Agora vai a outra.
— Você está louco!
— Não vou discutir isso.
— Você será processado por isso!
Ele bateu num tijolo e colocou-o sobre a argamassa úmida, cantarolando.
Agora se escutava, do lugar escuro, uma pessoa se debatendo e gritando. Os tijolos continuaram se empilhando. — Revire-se mais, por favor — disse Stendahl. — Vamos dar um belo show.
— Me tire daqui, me tire daqui!
Faltava colocar um tijolo. A gritaria era contínua.
— Garrett? — chamou Stendahl, suavemente. Garrett ficou em silêncio. — Garrett — disse Stendahl. — Você sabe por que fiz isso com você? Porque você queimou os livros do sr. Poe sem tê-los lido de fato. Você escutou o conselho dos outros, de que tinham que ser queimados. Do contrário, você teria percebido o que eu ia fazer com você quando descemos há pouco. A ignorância é fatal, sr. Garrett.
Garrett ficou em silêncio.
— Quero que isso fique perfeito — disse Stendahl, erguendo o lampião de modo que a luz penetrava, chegando à pessoa caída. —

Sacuda suavemente seus sinos. — Os sinos farfalharam. — Agora, se você puder, por favor, falar "Pelo amor de Deus, Montresor", talvez eu o liberte.

O rosto do homem se iluminou. Houve uma hesitação. Então, grotescamente, ele pediu:

— Pelo amor de Deus, Montresor.

— Ah, disse Stendahl, de olhos fechados. Ele colocou o último tijolo no lugar e cimentou-o. — *Requiescat in pace*, caro amigo. Saiu apressado das catacumbas.

NOS SETE SALÕES, o som do relógio da meia-noite fez tudo parar. A Morte Rubra apareceu.

Stendahl se virou por um instante para a porta e observou. E ele saiu correndo para fora da grande Casa, atravessando o fosso, até o lugar onde um helicóptero o aguardava.

— Pronto, Pikes?

— Pronto.

— Lá vai!

Olharam para a grande Casa, sorrindo. Começou a ruir na metade, como se fosse num terremoto, e enquanto Stendahl observa a cena magnífica, escutou Pikes recitando atrás dele, numa voz grave e cadenciada:

— "Meu cérebro vacilou quando vi aquelas maciças paredes caírem em pedaços. Houve o som de uma demorada e tumultuada gritaria, como o ruído de mil aguaceiros, e o lago profundo e frígido a meus pés se fechou sombria e silenciosamente sobre os destroços da Casa de Usher."**

** Citação de Edgar Allan Poe, "A queda da casa de Usher". (N.T.)

O helicóptero sobrevoou o lago fervendo e voou em direção ao oeste.

FOGUEIRA

O QUE MAIS IRRITAVA William Peterson era Shakespeare e Platão, Aristóteles, Jonathan Swift, William Faulkner e os poemas de Weller, Robert Frost, talvez, John Donne e Robert Herrick. Todos esses, vale lembrar, jogados na Fogueira. Então ele começou a pensar em certas pinturas no museu, ou nos livros em seu recanto, nos bons Picassos, não nos ruins, mas nos raríssimos que eram bons; os bons Dalís (tinha alguns, como você sabe); e o melhor do Van Gogh; as linhas em certos Matisses, sem contar a cor, e o jeito que Monet pintava rios e córregos, e a névoa que pairava nos rostos em formato de pêssego das mulheres nos quadros de Renoir, nas sombras do verão. Ou, voltando ainda mais, havia El Greco com uma iluminação maravilhosa dos raios, os corpos dos santos alongados por uma espécie de gravidade divina em direção a nuvens brancas e sulfurosas de trovoadas. Depois de pensar nesses pedaços de coisas usadas para acender o fogo (pois é isso que viraram), ele pensou nas esculturas enormes de Michelangelo, no menino Davi com seus pulsos inchados da juventude e seu pescoço tendinoso, os olhos e mãos sensíveis, a boca suave; os Rodins montados apaixonadamente; os sulcos suaves nas costas da estátua de uma mulher nua na parte de trás do Museu de Arte Moderna, aquele sulco fresco onde ele poderia querer passar sua mão para parabenizar Lembroocke por seu talento artístico...

William Peterson estava com as luzes apagadas em seu escritório, tarde da noite, vendo apenas o brilho rosado fraco de seu toca-discos acariciando seu rosto ossudo. A música se espalhava pelo quarto com o movimento mais suave possível, o coro de gafanhotos de *Jena*, de Beethoven, um *pizzicato* chuvoso em meio à *Quarta* de Tchaikovsky, o ataque de metais durante a *Sexta* de Shostakovich, um fantasma de *La Valse*. Às vezes, William Peterson tocava o próprio rosto e descobria uma umidade sob cada pálpebra inferior. "Isso não é autocomiseração?", ele pensou. É só não ser capaz de fazer nada a respeito disso. Por séculos, o pensamento deles seguiu vivo. A partir do dia seguinte, estariam mortos. Shakespeare, Frost, Huxley, Dalí, Picasso, Beethoven, Swift, mortos de verdade. Até agora, nunca tinham morrido, embora seus corpos estivessem entregues aos vermes. No dia seguinte dariam um jeito nisso.

O telefone tocou. William Peterson jogou a mão pelo ar escuro e atendeu.

— Bill?

— Ah, oi, Mary.

— O que você está fazendo?

— Ouvindo música.

— Não vai fazer nada de especial hoje à noite?

— O que tem para fazer? — disse ele.

— Só Deus sabe onde estaremos amanhã à noite, só pensei...

— Não vai existir amanhã à noite — ele interrompeu. — Só vai existir a Fogueira.

— Que maneira esquisita de ver a situação. Uma pena — disse ela, distante. — Andei pensando, que desperdício. Minha mãe me teve, meu pai me colocou na escola. Com você foi igual, Bill. A mesma coisa, com 2 bilhões de pessoas na Terra. E então isso acontece.

— Não é só isso — ele pensou, de olhos fechados, com o telefone próximo à boca. — Mas todos os milhões de anos que demorou para chegarmos aqui. Ah, você deve estar se perguntando "O que nós temos, para onde fomos? Nós chegamos? E onde estamos?". Mas aqui estamos, seja como for, por bem ou por mal. E demorou milhões de anos para que surgisse o homem. Fico chocado que alguns poucos homens no alto escalão podem estalar os dedos e acabar com tudo. Meu único consolo é que eles também vão queimar.

— Ele abriu os olhos. — Você acredita no inferno, Mary?

— Não acreditava. Agora acredito. Disseram que, depois de começar, a Terra queimaria por um bilhão de anos, como um pequeno sol.

— É, isso é o inferno, sem dúvida, e nós estamos nele. Nunca pensei a respeito disso, mas nossas almas serão assadas no ar aqui, guardadas na Terra por muito tempo depois de não sobrar nada além de uma fogueira.

Ela começou a chorar, do outro lado da cidade, no apartamento dela.

— Não chore, Mary — disse ele. — Isso me machuca mais do que qualquer outra coisa nessa bagunça toda.

— Não consigo me conter — disse ela. — Estou realmente furiosa. Pensar que *desperdiçamos* nossas vidas, gastamos nosso tempo, você, escrevendo três dos melhores livros de nossa geração, e isso vira nada. E todas as outras pessoas, as milhares de horas de escrita e construção e pensamento que nós investimos, meu Deus, é muito assustador, e tudo que alguém precisa fazer é riscar um fósforo.

Ele concedeu a ela um longo minuto de histeria silenciosa.

— Você acha que as pessoas não pensaram nisso? — disse ele. — Todos temos nossa parte nisso. Pensamos: "Jesus, foi por isso que nossos avós atravessaram as planícies, é por isso que Cristóvão Colombo descobriu a América, é por isso que Galileu largou os pesos da Torre de Pisa, é por isso que Moisés atravessou o Mar Vermelho?". De repente, isso apaga toda a equação e torna tudo o que fizemos algo tolo, porque a soma disso tudo é cancelamento, CANCELAMENTO na máquina.

— Não podemos fazer nada?

— Participei de todas as organizações. Conversei. Bati nas mesas, votei, fui preso, e agora estou em silêncio — ele disse. — Fizemos tudo o que foi possível. Escapou de nossas mãos. Alguém jogou a direção pela janela por volta dos anos 1940, e ninguém conferiu se os freios estavam funcionando.

— Por que ainda nos demos ao trabalho de tentar algo? — ela disse.

— Não sei. Eu quero voltar no passado e falar comigo mesmo em 1939, "escuta aqui, camarada, vai sem pressa, não se empolgue, não fustigue o cérebro, não invente contos ou escreva seus livros, não serve para nada, para nada, em 1960 vão colocar você e os livros no incinerador!". E eu diria ao sr. Matisse: "Pare de fazer essas belas linhas". E ao sr. Picasso: "Nem se dê ao trabalho de criar *Guernica*". E ao sr. Franco: "Não se dê ao trabalho de ganhar de seu próprio povo, ninguém deve se dar ao trabalho de nada!".

— Mas tínhamos de nos dar ao trabalho, precisávamos persistir.

— Sim — disse ele. — Essa é a parte maravilhosa e idiota. Persistimos, até quando sabíamos que estávamos indo para o forno. Podemos dizer isso até o último momento, quase, que estávamos pintando, rindo, conversando e atuando, como se isso fosse durar para sempre. Um dia, me iludi de que, de alguma maneira, restaria uma parte da Terra, que alguns fragmentos poderiam persistir. Shakespeare, Blake, uns pedaços, uns trechos, talvez alguns dos meus contos, resquícios. Pensei que iríamos embora e deixaríamos o mundo para os ilhéus ou os asiáticos. Mas isso é diferente. Isso é total.

— Quando você acha que isso vai acontecer?
— A qualquer momento.
— Eles nem sabem o que a bomba vai fazer, né?
— Temos uma chance, seja como for. Perdoe meu pessimismo, eu acho que eles calcularam mal.
— Por que você não vem aqui? — perguntou ela.
— Por quê?
— Pelo menos a gente podia conversar...
— Por quê?
— Seria algo a fazer...
— Por quê?
— Nos daria algo do que conversar.
— Por quê? Por quê? Por quê?
Ela aguardou um minuto.
— Bill?
Silêncio.
— Bill!
Nenhuma resposta.

Ele estava pensando em um poema de Thomas Lovell Beddoes, pensando em uma tira de película de um filme antigo chamado *Cidadão Kane*, pensando na névoa suave de penas brancas na qual as bailarinas de Degas posavam, pensando em um bandolim de Braque, um violão de Picasso, um relógio de Dalí, uma linha de Houseman, pensando em milhares de manhãs jogando água fria no rosto, pensando em bilhões de manhãs e bilhões de pessoas jogando água fria em seus rostos, indo trabalhar nos últimos dez mil anos. Pensava em campos com grama, trigo e dentes-de-leão. Pensava em mulheres.

— BILL, VOCÊ ESTÁ aí?
Nenhuma resposta.
Enfim, engolindo seco, ele disse:
— Sim, estou aqui.
— Eu... — disse ela.
— Sim?
— Quero... — disse ela.
A Terra explodiu e queimou de forma constante por milhares de milhões de séculos...

UM GRILO NA LAREIRA

A PORTA BATEU e John Martin tirou o chapéu e o casaco e passou pela sua esposa com a fluência de um mágico a caminho de uma ilusão melhor. Ele tirou o jornal com um ruído seco enquanto pendurava o casaco no armário, como um fantasma abandonado, e navegou pela casa, passando os olhos pelas notícias, o nariz adivinhando a identidade da janta, falando por cima do próprio ombro, a esposa atrás dele. Ainda exalava fraco cheiro de trem e de uma noite de inverno. Em sua cadeira, sentiu um silêncio ao qual não estava acostumado, parecido com o de uma casa de passarinho quando paira a sombra de um abutre; todos os pintarroxos, pardais e sabiás em silêncio. A sua esposa ficou parada, pálida, na porta, sem se mexer.

— Venha se sentar — disse John Martin. — O que você está fazendo? Meu Deus, não olhe para mim como se eu estivesse morto. O que foi? Não que tenha alguma novidade, é claro. O que você acha desses vereadores idiotas? Mais impostos, mais de tudo.

— John! — gritou a esposa. — Não!

— Não o quê?

— Não fale desse jeito. Não é seguro!
— Pelo amor de Deus, não é seguro? Estamos na Rússia ou na nossa própria casa?
— Não exatamente.
— Não exatamente?
— Tem um grampo em casa — ela sussurrou.
— Um grampo?
— Sabe. Expressão de detetive. Quando escondem um microfone em algo que você não sabe o que é, chamam de grampo, acho — ela sussurrou, ainda mais baixo.
— Você pirou?
— Achei que tinha enlouquecido quando a sra. Thomas me disse. Vieram ontem à noite enquanto a gente não estava e pediram à sra. Thomas para usar a garagem dela. Colocaram um equipamento lá e fios por aqui, a casa está cheia de fios, o grampo está em algum cômodo, ou talvez em todos.

Ela estava parada diante dele, sussurrando no seu ouvido.

Ele caiu para trás.
— Ah não!
— Sim!
— Mas a gente não fez nada...
— Voz baixa! — ela sussurrou.
— Espere — ele cochichou de volta, irritado, o seu rosto ficando branco, vermelho e branco de novo. — Vem!

Na sacada, ele olhou ao redor e praguejou.
— Agora repete essa história toda! Estão usando a garagem da vizinha para esconder o equipamento? O FBI?
— Sim, sim, ah, foi terrível! Não queria telefonar, fiquei com medo que a linha estivesse grampeada também.
— Vamos ver, caramba! E já!

— Onde você está indo?
— Pisotear no equipamento deles! Jesus! O que foi que a gente fez?
— Não! — Ela o agarrou pelo braço. — Você só vai causar confusão. Depois de ouvirem por alguns dias, vão saber que somos bons e vão embora.
— Eu me sinto insultado! Não, ultrajado! Nunca usei essas duas palavras antes, mas elas se encaixam muito bem! Quem eles pensam que são? É por causa da nossa opinião política? Os nossos amigos do estúdio, meus contos, o fato de que sou um produtor? É por causa do Tom Lee, porque ele é chinês e meu amigo? Isso não o torna perigoso, nem a gente! O quê, o quê?!
— Talvez alguém tenha dado uma pista falsa e eles estejam investigando. Se acharem que somos perigosos, você não pode culpá-los.
— Eu sei, eu sei, mas nós! É tão engraçado que dá vontade de rir. Será que a gente avisa aos nossos amigos? Expomos o microfone se o encontrarmos, vamos para um hotel, saímos da cidade?
— Não, não, a gente continua a vida como sempre. Não temos nada a esconder, então vamos só ignorá-los.
— Ignorar?! A primeira coisa que eu disse hoje à noite foi uma besteira política e você me calou como se eu tivesse acionado uma bomba.
— Vamos entrar, está frio aqui fora. Comporte-se. Vai durar poucos dias e eles já vão. E, afinal, não somos culpados de nada.
— Ah, tá bom, mas que diabos, queria poder ir lá chutar essas porcarias todas deles!
Hesitaram, e então entraram na casa, a casa estranha, e ficaram parados por um instante na sala, tentando criar algum diálogo apropriado. Sentiam-se como dois amadores em uma peça no inte-

rior, o eletricista que sem querer acendeu luzes demais, a plateia, entediada, saindo do teatro e, ao mesmo tempo, os atores esquecendo suas falas. Então não disseram nada.

Ele ficou sentado na varanda tentando ler o jornal até a comida ser posta à mesa. Mas a casa de repente tinha ecos. O menor rangido da seção de esportes, o exalar de fumaça do seu cachimbo, tornavam-se o som de um imenso incêndio florestal ou o ar passando pelos tubos de um órgão. Quando ele se remexeu na cadeira, ela grunhiu como um cachorro adormecido, suas calças de tweed raspavam e lixavam uma contra a outra. Na cozinha, uma algazarra de panelas sendo batidas, frigideiras caindo, portas de forno se escancarando, fechando num baque, o som flamejante do gás ganhando vida, acendendo azul e chiando debaixo da comida inerte, e então a comida sendo mexida sem parar sob ordens da água fervente fazia um ruído de lavar, assoviar e murmurar alto demais. Ninguém falava nada. Sua mulher veio e ficou parada na porta por um instante, olhando para o seu marido e as paredes, mas não disse nada. Ele mudou da página de futebol para a de luta e leu as entrelinhas, fitando a branquidão vazia e as manchas de um jornalismo indigesto.

Agora algo ressoava no cômodo, como o rufar da maré se aproximando numa tempestade, uma onda gigante atingindo as rochas e quebrando com uma explosão titânica, de novo e de novo, nos seus ouvidos.

Meu Deus, pensou, espero que não escutem meu coração!

Sua esposa acenou da sala de jantar. Ele ruidosamente enrolou o jornal, colocou-o debaixo da poltrona e caminhou, pisando no acolchoado do carpete, e arrastou a cadeira protestando sobre o chão sem tapetes da sala de jantar, tilintou os talheres de último segundo, buscou a sopa borbulhante como lava, e colocou um café para passar ao lado deles. Olharam para o aparato de prata de passar

café, escutaram o gargarejar na sua garganta de vidro, admiraram-no por seu protesto contra o silêncio, por dizer o que pensava. Então houve um arrastar e um clique da faca e do garfo no prato. Ele começou a dizer algo, mas ficou preso, junto a um naco de comida, na sua garganta. Seus olhos se esbugalharam. Os olhos de sua esposa se esbugalharam. Finalmente, ela se levantou, voltou para a cozinha, pegou uma folha de papel e um lápis. Ela voltou e entregou a ele um recado que tinha acabado de ser escrito: *Diga algo!*
Ele rabiscou uma resposta:
O quê?
Ela escreveu de novo: *Qualquer coisa! Rompa o silêncio. Vão achar que tem algo errado!*
Ficaram sentados, encarando nervosos os próprios escritos. Então, com um sorriso, ele se recostou na cadeira e piscou para ela. Ela franziu o cenho. Então ele disse:
— Bom, diabos, fale alguma coisa!
— O quê? — ela perguntou.
— Caramba — ele disse. — Você ficou em silêncio o jantar inteiro. Você e esse seu humor. Só porque eu não vou comprar aquele casaco que você pediu? Bom, você não vai ganhá-lo e ponto-final!
— Mas eu não quero...
Ele a interrompeu antes que ela pudesse continuar.
— Cale a boca! Não vou falar com uma resmungona. Você sabe que a gente não tem dinheiro para comprar casaco de pele! Se você não consegue rimar lé com cré, melhor ficar quieta!
Ela ficou inerte por um instante, e então sorriu e piscou para ele.
— Mas eu não tenho uma roupa digna para usar! — ela gritou.
— Ah, cale a boca! — ele rugiu.
— Você nunca me compra nada! — ela gritou.
— Blá, blá, blá! — ele berrou.

Ficaram em silêncio e escutaram a casa. Os ecos da sua gritaria tinham restaurado tudo ao normal, pelo jeito. O coador não estava mais tão alto, o embate dos talheres tinha se atenuado. Suspiraram.

— Escute aqui — ele disse, enfim. — Não fale mais comigo pelo resto da noite. Pode me fazer esse favor?

Ela fungou.

— E me serve um café! — ele disse.

Por volta das oito e meia, o silêncio estava se tornando intolerável mais uma vez. Eles estavam sentados, duros, na sala de estar, ela com o último livro de ficção, ele com algumas moscas que amarrava, preparando-se para a pescaria de domingo. Várias vezes os dois se olharam, abriram a boca e tornaram a fechá-la, e então olharam ao redor, como se uma sogra tivesse aparecido.

Às cinco para as nove, ele disse:

— Vamos sair para assistir a um filme.

— Tão tarde?

— Claro, por que não?

— Você nunca gosta de sair durante a semana porque está cansado. Eu fiquei em casa o dia todo, limpando, vai ser bom sair à noite.

— Vamos lá, então!

— Achei que você estivesse irritado comigo.

— Prometa não falar de roupas de pele e tudo vai ficar bem. Pegue seu casaco.

— Certo. — Ela voltou num instante, vestida, sorrindo, e saíram de casa de carro. Olharam para trás, para a casa iluminada.

— Adeus e até mais, casa — ele disse. — Vamos dirigir e nunca mais voltar.

— A gente não teria coragem.

— Vamos dormir hoje num desses motéis que vão arruinar sua reputação — ele sugeriu.

— Pare com isso. Temos de voltar. Se nos afastarmos, eles vão suspeitar.

— Eles que se danem. Eu me sinto um idiota dentro da minha própria casa. Eles com o grilo deles.

— Grampo.

— Grilo, enfim. Eu me lembro de uma vez, quando eu era garoto, um grilo entrou em casa. Ele ficava quieto a maior parte do tempo, mas à noite começava a raspar as patas, uma algazarra dos demônios. Tentamos encontrar o grilo. Nunca o achamos. Ele estava numa fresta do chão ou em algum lugar na chaminé. Tirou o nosso sono nas primeiras noites, mas aí a gente se acostumou com ele. Ele ficou meio ano lá, acho. Aí, uma noite, a gente foi para cama e alguém disse: "Que barulho é esse?", e todos nós ficamos ouvindo. "Eu sei o que é", disse o pai. "É o silêncio. O grilo foi embora." E tinha ido mesmo. Morreu ou saiu, nunca soubemos. E ficamos um pouco tristes e solitários com aquele novo som em casa.

Dirigiram pela rua, à noite.

— Precisamos decidir o que fazer — ela disse.

— Alugar uma casa nova em outro lugar.

— A gente não pode fazer isso.

— Ir para Ensenada, passar o fim de semana. A gente quer fazer essa viagem há anos, vai ser bom para nós, não vão nos seguir nem grampear o hotel.

— O problema ainda vai estar lá quando a gente voltar. Não, a única solução é viver nossa vida da mesma maneira como a gente vivia uma hora antes de eu descobrir o microfone.

— Eu não lembro. Era uma bela de uma rotina. Não lembro como era. Os detalhes, quero dizer. Estamos casados há dez anos, e uma noite é igual à outra, muito agradável, é claro. Eu chego em

casa, jantamos, lemos ou ouvimos o rádio, sem televisão, e vamos para cama.
— Parece muito sem graça quando você conta desse jeito.
— Você acha sem graça? — ele perguntou, de repente.
Ela pegou no braço dele.
— Na verdade, não. Eu queria sair mais de casa, de vez em quando.
— Vamos ver o que podemos fazer quanto a isso. Agora, vamos planejar falar diretamente sobre tudo quando chegarmos em casa, de política, social e moral. Não temos nada a esconder. Eu era escoteiro quando criança, você também; isso não é muito subversivo, simples assim. Fale algo. Chegamos ao cinema.

POR VOLTA DA MEIA-NOITE eles chegaram à garagem da casa e ficaram sentados por um instante encarando o grande palco vazio que aguardava por eles. Enfim, se mexeram e disseram:
— Bom, vamos entrar e dar oi para o grilo.
Fecharam a garagem e deram a volta para entrar pela porta da frente, de braços dados. Abriram a porta e a atmosfera que os dominava era uma atmosfera de escuta. Era como entrar num auditório com mil pessoas invisíveis, todas prendendo a respiração.
— Cá estamos! — disse o marido, muito barulhento.
— Sim, foi um filme incrível, não? — disse a esposa.
O filme era horrível.
— Gostei em especial da música!
Tinham achado a música banal e repetitiva.
— Sim, aquela menina dançava muito bem!
Sorriram para as paredes. A menina era uma desajeitada de treze anos com QI terrivelmente baixo.

— Querida! — ele disse. — Vamos para San Diego no domingo, passar a tarde lá.

— O quê? Você vai deixar de pescar com seus amigos? Você sempre sai para uma pescaria — ela gritou.

— Não vou pescar com eles dessa vez. Só tenho olhos para você! — ele disse, e pensou, infeliz: Nós estamos parecendo a dupla Gallagher e Sheen, aquecendo uma casa fria.

Saíram fazendo barulho pela casa, esvaziando cinzeiros, preparando-se para dormir, abrindo armários, batendo portas. Ele cantou alguns compassos do musical cansativo que tinha visto numa cadência de um barítono desafinado, ela se juntando a ele.

Na cama, com as luzes apagadas, ela se aconchegou nele, com a mão no seu braço, e se beijaram algumas vezes. Então se beijaram mais um pouco.

— Agora sim — ele disse, e deu um beijo bastante longo. Aconchegaram-se ainda mais e ele passou a mão pelas costas da esposa. De repente, a espinha dela enrijeceu.

Jesus, ele pensou, o que foi que aconteceu agora?

Ela pressionou a boca contra o ouvido dele.

— E se — ela sussurrou — o grilo estiver no nosso quarto, aqui?

— Eles não iriam fazer uma coisa dessas! — ele gritou.

— Shh! — ela disse.

— Eles não iriam fazer algo assim — ele cochichou, furioso. — Seria muito descaramento!

Ela estava se afastando dele. Ele tentou segurá-la, mas ela foi decidida e lhe deu as costas.

— Seria bem o tipo de coisa que fariam. — Ele a escutou sussurrar. E lá estava ele, encalhado numa praia branca e gélida, com a maré se afastando.

Grilo, ele pensou, nunca o perdoarei por isso.

Como o dia seguinte era terça, ele correu para o estúdio, teve um dia ocupado, e retornou, no horário de sempre, escancarando a porta com um alegre:

— Olá, querida!

Quando sua esposa apareceu, ele deu um beijo intenso nela, acariciou suas costas, passou uma mão apreciadora pelo seu corpo, beijou-a outra vez e entregou um grande ramalhete de cravos cor-de-rosa.

— Para mim? — ela disse.

— Para você! — ele respondeu.

— É aniversário de casamento?

— Que besteira, nada disso. Só comprei, sem motivo algum, você sabe.

— Ah, que gentil. — Seus olhos se encheram d'água. — Você não me dava flores havia meses e meses.

— Não dava? Pelo jeito, não!

— Eu te amo — ela disse.

— Eu te amo — ele respondeu, e deu outro beijo nela. Foram, de mãos dadas, à sala de estar.

— Você chegou cedo — ela falou. — Em geral você toma uma com os rapazes.

— Os rapazes que se danem. Você sabe onde vamos no sábado, querida? Em vez de dormir no quintal, a gente vai naquele desfile de moda que você queria que eu visse.

— Achei que você odiasse...

— Tudo por você, minha linda — declarou ele. — Avisei aos rapazes que não vou pescar no domingo. Acharam que eu tinha perdido as estribeiras. O que tem para o jantar?

Ele apareceu sorrindo na cozinha, onde mexeu a comida com a colher, apreciando, sentindo o cheiro, provando tudo.

— Escondidinho! — ele gritou, abrindo o forno e olhando para dentro, cheio de glória. — Meu Deus! Meu prato favorito! A gente não come isso desde junho!

— Achei que você ia gostar!

Ele comeu o prato com deleite, contou piadas. Jantaram à luz de velas, os cravos cor-de-rosa preencheram o lugar com um odor de canela, a comida era esplêndida e, para arrematar, havia uma *black-bottom pie*, uma torta de chocolate com merengue, recém--saída do refrigerador.

— *Black-bottom pie!* É preciso horas e muito talento para fazer uma dessas que seja realmente boa.

— Fico feliz que você gostou, querido.

Depois do jantar, ele a ajudou a lavar a louça. Eles se sentaram no chão da sala de estar e tocaram várias sinfonias favoritas, e até dançaram uma valsa ao som de peças de *Rosenkavalier*. Ele a beijou ao fim da dança e sussurrou no ouvido dela, dando um tapinha em sua bunda.

— Hoje à noite, se Deus quiser, com ou sem grilo.

A música recomeçou. Eles balançaram com o ritmo.

— Você já o encontrou? — ele cochichou.

— Acho que sim. Está perto da lareira e da janela.

Caminharam até a lareira. A música estava bem alta e ele se curvou e deslocou uma cortina. Lá estava ele, um pequeno olhinho preto, não muito maior do que uma unha do dedão. Ambos encararam o objeto e se afastaram. Ele abriu uma garrafa de champanhe e tomaram um gole.

A música estava alta na cabeça deles, nos ossos, nas paredes da casa. Ele dançou com ela, a boca próxima ao ouvido.

— O que você descobriu? — ela perguntou.

— O estúdio disse para segurar a onda. Esses imbecis estão indo atrás de todo mundo. Daqui a pouco vão grampear o telefone do zoológico.

— Está tudo bem?

— Fiquem tranquilos, disse o estúdio. Não quebrem nenhum equipamento, disseram. Podem processar por destruição de propriedade do governo.

Foram cedo para a cama, sorrindo um para o outro.

Na noite de quarta, ele trouxe rosas e deu um beijo de um minuto na porta da frente. Ligaram para amigos muito espertos e os chamaram para uma noite de conversa, após decidir, olhando para a lista telefônica, que esses dois amigos impressionariam o grilo com seu repertório, deixando o ar radiante com sua perspicácia. Na quinta-feira à tarde, ele telefonou para ela do estúdio, pela primeira vez em meses, e na quinta à noite ele deu uma orquídea de presente, mais algumas rosas, uma estola que ele viu numa vitrine na hora do almoço e dois ingressos para uma boa peça. Ela, por sua vez, preparou um bolo de chocolate usando a receita da mãe dele, na quarta-feira, e na quinta fez biscoitos e torta de limão, além de passar as meias e calças dele e mandar tudo que tinha sido negligenciado anteriormente para a lavanderia. Eles vagaram pela cidade na quinta à noite depois da peça, chegaram tarde em casa, leram Eurípedes um para o outro em voz alta, foram tarde para a cama, sorrindo outra vez, e acordaram tarde, e foi preciso ligar para o estúdio e pedir licença por estar doente até o meio-dia, quando o marido, cansado, saindo de casa, pensou consigo mesmo: "Não tem como continuar assim". Ele se virou e voltou para dentro de casa. Caminhou até o grilo perto da lareira, curvou-se diante dele e disse:

— Testando, um, dois, três. Testando. Podem me ouvir? Testando.

— O que você está fazendo? — gritou a mulher, da soleira da porta.

— Chamando todas as viaturas, todas as viaturas — disse o marido, com marcas de expressão sob os olhos, o rosto pálido. — Sou eu aqui. Nós sabemos que vocês estão aí, amigos. Vão embora. Vão embora. Levem seu microfone e saiam daqui. Vocês não vão ouvir nada de nós. Isso é tudo. Isso é tudo. Mandem minhas saudações ao J. Edgar. Câmbio e desligo.

A esposa estava parada na soleira da porta, pálida, com um olhar perplexo, enquanto ele marchava na direção dela, sacudindo a cabeça, e batendo a porta.

Ela telefonou para ele às três da tarde.

— Querido, tiraram! — disse.

— O grilo?

— Sim, vieram e tiraram. Um homem muito educado bateu na porta, deixei ele entrar e, em um minuto, ele tirou o grilo e levou embora. Ele simplesmente saiu andando e não disse nada.

— Graças a Deus — disse o marido. — Ah, graças a Deus.

— Ele fez uma reverência com o chapéu e agradeceu.

— Muito gentil da parte dele. Vejo você depois.

Isso foi numa sexta-feira. Ele voltou para casa por volta das seis e meia, depois de tomar uma com os rapazes. Apareceu na porta da frente, lendo seu jornal, passou pela sua esposa, tirando automaticamente o casaco e guardando-o no armário, passou pela cozinha sem nem farejar a comida, sentou na sala de estar e leu a seção de esportes até o jantar, quando ela o serviu com rosbife simples e ervilhas, com suco de maçã de entrada e laranjas fatiadas de sobremesa. Na volta para casa, ele devolveu os ingressos para aquele dia e o seguinte, ele a informou; ela podia ir com as amigas para o desfile de moda, ele pretendia ficar no quintal.

— Bom — ele disse, por volta das dez. — A casa antiga parece um tanto diferente hoje, não?
— Sim.
— Ainda bem que o grilo foi embora. Ele nos deixou loucos.
— Sim.
Ficaram sentados por um tempo.
— Sabe — ela disse depois —, eu até que sinto falta dele. Sinto falta mesmo. Acho que vou fazer algo de subversivo para que voltem a colocá-lo.
— Como é que é? — ele questionou, dobrando um pedaço de fio ao redor de uma mosca que preparava para a sua caixa de pescaria.
— Deixa para lá — ela respondeu. — Vamos para cama.

Ela foi primeiro. Dez minutos depois, bocejando, ele foi atrás dela, apagando as luzes. Os olhos dela estavam fechados e ele tirou a roupa na escuridão parcialmente iluminada pela Lua. "Ela já está dormindo", ele pensou.

O PEDESTRE

SAIR NAQUELE SILÊNCIO que era a cidade às oito horas de uma noite enevoada de novembro, pôr os pés naquele asfalto torto, pisar na grama e tomar seu rumo, com as mãos no bolso, entre os silêncios, era isso o que o sr. Leonard Mead mais gostava de fazer. Ele ficava parado na esquina de um cruzamento e olhava as calçadas das avenidas em quatro direções, iluminadas pela Lua, decidindo que caminho tomar, mas não fazia diferença; ele estava só naquele mundo de 2131 d.C., ou era como se estivesse sozinho, e, fazendo uma última escolha, ele saía a passos largos, soltando padrões geométricos de ar gelado diante de si, como se fumasse um charuto.

Às vezes, ele caminhava por horas e quilômetros e só voltava à meia-noite para sua casa. No caminho, ele via as fazendas e casas com suas janelas escuras, e não era tão diferente de andar por um cemitério, pois só o brilho mais fraco de um vaga-lume tremeluzia atrás das janelas. De repente, espectros cinza pareciam se manifestar entre as paredes, onde uma cortina se abria para a noite, ou escutavam-se sussurros e murmúrios onde ainda havia uma janela aberta num prédio que parecia um túmulo.

O SR. LEONARD MEAD PARAVA, erguia a cabeça, escutava, olhava, e seguia adiante, e seus pés não faziam barulho na calçada cheia de caroços. Havia um bom tempo que as calçadas tinham desaparecido, debaixo de flores e grama. Dez anos caminhando de noite ou de dia, por milhares de quilômetros, e ele nunca havia encontrado outra pessoa caminhando, nem uma só, em todo aquele tempo.

Agora ele usava tênis para os passeios noturnos, porque os cachorros acompanhavam sua jornada com latidos se usasse um sapato com salto duro, e as luzes podiam se acender e rostos podiam aparecer, e toda uma rua se assustava com a passagem da figura solitária, ele, no início da noite de novembro.

Naquela noite específica, ele começou sua jornada indo para o oeste, rumo ao mar oculto. Havia um bom frio cristalino no ar; machucava o nariz ao entrar e fazia os pulmões se acenderem como uma árvore de Natal; era possível sentir a luz gélida acendendo e apagando, todos os galhos repletos de neve invisível. Ele escutou o suave empurrar de seus calçados pelas folhas de outono com satisfação, e assoviou uma melodia fria e silenciosa por entre os dentes, de vez em quando pegando uma folha enquanto passava, examinando seu desenho esquelético nos postes de luz ocasionais, enquanto prosseguia, sentindo seu cheiro ferruginoso.

— Olá, pessoal aí de dentro — ele sussurrava para cada casa, para qualquer lado que fosse. — O que está passando no canal 4, canal 7, canal 9? Para onde os caubóis estão correndo, é a Cavalaria dos Estados Unidos ali que surgiu para o resgate?

A rua estava em silêncio, e era longa e vazia. Apenas sua sombra se movia como a sombra de um falcão no meio do campo. Se ele fechasse os olhos e ficasse muito inerte, congelado, imaginava-se no centro de uma planície sem vento, no inverno do Arizona, sem qualquer casa por milhares de quilômetros, tendo apenas córregos secos e as ruas como companhia.

— O que foi agora? — ele perguntou às casas, olhando para seu relógio. — Oito e meia da noite. Hora para uma dúzia de assassinatos diferentes? Um jogo de perguntas e respostas? Um musical? Um comediante caindo no palco?

Aquilo era um murmúrio de riso vindo de uma casa branca como a Lua? Ele hesitou, mas continuou adiante e nada mais aconteceu. Ele tropeçou numa seção especialmente desigual da calçada ao chegar a um trevo que permanecia em silêncio, onde duas grandes estradas atravessavam a cidade. Durante o dia, havia um fluxo trovejante de carros, os postos de gasolina estavam abertos, havia um grande farfalhar de insetos e uma incessante disputa por posição enquanto os carros-escaravelhos, cuspindo uma névoa de incenso de seus escapamentos, deslizavam para casa, rumo aos horizontes distantes. Mas agora essas estradas também eram como rios intermitentes em período de seca, só pedra, leito e luar.

ELE VIROU NUMA RUA LATERAL para voltar para casa. Estava a uma quadra de seu destino quando um carro solitário fez uma curva repentina na esquina e lançou um cone feroz de luz branca nele. Ele ficou em transe, como uma mariposa noturna, ofuscado pela luz e atraído por ela.

Uma voz metálica o chamou:
— Fique parado. Fique onde está! Não se mexa!

Ele parou.

— Mãos ao alto.

— Mas... — disse ele.

— Mãos ao alto ou vamos atirar!

A polícia, é claro, mas que coisa rara e incrível; numa cidade de três milhões de habitantes, só restava um carro de polícia. No ano anterior, em 2130, ano eleitoral, reduziram de três para uma viatura. A criminalidade estava minguando; não havia motivos agora para a polícia, exceto por esse carro solitário vagando e vagando pelas ruas desertas.

— Seu nome? — perguntou o carro policial, num sussurro metálico. Ele não conseguia ver os homens dentro do veículo por causa da luz forte nos olhos.

— Leonard Mead — disse ele.

— Mais alto!

— Leonard Mead!

— Empresa ou profissão?

— Acho que posso ser considerado um escritor.

— Sem profissão — disse o carro policial, como se falasse consigo mesmo. A luz o manteve preso como um espécime de museu, cravado por uma agulha no peito.

— Pode-se dizer isso — falou o sr. Mead.

Ele não escrevia nada havia anos. Não vendiam mais revistas ou livros. Tudo continuava igual nas casas-túmulo à noite agora, ele pensou, dando continuidade a sua imaginação. Os túmulos, mal-iluminados pela luz da televisão, onde as pessoas estavam sentadas como se estivessem mortas, as luzes cinza ou multicoloridas tocando seus rostos sem expressão, mas nunca tocando-as de fato.

— Sem profissão — disse a voz do fonógrafo, chiando. — O que você está fazendo aqui fora?

— Caminhando — disse Leonard Mead.
— Caminhando!
— Apenas caminhando — disse ele, simplesmente, mas seu rosto gelou.
— Caminhando, apenas caminhando, caminhando?
— Sim, senhor.
— Caminhando para onde? Por quê?
— Para tomar um ar. Caminhando para ver.
— Seu endereço!
— St. James Street, 11 Sul.
— E tem ar em sua casa, você tem um equipamento de ar-condicionado, sr. Mead?
— Sim.
— E você não tem uma tela para ver em sua casa?
— Não.

— Não? — HOUVE UMA PAUSA com estalos, que já era uma acusação por si só. — O senhor é casado, sr. Mead?
— Não.
— Não é casado — disse a voz policial por trás do jato incandescente de luz. A Lua estava alta e clara no céu entre as estrelas, e as casas estavam cinza e silenciosas.
— Ninguém me quis — disse Leonard Mead, com um sorriso.
— Não fale a não ser que alguém pergunte!
Leonard Mead aguardava na noite gélida.
— Apenas caminhando, sr. Mead?
— Sim.
— Mas o senhor não explicou o motivo.
— Expliquei: para tomar um ar e ver, e apenas para caminhar.

— Você faz isso com frequência?
— Todas as noites, há anos.

O carro de polícia jazia no centro da rua, com sua garganta de rádio chiando suavemente.

— Bom, sr. Mead — disse ele.
— Só isso? — perguntou ele, educado.
— Sim — disse a voz. — Aqui. — Houve um suspiro, um estalo. A porta de trás do carro de abriu. — Entre.
— Espere um momentinho, eu não fiz nada!
— Entre.
— Protesto!
— Sr. Mead.

Ele andou como um homem repentinamente embriagado. Ao passar pela janela da frente do carro, olhou para dentro. Como esperado, não havia ninguém no banco da frente, ninguém no carro.

— Entre.

Ele colocou sua mão na porta e olhou para o banco de trás, que era uma pequena cela, uma cadeia diminuta com grades. Cheirava a aço rebitado. Cheirava a um antisséptico pesado; o cheiro era limpo demais, duro e metálico. Não havia nada de suave ali.

— Se você tivesse uma esposa para fornecer um álibi — disse a voz de ferro. — Mas...

— Para onde está me levando?

O carro hesitou, ou melhor, emitiu um clique mecânico, como se a informação, em algum lugar, estivesse soltando um cartão perfurado atrás do outro sob os olhos elétricos.

— Para o Centro Psiquiátrico de Pesquisa sobre Tendências Regressivas.

Ele entrou. A porta fechou com um baque suave. O carro de polícia percorreu as avenidas noturnas, suas luzes fracas piscando.

Passaram por uma casa em uma rua logo depois, uma casa em toda uma cidade de casas no escuro, mas essa casa em específico estava com as luzes elétricas bem acesas, toda janela emitia uma iluminação amarela barulhenta, quadrada e quente na escuridão gélida.

— Essa é minha casa — disse Leonard Mead.

Ninguém respondeu.

O carro seguiu pelo leito vazio das ruas e foi se afastando, deixando para trás as ruas vazias, com suas calçadas vazias, e não houve som ou movimento por todo o resto dessa noite fria de novembro.

O LIXEIRO

SEU TRABALHO ERA ASSIM: ele acordava às cinco, na manhã escura e fria, e lavava o rosto com água quente se o aquecedor estivesse funcionando ou com água fria caso não estivesse. Ele se barbeava com cuidado, conversava com a esposa, que estava na cozinha, preparando presunto e ovos ou panquecas, ou seja lá o que fosse. Por volta das seis, dirigia sozinho para o trabalho e estacionava o carro no grande pátio onde todos os outros homens estacionavam seus carros enquanto o sol nascia. As cores do céu naquela hora eram laranja, azul e violeta, e às vezes estava muito vermelho, outras vezes amarelo ou com uma cor clara como água em pedra branca. Em algumas manhãs, ele conseguia ver sua respiração no ar e em outras, não. Mas, enquanto o sol nascia, ele batia o punho na lateral do caminhão verde e seu motorista, sorrindo e cumprimentando, subia pelo outro lado do veículo e eles iam para a cidade grande, percorrendo todas as ruas, até voltarem ao lugar onde tinham começado o trabalho. Às vezes, no caminho, paravam para tomar um café preto e prosseguiam, agora mais aquecidos. E começavam o trabalho, o que significava que ele pulava na frente de cada casa, pegava as latas de lixo, as destampava e batia no fundo delas, fazendo cair as cascas de laranja e as sementes de melão e o pó de café, que iam preenchendo o caminhão vazio. Sempre havia ossos de bisteca, cabeças de peixe, pedaços de cebolinha e salsão murcho. Se o lixo era novo, não era tão ruim, mas, se era velho, era péssimo. Ele não tinha certeza se gostava ou não do trabalho, mas era um trabalho e ele o fazia bem. Às vezes falava bastante sobre isso, outras vezes nem sequer pensava nele. Alguns dias, o trabalho era maravilhoso, pois você saía cedo de casa e o ar era fresco, até você começar a trabalhar duro e o sol deixar tudo quente e o lixo começar a fumegar. Mas, em grande parte, era um emprego significante o suficiente para mantê-lo ocupado e calmo, olhando para as casas e a grama bem aparada pelas quais passava e notando como todos viviam. E, uma ou duas vezes por mês, ele se surpreendia ao descobrir que amava o que fazia e que aquele era o melhor trabalho do mundo.

Foi assim por muitos anos. Até que, de repente, o trabalho mudou para ele. Mudou de um dia para o outro. Mais tarde ele ficou se perguntando como era possível aquilo ter mudado tanto em tão poucas horas.

ELE ENTROU NO APARTAMENTO e não viu sua esposa nem ouviu sua voz, mas ela estava lá, e ele caminhou até a cadeira e a deixou ficar longe dele, observando-o enquanto ele tocava o móvel e se sentava sem dizer nada. Ficou um bom tempo sentado ali.

— Aconteceu alguma coisa? — Por fim, a voz dela chegou até ele. Ela devia ter perguntado três ou quatro vezes.

— Que coisa? — Ele olhou para aquela mulher e, sim, era a esposa dele, sem dúvida, era alguém que ele conhecia, e esse era o apartamento deles com seu pé-direito alto e carpete gasto. Aconteceu uma coisa no trabalho hoje — disse ele.

Ela esperou.

— No meu caminhão de lixo, aconteceu uma coisa. — Sua língua se movia seca pelos lábios e seus olhos estavam fechados, até restar apenas a escuridão, e nenhuma luz, e era como se levantar da cama no meio da noite e notar que se está sozinho no meio do quarto. — Acho que vou pedir as contas. Tente entender.

— Entender? — ela gritou.

— Não tenho o que fazer. Essa foi a coisa mais estranha que já aconteceu em minha vida. — Ele abriu os olhos e ficou ali, sentado, sentindo as mãos geladas quando esfregou o polegar sobre os outros dedos. — Aconteceu uma coisa muito esquisita.

— Bom, não fica só *sentado* aí!

Ele tirou parte de um jornal do bolso da sua jaqueta de couro.

— Esse é o jornal de hoje — ele disse. — Dia 10 de dezembro de 1951. *Los Angeles Times*. Relatório da Defesa Civil. Diz que estão comprando rádios para nossos caminhões de lixo.

— Bom, e o que tem de ruim em ouvir um pouco de música?

— Não é para música. Você não entendeu. Não tem nada de música.

Ele abriu sua mão áspera e circulou com uma única unha limpa um trecho, lentamente, tentando fazer de um jeito que tanto ele como ela enxergassem.

— Nesse artigo, o prefeito diz que vão colocar aparatos de envio e recebimento em todos os caminhões de lixo na cidade. — Ele espremeu os olhos. — Depois que as bombas atômicas atingirem nossa cidade, esses rádios vão falar conosco. E os nossos caminhões de lixo vão lá retirar os corpos.

— Bom, isso parece prático. Quando...

— Os caminhões de lixo — ele disse — vão lá retirar os corpos.

— Não dá para deixar os corpos lá, né? Você precisa retirá-los e... — Sua esposa fechou a boca com muita lentidão. Ela piscou, só uma vez, e também fez isso com muita lentidão.

Ele assistiu à piscada demorada dos olhos dela. Então, ao se virar, como se alguém tivesse virado seu corpo, ela caminhou até uma cadeira, parou, pensou em como fazer aquilo, e se sentou, reta e rija. Não disse nada.

Ele ouviu o tique-taque de seu relógio de pulso, mas apenas com uma parte pequena da atenção.

Enfim, ela riu.

— Eles estão brincando!

Ele sacudiu a cabeça. Sentiu como sua cabeça se movia da esquerda para a direita e da direta para a esquerda, também muito lentamente.

— Não. Colocaram um aparelho em meu caminhão hoje. Disseram que, quando receber o alerta, se você estiver trabalhando, pode jogar seu lixo em qualquer lugar. Quando entrarem em contato por rádio, você vai lá e coleta os mortos.

A água na cozinha fervia ruidosamente. Ela deixou-a fervendo por cinco segundos e então segurou o braço da cadeira com uma mão, levantou-se, foi até a porta e saiu. O som de fervura parou. Ela ficou parada na porta e então voltou para onde o marido estava sentado, sem se mover, com a cabeça numa só posição.

— Está tudo planejado. Eles têm esquadrões, sargentos, capitães, cabos, tudo — informou ele. — Nós até sabemos para onde devemos *levar* os corpos.

— Então você passou o dia inteiro pensando nisso — disse ela.

— Desde hoje de manhã. Pensei: talvez eu não queira mais ser lixeiro. Era como se eu e o Tom nos divertíssemos com um tipo de jogo. Você precisa disso. Lixo é uma coisa ruim, mas se você se esforçar, dá para transformar isso num jogo. Eu e o Tom fazíamos isso. Nós olhávamos o lixo das pessoas. Víamos de que tipo era. Ossos de bisteca na casa dos ricos, alface e casca de laranja na dos pobres. Claro, é bobagem, mas o sujeito precisa tornar seu trabalho o melhor possível, senão, por que trabalhar naquilo? E, de certo modo, você é seu próprio chefe, no caminhão. Sai cedo de manhã, é um trabalho na rua, de qualquer maneira; você vê o sol nascer e a cidade acordar, e isso não é nada mau. Mas agora, hoje, de repente, deixou de ser o trabalho certo para mim.

Sua esposa começou a falar de maneira ágil. Ela listou várias coisas e falou de muitas outras, mas antes que fosse muito adiante, ele a interrompeu gentilmente.

— Eu sei, eu sei, os filhos, a escola, nosso carro, eu sei — disse.

— E as contas, o dinheiro e o crédito. Mas e a fazenda que o pai nos deixou? Por que não podemos nos mudar para lá, longe da cidade? Entendo um pouco de agricultura. A gente podia estocar alimentos, se isolar lá, temos como sobreviver por meses se algo acontecer.

Ela não falou nada.

— Claro, todos nossos amigos estão aqui na cidade — ponderou ele. — E os filmes, e peças, e os amigos das crianças e...

Ela respirou fundo.

— Não dá pra gente pensar por mais uns dias?

— Não sei. Tenho medo. Tenho medo de pensar a respeito do caminhão e de meu novo trabalho e me acostumar com isso. E, ai meu Deus, não me parece certo que um homem, um ser humano, se acostume com uma coisa dessas.

Ela sacudiu a cabeça, lentamente, olhando para as janelas, as paredes cinza, os quadros escuros nas paredes. Apenas os punhos. Começou a abrir a boca.

— Vou pensar hoje à noite — disse ele. — Vou ficar mais um tempo acordado. Pela manhã vou saber o que fazer.

— Cuidado com as crianças. Não vai ser bom para elas saberem disso.

— Vou tomar cuidado.

— Vamos parar de falar, então. Vou terminar o jantar! — Ela deu um salto e colocou as mãos no rosto, e então olhou para as mãos e para a luz do sol nas janelas. — Oras, as crianças, vão chegar em casa a qualquer momento.

— Não estou com muita fome.

— Você precisa comer, tem que segurar firme. — Ela saiu, apressada, deixando-o sozinho no meio de um cômodo, onde a brisa nem mesmo sacudia as cortinas, e apenas o teto cinza pairava sobre ele, com uma lâmpada apagada, como uma lua antiga no céu. Ele estava em silêncio. Massageou o rosto com ambas as mãos. Depois se levantou e ficou parado na porta da sala de jantar, avançou, sentou e ali permaneceu, na cadeira. Viu suas mãos se abrirem sobre a toalha branca vazia.

— Pensei nisso a tarde toda — falou.

Ela se movia pela cozinha, fazendo os talheres tilintarem, batendo panelas, contra o silêncio predominante.

— Fiquei me perguntando — disse ele — em que sentido você deve colocar os corpos no caminhão, com a cabeça à direita ou os *pés* à direita. Homens e mulheres juntos ou separados? Crianças num caminhão ou misturadas com homens e mulheres? Cães em caminhões especiais, ou podemos deixá-los ali? Fiquei me perguntando *quantos* corpos cabem num caminhão de lixo. E me perguntando se você deve empilhá-los um sobre o outro, e acho que é assim que se deve fazer mesmo. Não consigo entender. Não consigo lidar com isso. Eu tento, mas não consigo adivinhar quantos corpos cabem num caminhão.

Ele ficou sentado, pensando no fim de seu expediente, com o caminhão cheio e a lona cobrindo aquele monte de lixo, formando uma montanha desigual. E como você levantava essa lona e olhava para dentro. E, por alguns segundos, você via coisas brancas como se fosse macarrão, só que estavam vivas e fervilhando, milhões e milhões. E quando as coisas brancas sentiam o sol quente, acalmavam-se e desapareciam na alface e no bife velho, no pó de café e nas cabeças de peixe. Depois de dez segundos de sol, as coisas brancas que pareciam macarrões tinham desaparecido e o grande monte de lixo permanecia em silêncio, sem se mover, e você abaixava a lona e via como ela se moldava de maneira desigual sobre a coleção oculta, e você sabia que ali embaixo estava escuro outra vez, e as coisas começariam a se mexer, como sempre faziam quando ficava escuro.

Ele ainda estava sentado na sala vazia quando a porta da entrada se escancarou. Seu filho e sua filha entraram correndo, rindo, e viram ele sentado ali, e pararam.

A mãe deles correu até a porta da cozinha, agarrou-se na soleira com rapidez e olhou para a própria família. Viram o rosto dela e escutaram sua voz:

— Podem se sentar, crianças! — Ela levantou uma mão e apontou para elas:

— Vocês chegaram bem na hora.

O SORRISO

NA PRAÇA, A FILA TINHA SE FORMADO às cinco da manhã, enquanto galos cacarejavam a distância, no campo coberto pela geada, e não havia incêndios. Por todos os lados, entre os prédios em ruínas, a névoa tinha se grudado, mas agora começava a se dispersar com a luz das sete horas. Pela estrada, outras pessoas se movimentavam, em grupos de dois ou três, para o dia de mercado, o dia do festival.

O garotinho estava logo atrás de dois homens que falavam alto na claridade, e todos os sons que emitiam pareciam duas vezes mais altos por causa do frio. O menininho batia os pés e soprava nas mãos vermelhas e rachadas, e olhava para cima, para a trouxa suja de roupas dos homens, e para a longa fila de homens e mulheres à sua frente.

— Ei, menino, o que você está fazendo aqui tão cedo? — perguntou o homem atrás dele.

— Consegui meu lugar na fila — respondeu o garoto.

— Por que você não dá o fora e dá seu lugar para alguém que vai aproveitar?

— Deixa o menino em paz — disse o homem à frente, virando-se de repente.

— Estou brincando. — O homem atrás encostou no garoto, que se afastou sacudindo a cabeça, frio. — Só achei estranho um menino acordar tão cedo.

— Esse menino aprecia as artes, saiba disso — disse o defensor do garoto, um homem chamado Grigsby. — Qual seu nome, camarada?

— Tom.

— O Tom aqui vai dar uma cuspida boa de verdade, não é, Tom?

— Com certeza!

Uma gargalhada passou por toda a fila.

Mais à frente, um homem vendia canecas lascadas de café quente. Tom olhou para o fogo e a mistura borbulhante numa panela enferrujada. Não era café de fato. Era feita de alguma frutinha que crescia nos prados fora da cidade, e ele vendia a xícara por um centavo para aquecer o estômago; mas poucas pessoas compravam, poucos tinham condições para isso.

TOM OLHAVA PARA A FRENTE, para o lugar onde acabava a fila, atrás de um muro bombardeado de pedra.

— Dizem que ela *sorri* — disse o garoto.

— É, sorri mesmo — disse Grigsby.

— Dizem que ela é feita de óleo e tela, e tem quatro séculos.

— Talvez mais. Ninguém sabe ao certo em que ano a gente está.

— É 2251!

— É o que dizem. Mentirosos. Pode ser 3000 ou 5000, as coisas ficaram uma bagunça por um bom tempo. Tudo o que a gente tem agora são os restos.

Avançaram pelas pedras frias da rua.

— Quanto tempo falta para a gente ver ela? — perguntou Tom, desconfortável.

— Ah, poucos minutos, garoto. Ela foi montada em cima de quatro postes de bronze e corda de veludo, tudo chique, para afastar as pessoas. Agora, preste atenção, nada de pedras, Tom. Não permitem que você jogue pedras nela.

— Sim, senhor.

Avançaram na fila, no início da manhã, e o Sol surgiu trazendo calor consigo, e os homens tiraram seus casacos sujos e chapéus engordurados.

— Por que estamos todos na fila? — Tom perguntou, enfim.

— Por que viemos todos aqui cuspir?

Grigsby não olhou para baixo, para ele, mas implicou com o Sol.

— Bom, Tom, há muitos motivos. — Ele buscou, distraído, num bolso que não existia mais por um cigarro que não estava lá. Tom o viu fazer esse gesto um milhão de vezes. — Tom, tem a ver com o ódio. Ódio por tudo no Passado. Eu te pergunto, Tom, como foi que chegamos a esse ponto, as cidades todas transformadas em sucata, as estradas um quebra-cabeça por causa das bombas, e metade dos milharais reluzindo de radioatividade à noite? É uma mistura péssima, não?

— Sim, senhor. Pelo jeito, é.

— É assim, Tom. Você odeia tudo que te derrubou e te arruinou. Natureza humana. Irracional, talvez, mas é a natureza humana de qualquer modo.

— Quase não tem ninguém ou nada que a gente não odeia — disse Tom.

— Certo! Toda aquela turma de gente do Passado que governa o mundo. Então estamos aqui, numa quinta de manhã, com as vísceras grudadas na espinha, com frio, morando em cavernas, sem fumar, sem beber, sem fazer nada além de nossos festivais, Tom, nossos festivais.

E TOM PENSOU NOS FESTIVAIS dos anos anteriores. O ano em que rasgaram todos os livros na praça e os queimaram. Todos estavam bêbados e rindo. E o festival de ciência, um mês atrás, quando arrastaram o último carro motorizado e fizeram um sorteio no qual os ganhadores ajudariam a destruí-lo com uma marreta.

— Se eu me lembro *daquilo*, Tom? Se eu me *lembro*? Oras, eu estraçalhei o para-brisa, sabe? Meu Deus, fez um barulho maravilhoso! *Crash*!

Tom conseguia ouvir o vidro se estilhaçando em fragmentos cintilantes.

— E Bill Henderson, ele atacou o motor. Ah, ele fez um belo trabalho, foi muito eficiente. Bam!

Mas o melhor, lembrou-se Grigsby, foi quando destruíram uma fábrica que ainda estava tentando produzir aviões.

— Nossa, nós nos sentimos muito bem explodindo aquilo — disse Grigsby. — E então descobrimos aquela gráfica que imprimia jornais e o armazém de munições e explodimos os dois juntos. Você entende, Tom?

Tom estava intrigado.

— Acho que sim.

Era meio-dia. Agora a cidade arruinada fedia no calor e coisas rastejavam entre os prédios desabados.

— E nunca vai voltar, senhor?

— O que, a civilização? Ninguém quer de volta. Eu, com certeza, não!

— Eu aceitaria um pedacinho dela — disse o homem atrás de outro homem. — Tinha algumas coisas bonitas lá.
— Não se preocupem com isso — gritou Grigsby. — Não tem espaço para isso também.
— Ah — disse o homem atrás do homem. — Alguém, algum dia, virá com imaginação e irá repará-la. Pode anotar o que eu digo. Alguém com um coração.
— Não — disse Grigsby.
— Eu acho que sim. Alguém com alma para coisas bonitas. Pode nos dar uma espécie limitada de civilização, um tipo na qual poderíamos viver em paz.
— E quando você vê, já estamos em guerra!
— Talvez da próxima vez seja diferente.

ENFIM CHEGARAM À PRAÇA central. Um homem a cavalo entrava na cidade. Estava com um papel na mão. No centro da praça, estava a área separada por uma corda. Tom, Grigsby e os outros acumulavam saliva e avançavam, avançavam preparados e prontos para cuspir, de olhos esbugalhados. Tom sentiu seu coração batendo com força e empolgação. A terra estava quente sob seus pés.
— Chegou nossa vez, Tom, manda ver!
Quatro policiais se encontravam parados nos cantos da área isolada, quatro homens com pedaços de galho amarelo nos pulsos para mostrar sua autoridade em relação aos outros homens. Estavam ali para impedir que arremessassem pedras.
— Por aqui — disse Grigsby, de última hora — todo mundo sente que já teve sua vez com ela, hein, Tom? Vamos, agora!
Tom ficou parado diante da pintura, olhando-a por um longo tempo.

— Tom, cospe!
Sua boca estava seca.
— Vamos lá, Tom! Se mexe!
— Mas — disse Tom, lentamente — ela é linda!
— Deixa que eu cuspo por você! — Grigsby cuspiu e o míssil voou na luz do sol. A mulher no retrato sorria serena, secretamente, para Tom, que retribuía o olhar, com o coração pulsando, uma espécie de música nos ouvidos.
— Ela é linda — ele disse.
— Agora vamos lá, antes que a polícia...
— Atenção!
A fila ficou em silêncio. Um instante antes, estavam reclamando que Tom não andava, agora se viravam para o homem a cavalo.
— Como a chamam, senhor? — perguntou Tom, em voz baixa.
— O quadro? *Mona Lisa*, Tom, acho. Sim, a *Mona Lisa*.
— Tenho um anúncio a fazer — disse o homem a cavalo. — As autoridades decretaram que, a partir do meio-dia de hoje, esse quadro na praça será entregue às mãos do povo, para que possa participar de sua destruição...

Tom não teve nem tempo de gritar antes de ser levado pela multidão, que berrava e partia em disparada rumo ao quadro. Houve um barulho agudo de algo sendo rasgado. A polícia fugiu. A turba estava numa gritaria só, com as mãos parecendo pássaros esfomeados bicando o retrato. Tom quase foi arremessado através do troço quebrado. Estendendo os braços, numa imitação cega dos outros, ele conseguiu agarrar um pedaço de tela com óleo, puxou, sentiu a tela ceder, e então cair, ser chutada, e sair rolando para o canto da multidão. Ensanguentado, com as roupas esfarrapadas, ele viu idosas mastigando pedaços da tela, homens quebrando a moldura, chutando o tecido em frangalhos e rasgando-o como confete.

SÓ TOM FICOU ALI PARADO, em silêncio, na praça em movimento. Ele olhou para suas mãos, que agarravam, junto ao peito, o pedaço de tela, escondido.
— Ei, Tom! — gritou Grigsby.
Sem dizer uma palavra, soluçando, Tom saiu correndo. Ele correu por uma estrada bombardeada, e entrou num campo, atravessando um córrego raso, sem olhar para trás, com o punho fechado firmemente debaixo do casaco.
No pôr do sol, ele chegou a um pequeno vilarejo e seguiu adiante. Pelas nove, encontrou uma fazenda em ruínas. Na parte de trás, num silo pela metade, na parte que ainda permanecia em pé, ouviu o som de uma família dormindo — sua mãe, seu pai e seu irmão. Ele entrou rapidamente, em silêncio, por uma pequena porta e se deitou, ofegante.
— Tom? — sua mãe o chamou no escuro.
— Sim.
— Por onde você andou? — disparou o pai. — Vai tomar uma surra de manhã.
Alguém o chutou. Era seu irmão, que tinha sido deixado para trás, para ficar trabalhando no pedacinho de terra deles.
— Vai dormir — disse sua mãe, num grito fraco.
Outro chute.
Tom ficou deitado, recuperando o fôlego. Tudo estava em silêncio. Sua mão estava contra o peito, apertada. Ele ficou deitado por meia hora desse jeito, de olhos fechados. Então sentiu algo, e era uma luz branca e fria. A Lua se erguia alta no céu, e o pequeno

quadrado de luz se deslocava pelo silo e alcançava lentamente o corpo de Tom. Só então sua mão relaxou. Com lentidão e cuidado, escutando as pessoas dormindo ao seu redor, Tom aproximou a mão. Hesitou, respirou fundo e então, com expectativa, desenrolou o pequeno fragmento da pintura.

TODO O MUNDO estava dormindo à luz do luar.
E, em sua mão, estava o Sorriso.
Olhou para ele na luz branca do céu da meia-noite e pensou, várias e várias vezes, em silêncio, *o Sorriso, o adorável Sorriso*.
Uma hora depois, ele ainda o enxergava, mesmo depois de tê-lo dobrado cuidadosamente e o escondido. Fechou os olhos e o Sorriso estava lá na escuridão. E permaneceu lá, quente e suave, quando adormeceu, e o mundo ficou em silêncio e a Lua navegou para o alto e para baixo do céu frio, em direção à manhã.

MUITO DEPOIS DA MEIA-NOITE

O SR. MONTAG SONHAVA.
Ele era um velho escondido com seis milhões de livros empoeirados. Suas mãos se arrastavam, tremendo, pelas páginas amareladas, e seu rosto era um espelho estilhaçado de rugas à luz de velas.
Então, um olho na fechadura!
Em seu sonho, o sr. Montag arrancava a porta. Caía um garoto.
— Me espionando!
— Você tem livros! — gritou o menino. — É contra a lei! Vou falar para o meu pai!
Ele agarrava o garoto, que se debatia, aos berros.
— Não faça isso, menino — implorava o sr. Montag. — Não diga nada. Ofereço dinheiro, livros, roupas, mas não conte!
— Eu vi você lendo!
— Não!
— Vou contar! — O menino saía correndo, aos gritos.
Uma multidão subia às pressas pela rua. Profissionais da saúde invadiram o lugar, seguidos pela polícia feroz com seus distintivos

prateados. E então ele! Ele mesmo quando jovem, num uniforme dos bombeiros, com uma lanterna. A sala se enchia enquanto o velho implorava para si mesmo jovem. Livros desabavam. Livros eram arrancados e rasgados. Janelas quebravam para dentro, cortinas caíam em nuvens de fuligem.

Lá fora, olhando para aquilo, estava o garoto que o denunciara.

— Não! Por favor!

As chamas estalavam. Estavam carbonizando o quarto com um fogo controlado e científico. Uma vasta chama devorou as paredes. Livros explodiram em um milhão de pedaços incandescentes.

— Pelo amor de Deus!

O antigo quintal fumegava.

Os ganchos viraram corvos negros, tremulando.

O sr. Montag caiu aos gritos, na ponta extrema do sonho.

Ele abriu os olhos.

— *Blackjack* — disse o sr. Leahy.

O sr. Montag encarou as cartas em sua mão fria. Estava desperto. Estava no Posto de Bombeiros. E estavam jogando Blackjack à uma e meia daquela madrugada sombria.

— O que foi, Montag?

— O quê? — Montag estremeceu.

— O que será que o perturba? — Todo mundo ergueu suas sobrancelhas escuras.

Um rádio tocava no teto esfumaçado acima de suas cabeças.

— Podem declarar guerra a qualquer momento. Este país está pronto para defender seu destino. A guerra pode ser declarada...

A sala sacudiu. Alguns aviões sobrevoavam o lugar, preenchendo o céu com uma vibração invisível. Os homens jogavam cartas.

Estavam sentados com seus uniformes pretos, homens de corte bem aparado, com o olhar de trinta anos em seus rostos barbeados e suas entradas no cabelo, as veias azuis das mãos ficando cada vez mais proeminentes. Na mesa, no canto, em fileiras bem organizadas, estavam os capacetes auxiliares e casacos grossos. Nas paredes, em uma nitidez precisa, encontravam-se pendurados machadinhos platinados a ouro, com inscrições indicando incêndios famosos. Sob seus pés nervosos, debaixo do piso de madeira, estava o aparato de fogo, enorme e silencioso, as mangueiras que pareciam jiboias, as bombas, o bronze e a prata cintilante, tudo reluzia pelo buraco no chão.

— Andei pensando a respeito do último trabalho — disse o sr. Montag.

— Não faça isso — disse sr. Leahy, colocando as cartas na mesa.

— Aquele pobre homem, quando queimamos sua biblioteca.

— Ele teve o que merecia — respondeu Black.

— Isso aí — concordou Stone.

Os quatro jogaram outra partida. Montag olhou o calendário mecânico na parede, que mostrava ser cinco minutos depois da uma. Terça-feira, quatro de outubro, 2052 d.C.

— Estava me perguntando como seria se bombeiros invadissem minha casa e queimassem meus livros.

— Você não tem livros. — Leahy sorriu.

— Mas se eu tivesse alguns.

— Você tem alguns? — Os homens viraram seus rostos na direção dele.

— Não — ele disse.

Sim, disse a mente do sr. Montag. Ele tinha alguns livros, escondidos, não lidos. No ano anterior, na confusão do fogo e do quebra-quebra, sua mão, agindo independente como uma ladra, pegou um volume aqui, um volume acolá, escondeu-os em seu casaco gordo, ou debaixo de seu capacete pomposo e, tremendo, foi para casa esconder o livro, antes de ele beber seu copo de leite e ir para a cama com Mildred, sua esposa.

— Não — ele disse, olhando para as cartas, não para os homens. Encarou a parede de repente. E ali estavam penduradas as listas longas de milhões de livros proibidos. Os nomes saltavam no fogo, ele viu os nomes queimando ao longo dos anos, sob o jugo de seu machado e sua mangueira que não lançava água, mas querosene!

— Sempre foi assim? — perguntou o sr. Montag. — O Posto de Bombeiros, nossos deveres, a cidade, foi?

— Não sei — disse Leahy. — Sabe, Black?

— Não. E você, Stone?

Stone sorriu para o sr. Montag.

— Quero dizer que era uma vez... — disse Montag.

— Era uma vez? — perguntou Leahy, em voz baixa. — Que linguagem é essa?

"Idiota!", Montag gritou para si mesmo. Você vai acabar se entregando. Aquele livro. O último incêndio. Um livro de contos de fadas. Ele tivera a ousadia de ler uma ou outra linha...

— Que linguagem antiga e rebuscada — disse Leahy, olhando para o teto.

— Pois é — disse Black.

— Quer dizer, uma vez havia incêndios pela cidade, casas pegavam fogo. Isso antes de as casas serem totalmente à prova de incêndios. E os bombeiros saíam para apagar o fogo, em vez de começá-lo.

— Ah, é?

— Nunca ouvi falar nada disso.

Stone tirou um cartão de regras do bolso da camisa e estendeu-o na mesa, onde Montag, embora soubesse de cor a mensagem, pôde ler:

Regra 1. Atenda prontamente ao alarme.
2. Comece o fogo rapidamente.
3. Queime tudo.
4. Reporte-se imediatamente ao posto dos bombeiros.
5. Fique sempre alerta a outros alarmes.

— Olha só — disse o sr. Stone.

Estavam encarando Montag.

Montag perguntou:

— O que vão fazer com aquele velho que pegamos ontem à noite?

— Vai ficar trinta anos no hospício.

— Mas ele não era louco.

— Qualquer homem que ache ser capaz de esconder livros de nós ou do governo é insano. — Leahy começou a embaralhar as cartas.

Soou o alarme.

O sino bateu trinta vezes em cinco segundos. Quando Montag notou, as três cadeiras estavam vazias, as cartas estavam voando, o mastro de bronze vibrando e vazio, os homens tinham ido, assim como seus capacetes. Ele ainda estava sentado. Abaixo, o poderoso motor ganhou vida, tossindo.

O sr. Montag deslizou pelo poste como um homem voltando de um sonho.

— Ei, Montag, você esqueceu o capacete!

E partiram, o vento noturno martelando o ruído de sua sirene e seu poderoso trovão de metal.

Era uma casa de dois andares no bairro antigo da cidade. Tinha um século, mas, como várias outras, recebera um revestimento à prova de fogo havia cinquenta anos, e como resultado disso, um fino invólucro preservativo parecia se manter firme. Um espirro e...

— Lá vamos nós, rapazes!

Leahy, Stone e Black avançaram pela calçada produzindo o som ridículo de borracha molhada de homens usando botas grossas, repentinamente detestáveis e gordos por causa dos casacos grossos, repentinamente infantis e cheios de brincadeiras por causa dos capacetes enormes nas cabeças. O sr. Montag os acompanhou.

— Será que é o lugar certo?

— A voz no fone disse Oak Knoll, 757, no nome de Skinner.

— É aqui.

Entraram pela porta da frente. Pegaram-na.

— Não fiz nada — ela disse. — O que foi que eu fiz? Não machuquei ninguém!

— Onde estão? — Leahy olhou as paredes, como se fossem venenosas. — Vamos lá, confesse, onde estão?

— Você não acabaria com o prazer de uma velha senhora, né?

— Me poupe. Vai ser mais fácil se você disser a verdade.

Ela não disse nada, mas apenas tremulou diante deles.

— Vamos olhar o relatório, Stone.

Stone pegou o cartão de alarme telefônico com a reclamação registrada no verso.

— Diz aqui que você tem um sótão cheio de livros. Vamos nessa, rapazes!

Logo estavam numa escuridão bolorenta, batendo as botas e dando machadadas em portas destrancadas, cambaleando como crianças numa piscina no verão, numa algazarra e gritaria.

— Ei!

Uma fonte de livros caiu sobre Montag enquanto ele subia, tremendo, a escadaria íngreme. Livros bateram em sua cabeça, seus ombros, em seu rosto pálido, enrugado, virado para cima. Ele ergueu as mãos e um livro pousou obedientemente nelas, como uma flor aberta! Na luz fraca, abriu em uma página, e era como uma pétala com palavras que floresciam com delicadeza. No meio daquele fervor e correria, só teve tempo de ler uma linha, mas ela ardeu em sua mente pelo minuto seguinte, como se tivesse sido gravada com ferro em brasa. Ele soltou o livro, mas outro caiu em sua mão quase no mesmo instante.

— Ei, você, vamos lá!

Montag fechou a mão ao redor do livro, como uma armadilha, e esmagou-o contra o peito. Outra fonte caiu, um jorro de livros, uma torrente de literatura, Stone e Black os agarravam e jogavam para baixo com pás, e iam caindo pelo espaço empoeirado, pela casa cheia de ecos, na direção de Montag e da mulher que estava parada como uma garotinha sob as ruínas que iam se amontoando.

— Vamos lá, Montag!

Ele foi forçado a avançar e dar uma mão, ainda que tenha caído duas vezes.

— Aqui!

— Isso também passará.

— O quê? — Leahy o encarou.

Montag paralisou no escuro.

— Falei algo?

— Não fique aí parado, seu idiota, mexa-se!

Os livros se empilharam como peixes deixados para secar, e o ar estava tão espesso, com uma poeira que parecia de pólvora e que a qualquer momento poderia arremessá-los pelo telhado, rumo às estrelas. "Lixo! Lixo!" Os homens chutavam os livros. Dançavam entre eles. Títulos reluziam como olhos dourados, caindo.

— Querosene!

Stone e Black fizeram o fluido jorrar da mangueira branca que tinham levado pelas escadas. Cobriram cada livro com aquela substância cintilante. Encheram os quartos daquilo.

— Isso é melhor do que a casa do velho de ontem, hein?

Foi diferente. O velho morava num apartamento com outras pessoas. Precisaram usar um fogo controlado. Ali, podiam devastar a casa inteira.

Quando desceram correndo, com Montag tentando acompanhá-los, a casa queimava com querosene. As paredes estavam encharcadas.

— Vamos, mulher!

— Meus livros — ela disse, baixinho. Ela estava entre eles agora, ajoelhando-se para tocá-los; queria passar os dedos pelo couro, lendo os títulos dourados com dedos em vez de olhos, enquanto seus olhos acusavam Montag. — Vocês não podem tirar meus livros. Eles são minha vida.

— Você conhece a lei — disse Leahy.

— Mas...

— Confusão. Pessoas que jamais existiram. Fantasia, pura fantasia, essas coisas. Não tem dois livros iguais, não chegam em acordo. Vamos lá, senhora, para fora, a casa vai pegar fogo.

— Não — ela disse.

— A casa inteira vai queimar.

— Não.

Os três homens foram até a porta. Olharam para Montag, que estava ao lado da mulher.

— Tá bom, Montag.

— Vocês não vão deixá-la aqui, vão? — ele protestou.

— Ela não quer vir.

— Mas vocês precisam tirá-la à força!

Leahy ergueu a mão, que escondia o isqueiro que acenderia o fogo.

— Não temos tempo. É preciso voltar para a estação. Além disso, ela nos custaria um julgamento, gastos, meses, cadeia, isso tudo.

— Ele examinou o relógio de pulso. — Hora de voltar para o posto.

Montag colocou sua mão nos braços da mulher.

— Você pode vir comigo. Aqui, deixe que eu a ajudo.

— Não. — Ela olhou-o de fato, por um instante. — Obrigada, de qualquer maneira.

— Vou contar até dez — disse Leahy. — Para fora, Montag! Stone. Black. — Ele começou a contar. — Um. Dois.

— Senhora — chamou Montag.

— Vai lá — ela disse.

— Três — disse Leahy.

— Vamos — pediu Montag, puxando-a.

— Eu gosto daqui — ela respondeu.

— Quatro. Cinco — disse Leahy.

Ele tentou levá-la, mas ela se virou, ele escorregou e caiu. Ela subiu correndo as escadas e ficou ali, com os livros a seus pés.

— Seis. Sete. Montag — chamou Leahy.

Montag não se mexeu. Ele olhou porta afora, para os homens com o aparato em mãos. Sentiu o livro escondido contra seu peito.

— Peguem-no — ordenou Leahy.

Stone e Black arrastaram Montag, que saiu gritando da casa.

Leahy se afastou, deixando um rastro de querosene. Quando estavam a trinta metros da casa, Montag ainda espernava. Ele olhou furioso para trás.

Ela caminhara até a porta da frente para encará-los em silêncio, um silêncio que era uma condenação, e a mulher fitava fixamente os olhos do sr. Leahy. Ela tinha um livro em mãos.

Leahy se abaixou e acendeu o querosene.
Os moradores daquela rua correram para a varanda.

— QUEM É?
— Quem mais poderia ser? — disse Montag, enquanto se apoiava contra a porta fechada.
Sua esposa enfim disse:
— Bom, então acenda a luz.
— Não.
— Por que não? Acenda.
— Não quero luz.
O quarto estava escuro.
— Tire suas roupas. Venha para cama.
— O quê?
Ele a escutou se remexer, impaciente; as molas rangeram.
— Você está bêbado?
Ele tirou as roupas. Conseguiu sair do casaco e o deixou cair no chão. Removeu as calças, segurou-as no ar e deixou-as cair.
Sua esposa perguntou:
— O que você está fazendo?
Ele se equilibrou no quarto, com o livro na mão, que suava frio.
Um minuto depois, ela disse:
— Não fique aí parado no meio do quarto.
Ele fez um ruído.
— O que foi? — ela perguntou.
Ele fez outros ruídos. Caminhou até a cama e enfiou o livro, desajeitado, debaixo do travesseiro. Caiu na cama e sua mulher reclamou disso. Ele ficou deitado longe dela. Ela falou com ele por um bom tempo, e quando ele não a respondeu, apenas emitiu grunhidos,

ele sentiu a mão dela se aproximar de seu peito, de sua garganta, seu queixo. A mão dela esfregou suas bochechas. Ele sabia que ela tinha afastado a mão porque suas bochechas estavam úmidas.

Um bom tempo depois, quando estava enfim caindo no sono, ele a escutou dizer:

— Você está cheirando a querosene...

De madrugada, ele olhou para o lado em busca de Mildred. Estava acordada. Em muitas noites nos últimos dez anos, ele acordou e a viu de olhos abertos no quarto mal iluminado. Ela ficava com aquele olhar perdido, por uma hora ou mais, e então se levantava e ia ao banheiro. Dava para ouvir a água enchendo o copo, o tilintar do frasco de sedativos, e Mildred engolindo, faminta, frenética, o sono.

Ela estava acordada agora. Em um instante, ela se levantaria e buscaria um barbitúrico.

E de repente, ela pareceu tão estranha para ele que era como se nem a conhecesse. Ele estava na casa de outra pessoa, com uma mulher que nunca vira, e isso o fazia se mexer, desconfortavelmente, debaixo do lençol.

— Está acordado? — ela sussurrou.
— Sim. Millie?
— Que foi?
— Mildred, quando foi que nos encontramos? E onde?
— Que nos encontramos para quê? — ela perguntou.
— Digo, pela primeira vez.

Ela franzia a testa no escuro.

Ele esclareceu:
— O dia em que nos conhecemos, onde, quando?
— Ué, foi em...

Ela parou.

— Não sei.
— Nem eu — ele disse, assustado. — Você não lembra?
Ambos tentaram recordar.
— Faz tanto tempo.
— Temos apenas trinta anos!
— Não precisa ficar tão agitado — estou pensando!
— Pense, então!
Ela riu.
— Espere até eu contar para a Rene! Que engraçado, não lembrar onde ou quando você conheceu a esposa ou o marido!
Ele não riu, ficou ali com os olhos apertados, o rosto contorcido, pressionando e massageando a testa, tamborilando e apertando sua cabeça de novo e de novo.
— Não é algo muito importante. — Ela tinha se levantado, estava no banheiro agora, a água correndo, o som dela engolindo.
— Não, não muito — ele disse.
E ele se perguntou, será que ela tomou dois comprimidos ou vinte, como no passado, quando foi parar no hospital para uma lavagem gástrica, e ele ficou gritando para mantê-la acordada, perguntando por que ela tinha feito aquilo, por que queria morrer, e ela disse que não sabia, não sabia, não sabia nada de nada. Mas ele achou que sabia por que ela... Ela não pertencia a ele. Ele não pertencia a ela. Ela não se conhecia, não o conhecia, não conhecia ninguém. O mundo não precisava dela. Ela não precisava de si mesma. E no hospital, olhando para ela, ele se deu conta de que, se ela morresse no minuto seguinte, ele não choraria, pois seria a morte de uma estranha. E aquilo pareceu tão errado que ele chorou não pela morte, mas pelo pensamento de não chorar com a morte, um homem bobo, vazio, ao lado de uma mulher vazia, enquanto os médicos esvaziavam ainda mais o estômago dela.

"E por que estamos vazios, solitários, e não apaixonados", ele se perguntara, um ano atrás. "Por que somos estranhos na mesma casa?" Essa foi a primeira vez que ele começou a pensar a respeito do mundo e de como ele era feito, e seu emprego, e tudo isso. E então ele se deu conta do que era. Eles nunca estavam juntos. Sempre tinha algo entre eles. Um rádio, uma televisão, um carro, um avião, a exaustão nervosa, um frenesi, ou simplesmente um pequeno comprimido de fenobarbital. Eles não se conheciam. Eles sabiam de coisas. Eles conheciam invenções. Ambos aplaudiram quando a ciência construiu uma bela estrutura de vidro, uma maravilha reluzente, tão precisa, mecânica e fascinante e gloriosa e, tarde demais, descobriram que era uma parede de vidro, através da qual não podiam gritar, através da qual gesticulavam uma pantomima em silêncio, sem nunca se tocar, sem nunca ouvir, sem nunca enxergar de verdade, sem nunca sentir o cheiro ou o gosto do outro.

Olhando para ela no hospital, ele pensara: "Eu não conheço você, quem é você, será que importa se morremos ou vivemos?"

Talvez não fosse só isso, se não tivessem se mudado para a casa ao lado, aquelas pessoas e sua bela filha. Tinham se passado doze meses, não, desde que ele vira a jovem de pele escura?

TALVEZ ISSO TENHA SIDO o começo de sua conscientização. Uma noite, como de costume havia muitos anos, ele saiu para dar uma caminhada longa. Duas coisas aconteceram durante esse passeio à luz do luar. Uma: ele percebeu que tinha saído para fugir da barulheira da televisão, cujo volume ele sempre baixava, que lhe dava nos nervos. Segunda: ele notou algo que sempre percebera, mas sobre o qual nunca havia pensado: que ele era o único pedestre em toda a cidade. Ele passava por uma rua vazia atrás da outra.

À distância, carros se moviam como percevejos na escuridão enevoada, piando baixo. Mas nenhum outro homem se aventurava a testar a terra com seus pés ou uma bengala. Na verdade, fazia tanto tempo que não usavam as calçadas que elas começaram a rachar e a criar caroços de flores e grama.

Então, ele caminhou sozinho, percebendo de repente como era solitário, exalando um vapor poeirento pela boca e observando o desenho que se formava.

Foi a noite que a polícia o parou e o revistou.

— O que você está fazendo?

— Saí para dar uma volta.

— Ele disse que saiu para dar uma volta, Jim.

A gargalhada. A entrega fria dos seus documentos, o registro cuidadoso de seu endereço residencial.

— Certo, senhor, agora pode caminhar.

Ele prosseguiu, de mãos nos bolsos, tão furioso por ter sido questionado apenas por ser um simples pedestre, que precisou parar e se conter, pois sua raiva era desproporcional ao incidente.

E então a garota virou na esquina e passou caminhando por ele.

— Olá — ela disse, se virando. — Você é meu vizinho, não é?

— Claro — respondeu Montag.

Ela sorria para ele.

— Somos as únicas almas vivas, não é? — falou a moça. Ela acenou para as ruas. — Também pararam você?

— Caminhar é uma infração.

— Por um instante acenderam as luzes para mim e viram que sou mulher e então seguiram adiante — disse ela. Ela parecia não ter mais de dezesseis anos. — Sou Clarisse McClellan. E você é o sr. Montag, o bombeiro.

Caminharam juntos.

— Não parece a cidade dos mortos? — ela disse. — Gosto de caminhar só para manter meu direito de usar as calçadas.

Ele olhou e a cidade era como um cemitério, as casas com as luzes apagadas por causa da televisão. Ele não sabia o que dizer.

— Você já reparou na pressa de todos os carros naquelas grandes avenidas, dia e noite? Às vezes acho que eles não sabem o que são grama ou flores, nunca passam devagar por elas. Se mostrassem a eles um borrão verde, ah sim, diriam, isso é grama. Ou um borrão rosa, sim, são rosas. — Ela riu consigo mesma. — E um borrão branco, é uma casa. E borrões marrons rápidos são vacas. Meu tio uma vez dirigiu lentamente por uma estrada e mandaram ele para a cadeia. Não é engraçado, e ao mesmo tempo triste?

— Você pensa em muitas coisas para uma garota — disse Montag, olhando para ela.

— Tenho que fazer isso. Tenho muito tempo para pensar. Nunca assisto à TV ou vou a corridas, ou a parque de diversões, esse tipo de coisa. Então tenho tempo para pensar em coisas malucas. Você já notou os outdoors de sessenta metros? Os carros passam tão rapidamente que precisaram ser esticados.

— Não sabia disso — Montag riu.

— Aposto que sei mais uma coisa que você não sabe — ela disse.

— O quê?

— Tem orvalho na grama de manhã.

— Tem? — Ele não conseguia se lembrar, e de repente isso o assustou.

— E, se você olhar bem, há um homem na Lua.

Ele nunca havia olhado. Seu coração batia acelerado.

Caminharam em silêncio a partir daí. Quando chegaram à casa dela, as luzes estavam todas acesas, era a única casa com luzes acesas na rua.

— O que está acontecendo? — perguntou Montag. Ele nunca vira tantas luzes.

— Ah, minha mãe, meu pai, meu tio, minha tia. Estão sentados conversando. É como ser um pedestre, só que ainda mais raro. Apareça uma hora dessas e experimente.

— Mas sobre o que vocês conversam?

Ela riu disso, deu boa-noite e se foi.

Às três da manhã, ele saiu da cama e olhou pela janela. A Lua subia e havia um homem lá, e, no amplo quintal, milhões de joias de orvalho reluziam e cintilavam.

— Caramba — ele disse, e voltou para cama.

Viu Clarisse ficar sentada muitas tardes na grama do quintal, estudando as folhas de outono, ou voltando do bosque com flores silvestres, ou olhando para o céu, mesmo quando estava chovendo.

— Não é linda? — ela disse.

— O quê?

— A chuva, é claro.

— Nunca reparei.

— Acredite em mim, é linda.

Ele sempre ria, constrangido. Se ria dela ou de si mesmo, não sabia ao certo.

— Acredito.

— De verdade? Você já cheirou folhas velhas? Não tem um cheiro de canela?

— Bom...

— Aqui, cheire.

— Veja só, é canela, sim!

Ela o fitou com seus olhos cinza e límpidos.

— Meu Deus, você não sabe muito das coisas, hein. — Não foi um comentário maldoso, mas preocupado.

— Acho que ninguém sabe.
— Eu sei — ela disse. — Porque eu tenho tempo para olhar.
— Você não vai para a escola?
— Ah, não. Eles dizem que sou antissocial. Que não me misturo. E os valentões gritões andam em alta nos últimos tempos, sabe.
— Estão há bastante tempo na moda — observou o sr. Montag, que ficou um pouco chocado com a própria percepção.
— Então você reparou?
— Onde estão seus amigos? — ele perguntou.
— Não tenho.
— Nenhum?
— Não. Supostamente, isso quer dizer que sou anormal. Mas eles sempre estão vidrados em suas TVs, ou correndo em seus carros, ou gritando ou batendo uns nos outros. Você já reparou como as pessoas andam machucando as outras?
— Você fala como uma idosa.
— Eu sou. Eu sei da chuva. Isso me torna antiquada. Eles se matam. Não costumava ser assim, né? Crianças matando umas às outras o tempo todo. Quatro amigos meus tomaram um tiro ano passado. Eu tenho medo *deles*.
— Talvez sempre tenha sido assim.
— Meu pai disse que não, disse que o avô dele se lembra de quando as crianças não se matavam, quando as crianças eram vistas, e não ouvidas. Mas isso faz muito tempo, quando elas tinham disciplina. Quando tinham responsabilidade. Sabe, eu *sou* disciplinada. Eu apanho quando preciso. E tenho responsabilidade, cuido da casa três vezes por semana.
— E entende de chuva.
— Sim. Tem um gosto tão bom quando você inclina a cabeça e abre a boca. Vai lá!

Ele se inclinou e escancarou a boca.

— Olha só — ele disse — é vinho!

Isso NÃO FOI O FIM. A garota, ainda que tivesse apenas dezesseis anos, estava sempre por ali, pelo jeito, ele se pegava procurando-a. Ela foi a única pessoa que deu a ele o teste do dente-de-leão.

— É para ver se você está apaixonado ou não.

Esse foi o dia que ele descobriu que não amava Mildred.

Clarisse esfregou o dente-de-leão no queixo dele.

— Ah, você não está apaixonado por ninguém. Que pena!

E ele pensou: quando foi que eu parei de amar Mildred, e a resposta foi: nunca! Ele nunca a conhecera de fato. Ela era um peixinho dourado pálido e triste que nadava na luz subterrânea do aparelho de TV, seu habitat natural eram as poltronas cor de trigo posicionadas especialmente para assistir à televisão.

— Foi o dente-de-leão que você escolheu — ele protestou. — Use outro.

— Não — disse Clarisse. — Você não está apaixonado. Não adianta pegar outro dente-de-leão. — Ela se levantou. — Bom, tenho que ver meu psiquiatra. A escola me obriga. Para eu poder voltar para lá, ele tenta me deixar normal.

— Eu vou matá-lo se ele fizer isso!

Ficou um mês sem ver Clarisse. Ele a procurava todos os dias. E, depois de quarenta dias, uma tarde, ele mencionou-a para a esposa.

— Ah, ela — disse Mildred, com a música do rádio estremecendo os pratos na mesa. — Ela foi atropelada mês passado.

— Há um mês! — Ele deu um salto. — Mas por que você não me disse?

— Não disse? Um carro passou por cima dela.

— Descobriram de quem era o carro?
— Não. Você sabe como são essas coisas. O que você quer para o jantar, querido, carne congelada ou uma omelete? E, com a morte da garota, um por cento do mundo morreu. Os outros noventa e nove por cento, naquele instante, revelaram o que eram de fato. Ele enxergou o que ela tinha sido, e o que Mildred tinha sido, era e sempre seria, o que ele mesmo era, mas não queria mais ser, o que os amigos de Millie eram e sempre seriam. E ele entendeu que não eram coisas separadas, as tentativas de suicídio de Millie, a adorável moça de pele escura com as flores e as folhas sendo arrastada para debaixo de um carro, eram uma coisa do mundo onde viviam, tudo fazia parte do mundo, eram uma parte da média barulhenta, do esmagamento das pessoas em moldes elétricos, eram o vácuo da civilização em suas rotações sem sentido por uma rotatória, para bater contra a própria traseira. De repente, as tentativas de suicídio de Millie viraram um símbolo. Ela estava tentando escapar do Nada. Enquanto a garota lutava contra o Nada com algo, ficando consciente em vez de ir esquecendo, caminhando em vez de ficar sentada, indo buscar a vida em vez de esperar que a trouxessem. E a civilização a matou por seu esforço, não de propósito, mas com certa ironia, sem motivo, apenas a destruição de um carro veloz pilotado por um idiota com um rosto genérico, indo a lugar algum, por motivo nenhum, e muito irritado por ter sido parado por cento e vinte segundos enquanto a polícia investigava e o libertava para que ele retornasse a alguma base distante na qual ele precisava passar antes de voltar correndo para casa.

Mildred. Clarisse. A vida. E seu próprio trabalho, cada vez estava mais ciente do que fazia. E agora, hoje à noite. Queimar aquela mulher. E a noite anterior, os livros do velho, e ele num hospício. Era tudo um pesadelo, e só um pesadelo poderia ser usado para escapar disso.

Ele ficou ali deitado a noite toda, pensando, sentindo o cheiro da fumaça em suas mãos, no escuro.
Ele acordou com calafrios e febre de manhã.
— Você não pode estar doente — disse Mildred.
Ele olhou para a esposa. Fechou os olhos, sentindo o calor e o tremor.
— Sim.
— Mas você estava bem ontem à noite.
— Agora estou doente. — Ele ouviu o rádio gritando na varanda. Ela se inclinou sobre a cama, curiosa. Ele sentiu a presença dela ali, encarando-o, mas não abriu os olhos. Sentiu seu corpo sacudir como se houvesse outra pessoa ali golpeando suas costelas, alguém puxando as grades de uma prisão, gritando, e sem ninguém ouvir. Será que Mildred escutava?
— Pode me trazer uma água e uma aspirina?
— Você precisa se levantar — ela disse. — É meio-dia. Você dormiu cinco horas a mais que o normal.
Ela ficou ali parada, com seu cabelo queimado até virar uma palha, seus olhos com uma espécie de catarata, muito atrás das pupilas, invisível, mas da qual se suspeitava, e os lábios vermelhos e carnudos, o corpo magro como um louva-a-deus por causa da dieta, sua carne parecendo leite desnatado, e a voz com a ferocidade metálica de quem imita as vozes do rádio. Ele não conseguia se lembrar dela sendo diferente.
— Pode desligar o rádio?
— É meu programa.
— Pode desligar, por um homem doente?
— Vou abaixar — ela disse.
Mildred saiu do quarto e não mexeu no rádio. Ela voltou.
— Ficou melhor?
Ele abriu os olhos e fitou-a, intrigado.

— Obrigado.
— É meu programa favorito — disse ela.
— E aquela aspirina? — ele disse.
— Você nunca ficou doente antes. — Ela se afastou de novo.
— Bom, agora estou doente. Não vou trabalhar hoje. Ligue para o Healy pra mim.
— Você estava estranho ontem — ela disse, voltando, cantarolando.
— Cadê a aspirina? — ele perguntou, olhando para o copo d'água que ela entregava.
— Ah — ela disse, e saiu outra vez. — Aconteceu alguma coisa?
— Um incêndio, só isso.
— Tive uma boa noite — ela disse, no banheiro.
— Fazendo o quê?
— TV.
— O que estava passando?
— Programas.
— Quais programas?
— Alguns dos melhores de todos.
— Quais?
— Ah, você sabe, aqueles.
— Sim, aqueles, aqueles, aqueles. — Ele pressionou seus olhos onde doíam e de repente o cheiro de querosene foi tão forte que ele vomitou.

Ela voltou, cantarolando. Estava surpresa.
— Por que você fez isso?
Ele olhou com desgosto para o que fizera.
— Nós queimamos uma idosa junto com seus livros.
— Ainda bem que esse tapete é lavável. — Ela pegou um rodo e começou a limpá-lo. — Fui na Helen ontem à noite.

— Por quê?
— Ver TV.
— O canal não pegava no seu aparelho?
— Claro que sim, mas é bom fazer uma visita.
— Como está a Helen?
— Tudo bem.
— Ela se recuperou da infecção na mão?
— Não notei.
Ela foi para a sala de estar. Ele a escutou ao lado do rádio, cantarolando.
— Mildred — ele chamou.
Ela voltou, cantando, estalando os dedos.
— Você não vai me perguntar de ontem à noite? — ele disse.
— O que houve?
— Nós queimamos milhares de livros e uma mulher.
— Livros proibidos.
O rádio explodia na varanda.
— Sim — ele disse. — Cópias de Edgar Allan Poe, William Shakespeare e Platão.
— Ele não era europeu?
— Algo assim.
— Ele não era um radical?
— Não sei, nunca li.
— Ele era um radical. — Mildred ficou mexendo no telefone.
— Você não espera que eu ligue para o sr. Leahy, não é?
— Você precisa ligar!
— Não grite.
— Eu não estava gritando! — ele berrou. Estava de pé na cama, furioso, com o rosto vermelho, tremendo. O rádio rugia no ar

tenso. — Não posso ligar. Não posso dizer que estou doente. Você que precisa fazer isso.

— Por quê?

— Porque...

"Porque você está com medo", ele pensou. Uma criança fingindo doença. Com medo de ligar para Leahy, porque depois de um instante discutindo, a conversa logo iria para esse caminho:

— Sim, sr. Leahy, já me sinto melhor. Chego às seis. Estou bem.

— Você não está doente — ela disse.

O sr. Montag se endireitou na cama e apalpou, em segredo, o livro debaixo do seu travesseiro quente. Ainda estava lá.

— Millie?

— O quê?

— O que você acharia de, talvez, eu descansar um tempo. Pedir demissão por um período.

Ela ficou boquiaberta e virou a cabeça para encará-lo.

— Você *está mesmo* doente, não?

— Não aja desse jeito!

— Você quer abandonar tudo. Você precisa examinar essa cabeça. Seu pai foi bombeiro, e o pai dele também.

— Mildred.

— Esses anos todos trabalhando duro, para jogar tudo para o alto porque uma noite, uma manhã, você está doente, mentindo para mim, tudo por causa de uma mulher.

— Você deveria tê-la visto, Millie.

— Ela não significa nada para mim, ela não deveria estar com os livros. A responsabilidade era dela, ela deveria ter pensado nisso. Eu odeio ela. Ela deixou você assim e, quando a gente perceber, você estará na rua, sem emprego, sem casa, sem nada.

— Cale a boca.

— Não calo.

— Vou calar sua boca em um instante! — ele gritou, quase saindo da cama. — Você não estava lá. Você não viu. Deve ter algo nos livros, mundos inteiros sobre os quais nem sonhamos, para fazer uma mulher ficar numa casa em chamas, deve ter algo bom ali, você não fica assim por nada.

— Ela era uma simplória.

— Ela era tão racional quanto eu ou você, e nós a *queimamos*!

— Isso são águas passadas.

— Não, nada de água, Millie, fogo. Já viu uma casa queimada? Fica dias fumegando. Bom, esse incêndio vai me custar meio século. Meu Deus, eu fiquei tentando apagá-lo a noite toda, e enlouqueci na tentativa!

— Você deveria ter pensado nisso antes de virar bombeiro.

— Pensado! — ele gritou. — Por acaso tive escolha? Cresci aprendendo que a melhor coisa do mundo é não ler. A melhor coisa é ouvir rádio, assistir à TV, enchendo a cabeça de porcaria. Meu Deus, só agora me dei conta do que foi que eu fiz. Entrei nesse emprego porque era apenas um emprego.

O rádio tocava uma música dançante.

— Fiquei matando o cérebro do mundo por dez anos, jogando querosene nele. Meu Deus, Millie, um livro é um cérebro, não foi só a mulher que matamos, ou outras pessoas como ela, nesses anos todos, mas os pensamentos que queimei com total imprudência.

Ele saiu da cama.

— Um homem passou a vida toda dedicado a colocar seus pensamentos no papel, cuidando de toda a beleza e bondade na vida, e então nós chegamos e, em cinco minutos, jogamos aquilo no incinerador!

— Tenho orgulho de dizer — falou Mildred, de olhos esbugalhados — que nunca li um livro em toda a minha vida.

— E olhe só para você! — ele disse. — Eu ligo você e escuto notícias pré-digeridas, fofocas, pedaços das novelas. Até a música que você cantarola é de um comercial de desodorante!
— Me deixe em paz — ela disse.
— Você não precisa que alguém deixe você em paz. Você precisa ser incomodada. Ninguém se incomoda mais. Ninguém pensa. Deixe um bebê em paz, por que não? O que você teria se deixasse um bebê em paz por vinte anos? Um idiota desengonçado!
Vinha um barulho de motor do lado de fora. Mildred foi até a janela.
— Veja o que você fez — ela uivou. — Olhe só quem chegou.
— Não estou nem aí. — Ele se levantou. Estava se sentindo melhor, embora não soubesse o motivo. Foi até a janela.
— Quem é?
— O sr. Leahy!
Sua exaltação foi drenada. O sr. Montag desabou.
— Vá abrir a porta — ele disse, enfim. — Vou voltar para a cama. Diga a ele que estou doente.
— Diga você mesmo.
Ele voltou apressado, sentindo frio e tremendo outra vez, como se um raio tivesse caído ao lado da janela. No brilho branco, encontrou o travesseiro, se certificou de que o livro terrível estava escondido, deitou na cama, e ficou desconfortavelmente cômodo, quando a porta se abriu e o sr. Leahy entrou.

— DESLIGUE O RÁDIO — disse Leahy, distraído.
Desta vez, Mildred obedeceu.
O sr. Leahy se sentou numa poltrona confortável e dobrou um joelho sobre o outro, sem olhar para o sr. Montag.

— Pensei em dar uma passada para ver como está o doente.
— Do jeito que você imagina!
— Ah. — Leahy abriu seu sorriso cor-de-rosa e deu de ombros.
— Tenho experiência nisso. Já vi de tudo. Você ia me ligar para dizer que precisa tirar um dia de folga.
— Sim.
— Tire um dia de folga — disse Leahy. — Tire dois. Mas *nunca* tire três. A não ser que você esteja doente de fato. Lembre-se disso. — Ele pegou um charuto do bolso e cortou um pequeno pedaço para mastigar. — Quando você estará melhor?
— Amanhã, no dia seguinte, o primeiro da semana.
— Estávamos falando de você — disse Leahy. — Todo homem passa por isso. Só precisa compreender. Precisa ouvir como funcionam as engrenagens.
— E como funcionam?
— Sr. Montag, você parece não ter assimilado a história de seu ofício tão honrado. Não contam mais aos novatos. Só os chefes se lembram disso agora. Vou contar para você. — Ele ficou um tempo mascando.
— Sim — disse Montag.
Mildred estava irrequieta.
— Você se pergunta por que, como e quando. Os livros.
— Talvez.
— Começou no início do século xx, eu diria. Depois da Guerra Civil, talvez. Inventaram a fotografia. Gráficas rápidas. Filmes. Televisão. As coisas começaram a ganhar as massas, Montag, as massas.
— Entendo.
— E porque tinham as massas, precisaram se tornar mais simples. E chegamos aos livros. Naquele tempo, eram atraentes a várias pessoas aqui e acolá. Podiam se dar ao luxo de serem dife-

rentes. O mundo os acolhia. Bastante espaço para se mover e para ser diferente, certo?
— Certo.
— Mas aí o mundo ficou cheio. E para atender a milhões de pessoas, as coisas precisavam ser simples. Filmes, rádio, TV e grandes revistas tinham que ser uma espécie de papinha fácil de digerir, por assim dizer. Está acompanhando meu raciocínio?
— Acho que sim.
— Imagine. O homem do século XIX, com seus cavalos, livros e ócio. Podemos chamá-lo de Homem em Câmera Lenta. Todo mundo levava um ano para se sentar, se levantar, pular uma cerca. Então, no século XX, você acelera a câmera.
— Uma boa analogia.
— Esplêndida. Os livros ficam mais curtos. Surgem versões condensadas. Tabloides. Os programas de rádio ficam mais simples. A pantomima sofisticada dos atores virou o escorregar na casca de banana. Tudo foi se sublimando para cair na piada, no fim-surpresa. Tudo foi sacrificado em nome do ritmo.
— Ritmo. — Mildred sorriu.
— Grandes clássicos foram cortados para caber num programa de quinze minutos, e depois uma coluna de livros de dois minutos, depois um resumo de duas linhas no dicionário. As revistas viraram livros ilustrados! Saiu-se da creche para a faculdade, e voltou-se para a creche, em poucos séculos!
Mildred se levantou. Montag sabia que ela estava perdendo o fio da meada, e quando isso acontecia, ela ficava mexendo nas coisas. Ela caminhou pelo quarto, limpando-o. Leahy a ignorou.
— Cada vez mais rápido o filme, sr. Montag, depressa! Homens saltam obstáculos, cavalos pulam a cerca! FLASH? FOTO, VEJA, OLHO, JÁ? FLASH AQUI ALI? RÁPIDO, POR QUÊ, COMO, HEIN?

Sr. Montag! As questões políticas do mundo viram uma coluna, uma frase, uma manchete. E então, desaparecem. Olhe para seu homem agora, saltando sobre os obstáculos, o cavalo pula a cerca tão rápido que você nem enxerga o borrão. E a mente do homem, girando tão depressa sob as mãos de editores, exploradores, apresentadores, que bombeiam e centrifugam todas as ideias! Ele é incapaz de se concentrar.

Mildred alisava a cama. Montag sentiu pânico quando ela se aproximou do travesseiro para endireitá-lo. O livro estava ali embaixo! E ela ia puxá-lo, sem saber disso, é claro, na frente de Leahy!

— A escola foi abreviada. Pequenos cortes foram feitos, limaram a filosofia e o ensino de línguas. Acabou o inglês. Acabou o soletrar. A vida é imediata. O que importa é o trabalho. Por que aprender algo além de usar as mãos, apertar um botão, puxar uma alavanca, encaixar um parafuso?

— Sim — disse Montag, trêmulo.

— Deixe-me ajeitar seu travesseiro — falou Mildred, sorrindo.

— Não — sussurrou Montag.

— O botão foi substituído pelo zíper. Por acaso o homem tem tempo de pensar enquanto se veste, um tempo filosófico, de manhã?

— Não tem, não — disse Montag, automaticamente.

Mildred puxou o travesseiro.

— Saia daqui — disse Montag.

— A vida vira uma grande escorregada na casca de banana, sr. Montag. Acabou a sutileza, tudo é bang, pof e uau!

— Uau — disse Mildred, puxando o travesseiro.

— Pelo amor de Deus, me deixe em paz — falou Montag.

Leahy encarou-o.

A mão de Mildred se mexia atrás dele.

— Os cinemas estão vazios, sr. Montag. O que foi perdendo o sentido acabou sendo substituído por algo muito mais massivo e sem sentido, a televisão, e depois disso, O Molusco.
— O que é isso? — disse Mildred. Montag esmagou a mão dela com as costas. — O que você está escondendo aí?
— Vai se sentar! — ele gritou com ela. Ela se afastou, de mãos vazias. — Estamos conversando.
— Como eu ia dizendo — prosseguiu Leahy. — Desenhos por toda parte. Livros viraram desenhos. E a mente bebe cada vez menos. Impaciência. Impaciência nervosa. Tempo de sobra. Falta de trabalho. Estradas sempre cheias de multidões indo para algum lugar, qualquer lugar, nenhum lugar. A impaciência de estar no lugar onde não estão. Os refúgios da gasolina, cidades virando apenas hotéis. E as pessoas em vastos movimentos nômades, de uma cidade a outra, impacientes, seguindo as fases da Lua, vivendo a noite de hoje num quarto onde você dormiu ontem e eu, anteontem.

Mildred foi para o outro quarto e fechou a porta. Ligou o rádio.
— Prossiga — disse Montag.
— Junto com a corrida tecnológica, houve um problema de minorias. Quanto maior a população, maior o número de minorias. É difícil de encontrar uma maioria numa massa enorme. E desde que o Mercado das Massas esteve conosco, houve dezenas de milhares de minorias, minorias sindicais, minorias religiosas, minorias raciais, amantes de cães, amantes de gatos.

— Irlandeses profissionais, texanos, moradores do Brooklyn — sugeriu o sr. Montag, suando. Ele se recostou, pressionado com força o livro.

— Isso. Suecos, britânicos, franceses, pessoas do Oregon, Illinois, México. Não se podia mais usar médicos como vilões, ou advogados, comerciantes ou chefes. A ONU impediu a realização de filmes sobre as guerras passadas. Os Protetores dos Cães precisavam ser agradados e baniram as touradas. Todas as minorias e seus umbigos que precisavam se manter limpos. Pessoas inteligentes desistiram de tudo, com repulsa. "Imagens viraram pudins. Revistas eram tapioca. O comprador de livro, o comprador de ingresso entediado pela monotonia, seu cérebro girando, parou de comprar, e esses ofícios tiveram uma morte lenta. E foi isso. Não ponha a culpa no governo. Foi a tecnologia aliada à exploração em massa e a censura das minorias. Tudo o que você pode ler hoje em dia são gibis, confissões e planilhas de economia."

— Eu sei — disse Montag.

— Os psicólogos mataram Edgar Allan Poe, disseram que seus contos faziam mal para a mente. Também mataram os contos de fada. Fantasia. Diziam que não encaravam os fatos.

— Mas por que os bombeiros...? — Montag disse, enfim. — Por que todo o medo, preconceito, os incêndios e os assassinatos agora?

— Ah — disse Leahy, inclinando-se para terminar. — Os livros saíram de moda. Grupos minoritários, que buscavam a própria segurança, garantiram uma censura forte. Psiquiatras ajudaram. Nem eram necessários. Naquela época, as pessoas já não eram mais educadas. Ficavam longe dos livros e, em sua ignorância, os odiavam e temiam. Você sempre teme o que não conhece. Por séculos, homens foram queimados na fogueira por saberem demais.

— Sim —, disse Montag. — A pior ofensa hoje em dia é chamar alguém de "professor" ou "intelectual". É um insulto.

— Suspeita-se da inteligência, por um bom motivo. O homenzinho tem medo que alguém coloque algo nele, assim como o grande homem. Então a melhor coisa é deixar todo mundo burro. O pequeno homem quer que eu e você sejamos como ele. Reescreva o slogan. Nem todo mundo nasce livre e igual, mas todo mundo se *torna* igual. Esmague os QIs até ficarem abaixo da média. Um livro é uma arma carregada na casa ao lado. Queime-o. Tire o poder da arma. Feche a mente dos homens. Sabe-se lá quem pode ser o alvo de um homem com muitas leituras. Foi assim que sugiram os bombeiros. Você, sr. Montag, e eu.

Leahy se levantou.

— Chegou a hora de eu ir embora.

— Obrigado por falar comigo.

— Você precisa se ajeitar. Agora que você compreende, verá que nossa civilização, por ser tão grande, precisa ser plácida. Não podemos ter minorias agitadas e irritadas. As pessoas precisam estar contentes, sr. Montag. Os livros as inquietavam. Pessoas de cor não gostavam de *Little Black Sambo** e estavam infelizes. Então queimamos *Little Black Sambo*. Os brancos que leram *A cabana do pai Tomás*** ficaram infelizes. Queimamos esse também. Para manter todo mundo calmo e feliz. Esse é o truque.

Leahy se aproximou e apertou a mão do sr. Montag.

— Mais uma coisa.

— Diga.

— Todo bombeiro fica curioso.

— Posso imaginar.

— Sobre o que os livros dizem, quero dizer. É uma boa pergunta. Não dizem nada, sr. Montag, nada que você possa tocar ou em que acreditar. Tratam de pessoas que nunca existiram. Criações da mente. Dá para confiar? Não. Criações da mente e

---

* Livro infantil da escocesa Helen Bannerman de 1899 que gerou controvérsia no século XX pela sua representação racista do protagonista (N.T.)
** Romance abolicionista de 1852, de Harriet Beecher Stowe, sobre a escravidão nos E.U.A. (N.T.)

confusão. Mas, seja como for, um bombeiro rouba um livro num incêndio, uma cópia da Bíblia, talvez. Uma coisa natural.

— Natural.

— Nós permitimos. Deixamos que ele fique com o livro por 24 horas. Se ele não o queimar até o fim desse prazo, nós mesmos o queimamos.

— Obrigado — disse o sr. Montag.

— Acho que você tem uma edição especial desse livro da Bíblia, não?

Montag sentiu sua boca se mexer.

— Sim.

— Você estará no trabalho amanhã às seis?

— Não — disse Montag.

— O quê?

Montag fechou os olhos e tornou a abri-los.

— Vou chegar mais tarde, talvez.

— Faça isso — disse Leahy, sorrindo. — E traga esse livro com você, depois de você dar uma olhada, que tal?

— Nunca mais vou aparecer! — gritou Montag, dentro da própria cabeça.

— Melhoras — disse Leahy, e saiu.

Ele observou Leahy sair dirigindo seu carro reluzente, da cor do último incêndio que provocaram.

Mildred escutava rádio no quarto à frente.

Montag pigarreou na porta. Ela não olhou para ele, mas riu de algo que o locutor da rádio disse.

— É um passo — falou Montag — entre não ir trabalhar hoje e não ir amanhã, e deixar de ir por um ano.

— O que você quer para o almoço? — perguntou Mildred.

— Como você consegue sentir fome numa hora dessas?

— Você vai trabalhar hoje à noite, não?
— Vou fazer mais do que isso — ele disse. — Vou começar a matar pessoas e pirar e comprar livros!
— Revolução de um homem só? — ela disse, com suavidade.
— Vão botar você na cadeia.
— Não me parece má ideia. — Ele vestiu suas roupas, furioso, caminhando pelo quarto. — Mas vou matar algumas pessoas antes de me prenderem. Aquele Leahy é um grande imbecil. Você *ouviu* o que ele disse? Ele sabe todas as respostas, mas não faz nada quanto a isso!
— Não quero me envolver com essa besteira — ela disse.
— Não? — ele falou. — Essa é sua casa, não, assim como é a minha?
— Sim.
— Então olhe isso aqui!
Ela o viu correr para a sala e olhar para uma pequena saída de ar no teto. Ele pegou uma cadeira, subiu e abriu a tampa da ventilação. Com a mão, começou a jogar, aos pés dela, vários livros, pequenos, grandes, vermelhos, amarelos, verdes, de capa preta, dez, trinta, quarenta.
— Aí estão! — ele gritou. — Quer dizer que você não está comigo nessa? Você está envolvida nisso até o pescoço.
— Leonard! — Ela estava parada, encarando os livros. Olhou para a casa, os móveis. — Vão queimar nossa casa se encontrarem isso, vão nos colocar na cadeia ou nos matar. — Ela se afastou, uivando.
— Eles que tentem fazer isso!
Ela hesitou, e então, num só movimento, se curvou e jogou um livro na lareira.
Ele a segurou, gritando, e tirou outro livro da mão dela.
— Ah, não, Millie, não. Nunca toque nesses livros. Se você fizer isso, vou te dar a maior surra de sua vida. — Ele a sacudiu.

— Escute. — Ele a agarrou firmemente, e o rosto dela se contorceu; lágrimas escorriam pelas bochechas cobertas de *rouge*.
— Você vai me ajudar. Você está envolvida com isso agora. Você vai ler um livro, um desses. Sente-se. Vou ajudar. Vamos, juntos, reagir a homens como Leahy e a cidade onde vivemos. Está me ouvindo?
— Sim, estou ouvindo. — O corpo dela amolecia.
Tocou a campainha.
Os dois se sacudiram, olhando para a porta e os livros jogados aos montes.
A campainha soou outra vez.
— Sente-se. — Montag conduziu suavemente a mulher até a cadeira. Entregou um livro a ela.
A campainha tocou pela terceira vez.
— Leia. — Ele apontou para uma página. — Em voz alta.
— A língua dos sábios adorna a sabedoria.
A campainha soou.
— Prossiga.
— Mas a boca dos tolos derrama a estultícia.
Outro toque.
— Vão embora em breve — disse Montag.
— A língua benigna é árvore de vida.
Distante, Montag pensou ter escutado uma sirene do caminhão de bombeiros.

A PENEIRA E A AREIA

LERAM DURANTE TODA A TARDE, enquanto o fogo crepitava e aquecia o lar e a chuva caía do céu sobre a casa. De vez em quando, sr.

Montag silenciosamente acendia um cigarro e dava uma tragada, ou buscava uma cerveja gelada e a bebia tranquilo, ou dizia:

— Pode reler essa parte? É uma ideia e tanto, não? — E a voz de Mildred, tão insossa quanto uma garrafa de cerveja que carrega um belo vinho sem saber, prosseguiu guardando as palavras num vidro ordinário, derramando belezas com uma boca frouxa, enquanto seus olhos pardacentos se moviam por palavras e mais palavras, e a fumaça do cigarro parava, e o tempo passava. Leram um homem chamado Shakespeare, outro chamado Poe e um livro de um homem chamado Mateus e de outro chamado Marcos. Em certo momento, Mildred olhou, temerosa, para a janela.

— Prossiga — disse sr. Montag.

— Alguém pode estar vigiando. Podia ter sido o sr. Leahy tocando a campainha antes.

— Seja lá quem tenha sido, já foi embora. Releia a última parte, quero refletir sobre isso.

Ela leu as obras de Jefferson e Lincoln.

Quando deu cinco da tarde, suas mãos caíram para o lado.

— Estou cansada. Posso parar agora? — A voz dela estava rouca.

— Como fui insensível — ele disse, pegando o livro. — Mas não são belas as palavras, Millie? E os pensamentos, como são empolgantes!

— Não entendo nada disso.

— Mas com certeza...

— São só palavras — ela disse.

— Mas você se lembra de parte delas.

— Nada.

— Tente.

Ela tentou se lembrar.

— Nada.

— Você vai conseguir, com o tempo. Mas parte dessa beleza não chega até você?

— Não gosto de livros, não os entendo, estão acima de mim, são para professores e radicais, e eu não quero mais ler. Por favor, prometa que você não vai me forçar!

— Mildred!

— Tenho medo — ela disse, colocando o rosto entre as mãos trêmulas. — Fico apavorada com essas ideias, com o sr. Leahy, e de ter esses livros em casa. Vão queimar nossos livros e nos matar. Agora, sou eu quem está doente.

— Pobre Millie — ele disse, enfim, suspirando. — Atormentei você, hein? Estou lá na frente, tentando arrastá-la comigo, quando deveria estar andando a seu lado, a um passo de distância. Espero demais de você. Vão ser necessários meses para que você esteja apta a receber as ideias contidas nesses livros. Não é justo de minha parte. Certo, você não precisa mais ler.

— Obrigada.

— Mas vai ter de *ouvir*. Vou explicar. E um dia, você entenderá por que esses livros são bons.

— Nunca vou aprender.

— Você precisa aprender, se quiser ser livre.

— Já sou livre, não poderia ser mais livre.

— Mas não está consciente. Você é como a mariposa que ficou presa dentro de um sino à meia-noite. Entorpecida pela concussão, embriagada pelo som. Trinta anos daquele rádio tagarelando, sem ideias, sem beleza, apenas ruído. Uma mariposa num sino. E nós temos que...

— Você não vai me proibir de ouvir rádio, vai? — A voz dela subiu de tom.

— Bom, para começar...

Ela levantou-se numa fúria contra ele.

— Vou me sentar e ouvir isso por um tempo todos os dias! — ela gritou. — Mas preciso ter meu rádio também. Você não pode tirar isso de mim!

— Millie.

O telefone soou. Os dois se assustaram. Ela agarrou o fone e caiu na risada quase no mesmo instante.

— Alô, Ann, sim, sim! Claro. Hoje à noite. Você vem aqui. Sim, o Palhaço tá na TV hoje, sim, e o Terror, vai ser agradável.

O sr. Montag estremeceu. Deixou a sala. Caminhou pela casa, pensando. Leahy. O Posto de Bombeiros. Esses livros.

— Vou dar um tiro nele hoje — ele disse, em voz alta. — Vou matar Leahy. Será um censor a menos no caminho. Não. — Ele riu, com frieza. — Pois aí eu precisaria atirar na maioria de pessoas na Terra. Como se começa uma revolução? O que pode um só homem fazer?

Mildred tagarelava. O rádio tinha sido ligado outra vez, e trovejava.

E então ele se lembrou de que, mais ou menos um ano antes, caminhava por um parque sozinho quando se deparou com um homem distraído de traje preto. Ele estava lendo algo. Montag não viu o livro, mas viu que o homem se mexeu apressado, com o rosto enrubescido, e deu um salto como se fosse correr. Então Montag disse:

— Sente-se.

— Não fiz nada.

— Ninguém disse que você fez.

Ficaram sentados no parque a tarde toda. Montag convenceu o homem a falar de si. Ele era um professor aposentado de literatura em língua inglesa que tinha perdido o emprego quarenta anos atrás, quando fecharam a última universidade de artes. Seu nome era William Faber e, sim, temeroso, ele tirou um pequeno livro de poesia norte-americana que estava lendo:

— Só para saber que estou vivo — disse o sr. Faber. — Só para saber quem eu sou e onde estão as coisas. Para estar consciente. A maioria de meus amigos não está consciente. A maioria não consegue conversar. Gaguejam, param e ficam caçando palavras. E falam só de vendas, lucro do que viram na televisão na última hora.

Que tarde agradável foi aquela. Professor Faber leu a ele alguns poemas. Ele não compreendeu nenhum, mas soavam bem, e o significado aos poucos aparecia. Quando terminou, Montag disse:

— Sou bombeiro.

Faber quase teve um ataque cardíaco na hora.

— Não tenha medo. Não vou denunciá-lo — disse Montag. — Parei de ser malvado já faz uns anos. Dou longas caminhadas. Ninguém mais caminha. Você já teve esse problema? Já foi parado pela polícia como suspeito de roubo ou furto apenas por andar a pé?

Ele e Faber riram, trocaram endereços verbalmente, e foram embora. Ele nunca mais viu Faber. Não era seguro conhecer um ex-professor de literatura. Mas agora...?

Ele telefonou.

— Alô?

— Alô, professor Faber?

— Sim. Quem é?

— Aqui é o sr. Montag. Lembra-se? No parque, um ano atrás.

— Ah, sim, sr. Montag. Como posso ajudá-lo?

— Sr. Faber...

— Sim?

— Quantas cópias de Shakespeare restam no mundo?

— Receio que não saiba do que você está falando — sua voz ficou gélida.

— Eu só queria saber se restavam cópias.
— Não posso falar com você agora, Montag.
— Essa linha telefônica é segura, ninguém mais está ouvindo.
— Isso é uma espécie de armadilha? Não posso sair falando assim no telefone.
— Me diga. Resta alguma cópia?
— Nenhuma! — E Faber desligou.

Nenhuma. Montag se recostou na poltrona, ofegante. Nenhuma! Nenhuma em todo o mundo, não sobrou nenhuma, em lugar algum, todas tinham sido destruídas, rasgadas, queimadas. Shakespeare enfim estava morto para sempre para o mundo! Ele se levantou, tremendo, atravessou a sala e se inclinou para ver os livros. Pegou um e o ergueu.

— Peças de Shakespeare, Millie! A última cópia, e é minha!
— Ótimo — ela disse.
— Se algo acontecer com essa cópia, ele se perderá para sempre. Você entende o que isso significa, a importância desse exemplar aqui na nossa casa?
— E você precisa entregá-lo ao sr. Leahy hoje à noite para que ele o queime, não? — Ela não estava sendo cruel. Ela apenas parecia aliviada que o livro ia sumir de sua vida.
— Sim.

Ele podia ver Leahy abrindo o livro, apreciando lentamente.
— Sente-se, Montag, quero que você testemunhe isso. De forma delicada, como uma berinjela, está vendo?
— Rasgando uma página atrás da outra. Acendendo a primeira página com um fósforo. E ela vai se embrulhando até virar uma borboleta preta, acendendo a segunda página, e assim por diante, incendiando todo o volume, uma página impressa por vez. Depois de terminado, com Montag sentado ali, suando, o chão pareceria

um enxame de mariposas pretas mortas durante uma pequena tempestade. E Leahy sorriria enquanto lavava as mãos.

— Meu Deus, Millie, nós temos que fazer algo, precisamos copiar isso, duplicá-lo, isso não pode se perder!

— Você não tem tempo.

— Não à mão, mas fotografando.

— Ninguém faria isso por você.

Ele parou. Ela tinha razão. Não podia confiar em ninguém. Exceto, talvez, em Faber. Montag partiu rumo à porta.

— Você vai voltar a tempo da festa da televisão, certo? — ela o chamou. — Não será divertido sem você!

— Você nunca sentiria minha falta.

Mas ela estava vendo o programa diurno da televisão e não escutou. Ele saiu batendo a porta.

Quando era criança, ele se sentava sobre a areia amarelada, no meio de um dia azul e quente de verão, tentando encher uma peneira. Quanto mais rápido ele jogava a areia, mais rapidamente ela era peneirada, com um sussurro cálido. Ele passou o dia tentando porque um primo cruel dissera:

— Encha essa peneira de areia que dou uma moeda para você!

Sentado ali, no meio de julho, ele chorou. Sua mão estava cansada, a areia fervia. A peneira estava vazia.

E agora, enquanto o metrô a jato o conduzia, rugindo, pelos porões da cidade, sacudindo-o, ele se lembrou da peneira. Segurava a cópia de Shakespeare, tentando jogar as palavras dentro da sua mente. Mas elas caíam no vazio! E ele pensou: "Em algumas horas preciso entregar esse livro a Leahy, mas preciso me lembrar de todas as palavras, nenhuma pode escapar, cada linha precisa ser memorizada. Eu preciso lembrar, preciso".

— Mas eu não consigo. — Fechou o livro e tentou repetir as linhas.

— Experimente a pasta de dente Denham hoje à noite — disse o rádio do metrô na parede luminosa de um vagão. Soaram trombetas estridentes.

"Cale a boca", pensou sr. Montag. "Ser ou não ser..."

— A pasta de dente Denham só é superada pela pasta de dente Denham.

"... eis a questão. Cale a boca, cale a boca, deixe-me lembrar."

Ele abriu o livro num frenesi e folheou as páginas, rasgando as linhas com os olhos, encarando a página até seus cílios ficarem úmidos e trêmulos. Seu coração batia forte.

— Pastas de dente Denham, que se soletra D-E-N-H...

"O que é mais nobre..."

Um sussurro de areia quente e amarela passando por uma peneira vazia.

— Denham, Denham, Denham é a solução! Não tem detergente dental mais daora!

— Cale a boca! — Foi um grito tão alto que o alto-falante pareceu surpreso.

O sr. Montag se viu de pé, enquanto os habitantes chocados do vagão barulhento o encaravam, afastando-se daquele homem de rosto insano, uma boca balbuciante e um livro terrível em mãos. Aquelas pessoas-coelho que não tinham pedido para ter música e comerciais nos veículos públicos, mas que recebiam um esgoto inteiro disso, o ar pestilento, chutado e golpeado por vozes e música a todo instante. E ali estava um homem idiota, ele mesmo, de repente arranhando a parede, espancando o alto-falante, o inimigo da paz, o assassino de Shakespeare!

— Louco!

— Chamem o condutor!
— Denham, Dentifrício Duplo Denham para dentes desbotados!
— Rua 14.
Só isso o salvou. O vagão parou. O sr. Montag, chocado com a falta repentina de movimento, caiu para trás, correu pelos rostos pálidos, gritando sem emitir ruído, dentro de sua mente, a voz gemendo como uma gaivota numa costa solitária:
— Denham, Denham... — desaparecendo.
O professor Faber abriu a porta e, quando viu o livro, tomou-o em mãos.
— Meu Deus, não vejo Shakespeare há anos!
— Incendiamos uma casa ontem à noite. Roubei isso.
— Que oportunidade.
— Eu estava curioso.
— Claro. É lindo. Havia muitos livros adoráveis antigamente. Mas nós os deixamos sumir. — Faber folheou as páginas, esfomeado. Era um homem magro, calvo, de mãos finas, leves como palha. Ele se sentou e pôs a mão sobre os olhos. — Você está encarando um covarde, sr. Montag. Quando queimaram o último dos livros malévolos, como os chamavam, quarenta anos atrás, apenas grunhi e aceitei. Eu me culpo desde então.
— Não é tarde demais. Ainda existem livros.
— E ainda existe vida em mim, mas tenho medo da morte. As civilizações desabam porque homens como eu temem a morte.
— Tenho um plano. Estou numa posição em que posso agir. Sou bombeiro, posso encontrar livros e escondê-los.
— Isso é verdade.
— Passei a noite de ontem acordado, pensando. Podemos publicar muitos livros escondidos se tivermos cópias deles.

— Tentou-se fazer isso. Milhares de homens foram para a cadeira elétrica por isso. Além do mais, onde você vai encontrar uma prensa?

— Não podemos construir uma? Tenho um pouco de dinheiro.

— Se conseguirmos encontrar um artesão habilidoso que se importe com isso.

— Mas aqui está a parte realmente interessante de meu plano. — Montag quase riu. Ele se inclinou para frente. — Vamos imprimir cópias adicionais de cada livro e plantá-las nas casas dos bombeiros!

— O quê?

— Sim, dez cópias, vinte em cada casa, muitas e muitas provas de intenção criminosa. Livros de filosofia, política, religião, fantasia!

— Meu Deus! — Faber pulou e ficou andando de um lado para o outro, olhando para Montag, começando a sorrir. — Seria incrível.

— Gostou do plano?

— É insidioso!

— Será que funcionaria?

— Seria *divertido*, não?

— Essa é a palavra. Nossa, esconder os livros em casas e telefonar para o alarme, ver o motor rugindo, as mangueiras se desenrolando, as portas derrubadas, as janelas quebradas, os próprios bombeiros acusados, tendo suas casas queimadas e indo para a cadeia!

— Positivamente insidioso. — O professor quase dançava. — O dragão come a própria cauda!

— Tenho uma lista de casas de bombeiros aqui e por todo o continente. Com uma organização clandestina, poderíamos semear os livros e colher fogo para cada desgraçado nessa indústria.

— Mas por onde começar?

— Alguns livros aqui e ali. E construir a organização.

— Em quem se pode confiar?

— Ex-professores como você, ex-atores, diretores, escritores, historiadores, linguistas. Deve ter milhares de pessoas fervendo por dentro.

— Velhos, a maioria. Não temos colheitas novas.

— Melhor ainda. Já não estão mais sob escrutínio público.

— Conheço alguns.

— Podemos começar com essas pessoas, espalhar lentamente uma rede. Pense nos atores que nunca tiveram oportunidade de interpretar Shakespeare, Pirandello ou Shaw. Podemos usar a raiva deles, meu Deus, para uma boa causa! Pense nos historiadores que não escrevem uma linha de história há quarenta anos, e os escritores que só escrevem bobagem há meio século, que foram para casa vomitar para esquecer. Deve ter um milhão de pessoas assim!

— Pelo menos.

— E talvez possamos dar pequenas aulas de leitura, despertar o interesse nas pessoas.

— Impossível.

— Mas precisamos tentar.

— A estrutura inteira precisa ser derrubada. Isso não é um trabalho de aparências. Temos de demolir a estrutura. A estrutura inteira está coberta de mediocridade. Você não se deu conta, Montag, mas a queima era quase desnecessária quarenta anos atrás.

— Ah é?

— Naquela época, a massa populacional já tinha sido tão pulverizada por gibis, versões resumidas, as bibliotecas públicas eram como o grande Saara, vazio e silencioso. Tirando, é claro, o departamento de ciência.

— Mas nós podemos trazer as bibliotecas de volta.

— Você é capaz de gritar mais alto que o rádio, dançar mais rápido que os loucos da pista, seus livros bastam para despertar o interesse dessa população que é amamentada da infância até a senilidade? Olhe as bancas de revistas. Mulheres seminuas em todas as capas. Olhe os outdoors, os filmes, sexo. Você consegue tirar o homem americano do seu carro, as mulheres dos salões de beleza, afastar os dois de sua amiga, a TV?

— Podemos tentar.

— Você é um tolo. Não querem pensar. Estão se divertindo.

— Apenas acham que estão. Minha esposa tem tudo. Ela, como um milhão de outras pessoas, tentou se matar semana passada.

— Certo, estão mentindo para si mesmos, mas, se você tentar mostrar a essas pessoas quem elas são, vão esmagá-lo como um inseto.

Caças de guerra passaram no céu, sacudindo a casa, rumo ao oeste.

— Lá está nossa esperança — disse Faber, apontando para o alto. — Vamos torcer para que tenhamos uma boa guerra, muito longa, Montag. Que a guerra acabe com as TVs, o rádio, os gibis e os depoimentos. Essa civilização está se despedaçando. Espere a centrífuga destruir o próprio mecanismo.

— Não posso esperar. É preciso que haja outra estrutura, de qualquer maneira, pronta para quando esta cair. Aí que nós entramos.

— Alguns homens citando Shakespeare ou dizendo que se lembram de Sófocles? Seria cômico se não fosse tão trágico.

— Precisamos estar lá para lembrar as pessoas de que há mais em um ser humano além de máquinas, e o trabalho correto é o da alegria, não o do prazer equivocado. O homem precisa ter algo que *fazer*. Ele se sente inútil. Precisamos falar para ele de honestidade, beleza, poesia e arte, que se perderam pelo caminho.

— Certo, Montag. — O professor suspirou. — Você está errado, mas está certo. Vamos fazer uma pequena parte, de qualquer maneira. Quanto dinheiro você me conseguiria hoje?

— Cinco mil dólares.

— Traga aqui, então. Conheço um homem que imprimiu nosso jornal da faculdade, anos atrás. Lembro-me muito bem desse ano. Cheguei para dar aula de manhã e só um aluno tinha se inscrito para a disciplina de Teatro Grego. Foi assim. Como um bloco de gelo derretendo numa tarde de agosto. Ninguém aprovou uma lei. Só aconteceu. E quando as pessoas já tinham se censurado até atingirem a idiotice, o governo, notando que era vantajoso para eles que o público só lesse besteira pré-digerida, entrou em cena e congelou a situação. Os jornais começaram a morrer ainda na década de 1950. Estavam mortos por volta do ano 2000. Então ninguém se importava se o governo proibisse os jornais. Ninguém os queria de volta mesmo. O mundo é cheio de pessoas pela metade. Não sabem como ser felizes porque não sabem nem trabalhar, nem relaxar. Mas chega disso. Vou entrar em contato com o impressor. Vamos começar. Essa parte será divertida. Eu vou gostar mesmo disso.

— E vamos planejar os cursos de leitura.

— Sim, e esperar a guerra — disse Faber. — Essa é a parte boa da guerra. Destrói lindamente as máquinas.

Montag se levantou.

— Vou conseguir o dinheiro para você hoje ou amanhã. Você precisará me devolver o Shakespeare, no entanto. Precisa ser queimado hoje à noite.

— Não! — Faber agarrou o livro, folheando as páginas.

— Tentei memorizá-lo, mas acabo me esquecendo. Fico louco tentando lembrar.

— Meu Deus, se a gente tivesse tempo.

— Penso nisso sem parar. Sinto muito. — Ele pegou o livro e foi até a porta. — Boa noite.

A porta se fechou. Ele estava mais uma vez na rua, encarando o mundo real.

Era possível sentir os preparativos para a guerra no céu naquela noite. A maneira como as nuvens se moviam para o lado, a aparência das estrelas, um milhão delas entre as nuvens, como aviões inimigos, e a sensação de que o céu podia desabar sobre a cidade e transformar as casas em pó, e a Lua virar fogo, essa era a sensação daquela noite. Montag caminhou até o ponto de ônibus, com dinheiro no bolso. Estava escutando, distraído, o rádio-concha que você podia colocar no seu ouvido esquerdo — "Compre um rádio-concha e escute o oceano do Tempo" — e uma voz falou com ele assim que ele pisou dentro de casa:

— A situação mudou bruscamente hoje. A guerra pode começar a qualquer hora.

Uma esquadrilha de bombardeiros, como um assovio de uma foice, passou pelo céu em um segundo. Era menos do que um impulso do rádio. Montag sentiu o dinheiro num bolso e o Shakespeare no outro. Ele tinha desistido de memorizá-lo, apenas lia por prazer, o simples prazer das boas palavras na língua e na mente. Ele desencaixou o rádio-concha e leu outra página de *Lear* ao luar.

ÀS OITO DA NOITE, o scanner da porta da frente reconheceu três mulheres e a abriu, deixando-as entrar, que gargalhavam e mantinham uma conversa barulhenta e vazia. Sra. Masterson, sra. Phelps e sra. Bowles, bebendo os martinis que receberam de Mildred, rindo como um candelabro de cristal que alguém empurrou, fazendo tilintar um milhão de sinos de cristal, disparando os mesmos sorrisos brancos, com ecos que se repetiam pelos corredores vazios. O sr. Montag viu-se no meio de uma conversa cujo principal assunto era como todas estavam bonitas.

— Não estamos todas lindas?
— Lindas.
— Você está linda, Alma.
— Você também, Mildred.
— Todas lindas e felizes — disse Montag.

Ele tinha desistido do livro. Nada ia ficar gravado na sua mente. Quanto mais tentava se lembrar de *Hamlet*, mais rápido desaparecia. Estava com vontade de dar uma caminhada, mas não fazia isso mais. De certo modo, ele sempre tinha medo de encontrar Clarisse, ou de não encontrá-la, em seus passeios, e isso o manteve dentro de casa, ali parado entre aqueles pinos de boliche loiros, devolvendo a elas olhares tortos e conversa fiada, e de todo modo a TV foi ligada antes de terminarem de dizer como todo mundo estava lindo, e nela tinha um homem vendendo refrigerante de laranja e uma mulher bebendo-o com um sorriso de Gato Risonho, como é que alguém consegue beber e sorrir ao mesmo tempo? Um verdadeiro truque da publicidade! Depois disso, uma demonstração de como assar um tipo novo de bolo, depois de uma comédia doméstica bastante sem graça, uma análise noticiosa que não analisava nada. — Pode haver uma guerra em 24 horas. Ninguém sabe. — E um intolerável programa de perguntas e respostas sobre o nome das capitais dos estados.

Abruptamente, Montag caminhou até o televisor e o desligou.

— Ei! — todas disseram, como se fosse uma piada.
— Leonard — disse Mildred, nervosa.
— Achei que seria bom um pouco de silêncio.

Pensaram a respeito e ficaram paradas, piscando.
— Achei que seria bom se tentássemos conversar um pouco, para variar.
Conversar! Uma esquadrilha de bombardeiros indo para o leste sacudiu a casa e estremeceu seus corpos, a ponto de balançar os coquetéis que seguravam. O sr. Montag acompanhou o ruído com os olhos.
— Lá vão eles — ele disse.
Todas o encaravam.
— Quando vocês acham que vai começar a guerra?
Silêncio.
Enfim:
— Que guerra?
— Não vai ter guerra.
— E seus maridos? Notei que eles não vieram hoje.
A sra. Masterson olhou de canto para a TV apagada.
— Ah, meu marido vai voltar mais ou menos daqui a uma semana. Foi chamado pelo exército. Mas fazem isso mais ou menos uma vez por mês. — Ela riu.
— Você não está preocupada? Com a guerra?
— Bom, mesmo se acontecer uma, céus, vão lutar e acabar com ela, não podemos esperar sentados pela guerra, né?
— Não, mas podemos pensar a respeito disso.
Ela tomou um gole do coquetel, cheia de charme.
— Quem quer pensar em guerra? Deixo isso para o Bob.
— E morrer.
— Sempre é o marido de outra pessoa que morre, não é assim a piada?
Todas as mulheres deram um riso abafado.
— Bob sabe se cuidar.

"Sim", pensou Montag, "e, se não souber, que diferença faz, aprendemos com as fábricas a magia das partes substituíveis. Um homem, afinal, é apenas um homem. Não dá para diferenciar um do outro atualmente. Assim como as mulheres. Sua esposa, as outras, com seus rostos barbaramente claros, seus batons cor de neon, seus cílios de boneca. Por que se preocupar com Bob, Mary ou Tom, se tem um Joe, uma Helen ou um Roger para substituí-los, igualmente insossos? Na terra do brilho da televisão, por que ter um rosto bronzeado? Na terra dos glúteos máximos, onde está a coxa musculosa? Na terra do leite condensado e do pudim de baunilha, onde está o bacon crocante, o roquefort pungente? Onde, nesse mundo de facas de descascar sem gume, a mente pode ser um machado atingindo o cerne da matéria? Essas mulheres não são capazes de descascar a primeira camada de conversa fiada sem arrancar fora os braços!"

O silêncio na sala parecia revestido de algodão.

— Vocês viram o filme de Clarence Dove ontem? Ele é engraçado, não?

— Ele é engraçado!

— Com certeza, é engraçado.

— Mas e se Bob fosse morto, ou o seu marido, sra. Phelps...

— Ele já está morto — disse a sra. Phelps. — Morreu semana passada. Você não ficou sabendo? Pulou de um prédio.

— Eu não sabia. — Ele ficou em silêncio, envergonhado.

— Mas, voltando ao Clarence Dove, ele é mesmo muito engraçado — disse Mildred.

— Por que você se casou com o sr. Phelps? — perguntou Montag.

— Por quê?

— Sim, o que vocês tinham em comum?

A pobre mulher sacudiu as mãos, desamparada.

— Oras, porque ele tinha um ótimo senso de humor, e gostávamos dos mesmos programas de TV, e coisas assim. Ele dançava bem. Ele já vira outras viúvas em funerais, de olhos secos, assim como aquela mulher, porque o falecido era um robô produzido na esteira da fábrica, alegre, casual, mas substituível por outro camarada alegre e casual que surgiria, completamente confundível com o outro que você acaba de explodir em vários pedaços no estande de tiro.

— E você? Sra. Masterson, você tem filhos?

— Não seja ridículo.

— Pensando agora, ninguém aqui tem filhos — disse Montag.

— Tirando você, sra. Bowles.

— Quatro, tudo por cesariana. É tão fácil.

— As cesarianas não eram fisicamente necessárias?

— Não. Mas eu sempre disse: não vou passar essa agonia toda só por causa de um bebê. Quatro cesarianas. — Ela ergueu os dedos.

Sim, tudo muito fácil. Confundir o jeito fácil com o jeito correto, como era deliciosa a tentação, mas isso não era vida. Uma mulher que não quisesse ter um filho ou um homem que não quisesse trabalhar não pertenceriam a lugar algum. Estavam apenas de passagem, eram descartáveis. Não pertenciam a nada e não faziam nada.

— Vocês já pensaram, senhoras, — ele disse, ficando mais desdenhoso a cada minuto — que talvez esse não seja o melhor dos mundos possíveis? Que talvez os negros, os judeus, os direitos civis e todo o resto continuem no mesmo lugar que há cem anos, ou talvez até estejam pior?

— Oras, isso não pode ser verdade — disse a sra. Phelps. — A gente teria ouvido falar nisso.

— Naquela máquina de liberar papinha? — disse Montag, apontando com o dedão para a TV. — Naquela máquina de censura?

— Você está mentindo — disse a sra. Phelps.
Ele puxou um papel do bolso, tremendo de raiva.
— O que é isso? — A sra. Masterson espremeu os olhos.
— Um poema de um livro, queria que vocês ouvissem.
— Não gosto de poesia.
— Já escutou alguma?
— Eu detesto.
Mildred levantou-se num salto, mas Montag disse:
— Sente-se.
Todas as mulheres acenderam cigarros, nervosas, retorcendo as bocas, suas mãos cheias de nicotina sacudindo no ar enfumaçado.
— Bom, vai em frente — disse a sra. Masterson, impaciente.
— Vamos acabar logo com isso.
A sra. Phelps estava guinchando.
— Isso é ilegal, não? Receio que vou ter que voltar para casa.
— Sente-se. Depois falamos disso. — Ele pigarreou. A sala estava em silêncio. Ele olhou para cima, e as mulheres todas encaravam, ansiosas, a TV, como se aguardando, como se ela fosse ligar outra vez.
— Escutem — ele disse. — Este é um poema de Matthew Arnold, chamado "Praia de Dover". — Ele aguardou. Queria muito declamar direito, e temia o risco de gaguejar. Ele leu:

O mar está calmo esta noite.
A maré está cheia, a lua, linda
Sobre os canais: — na costa francesa a luz
Cintila e se foi; os penhascos ingleses ficam a tremeluzir imensos,
Lá fora, na baía tranquila.

Venha à janela, doce é o ar da noite!
Só, da longa linha vaporosa

Onde o mar cruza a terra lunalvar.
Ouça! Você escuta o ranger do ruído
De pedras que as vagas dão de volta,
E atiram ao retorno na praia alta.
Começa e cessa e de novo começa,
Com lenta e trêmula cadência e traz
Nisso a eterna nota de tristeza.

Sófocles há muito tempo
Ouviu o mesmo no Egeu, e isso trouxe
À sua mente o turvo esvair e fluir
Da miséria humana; nós
Encontramos também ao som um pensamento
Ouvindo-o por este remoto mar do norte.

O mar da Fé
Foi uma vez também e plenamente;
E contorna o rochedo lá da terra
Assenta-se como as dobras
De reluzente faixa a se enrolar.
Mas agora somente escuto
Seu bramir afastado, extenso e melancólico,
Voltando ao sopro do vento noturno
Sob as vastas e lúgubres escarpas
E estéreis seixos do universo.

Ah, o amor, sejamos sinceros
Um com o outro! pois este mundo, que parece
Estar pra nós como um país de sonhos
Tão belo, tão diverso, tão recente,

Não tem luz, nem amor, nem alegria,
Nem certeza, nem paz, nem pensa a dor;
E aqui ficamos como em sombria planície
Entre loucos alarmes de luta e fuga,
Onde ignaras tropas chocam-se à noite.*

Ele parou de ler.
Mildred se levantou.
— Posso ligar a TV agora?
— Não, que saco, não!
Mildred se sentou.
A sra. Masterson disse:
— Não entendi.
— Do que se tratava? — perguntou a sra. Phelps, com olhos assustados.
— Vocês não veem a beleza? — perguntou Montag, em voz alta demais.
— Não vale a pena se entusiasmar por isso — disse a sra. Masterson.
— Essa é a questão. Por ser algo tão pequeno, acaba sendo grande. Não temos mais tempo para poesia ou qualquer outra coisa. Não gostamos da chuva. Semeamos nuvens para que chova longe de nossas cidades. No Natal, despejamos a neve no mar. Árvores são um problema, então as arrancamos! A grama precisa ser cortada, joguem cimento sobre ela! Não nos damos mais ao trabalho de viver.
— Sr. Montag — disse a sra. Masterson. — É só porque você é bombeiro que não o denunciamos por ler isso hoje à noite. Isso é ilegal. Mas é bobo. É um poema bobo.

* Tradução: José Lino Grünewald. (N.T.)

— Claro, pois não pode ser plugado em lugar algum, não é prático.
— Moças, vamos embora.
— Não queremos ficar entre ele e o poema dele — disse a sra. Phelps, correndo.
— Não vão — pediu Mildred.
Sem dizer nada, as mulheres saíram correndo. A porta bateu.
— Vá para casa, ligue seu cobertor elétrico e frite! — gritou Montag. — Vá para casa e pense em seu primeiro marido, sra. Masterson, no hospício, e você, sra. Phelps, em seu sr. Phelps saltando de um prédio!
A casa estava em silêncio.
Ele foi para o quarto onde Mildred havia se trancado no banheiro. Escutou a torneira aberta. Ouviu-a sacudindo a caixa de remédios para dormir na mão.
Saiu de casa, batendo a porta.

— OBRIGADO, MONTAG. — O sr. Leahy pegou a cópia de Shakespeare e, sem sequer olhar para o livro, rasgou-o vagarosamente e jogou-o num buraco na parede. — Agora, vamos jogar uma partida de *blackjack* e esquecer isso, Montag. Fico feliz de ver que você está de volta. — Subiram as escadas do posto de bombeiros.
Sentaram-se e jogaram carteado.
Sob o olhar de Leahy, ele sentiu suas mãos cobertas de culpa. Suas mãos eram como furões que tinham feito alguma travessura na frente de Leahy, e agora nunca paravam quietos, sempre se remexendo, escondendo-se em bolsos ou escapando de seu olhar de chamas de álcool. Se Leahy somente respirasse sobre elas, Montag sentia que suas mãos poderiam se retorcer e morrer, e ele nunca as

ressuscitaria, estariam congeladas, seriam enterradas para sempre nas mangas de seu casaco, esquecidas. Aquelas eram as mãos que agiam por conta própria, que não faziam parte dele, que pegavam livros, rasgavam páginas, escondiam parágrafos e frases em pequenos maços que seriam abertos depois, em casa, com a luz de um fósforo, lidos e queimados. Aquelas eram as mãos que fugiam com Shakespeare, Jó e Rute e os guardava perto de seu coração explosivo, sobre as costelas pulsantes e o sangue quente de um homem entusiasmado pelo seu furto, chocado pela sua ousadia, traído pelos dez dedos que às vezes ele levantava e observava como se estivessem enluvados por sangue fresco. Ele lavava as mãos sem parar.

Acha impossível fumar, não apenas porque teria que usar as mãos na frente de Leahy, mas porque as nuvens de fumaça passageiras o lembravam do velho e da velha e do incêndio que ele e aqueles outros tinham provocado com suas máquinas de bronze.

— Você não está fumando, Montag?

— Não. Estou com uma tosse. Preciso parar.

E quando ele jogava as cartas, escondia as mãos debaixo da mesa para que Leahy não o visse se remexendo.

— Vamos deixar as mãos sobre as mesas — disse Leahy. — Não que não confiemos em você, mas é que você tem cartas a mais aí embaixo.

E todos riram. Enquanto isso, Montag expunha suas mãos culpadas, ladras e curiosas, trêmulas, e colocava as cartas durante a longa partida.

O telefone tocou.

Sr. Leahy, carregando suas cartas na mão silenciosa, caminhou até ele e ficou parado ali, deixando tocar mais uma vez, e então atendeu.

— Sim?

O sr. Montag ficou na escuta.
— Sim — disse Leahy.
O relógio tiquetaqueava na sala.
— Compreendo — disse Leahy. Ele olhou para o sr. Montag, sorriu e piscou. Montag desviou o olhar. — Melhor repetir o endereço.
O sr. Montag se levantou e caminhou pela sala, com as mãos no bolso. Os outros estavam de pé, agora, prontos. Leahy fez um gesto para eles com a cabeça, em direção aos capacetes e casacos, como se falasse: "apressem-se". Enfiaram os braços nos casacos e vestiram os capacetes, brincando.
O sr. Montag aguardava.
— Compreendo perfeitamente — disse Leahy. — Sim. Sim. Perfeitamente. Não, tudo bem. Não se preocupe. Já estamos a caminho.
O sr. Leahy pôs o fone no gancho.
— Ora, ora — ele disse.
— Uma chamada?
— Sim.
— Livros para queimar.
— Assim parece.
O sr. Montag se sentou.
— Não me sinto bem.
— Que pena, pois esse é um caso especial — disse Leahy, aproximando-se lentamente, vestindo o impermeável.
— Acho que vou pedir demissão.
— Espere. Só mais um incêndio, hein, Montag. E então eu estarei de acordo, você pode entregar os documentos e todos ficaremos felizes.
— Está falando sério?
— Algum dia eu menti para você?
O sr. Leahy entregou o capacete a Montag.

— Coloque isso. Tudo estará terminado em uma hora. Eu entendo você, Montag, de verdade. E logo tudo estará uma belezura.
— Certo. — Montag levantou-se. Desceram pelo mastro de bronze. — Onde é o incêndio dessa vez?
— Vou mostrar o caminho, sr. Brown — gritou Leahy para o homem no motor.

O motor ganhou vida numa explosão, e todos subiram a bordo, num trovão de gás.

Viraram a esquina, puro trovão e sirene, com uma concussão de pneus, um grito de borracha, uma sacudida do querosene no tanque reluzente de bronze, como a comida no estômago de um gigante, com os dedos do sr. Montag saltando da grade prateada, balançando no espaço frio, com o vento tirando seu cabelo de seu rosto lúgubre, com o vento assoviando em seus dentes, e ele o tempo todo pensando nas mulheres, as mulheres que eram como o joio do trigo, com suas cascas sendo sopradas pelo vento de neon, e ele lendo um livro para elas, que idiotice foi essa, afinal o que era um livro, um pedaço de papel, um pedaço impresso, por que ele se importaria com um livro, dez livros, cinco mil livros? Ele era o único que se importava com livros, na verdade. Por que não se esquecer de tudo, deixar o assunto para lá, deixar os livros descansarem?

— Vire aqui! — disse Leahy.
— Rua Elm?
— Isso!

Ele viu Leahy na frente, com seu impermeável enorme sacudindo. Parecia um morcego negro voando sobre o motor, sobre os números de bronze, recebendo o vento. Seu rosto fosforescente cintilava na escuridão profunda, e ele sorria.

— Lá vamos nós, deixar o mundo feliz! — ele gritou.

E o sr. Montag pensou, não, não vou deixar os livros morrerem. Não vou deixá-los queimar. Enquanto existirem homens como Leahy, não posso pedir demissão. Mas o que posso fazer? Não posso matar todo mundo. Sou eu contra o mundo, e o risco é grande demais para um só homem. O que posso fazer? Contra o fogo, qual é a melhor água?

Ele não sabia.

— Agora entre na Park Terrace! — Foi Leahy quem disse isso.

O Caminhão de Bombeiros parou bruscamente, jogando os homens para a frente. Sr. Montag ficou ali, olhando para a grade fria sob seus dedos trêmulos.

— Não posso — ele disse. — Não posso entrar. Não posso queimar mais um livro.

Leahy saltou de seu galho, cheirando o vento fresco que martelava em sua cara.

— Certo, Montag, pegue o querosene!

As mangueiras estavam sendo puxadas. Os homens corriam com as botas de salto mole, desajeitados como aleijados, silenciosos como aranhas.

Sr. Montag enfim olhou para cima.

Sr. Leahy perguntou:

— O que foi, algum problema, Montag?

— Oras — respondeu Montag. — Essa casa. É a minha casa.

— É mesmo — disse Leahy.

— É a minha casa!

Todas as luzes estavam acesas. Por toda a rua, lâmpadas ardiam amarelas em todas as casas. Pessoas ocupavam as varandas, como se entrassem no palco. A porta da casa de Montag encontrava-se escancarada. Nela, com duas malas aos pés, estava Mildred. Quando viu seu marido, inclinou-se, pegou as malas e

desceu os degraus com uma rigidez onírica, olhando para o terceiro botão de sua jaqueta.
— Mildred!
Ela não falou nada.
— Certo, Montag, vamos lá, com as mangueiras e os machados.
— Só um instante, sr. Leahy. Mildred, não foi você que ligou para fazer a denúncia, foi?
Ela passou caminhando por ele, com os braços rígidos, e na ponta deles, em seus dedos afiados, as alças das malas. Sua boca estava pálida.
— Mildred!
Ela colocou as valises num táxi que aguardava ali e entrou no carro, onde se sentou e ficou encarando.
Montag correu na direção dela, mas Leahy o segurou pelo braço. Leahy apontou para a casa com a cabeça.
— Vamos lá, Montag.
O táxi se afastou lentamente entre as casas iluminadas.
Os vidros das janelas tilintaram quando foram quebrados para fornecer uma corrente de ar boa para o fogo.
O sr. Montag caminhou, mas não sentiu seus pés tocarem a calçada, nem a mangueira em seus dedos frios, nem escutou Leahy falando sem parar ao chegarem na porta.
— Pode espalhar, Montag.
— O quê?
— O querosene.
Montag ficou ali olhando para aquela casa estranha, que se tornava estranha àquela hora da noite, por causa do murmúrio das vozes dos vizinhos, pelo vidro quebrado e pelas luzes acesas em todos os cômodos, e ali no chão, com as capas arrancadas, com as páginas se derramando como penas de pombos, estavam seus incríveis livros, e

eles pareciam tão frágeis e idiotas, algo com o qual não valia a pena se preocupar, pois não passavam de papel, tinta e costuras desfiadas.

Mas ele sabia que precisava fazer algo para apagar o fogo que queimava tudo antes mesmo de ser aceso. Ele avançou num profundo silêncio, pegou uma das páginas dos livros e leu o que essa tinha a dizer.

— Vou memorizá-la — ele disse a si mesmo. — E, algum dia, vou anotá-la e farei outro livro a partir do que eu me lembrar.

Tinha lido três linhas quando Leahy arrancou o papel dele, amassou-o até virar uma bolinha e jogou-o para trás.

— Ah, não, não — disse Leahy, sorrindo. — Senão teremos de queimar a sua cabeça, também. Não dá.

— Pronto! — disse Leahy, afastando-se.

— Pronto — respondeu Montag, abrindo a válvula do lança--chamas.

— Mirar — disse Leahy.

— Na mira.

— Fogo!

— Fogo!

Ele queimou a televisão, o rádio e o projetor de filmes, e queimou os filmes, os jornais de fofoca e o amontoado de cosméticos na mesa, e sentiu prazer nisso, e queimou as paredes porque queria mudar tudo, as cadeiras, as mesas, as pinturas, ele não queria se lembrar de que morava ali com aquela mulher estranha que era uma parte substituível, que se esqueceria dele amanhã e que, no fundo, inspirava pena, pois ela não sabia nada a respeito de como funcionava o mundo.

Então ele queimou a sala.

— Os livros, Montag, os livros!

Ele apontou o fogo na direção dos livros. Os livros saltaram e dançaram como pássaros tostados, suas asas em chamas, com penas vermelhas e amarelas. Caíram em nacos carbonizados. Retorciam-se e explodiam em jorros de centelhas e fuligem.

— Pega o Shakespeare ali, pega! — disse Leahy. Ele queimou o sr. Shakespeare até ficar tostado. Ele queimou livros, queimou dezenas de livros, ele queimou livros, com lágrimas escorrendo dos olhos.

— Quando você terminar, Montag — disse Leahy — você será preso.

Livros sem páginas

A CASA DESABOU, virando uma ruína vermelha. Acomodou-se em sonolentas cinzas rosadas e uma mortalha de fumaça pairou sobre ela, elevando-se em direção ao céu. Era uma e dez da madrugada. A multidão voltava para casa, a diversão já tinha acabado.

O sr. Montag ficou parado com o lança-chamas em mãos, com grandes ilhas de suor sob seus braços, o rosto sujo de fuligem. Os outros três bombeiros estavam parados ali, na escuridão, seus rostos mal iluminados pela casa queimada, pela casa que o sr. Montag acabara de queimar de forma tão eficiente com querosene, um lança-chamas e uma boa mira.

— Certo, Montag — disse Leahy. — Vamos lá. Você cumpriu seu dever. Agora você está preso.

— O que foi que eu fiz?

— Você fez o que eu pedi, não precisa perguntar. Os livros.

— Por que tanta preocupação com uns pedaços de papel?

— Não vamos ficar aqui discutindo, está frio.

— Foi minha esposa que ligou ou uma das suas amigas?

— Não importa.

— Foi minha esposa?
Leahy assentiu.
— Mas as amigas também chamaram uma hora antes. De um jeito ou de outro, você seria pego. Foi muito idiota de sua parte ler poesia por aí, Montag. Agora, vamos.
— Não — disse Montag.
Sentiu o lança-chamas na mão. Leahy olhou para o dedo de Montag no gatilho e viu o que ele pretendia fazer, antes mesmo que o próprio Montag cogitasse tal coisa. Afinal, assassinato é sempre uma coisa nova, e Montag não sabia nada de assassinatos, ele apenas sabia de queimar coisas, e queimar coisas que as pessoas diziam que eram ruins.
— Mas eu sei o que há de realmente errado no mundo — disse Montag.
— Não faça isso! — gritou Leahy.
E então ele virou labaredas que gritavam, uma coisa disforme, balbuciante, todo em chamas, definhando na grama, enquanto Montag disparava mais três jatos de fogo líquido nele. Os sons que Leahy emitiu eram terríveis. Ele se retorcia, como uma imagem de cera negra ridícula, e ficou em silêncio.
Os outros dois homens ficaram ali, chocados.
— Montag!
Ele apontou a arma para eles.
— Virem-se!
Eles se viraram. Ele deu um golpe na cabeça deles com a arma. Não queria queimá-los também. Então virou o lança-chamas para o caminhão de bombeiros, acionou o gatilho e saiu correndo. O motor explodiu, centenas de galões de querosene gerando uma flor de calor.
Ele correu pela rua, entrando num beco, pensando, "seu fim chegou, Leahy, é o seu fim e o fim do que você representa".

Continuou correndo.

Lembrou-se dos livros e deu meia-volta.

— Você é um idiota, um grande de um imbecil, sem dúvidas um imbecil de marca maior — ele disse para si mesmo. — Seu idiota, você e seu temperamento terrível. Você arruinou tudo. Desde o começo, você arruinou. Mas essas mulheres, essas mulheres estúpidas, elas me levaram a fazer aquilo com as besteiras delas! — ele protestou mentalmente.

— Um idiota, ainda assim. Não sou melhor do que elas! Podemos salvar o que é possível ser salvo, faremos o que precisa ser feito.

Ele encontrou os livros onde os deixara, depois da cerca do jardim. Escutou vozes gritando na noite e viu os fachos de luz das lanternas sacudindo. Outros caminhões de incêndio uivavam à distância e chegavam carros de polícia.

O sr. Montag pegou o máximo de livros que conseguia carregar em cada braço, dez num lado, e saiu cambaleando pelo beco. Ainda não tinha entendido o choque que aquela noite tinha lhe provocado, mas de repente ele caiu e chorou, fraco. Suas pernas tinham cedido. À distância, ouviu passos correndo. Levante-se, disse a si mesmo. Não queria matar ninguém, nem mesmo Leahy, o assassinato não fazia nada além de matar uma parte de si ao ser cometido, e de repente ele viu Leahy outra vez, uma tocha aos gritos, e fechou os olhos e pôs seus dedos fuliginosos sobre o rosto úmido.

— Sinto muito, sinto muito.

Tudo ao mesmo tempo. Num período de 24 horas, queimar uma mulher, queimar livros, a ida à casa do professor, Leahy, Shakespeare, tentar memorizar, a areia e a peneira, o dinheiro do banco, a imprensa, o plano, a fúria, o alarme, a partida de Mildred, o incêndio, Leahy virando uma tocha. É muito para um dia na vida de uma pessoa. Muita coisa.

Pelo menos conseguiu voltar a se levantar, mas os livros estavam impossivelmente pesados. Ele cambaleou pelo beco e as vozes e ruídos desapareceram detrás dele. Andava na escuridão, ofegante.

— Você precisa se lembrar — ele disse. — Você precisa queimá-los ou eles queimarão você. Queime-os ou eles o queimarão.

A seis quadras de distância, o beco se abria para uma avenida larga e vazia, que parecia um anfiteatro de tão ampla, tão silenciosa, tão limpa, e ele, sozinho, correndo nela, fácil de ser visto, fácil de virar um alvo. Ele se escondeu nas sombras. Havia um posto de gasolina ali perto. Primeiro, precisava ir lá, limpar-se, pentear o cabelo, ficar apresentável. Então, com livros sob o braço, caminhar calmamente pelo boulevard amplo para chegar aonde estava indo.

— Mas aonde estou indo?

Ele não sabia.

LÁ ESTAVA O BOULEVARD AMPLO, um jogo que precisava vencer, e lá estava a vasta pista de boliche às duas da manhã, e ele sujo, seus pulmões parecendo vassouras em chamas no peito, sua boca seca de tanto correr, todo o chumbo do mundo derramado em seus pés vazios, e o posto de gasolina ali perto, como uma grande flor branca de metal aberta para a longa noite à frente.

A Lua tinha desaparecido e uma névoa viera abrigá-lo e afugentar os helicópteros da polícia. Ele os viu vagando indecisos, a um quilômetro de distância, como borboletas intrigadas pelo outono, morrendo com o inverno, e então pousaram, um a um, suavemente, nas ruas onde, transformados em carros policiais, gritavam pelo boulevard, prosseguindo na busca.

Pelos fundos, o sr. Montag entrou no banheiro masculino. Através da parede de latão, pôde ouvir uma voz berrando:

— Declararam guerra! Declararam guerra. Dez minutos atrás... Mas o ruído dele lavando as mãos, enxaguando o rosto e passando uma toalha cortou a voz do apresentador. Saía do lavabo um homem novo, mais limpo, menos suspeito, deixara as cinzas e a sujeira para trás, escoando pelo ralo. Sr. Montag voltou para seu monte de livros, pegou-os e caminhou da forma mais insuspeita possível, como um homem esperando um ônibus, no boulevard. Olhou para o norte e o sul. O boulevard estava limpo como uma máquina de pinball, mas, por baixo, era possível sentir a energia elétrica, a facilidade com que as pessoas que o procuravam podiam fazer piscar luzes azuis e vermelhas, do nada, rolando como uma bola prateada. A duas quadras de distância, havia alguns holofotes. Ele respirou fundo e continuou caminhando. Teria de se arriscar. Teria de atravessar cem metros a céu aberto, tempo bastante para um carro de polícia atropelá-lo.

Um carro se aproximava. Seus faróis saltaram e o pegaram no meio da caminhada a passos largos. Pisou em falso, agarrou-se melhor aos livros e se forçou a não correr. Tinha atravessado um terço do caminho. O motor grunhiu ao acelerar.

"A polícia!", pensou Montag. "Eles me viram. Cuidado, cuidado."

O carro vinha numa velocidade impressionante. A belos cento e cinquenta por hora. Sua buzina era estridente. Suas luzes enrubesciam o concreto e o calor delas parecia queimar as bochechas e pálpebras de Montag, fazendo o suor percorrer seu corpo.

Ele acelerou o passo e começou a correr. A buzina assoviava. O som do motor aumentava e aumentava. Ele corria. Largou um livro, hesitou, deixou-o ali e seguiu adiante, murmurando consigo mesmo, estava no meio da rua, o carro a cem metros dali, cada vez mais próximo, mais próximo, uivando, empurrando, ganindo, gemendo, a buzina congelada, ele correndo, suas pernas para cima e para baixo, seus olhos cegos pela luz quente que cintilava, a buzina mais próxima, chegando nele.

— Vão me atropelar, sabem quem eu sou, acabou tudo, acabou tudo! — disse Montag. Mas ele se agarrava aos livros e continuava correndo.

Ele tropeçou e caiu.

Isso o salvou. Um instante antes de atingi-lo, o carro selvagem e histérico fez um desvio, passou ao lado dele e partiu como uma bala. O sr. Montag ficou onde tinha caído. Fiapos de risada chegaram até ele junto com a fumaça azul do escapamento.

Não era a polícia, pensou sr. Montag.

Era um carro cheio de moleques do colégio, gritando, assoviando, rindo. E viram um homem, um pedestre, uma raridade, e disseram para si:

— Vamos pegá-lo!

Não sabiam que ele era um foragido, que era Montag. Tinham saído para uma noite de uivos e rugidos, percorrendo centenas de quilômetros em poucas horas sob a luz do luar, com seus rostos de gelo contra o vento, o cabelo esvoaçante.

— Teriam me matado — pensou Montag, deitado ali. — Por motivo algum. Teriam me matado.

Ele se levantou e caminhou, desequilibrado, rumo à calçada oposta. De alguma maneira, ele se lembrou de pegar os livros caídos. Olhou para eles em suas mãos, estranhando.

— Eu me pergunto — ele disse — se foram eles que mataram Clarisse. — Seus olhos se encheram d'água, ali parado. O que o salvou foi a autopreservação. Se ele tivesse permanecido com as costas eretas, o atingiriam como um dominó, e ele teria saído rolando. Mas o fato de ter caído levou o motorista a cogitar a possibilidade de que atropelar alguém quando se está a muito mais de cem quilômetros por hora capotaria o carro e todos morreriam.

Montag olhou para a avenida. A mais ou menos 800 metros, o carro cheio de moleques se virava e voltava, pegando velocidade. Montag correu para um beco e desapareceu antes que o carro retornasse.

A casa estava em silêncio.

O sr. Montag se aproximou pelos fundos, esgueirando-se pelo aroma de narcisos, rosas e grama úmida. Tocou a porta telada, viu que estava aberta, entrou sorrateiro, atravessou a varanda na ponta dos pés e, atrás do refrigerador, atrás de outra porta, na cozinha, largou cinco livros. Ele aguardou, ouvindo os ruídos da casa.

— Billett, você está dormindo aí em cima? — ele perguntou ao segundo andar, num sussurro. — Detesto fazer isso com você, mas você fez o mesmo com os outros, sem nunca perguntar, sem nunca se preocupar. Agora é sua casa, e você vai para a cadeia em breve, por todas as casas que você queimou e pessoas que matou.

O teto não deu resposta.

Silencioso, Montag saiu da casa e retornou ao beco. A casa ainda estava no escuro, ninguém o escutou entrar ou sair.

Andou tranquilamente pelo beco, virou na esquina e entrou numa farmácia 24 horas, onde se fechou numa cabine de orelhão e discou um número.

— Alô?

— Quero denunciar a posse ilegal de livros — disse.

A voz ficou afiada na outra ponta.

— Endereço?

— South Grove Glade, número 11.

— Quem é você?

— Um amigo, sem nome. Melhor vir logo antes que ele queime.

— Estamos indo, obrigado. — Click.

Montag saiu e caminhou pela rua. À distância, ouviu sirenes se aproximando, vindo queimar a casa do sr. Billett, com ele lá em cima, sem saber de nada, em sono profundo.

— Boa noite, sr. Billett — disse Montag.

UMA BATIDA NA PORTA.

— Professor Faber!

Outra batida e um longo silêncio. E então, de dentro, luzes se acendendo, enquanto o professor se levantava da cama, cortando os raios de selênio no seu quarto. Em toda a casa, as luzes piscavam, como olhos se abrindo.

O professor Faber abriu a porta.

— Quem é? — perguntou, pois mal se podia reconhecer o homem que estava ali. — Ah, Montag!

— Estou partindo — disse Montag, desabando numa poltrona.

— Fui um idiota.

Professor Faber ficou parado na porta meio minuto, ouvindo as sirenes distantes lamuriando como animais na manhã.

— Alguém andou ocupado.

— Deu certo.

— Pelo menos você foi idiota nas coisas certas. — Faber fechou a porta, voltou e serviu uma bebida para os dois. — Eu fiquei pensando no que tinha acontecido com você.

— Eu me atrasei. Mas o dinheiro está aqui. — Ele tirou-o do bolso e colocou-o sobre a mesa, então ficou ali sentado e deu um gole em sua bebida, cansado. — Como você se sente?

— Essa foi a primeira noite que caí direto no sono em anos — disse Faber. — Isso significa que devo estar fazendo a coisa certa. Acho que agora podemos confiar em mim. Eu não confiava.

— As pessoas nunca confiam em si mesmas, mas nunca deixam os outros saberem disso. Deve ser por isso que fazemos coisas radicais, para nos expormos numa posição da qual não ousamos retroceder. De forma inconsciente, temermos o risco de desistirmos, abandonarmos a luta, então fazemos algo idiota, como ler poesia para mulheres. — Ele riu de si mesmo. — Então acho que sou um foragido agora. Fica a seu cargo manter as coisas em movimento.

— Vou fazer meu melhor — Faber se sentou. — Conte-me o que você acabou de fazer.

— Escondi os livros em três casas, em lugares diferentes de cada casa, para não parecer que era planejado. Aí telefonei para os bombeiros.

Faber sacudiu a cabeça.

— Meu Deus, queria estar lá. Devem ter ardido em chamas!

— Sim, queimaram muito bem.

— E o que você vai fazer agora?

— Não sei. Manterei contato. Você pode me deixar livros para que eu use, de quando em quando, em lugares vazios. Ligo para você.

— É claro. Você quer dormir aqui por um tempo?

— Melhor eu ir, não quero que você vire cúmplice por me manter aqui.

— Só um instante. Vamos ouvir. — Faber gesticulou três vezes para o rádio e ele acendeu, com uma voz falando rapidamente.

— ... nesta noite. Montag escapou, mas será localizado. Cidadãos estão em alerta. Ele mede 1,77, pesa 77 kg, tem cabelo loiro-castanho, olhos azuis, porte saudável. Acaba de chegar a notícia de que o Sabujo Elétrico está sendo transportado para cá, vindo de Albany.

Montag e Faber se entreolharam, com as sobrancelhas arqueadas.

— ... vocês devem se lembrar das matérias a respeito dessa nova invenção, uma máquina tão sofisticada que pode seguir uma trilha, assim como os cães de caça fizeram por séculos. Mas essa máquina sempre encontra seu alvo sem problemas!

Montag largou a bebida. Estava lívido.

— A máquina funciona de forma automática, dependendo de uma célula de motor em miniatura, pesa cerca de 25 quilos e se move com a ajuda de sete rodas de borracha. A parte da frente dessa máquina parece um nariz que, na verdade, são mil narizes, tão sensíveis que podem distinguir entre dez mil comidas, cinco mil cheiros de flores e se lembrar do odor de identificação de quinze mil homens sem precisar ser reiniciado.

Faber começou a tremer. Olhou para sua casa, para a porta, a cadeira onde Montag estava sentado. Montag interpretou esse olhar. Ambos viram o rastro invisível de pegadas que conduziam a àquela casa, atravessando a sala, as impressões digitais na maçaneta, e o cheiro de seu corpo no ar e na cadeira.

— O Sabujo Elétrico está aterrissando agora, de helicóptero, na casa incendiada de Montag. Acompanhe tudo na TV!

E lá estava a casa incendiada, a multidão, e alguém coberto por uma lona, o sr. Leahy, sim, o sr. Leahy, e lá no alto do céu, tremulando, encontrava-se o helicóptero vermelho, pousando como uma flor grotesca enquanto a polícia afastava a multidão e o vento soprava os vestidos das mulheres.

O sr. Montag observou a cena com uma fascinação concreta, sem querer sair dali nunca mais. Se pudesse, ficaria ali sentado, confortável, e acompanharia a caça inteira, por todas suas fases, descendo becos e subindo ruas, atravessando avenidas vazias, com o céu clareando com o alvorecer, passando outros becos até casas queimadas, até chegar aquele lugar, aquela casa, com ele e Faber sentados ali, fumando distraídos, bebendo um bom vinho, enquanto o Sabujo Elétrico farejava trilhas, uivando, e parava do lado de fora da porta. Então, se quisesse, Montag se levantaria, iria até a porta, mantendo um olho na tela da TV, abriria e olharia para fora, e olharia para trás, e veria a ele mesmo parado ali, retratado na tela brilhante, de fora, um teatro que ele observava objetivamente, e que ele mesmo assistiria a si, por um instante antes de mergulhar no esquecimento, sendo morto para o benefício de uma plateia da televisão que já ficara milhares de vezes maior agora, pois as estações de TV ao redor do país provavelmente estavam bipando para acordar os espectadores para aquele Furo!

— Lá está ele — disse Faber.

Do helicóptero, desceu algo que não era uma máquina, nem um animal, nem vivo, nem morto, que apenas se movia. Brilhava com uma luz verde, como a fosforescência marítima, e presa nele havia uma coleira longa, e atrás tinha um homem, com roupas leves e fones de ouvido em sua cabeça raspada.

— Não posso ficar aqui — disse Montag, levantando-se, seus olhos ainda fixos na cena.

O Sabujo Elétrico avançou em direção às ruínas, e o homem correu atrás dele. Levaram um casaco. Montag reconheceu-o como seu, largado no quintal durante a fuga. O Sabujo Elétrico estudou-o de forma implacável. Medidores e registros clicaram e zuniram.

— Você não pode escapar. — Faber suspirou e se virou. — Ouvi falar do maldito Sabujo. Ninguém nunca escapou.

— Vou tentar mesmo assim. Sinto muito, professor.

— Por minha causa? Por essa casa? Não sinta. Lamento apenas que não tivemos tempo de fazer mais coisas.

— Aguarde um instante. — Montag avançou. — Não há motivos para você ser descoberto. Podemos apagar os rastros daqui. Primeiro a cadeira. Me dê uma faca.

Faber correu e trouxe uma faca. Com ela, Montag atacou a cadeira onde estava sentado. Despedaçou o estofado e o enfiou, pedaço a pedaço, no incinerador da parede.

— Agora, depois que eu for embora, rasgue o carpete que tem minhas pegadas, recorte-o, queime-o e deixe o chão exposto. Esfregue álcool nas maçanetas, e depois que eu partir, ligue o regador no máximo. Isso vai apagar qualquer rastro.

Faber cumprimentou-o vigorosamente.

— Obrigado, obrigado! Você não sabe o quanto isso significa para mim. Vou fazer de tudo para ajudá-lo no futuro. O plano pode prosseguir, se não queimarem minha casa.

— É claro. Faça o que disse. E mais uma coisa. Uma mala: encha-a com suas roupas sujas, quanto mais sujas melhor, algumas calças jeans, uma camisa, sapatos velhos e meias.

— Compreendo. — Faber voltou em um minuto com uma mala, que selaram com fita adesiva. — Para manter o odor dentro — disse Montag, sem fôlego. Ele derramou conhaque e uísque na mala. — Não quero que o Sabujo capte dois odores ao mesmo tempo. Quando eu chegar a uma distância segura, no rio, vou mudar de roupas.

— E de identidade. De Montag para Faber.

— Meu Deus, espero que funcione! Se suas roupas tiverem um cheiro forte o bastante, que parecem ter, posso ao menos confundir o Sabujo.

— Tentar, ao menos.

— Agora, chega de conversa. Vou nessa.

Cumprimentaram-se outra vez e olharam para a tela. O Sabujo Elétrico estava a caminho, seguido por unidades móveis de câmeras de TV, por becos e ruas vazias na madrugada, em silêncio, silêncio, farejando o grande vento noturno, em busca do sr. Leonard Montag, percorrendo a cidade para levá-lo à justiça.

— Vamos mostrar como são as coisas pro Sabujo — disse Montag.

— Boa sorte.

— Até mais.

E lá se foi ele, com passos leves, correndo com a mala. Atrás dele, ele via, sentia e ouvia o regador de grama saltar, preenchendo o ar escuro com umidade para apagar o cheiro de um homem chamado Montag. Pela janela dos fundos, a última coisa que viu foi Faber rasgando o carpete e enfiando-o no incinerador.

Montag corria.

E atrás dele, na cidade, corria o Sabujo Elétrico.

ELE PARAVA DE VEZ EM QUANDO, pela cidade, para observar as janelas pouco iluminadas das casas despertas. Vislumbrava a silhueta de pessoas diante de suas televisões, e lá nas telas sabia onde estava o Sabujo Elétrico, agora em Elm Terrace, agora na avenida Lincoln, agora na 34ª Avenida, agora subindo o beco em direção ao sr. Faber, agora na casa de Faber.

Montag prendeu a respiração.

E agora prosseguindo, deixando Faber para trás. Por um instante, a câmera de TV mostrou a casa de Faber, que estava no escuro. No jardim, a água aspergia suavemente no ar fresco.

O Sabujo Elétrico foi descendo o beco aos pulos.

— Durma bem, professor. — E Montag tinha desaparecido outra vez, correndo em direção ao rio distante.

Enquanto corria, colou o Dedal no ouvido e uma voz corria com ele a cada passo do caminho, com as batidas de seu coração e o som de seus sapatos no cascalho:

— Fiquem de olho no pedestre, cidadãos, fiquem de olho no pedestre. Qualquer pessoa nas calçadas ou na rua, caminhando ou correndo, é suspeita. Fiquem de olho no pedestre!

Como era simples, claro, numa cidade onde ninguém andava a pé. Procure, procure o Caminhante, o homem que testa suas pernas. Ainda bem que existem os bons becos escuros por onde homens podem caminhar ou correr em paz. Luzes de casas se acendiam por todo lado, luzes da varanda. Montag viu rostos observando as ruas ao passar por elas, faces ocultas pelas cortinas, pálidas, assustadas pela noite, como animais espreitando de dentro de suas cavernas elétricas, faces com olhos cinza e almas cinza, e apressou o passo, ofegante, deixando-os a seus afazeres, e no minuto seguinte chegou ao rio escuro em movimento.

O barco flutuou tranquilamente no longo silêncio do rio e seguia a correnteza em direção à cidade, sacudindo e sussurrando, enquanto ele se despia por completo na escuridão e jogava álcool puro no corpo, braços, pernas e rosto. Então vestiu as velhas roupas e sapatos de Faber. Se a estratégia funcionaria ou não, era impossível de saber. Podia haver um atraso enquanto faziam o Sabujo percorrer para cima e para baixo o rio no intuito de localizar onde um homem chamado Montag chegara à margem. Se o cheiro de Faber seria forte o suficiente, com o auxílio de álcool puro, para cobrir o odor típico de Montag, era outra questão. Ele precisava se lembrar de cobrir a boca com um pano ensopado em álcool depois de chegar em terra, as partículas da sua respiração podiam permanecer em uma nuvem invisível por horas depois de ter deixado o local.

Viu borboletas negras distantes no céu, três helicópteros de polícia sacudindo no ar, jogando grandes pernas de luzes amarelas com as quais caminhavam à frente do Sabujo Elétrico. Encontravam-se tão remotas quanto mariposas de outono, mas daqui a poucos minutos...? Ele não podia mais esperar. Estava logo abaixo da cidade agora, num lugar solitário cheio de ervas daninhas e antigos trilhos de trem. Remou o barco em direção à costa, derramou o resto de álcool em seu lenço, amarrou-o sobre o nariz e a boca, e saltou fora do barco quando este encostou brevemente na terra.

A correnteza levou o barco e suas roupas para longe, virando-se lentamente.

— Adeus ao sr. Montag — ele disse. — Olá, sr. Faber.

Correu pelo bosque enquanto o sol nascia.

ERA UMA PARTE ANTIGA DA CIDADE. Encontrou o caminho pelos trilhos de trem que não eram usados havia dezenas de anos, que tinham uma crosta de ferrugem marrom e grama não aparada. Ele ouviu seus pés se movendo na grama. Parou e conferiu se alguém o seguia, mas não havia nada.

A luz de uma fogueira brilhava à frente, e ao chegar mais perto da iluminação, notou meia dúzia de pessoas reunidas ao redor do fogo, com as mãos na direção das chamas, conversando em voz baixa. À distância, um trem passava pelos trilhos e desaparecia.

Montag esperou meia hora nas sombras. Então, uma voz o chamou.

— Certo, pode vir agora.

Ele se encolheu.

— Está tudo bem — disse a voz. — Você é bem-vindo.

Ele se permitiu avançar e caminhar rumo ao fogo, encarando os homens ali.

— Sente-se — disse o homem que parecia ser o líder do pequeno grupo. — Tome um pouco de café.

Montag observou a mistura fumegante escura ser despejada numa xícara quebradiça que lhe entregaram. Ele tomou um gole cauteloso e sentiu o líquido quente nos lábios.

— Obrigado.

— Imagina. Não precisamos saber quem você é ou de onde veio. Todos nos chamamos Smith. É assim que as coisas são.

— Uma boa maneira de ser. — Montag tomou outro gole e estremeceu.

— Tome isso — disse o homem, estendendo uma pequena garrafa.

— O que é isso?

— Tome. Seja lá quem você seja agora, daqui a poucas horas será outra pessoa. Isso mexe no sistema perspiratório. Muda o conteúdo do seu suor. Beba e fique aqui, senão terá que seguir adiante. Se há um Sabujo atrás de você, logo você se torna uma má companhia.

Montag hesitou e então bebeu. O fluido era pungente e amargo. Ficou enjoado por um instante, sentiu os olhos escurecerem e um rugido na cabeça. Mas logo passou.

— Agora sim. — O homem pegou de volta a garrafa vazia.

— Depois, se quiser, podemos fazer uma cirurgia plástica em seu rosto. Até lá, você precisa evitar ser visto.

— Como você sabia que podia confiar em mim?

O homem gesticulou para um pequeno rádio ao lado da fogueira.

— Estávamos escutando.
— Uma perseguição e tanto.
Aumentaram o volume do rádio.
— A busca agora desce pelo sul, acompanhando o rio. Na margem leste, helicópteros da polícia se reúnem na avenida 87 e no Parque de Elm Grove.
— Você está seguro — disse o estranho. — Estão fingindo. Você os despistou no rio, mas eles não querem admitir. Deve ter um milhão de pessoas ouvindo e assistindo àquele sabujo perseguindo você. Vão encontrá-lo em cinco minutos. Observe.
— Mas se eles estão a dezesseis quilômetros daqui, como podem...?
— Olhe.
Ele ligou a TV.
— Naquela rua, em algum lugar, deve ter um pobre coitado que saiu para uma caminhada matinal, talvez fumar um cigarro, numa boa. Vamos chamá-lo de Billings, Brown ou Baumgartner, mas a perseguição se aproxima dele a cada minuto. Ali! Veja!
Na tela, um homem virava a esquina. O Sabujo avançava, veloz, guinchando.
— Lá está Montag! — gritou a voz no rádio.
— Acabou a perseguição!
O homem inocente ficou ali parado, observando a multidão se aproximar. Tinha um cigarro pela metade na mão. Olhou o Sabujo e ficou boquiaberto, como se prestes a dizer algo, e então uma voz que parecia divina explodiu:
— Certo, Montag, não se mexa. Pegamos você, Montag!
Ao lado da fogueira silenciosa, com seis outros homens, Montag estava a dezesseis quilômetros de distância, com a luz da tela brilhando em seu rosto.

— Não fuja, Montag!
O homem se virou e partiu em disparada. A multidão rugiu. O Sabujo deu um salto.
— Pobre coitado.
Dezenas de tiros disparados. O homem caído.
— Montag morreu, a perseguição acabou. O criminoso recebeu o que merecia! — gritou o apresentador.
A câmera se inclinou para cima, para perto do morto. Logo antes de mostrar o rosto, no entanto, a tela ficou preta.
— Agora passamos para o quarto Sky do Hotel Lux, em Pittsburgh para meia hora de música dançante por...
O estranho desligou o som.
— Não podiam mostrar o rosto do homem, é claro. Melhor que todos pensem que foi Montag.
O homem estendeu a mão.
— Seja bem-vindo de volta do mundo dos mortos, sr. Montag.
Montag apertou a mão por um instante. O homem disse:
— Meu nome é Stewart, antigo ocupante da cátedra T.S. Eliot em Cambridge. Isso foi antes de a universidade ter se transformado numa faculdade de Engenharia Elétrica. Este senhor aqui é o dr. Simmons, da UCLA. Estou certo, Doutor?
Ele assentiu.
— Não pertenço a esse lugar — disse Montag. — Fui um idiota.
— A raiva nos torna idiotas, você só pode ficar irritado até certo ponto antes de explodir e fazer coisas erradas, e agora não há mais o que se fazer.
— Eu não deveria ter vindo aqui, posso ter colocado vocês em risco.
— Estamos acostumados. Também cometemos erros, ou não estaríamos aqui. Quando éramos indivíduos distantes, tudo o que tínhamos era raiva. Golpeei um bombeiro que tinha ido pedir

minha biblioteca em 2010. Precisei fugir. Sou um foragido desde então. E o dr. Simmons aqui...

— Comecei a citar Donne no meio de uma aula de Genética, uma tarde dessas. Está vendo? Todos fomos idiotas.

Olharam para a fogueira por um instante.

— Então, você quer se juntar a nós, sr. Montag?

— Sim.

— O que você tem a oferecer?

— Receio que apenas o Livro de Jó.

— O Livro de Jó bastará. Onde está?

— Aqui. — Montag tocou na cabeça.

— A-há! — disse Stewart.

Simmons sorriu.

— O QUE FOI? Isso é bom? — perguntou Montag.

— É mais do que bom, é perfeito. Sr. Montag, você chegou ao segredo de nossa organização. Livros vivos, sr. Montag, livros vivos. Dentro desse velho crânio, onde ninguém pode enxergar. — Ele se virou a Simmons. — Temos um Livro de Jó?

— Apenas um. Um homem chamado Harris em Youngtown.

— Sr. Montag. — O homem estendeu o braço e segurou com força o ombro de Montag. — Caminhe lentamente, com cuidado. Se algo acontecer com Harris, você é o Livro de Jó. Compreende como é importante?

— Isso me assusta muito. De início, eu não me lembrava, e então hoje à noite, no rio, de repente tudo voltou.

— Que bom. Muitas pessoas são rápidas nos estudos, mas não sabem disso. Algumas das criaturas mais simples de Deus têm uma habilidade chamada memória eidética, a capacidade de se lembrar de páginas inteiras com um só vislumbre. Não tem nada a ver com QI. Sem ofensa, sr. Montag. Isso varia. Você gostaria, algum dia, de ler *A República* de Platão?

— Sem dúvida.

Stewart gesticulou para um homem sentado num canto.

— Sr. Platão, por favor.

O homem começou a falar. Ele encarou o fogo, ociosamente, enchendo um cachimbo feito de espiga de milho, inconsciente das palavras que seus lábios despejavam. Falou por dois minutos, sem interrupções.

Stewart fez um gesto minúsculo com a mão e o homem parou.

— Uma memória perfeita, palavra a palavra. Toda palavra importa, toda palavra é de Platão — disse Stewart.

— E não entendo uma só palavra. Só repito. Fica a seu cargo entender — disse o homem que era Platão.

— Nada?

— Nada. Mas não consigo tirar isso de mim. Depois que entra, é como cola na garrafa, fica ali para sempre. O sr. Stewart diz que é importante, isso basta para mim.

— Somos amigos de longa data — disse Stewart. — Crescemos juntos. Nos encontramos faz uns anos naquela trilha, em algum lugar antes de Seattle, caminhando, eu fugindo dos bombeiros, ele, das cidades.

— Nunca gostei de cidades. Sempre achei que elas viravam donas dos homens, isso mesmo, que usavam os homens para continuarem funcionando, para manterem as máquinas azeitadas e limpas, então fui embora. Daí encontrei Stewart e ele descobriu que eu tinha essa memória eidética, como ele diz, e me deu um livro para ler, e então nós queimamos o livro para não sermos pegos com ele, e agora eu sou Platão, e é isso que eu sou.

— Ele também é Sócrates.

O homem fez uma reverência.

— E Schopenhauer.

O homem fez outra.

— E Nietzsche.

— Tudo em uma só garrafa — disse o homem. — Você acha que não tem espaço, mas consigo abrir minha mente como uma sanfona e tocá-la. Tem bastante espaço se você não tenta refletir sobre o que leu, é só quando se começa a pensar que fica, de repente, lotada. Não penso muito sobre nada, além de comer, dormir e viajar. Tem bastante espaço.

— Então cá estamos nós, Platão e seus confrades, neste homem. O sr. Simmons é, na verdade, sr. Donne, sr. Darwin e sr. Aristófanes. Esses outros senhores são Mateus, Lucas e João. Não nos falta senso de humor, apesar de vivermos nessa época melancólica, e eu sou trechos e pedaços de Byron, Shaw, Washington, Galileu, Da Vinci e Washington Irving. Um caleidoscópio. Pode me erguer na direção do sol e sacudir. E você é o sr. Jó, e em meia hora ou mais, uma guerra vai começar. Enquanto essas pessoas no formigueiro do outro lado do rio estavam caçando Montag, uma guerra estava a caminho. Amanhã, nesse mesmo horário, o mundo pertencerá a pequenas cidades verdes, e trilhos de trem enferrujados e homens levando suas gravatas para passear, que somos nós. As cidades vão virar cinzas, fuligem e fermento.

Disparou um alarme na televisão.

— Negociações finais foram feitas para uma conferência amanhã com os líderes do governo inimigo, também...

Stewart desligou-a.

— O que você acha, sr. Montag?

— É incrível. Difícil de acreditar. Eu estava cego, tentando fazer as coisas do meu jeito, plantando livros e chamando bombeiros.

— Você fez o que achava necessário. Mas, para nós, é melhor manter nosso conhecimento intacto, sem se empolgar ou enlouquecer, apenas aguardar até as máquinas virarem sucata, e então aparecer dizendo: aqui estamos, ficamos aguardando, e agora vocês recobraram o bom senso, homens civilizados, então talvez um livro seja bom para vocês.

— Quantos de vocês existem?

— Milhares nas estradas, nas ferrovias, mendigos do lado de fora, bibliotecas por dentro. Não foi algo planejado de fato, apenas foi crescendo. Cada pessoa tinha um livro que gostaria de memorizar. Fazia isso. Então descobrimos uns aos outros e montamos o plano. Alguns de nós moram em pequenas cidades pelo país. O primeiro capítulo de *Walden* está em Nantucket, o capítulo dois, em Rhode Island, o terceiro, em Waukesha, o quarto e o quinto, em Tucson, cada um de acordo com sua capacidade. Algumas pessoas memorizam bastante, outras, apenas algumas linhas.

— Os livros estão a salvo, então.

— Não podiam estar mais a salvo. Oras, tem um pequeno vilarejo de duzentas pessoas na Carolina do Norte, que bomba alguma vai atingir, que tem a versão completa das *Meditações*, de Marco Aurélio. É possível pegar as pessoas e quase folheá-las, uma página por pessoa. Pessoas que não sonhavam em ser vistas com um livro em mãos ficaram felizes de memorizar uma página. Você não podia ser pego com isso. E, quando a guerra acabar, e tivermos o tempo necessário, os livros serão reescritos, as pessoas serão chamadas uma a uma para recitar o que sabem, e serão impressos outra vez, até a chegada da próxima Idade das Trevas, quando talvez tenhamos de repetir tudo isso, pois o homem é uma criatura tola.

— O que faremos hoje à noite? — perguntou Montag.

— Aguardar. Só isso.
— Não precisamos mais — disse Simmons. — Olhem.
Mas enquanto ele dizia, já tinha acabado, a guerra.
Montag olhou para cima.

As BOMBAS COMEÇARAM A cair na cidade. Pairavam no céu como se alguém tivesse jogado um punhado de grãos de trigo do alto e eles se equilibrassem por um instante, entre os prédios e as estrelas, antes de voltar a cair. Destruíram os prédios, separaram janelas de portas, vigas dos barrotes, tetos das paredes, e pessoas dos tijolos, e então tornaram a reuni-los em uma pilha de poeira. O som veio depois.
— Não é curioso? — disse o sr. Bedloe, observando ao lado do fogo. — O homem surge, joga pedra, cimento e água num misturador de concreto, derrama e tem uma cidade, e então ele aparece com o maior misturador de concreto de todos os tempos e joga a cidade inteira dentro dele, e tudo o que resta é pedra, poeira e água, mais uma vez.
— Minha esposa está em algum lugar nessa cidade — falou Montag.
— Sinto muito.
A cidade tomou outro bombardeio. Agora queimava.
— Como eu ia dizendo — continuou o sr. Bedloe. — Tudo tem que ir abaixo. E está indo com rapidez. E aqui estamos nós, esperando terminar de desabar.
— Eu me pergunto se ela está bem — disse Montag.
— Seja lá onde for, agora ela está num lugar melhor — respondeu Bedloe. — Estar morto é melhor do que estar apagado, estar morto é melhor do que não estar consciente.

— Espero que ela esteja viva.
— Ela vai reclamar amanhã porque a televisão não está ligada. Não porque a cidade morreu, ou as pessoas, mas porque ela vai perder Zack Zack, o maior comediante de todos os tempos.

O bombardeio tinha terminado, ainda que as sementes continuassem a cair de um céu ventoso, ainda que caíssem com uma lentidão tenebrosa sobre a cidade onde as pessoas olhavam para o alto, para o destino que chegava até elas como a tampa de um caixão sendo fechado e se tornando, num instante depois, um pesadelo vermelho e poeirento, o bombardeio de todas as intenções e objetivos tinha acabado, pois, quando os jatos viram o alvo e alertaram o bombardeio a cinco mil quilômetros por hora, com a rapidez do sussurro de uma faca cruzando o céu, a guerra tinha acabado; depois que o gatilho foi disparado, depois que as bombas caíram, ela tinha acabado. Agora, em três segundos inteiros, que é todo o tempo da história, antes de as bombas caírem, os jatos inimigos tinham desaparecido do mundo visível, ao que parece, como balas nas quais um homem das cavernas não acreditaria, porque permanecem invisíveis, mas, ainda assim, o coração é atingido de repente, o corpo se divide, o sangue se surpreende com a liberdade, e o cérebro entrega todas suas memórias preciosas, e ainda intrigado, morre.

Não se pode acreditar nessa guerra. Foi um gesto. Foi um movimento de uma grande mão de metal sobre a cidade e uma voz dizendo:
— Desintegrar. Não deixem pedra sobre pedra. Pereçam. Morram.

Montag segurou as bombas no céu por um instante precioso, com sua mente e suas mãos.
— Corra! — ele gritou a Faber. Para Clarisse: — Corra, fuja, fuja!

Mas Faber não estava. Lá, nos vales profundos, o trem do alvorecer se deslocava de uma desolação a outra. Embora a desolação ainda não tivesse chegado, ainda estava no ar, era tão certeira quanto possível. Antes de o trem avançar cinquenta metros pelo trilho, seu destino teria perdido o sentido, seu ponto de partida, que antes era uma metrópole, agora era um quintal, e nessa metrópole, no meio segundo que restava, as bombas estavam talvez a cinco centímetros, cinco pequenos centímetros do hotel dela, e Montag podia ver Mildred, curvada em direção à televisão como se toda a fome de olhar encontrasse seu desconforto insone ali, curvada, ansiosa, nervosa, penetrando aquele mundo tubular, como se fosse uma bola de cristal, para enfim encontrar a felicidade. A primeira bomba explodiu. Talvez a estação de televisão tenha caído primeiro num apagão. Montag viu a tela ficar escura diante do rosto de Mildred e ela gritando, porque, no milionésimo de segundo restante, Mildred veria seu rosto refletido, esfomeado e solitário, num espelho, e não num cristal, e seria uma face tão selvagemente vazia que ela enfim a reconheceria, e encararia o teto, quase dando boas-vindas a ele, enquanto toda a estrutura do hotel desabava sobre ela e a carregava com toneladas e toneladas de tijolo, metal e pessoas, até o porão, onde seriam eliminadas dessa maneira nada razoável.

Quando Montag se deu conta, estava de cara contra o chão. A concussão fez o ar tremer para além do rio e derrubou os homens como dominós alinhados, soprados como o fogo da última vela, e fez com que as árvores se lamuriassem com uma grande voz enquanto o vento se movia ao sul. Montag ergueu a cabeça. Agora, era a cidade, e não as bombas, que estava no ar, tinham trocado de lugar. Por mais um desses instantes impossíveis, a cidade permaneceu, reconstruída e irreconhecível, mais alta do que nunca, mais alta do que tinha sido construída, erigida, enfim, nas últimas lufadas de poeira e centelhas de metal retorcido, numa cidade que não era tão diferente de um caleidoscópio ao ser sacudido por uma mão gigante, agora um padrão, depois outro, mas tudo formado de chamas, aço e pedra, uma porta onde devia haver uma janela, um teto no lugar de um piso, a lateral, e não os fundos, e então a cidade rolou e caiu morta. O som de sua morte só veio mais tarde.

— PRONTO — DISSE o estranho.

Os homens estavam caídos na grama como peixes fora d'água. Não se levantaram por um bom tempo, mas se agarraram à terra, como crianças se prendem a algo familiar, não importa quão frio ou morto esteja, não importa o que tenha acontecido ou vá acontecer, seus dedos estavam cravados no solo, e todos gritavam para manter suas orelhas em equilíbrio e abertas, e Montag gritava junto, um protesto contra o vento que os derrubava e fazia o nariz sangrar. Montag viu o sangue escorrer em direção à terra com tamanha abstração que tinha se esquecido da cidade.

O vento parou.

A cidade estava plana como se alguém tivesse pegado uma colherada de fermento e passado um dedo sobre ela, amaciando-a até ficar lisa.

Os homens não disseram nada. Ficaram deitados por um tempo, como pessoas que despertaram ao alvorecer e ainda não estavam prontas para se levantar e começar o dia, com todas suas obrigações, seus incêndios e comidas, seus milhares de detalhes de colocar um pé atrás do outro, uma mão depois da outra, suas entregas, funções e obsessões detalhistas. Piscaram com suas pálpebras ofuscadas. Era possível escutá-los respirando mais rápido, depois menos, e enfim com lentidão.

Montag se sentou, mas não se mexeu mais. Os outros homens fizeram o mesmo. O sol tocava o horizonte com uma ponta vermelha suave. O ar estava fresco e doce, e tinha cheiro de chuva. Em poucos minutos, teria o cheiro de poeira e ferro pulverizado, mas agora era algo doce.

Em silêncio, o líder do pequeno grupo se levantou, apalpou braços e pernas, tocou o rosto para ver se tudo estava no lugar e então avançou até o fogo apagado e curvou-se sobre ele. Montag observava. Riscando um fósforo, o homem o encostou num pedaço de papel, que enfiou sob uns gravetos secos e umas minúsculas tiras de palha, e depois de um tempo o fogo passou a atrair lenta e, desajeitadamente, os homens, e as labaredas coloriam seus rostos de rosa e amarelo, enquanto o sol subia lentamente para colorir suas costas.

Não houve som algum, além da conversa baixa e secreta de homens pela manhã, e a conversa era assim:

— Quantas fatias?

— Duas para cada.

O bacon era contado num papel de cera. A frigideira foi posta no fogo e largaram o bacon sobre ela. Depois de um instante, ele começou a tremular e dançar na frigideira, e a gordura que saltava preencheu o ar da manhã com seu aroma. Quebraram ovos sobre o bacon e os homens observaram esse ritual, como se o líder participasse, assim como eles, de uma religião do despertar cedo, algo que é feito há séculos, e Montag sentiu-se confortável entre eles, como se, durante a noite, as paredes de uma grande prisão tivessem se dissipado ao redor deles e aqueles homens voltassem a estar na terra, e apenas os pássaros cantavam de forma intermitente, quando lhes dava vontade, sem planejamento ou insistência.

— Aqui — disse o velho, tirando da frigideira quente o bacon e os ovos para cada um.

E então, sem olhar para cima, quebrando outros ovos na frigideira, o líder, lentamente, preocupado com o que dissera, relembrando as palavras, arredondando-as, mas cuidadoso com o preparo da comida, começou a recitar rimas e trechos, enquanto o dia ficava claro, como se tivessem botado mais pavio em uma lamparina, e Montag ouviu e todos olharam para os pratos de latão em mãos, esperando os ovos esfriarem, enquanto o líder começava a rotina, e os outros prosseguiam, aqui e acolá, e quando chegou a vez de Montag, ele também falou:

— "Os dias são como a grama..."
— "Ser ou não ser, eis a questão..."
O bacon crepitava.
— "Ela caminha, bela como a noite..."
— "Vejam como crescem os lírios dos campos..."
Os garfos se moviam na luz cor-de-rosa.
— "Não trabalham, nem tecem..."
O sol agora tinha aparecido por completo.
— "Ah, você se lembra da Doce Alice, Ben Bolt...?"
Montag sentiu-se bem.

O BOMBEIRO

Fogo, fogo, queimar livros

Os quatro homens estavam sentados em silêncio e jogavam *blackjack*, iluminados naquela manhã escura por uma luminária verde pendente. Apenas uma voz sussurrou do teto:

— Uma e trinta e cinco da manhã, madrugada de terça-feira, 4 de outubro, 2052 d.C... Uma e quarenta da manhã... uma e cinquenta...

O sr. Montag mantinha a postura ereta em meio aos outros bombeiros do quartel. Ele escutou o relógio de voz choramingar a hora fria e o ano frio, e estremeceu.

Os outros três ergueram os olhos.

— O que foi, Montag?

Um rádio murmurou em algum lugar:

— A guerra pode ser declarada a qualquer momento. Este país está pronto para defender o seu destino e...

O quartel de bombeiros tremelicou quando quinhentos aviões a jato cortaram aos berros o céu daquela manhã escura.

Os bombeiros saltaram em seus uniformes azul-carvão. Seus rostos rosados, azedos e de barbeado cinzento e seus cabelos de cores queimadas indicavam trinta e poucos anos. Atrás deles havia pilhas reluzentes de capacetes auxiliares. No andar abaixo, sobre a umidade do concreto, repousava o monstro de fogo, o dragão silencioso de cores niqueladas e alaranjadas, as mangueiras que pareciam jiboias, o bronze cintilante.

— Andei pensando a respeito do último trabalho — disse o sr. Montag.

— Não faça isso — disse Leahy, o chefe dos bombeiros.

— Aquele pobre homem, quando queimamos sua biblioteca. Como nos sentiríamos se os bombeiros queimassem as *nossas* casas e os *nossos* livros?

— Nós não temos livros.

— Mas se *tivéssemos*.

— Você *tem* algum?

— Não.

Montag olhou para além deles e fitou a parede e as listas digitadas com um milhão de livros proibidos. Os títulos se contraíam em meio ao fogo, queimando os anos sob o jugo de seu machado e sua mangueira de incêndio que não lançava água, mas... querosene!

— Sempre foi assim? — perguntou o sr. Montag. — O posto de bombeiros, nossas tarefas. Digo, me pergunto se antes, era uma vez...

— Era uma vez? — gralhou Leahy. — Que linguajar é *esse*?

"Idiota!", o sr. Montag bradou para si! Você vai acabar se entregando! O último incêndio. Um livro de contos de fadas. Ele tivera a ousadia de ler uma ou outra linha.

— Quer dizer — ele remendou depressa —, antigamente, antes que as casas tivessem total proteção contra o fogo, os bombeiros não iam até os incêndios para apagá-los, em vez de começá-los?

— Nunca ouvi nada disso. — Stoneman e Black pegaram seus livros de regras e abriram na página para que Montag, embora soubesse de cor a mensagem, pudesse ler:

1. ATENDA PRONTAMENTE AO ALARME.
2. COMECE O FOGO RAPIDAMENTE.
3. QUEIME TUDO.
4. REPORTE-SE IMEDIATAMENTE AO POSTO DOS BOMBEIROS.
5. FIQUE SEMPRE ALERTA A OUTROS ALARMES.

TODOS ENCARAVAM MONTAG.

Ele engoliu em seco.

— O que eles farão com aquele velho que capturamos com seus livros na noite passada?

— Vai para o hospício.

— Mas ele não era louco!

— Qualquer homem que se considera capaz de esconder livros de nós ou do governo é insano.

Leahy soprou uma grande nuvem sórdida de fumaça de charuto para fora da boca. Ele se reclinou.

O alarme soou.

O sino bateu duzentas vezes em uns poucos segundos. De repente três cadeiras estavam vazias. As cartas caíam pelo ar como neve. O mastro de bronze tremeu. Os homens haviam partido levando consigo seus chapéus. Montag continuava sentado. Abaixo dele, o dragão laranja voltou à vida, tossindo.

O sr. Montag deslizou pelo poste como um homem voltando de um sonho.

— Montag, você esqueceu o capacete!

Ele pegou o capacete e lá partiram, o vento noturno martelando o ruído de sua sirene e seu poderoso trovão de metal.

Era uma casa de três andares com a pintura descascando situada em uma parte antiga da cidade. Tinha ao menos cem anos de idade, mas, como todas as casas, havia recebido um fino invólucro plástico à prova de fogo cinquenta anos atrás, e essa camada preservativa parecia estar dando conta.

— Chegamos!

O motor parou com um estampido. Leahy, Stoneman e Black correram pela calçada; de um momento para o outro, aqueles homens vestindo capas pareceram gordos e detestáveis. Montag foi atrás deles.

Eles arrombaram a porta da frente e capturaram uma mulher que corria.

— Eu não machuquei ninguém! — ela gritou.

— Onde estão? — Leahy torceu o pulso dela.

— Você não acabaria com o prazer de uma velha senhora, né?

Stoneman sacou o cartão de alarme telefônico com uma reclamação assinada e uma duplicata fac-símile no verso.

— Chefe, aqui diz que os livros estão no sótão.

— Beleza, rapazes, vamos lá buscar!

Logo estavam numa escuridão bolorenta, dando machadadas para arrebentar portas que, no fim das contas, sequer estavam trancadas, invadindo os cômodos feito moleques entre gritos e deboches.

— Ei!

Uma fonte de livros deslizou sobre Montag enquanto ele subia balançando a escada íngreme. Livros bombardearam seus ombros, seu rosto pálido. Um livro se iluminou de forma quase obediente, como uma pomba branca, em suas mãos, as asas esvoaçantes. Sob a luz tênue e oscilante, uma página ficou aberta, e era como uma pena coberta de neve, as palavras pintadas com delicadeza sobre ela. Em meio à pressa e ao fervor, Montag só teve tempo de ler uma linha, mas ela ardeu em sua mente durante o minuto seguinte como se tivesse sido gravada por ferro em brasa.

Ele soltou o livro, mas outro caiu em sua mão quase no mesmo instante.

— Montag, sobe aqui!

Montag fechou a mão ao redor do livro, como uma armadilha, e esmagou-o contra o peito com uma devoção selvagem, uma insanidade impensada. Os homens jogavam para baixo, com pás, volumes literários no ar poeirento. Eles caíam no chão feito aves massacradas enquanto a mulher observava tudo como se fosse uma garotinha em meio a cadáveres.

— Montag!

Ele subiu até o sótão.

— Isso também passará.

— O quê? — Leahy o encarou.

Montag ficou paralisado, piscando.

— Eu *disse* alguma coisa?

— Não fique aí parado, seu idiota, mexa-se!

Os LIVROS REPOUSAM EM PILHAS como peixes deixados para secar.

— Lixo! Lixo! — Os homens dançavam sobre os livros. Os títulos reluziam seus olhos dourados, caindo, extintos.

— Querosene!

Eles bombearam o fluido gelado da cobra branca que haviam levado enroscada no andar de cima. Eles banharam cada livro e inundaram cômodos inteiros.

— Tá melhor que a casa do velho da noite de ontem, hein?

Não havia sido tão divertido. O velho morava num apartamento com outras pessoas. Lá eles foram obrigados a usar fogo controlado. Ali, eles podiam devastar a casa inteira. Eles correram até o andar de baixo, com Montag cambaleando atrás deles em meio à fumaça do querosene.

— Vamos, mulher!

— Meus livros — ela disse baixinho. Ela se ajoelhou entre eles para tocar o couro ensopado, para ler os títulos dourados com os dedos e não com os olhos, enquanto estes acusavam Montag.

— Vocês não podem tirar meus livros — protestou.

— Você conhece a lei — disse Leahy. — Nada disso faz qualquer sentido. Não tem dois livros iguais, eles não concordam entre si. Histórias sobre pessoas que jamais existiram. Vamos, agora.

— Não — ela disse.

— A casa inteira vai queimar.

— Eu não vou.

Os três homens caminharam, desajeitados, até a porta. Eles olharam de volta para Montag, que estava atrás, próximo à mulher.

— Vocês não vão deixar ela *aqui*, né? — ele protestou.

— Ela não quer vir.

— Mas ela tem que ir!

Leahy ergueu a mão. Ele segurava o detonador oculto que começaria o fogo.

— Precisamos voltar ao quartel. Além disso, ela nos custaria um julgamento, gastos, cadeia.

Montag passou uma mão pelo ombro da mulher.

— Você pode vir comigo.
— Não. — Ela olhou-o de fato, por um instante. — Mas obrigada, de qualquer forma.
— Vou contar até dez — disse Leahy. — Um, dois...
— Por favor — pediu Montag.
— Vai lá — respondeu a mulher.
— Três — disse Leahy.
— Venha. — Montag a puxou.
— Eu quero ficar aqui — ela respondeu baixinho.
— Quatro, cinco... — contou Leahy.

A mulher se desvencilhou. Montag escorregou em um livro oleoso e caiu. A mulher correu escada acima, parou na metade e ficou ali, com os livros a seus pés.

— Seis... sete... Montag — disse Leahy.

Montag não se moveu. Ele olhou porta afora para o homem com o rosto rosado, rosado, queimado e brilhante pelo excesso de incêndios, rosado pelos estímulos da noite, o rosto rosado do sr. Leahy com o detonador posicionado entre seus dedos rosados.

Montag sentiu o livro escondido junto a seu peito, acelerado.

— Peguem ele! — disse Leahy.

OS HOMENS ARRASTARAM MONTAG aos gritos para fora da casa.

Leahy recuou após sua passagem, deixando uma trilha de querosene na entrada da casa. Quando já estavam a uns trinta metros de distância, Montag ainda esperneava. Ele olhou furioso para trás. A mulher estava na porta de entrada: ela caminhara até ali para encará-los em silêncio, um silêncio que era uma condenação, e a mulher fitava fixamente os olhos do sr. Leahy.

Leahy contraiu os dedos para acender o combustível.

Era tarde demais. Montag arquejou.

Desde a porta, a mulher avançava raivosa na direção deles. Ela riscou um fósforo na madeira saturada. As pessoas saíram correndo de suas casas ao longo de toda a rua.

— QUEM É?
— Quem mais poderia ser? — disse no escuro o sr. Montag, enquanto se apoiava contra a porta fechada.

Sua esposa enfim disse:
— Bom, então acenda a luz.
— Não quero luz — ele disse.
— Venha para a cama.

Ele a escutou se remexer, impaciente. As molas rangeram.
— Você está bêbado?

Ele conseguiu sair de seu casaco e deixou-o cair no chão. Lançou as calças em um abismo e deixou que caíssem para sempre em meio à escuridão.

Sua esposa perguntou:
— O *que* você está fazendo?

Ele se equilibrou no espaço com o livro em sua mão gélida e suada.

Um minuto depois, ela disse:
— Não fique aí parado no meio do quarto.

Montag produziu um ruído baixo.
— O que foi? — ela perguntou.

Ele fez ruídos mais suaves. Tropeçou em direção à cama e enterrou desajeitadamente o livro debaixo do travesseiro frio. Caiu na cama e sua mulher gritou, alarmada. Ele ficou deitado longe dela. Ela falou com ele pelo que lhe pareceu um bom tempo e quando o marido não respondeu, limitando-se a fazer alguns grunhidos, ele sentiu a mão dela se aproximar de seu peito, de sua garganta, seu queixo. A mão da mulher afagou as bochechas dele. Ele percebeu que ela afastou a mão quando sentiu sua bochecha úmida.

Um bom tempo depois, quando finalmente deslizava para dentro do sono, ele a escutou dizer:

— Você está cheirando a querosene.

— Eu sempre cheiro a querosene — balbuciou.

Na madrugada, ele olhou para o lado em busca de Mildred. Ela estava acordada. Uma melodia dançava pelo quarto. Ela tinha um rádio-dedal encostado no ouvido, escutando, escutando pessoas longínquas de lugares longínquos, seus olhos escancarados fitavam o teto profundo da escuridão. Nos últimos dez anos ele a flagrara em muitas noites de olhos abertos, como uma mulher morta. Ela ficava assim deitada, ausente, por horas e horas, e então se levantava e ia ao banheiro sem produzir qualquer som. Dava para ouvir a água correndo, o tilintar do frasco de sedativos e Mildred engolindo, faminta, freneticamente, em seu sono. Ela estava acordada agora. Dentro de um minuto se levantaria e buscaria um barbitúrico.

"Mildred", ele pensou.

E de repente, ela pareceu tão estranha para ele que era como se ele nem a conhecesse. Ele estava na casa de outra pessoa, como nessas piadas que os homens escutam sobre cavaleiros, inebriados pela vida, que chegam em casa tarde da noite, destrancam a porta errada e entram no quarto errado. E, agora, eis Montag deitado em meio à noite estranha ao lado de um corpo não identificado que ele nunca vira antes.

— Millie? — ele chamou.

— O quê?

— Não queria assustar você. Só estava pensando, quando foi que nos conhecemos? E *onde?*
— Por quê? — ela perguntou.
— Digo, a primeira vez.
Ela franzia a testa na escuridão.
Ele esclareceu.
— O dia em que nos conhecemos, onde, quando?
— Ué, foi em...
Ela parou.
— Não sei.
Ele estava apavorado.
— Você não lembra?
Os dois se esforçaram.
— Faz tanto tempo.
— Só dez anos. Temos apenas trinta!
— Não precisa ficar tão agitado. Estou pensando! — Ela riu uma risada estranha. — Que engraçado, não lembrar nem onde nem quando você conheceu seu marido ou sua mulher!

Ele ficou deitado com os olhos apertados, pressionando, massageando a testa. De repente, saber onde ele havia conhecido Mildred se tornara a coisa mais importante de toda sua vida.

— Não importa. — Ela estava de pé, agora no banheiro. Ele escutou a água correndo, o som dela engolindo.

— Não, acho que não — ele disse.

E ele se perguntou: "Será que ela acaba de tomar vinte comprimidos, como fez um ano atrás, quando precisamos bombeá-los para fora de seu estômago, comigo gritando para mantê-la acordada, guiando seus passos, perguntando por que ela fizera aquilo, por que ela queria morrer, e ela me dizia que não sabia, ela não sabia, ela não sabia nada sobre nada!" Ela não pertencia a ele;

ele não pertencia a ela. Ela não conhecia a si própria, a ele, nem a ninguém; o mundo não precisava dela, e no hospital ele percebera que, se ela morresse ele não choraria, pois seria a morte de uma estranha, de um rosto na rua, um rosto no jornal, e de repente aquilo lhe parecera tão errado que ele começou a chorar, não pela ideia da morte, mas pela ideia de *não* chorar com sua morte, um homem vazio e bobo ao lado de uma mulher vazia enquanto os médicos a esvaziavam ainda mais. "E por que estamos vazios, solitários, e não apaixonados?", ele perguntara a si mesmo um ano atrás.

Eles nunca estiveram juntos. Sempre havia algo entre os dois, um rádio, uma televisão, um carro, um avião, um jogo, esgotamento nervoso ou, simplesmente, um pouco de fenobarbital. Eles não conheciam um ao outro; eles conheciam coisas, invenções. Ambos haviam aplaudido a ciência quando ela construíra uma bela estrutura de vidro, um milagre resplandecente de geringonças que pairavam sobre eles e, tarde demais, eles descobriram que aquilo era uma parede de vidro. Eles não podiam gritar para o outro lado da parede; podiam apenas realizar sua pantomima em silêncio, sem nunca se tocar ou escutar e mal vendo um ao outro.

Olhando para ela no hospital, ele pensara: será que importa se morremos ou vivemos?

Aquilo pode não ter sido o bastante, se as pessoas não tivessem se mudado para a casa ao lado com a filha.

Talvez esse tenha sido o início de sua consciência em relação ao seu trabalho, ao seu casamento, a sua vida.

UMA NOITE — ACONTECERA TANTO tempo atrás —, ele havia saído de casa para uma caminhada longa. À luz do luar, percebera que havia saído de casa para se afastar dos incômodos da televisão de sua esposa. Ele caminhava com as mãos nos bolsos, soprando o vapor de sua boca no ar frio.

— Sozinho. — Ele olhou para as avenidas à frente. — Por Deus, estou sozinho. Nenhum outro pedestre em um raio de quilômetros. — Caminhou com agilidade, rua após rua. — Ora, sou o único pedestre na cidade inteira! — As ruas estavam vazias, compridas e longas. À distância, nas artérias que cortavam a cidade, alguns carros se deslocavam na escuridão, mas nenhum outro homem se aventurava sobre o chão para testar o funcionamento de suas pernas. Na verdade, fazia tanto tempo que não usavam as calçadas que elas começaram a rachar e a ficarem ocultas pela relva.

Então caminhou sozinho, ciente de sua solidão, até que uma viatura da polícia encostou e projetou sua luz fria e branca sobre ele.

— O que você está fazendo? — gritou uma voz.

— Saí para dar uma volta.

— Saiu para dar uma volta, diz ele.

As risadas, o frio, a entrega precisa de seus documentos de identidade, o registro cuidadoso de seu endereço.

— Certo, senhor, agora pode dar sua *volta*.

Ele prosseguiu, batendo perna, torcendo a boca e as mãos, os olhos flamejando, segurando os ombros.

— A empáfia! A empáfia! Existe alguma lei contra pedestres?

A garota dobrou a esquina e caminhou em direção a ele.

— Opa, olá — ela disse, estendendo a mão. — Você é meu vizinho, não é?

— Sou? — respondeu ele.

Ela sorria em silêncio.

— Somos as únicas almas vivas, não é? — Ela apontou para as calçadas vazias. — A polícia também parou você?

— Caminhar agora é crime.

— Eles apontaram as luzes para mim, mas viram que eu era mulher...

Ela não tinha mais que dezesseis anos, estimou Montag. Seus olhos e cabelo eram escuros como amoras, e ela tinha uma palidez que não provinha de doença, mas de seu esplendor.

— Aí eles foram embora. Meu nome é Clarisse McClellan. E você é o sr. Montag, o bombeiro.

Caminharam juntos. E ela começou a falar pelos dois.

— Essa cidade mais parece um cemitério — disse a menina. — Gosto de caminhar só para manter meu direito de usar as calçadas.

Montag olhou para ela, e era verdade. A cidade parecia um cemitério escuro, cada casa mergulhada nas luzes de suas TVs, nenhum som ou movimento em lugar nenhum.

— VOCÊ JÁ REPAROU NA PRESSA de todos os carros? — ela perguntou. — Nas grandes avenidas nessa direção, dia e noite. Às vezes eu penso que eles não sabem o que são flores, o que é a grama, porque nunca passam devagar por elas. Se mostrassem a eles um borrão verde, ah sim, diriam, isso é grama. Ou um borrão rosa, sim, são rosas! — Ela riu sozinha. — E um borrão branco é uma casa. Borrões rápidos na cor marrom são vacas. Meu tio dirigiu devagar pela estrada uma vez. Levaram ele pra cadeia. Não é engraçado e, ao mesmo tempo, triste?

— Você pensa em muitas coisas, para uma garota — disse Montag, desconfortável.

— É porque eu tenho tempo para pensar. Eu nunca assisto à TV, nem vou a jogos, corridas ou parques de diversões. Então tenho muito tempo para pensar em coisas malucas. Acho que é isso. Você viu os outdoors de sessenta metros no interior? Bem, você sabia que uma época os outdoors tinham só oito metros? Mas os carros começaram a passar tão depressa que foi preciso esticar.

— Não sabia disso. — Montag riu abruptamente.

— Aposto que sei outra coisa que você não sabe.

— O quê?

— Tem orvalho na grama de manhã.

Ele não conseguia se lembrar disso, e de repente isso o assustou.

— E, se você olhar bem, há um homem na Lua.

Ele nunca havia olhado. Seu coração acelerou.

Andaram pelo resto do caminho em silêncio. Quando chegaram à casa dela, as luzes estavam todas acesas. Era a única casa, em uma cidade com milhões de casas, cujas luzes brilhavam acesas.

— O que está acontecendo? — Montag nunca havia visto tantas luzes em uma casa.

— Ah, meu pai, minha mãe e meu tio devem estar sentados, conversando. É como ser um pedestre, só que ainda mais raro.

— Mas do que vocês conversam?

Ela riu disso, deu boa noite e se foi.

Às três da manhã, ele saiu da cama e olhou pela janela. A Lua subia e havia um homem lá e, no amplo quintal, milhões de joias de orvalho reluziam e cintilavam.

— Caramba — ele disse, e voltou para cama.

ELE VIU CLARISSE MUITAS TARDES e passou a nutrir a esperança de vê-la, flagrou-se procurando-a sentada na grama verde, estudando as folhas do outono com um ar belo e casual, ou retornando de um bosque distante com flores silvestres amarelas, ou olhando para o céu, mesmo quando estava chovendo.

— Chuva é muito bom, né? — ela disse.
— Nunca reparei.
— Acredite em mim, *é* muito bom.
Ele sempre ria, constrangido. Se ria dela ou de si mesmo, não sabia ao certo.
— Acredito.
— Acredita mesmo? Você já cheirou folhas velhas? Elas não têm cheiro de canela? Olha.
— Veja só, é canela, sim!
Ela olhou para ele com seus nítidos olhos escuros.
— Meu Deus, você não sabe muito das coisas, hein?
Não foi um comentário maldoso, mas preocupado.
— Acho que ninguém sabe.
— Eu sei — ela disse baixinho — porque tenho tempo de olhar.
— Você não vai para a escola?
— Ah, não. Eles dizem que sou antissocial. Que não me misturo. E os valentões gritões andam em alta nos últimos tempos, sabe?
— Esses "últimos tempos" começaram faz tempo — observou o sr. Montag, que ficou um pouco chocado com a própria percepção.
— Então você reparou?
— Sim. Mas e os seus amigos?
— Não tenho. Supostamente, isso quer dizer que sou anormal. Mas eles sempre estão vidrados em suas TVs, ou correndo em seus carros, ou gritando ou batendo uns nos outros. Você já reparou como as pessoas andam machucando as outras?
— Você fala como uma idosa.
— Eu sou. Sabe, eu entendo de chuva. Isso me torna antiquada. Eles se matam entre si. Não costumava ser assim, né? Crianças matando umas às outras o tempo todo. Quatro amigos meus tomaram um tiro ano passado. Eu tenho medo *deles*.

— Talvez sempre tenha sido assim.

— Meu pai diz que o avô dele se lembrava de quando as crianças não se matavam, quando as crianças eram vistas, e não ouvidas. Mas isso foi há muito tempo, quando elas tinham disciplina e responsabilidade. Sabe, eu *sou* disciplinada. Eu apanho quando preciso, e tenho responsabilidade. Faço todas as compras e limpo a casa. À mão.

— E entende de chuva — disse o sr. Montag, com a chuva tamborilando em seu chapéu e seu casaco.

— Se você se inclinar para trás e abrir a boca, tem um gosto bom. Tenta.

Ele se inclinou e escancarou a boca.

— Olha só — ele disse —, é *vinho*.

Isso NÃO FOI O FIM. A garota havia conversado com ele em uma tarde clara e fizera com ele o teste do dente-de-leão.

— É para ver se você está apaixonado ou não.

Ela esfregou um dente-de-leão sob o queixo dele.

— Que pena! Você não está apaixonado por ninguém.

E então ele pensou: "Quando foi que deixei de amar Mildred?". E a resposta foi: nunca! Pois ele jamais a conhecera. Ela era um peixinho dourado pálido e triste que nadava pela iluminação subterrânea da sala de TV, seu habitat natural.

— Foi o dente-de-leão que você escolheu — protestou Montag.

— Não — disse Clarisse solenemente. — Você não está apaixonado. Não adianta pegar outro dente-de-leão. — Ela jogou a flor para longe. — Bom, tenho que ver meu psiquiatra. A escola me obriga. Para eu poder voltar à escola, ele tenta me deixar normal.

— Se isso acontecer, eu estrangulo ele!

— No momento ele está tentando descobrir por que eu saio da cidade e caminho pela floresta uma vez por dia. Você já caminhou na floresta? Não? É tão silencioso e bonito, e não há ninguém com pressa. Gosto de observar os pássaros e os insetos. Eles não têm pressa. Antes de ela deixá-lo para entrar na casa, olhou de repente para ele e disse:

— Sabe, sr. Montag, não acredito que você é bombeiro.

— Por que não?

— Porque você é tão legal. Se importa se eu fizer uma última pergunta?

— Não me importo.

— Por que você faz o que *faz*?

Mas, antes que eu pudesse entender o que ela queria dizer ou responder, a garota já havia corrido para longe, constrangida com a própria franqueza.

— O que ela quis dizer com por que eu faço o que faço? — ele costumava dizer a si mesmo. — Sou bombeiro, ué. Eu queimo livros. Era *disso* que ela estava falando?

Ele não viu mais Clarisse durante um mês. Ficava atento todos os dias para ver se ela aparecia, mas não comentou sua ausência com a esposa. Teve vontade de ir bater na porta dos pais dela, mas decidiu não fazê-lo; ele não queria que eles entendessem mal seu interesse pela garota. Mas, após trinta e seis dias se passarem, ele mencionou o nome de Clarisse.

— Ah, ela? — disse Mildred, com a música do rádio estremecendo os pratos da mesa. — Eita, você não sabia?

— Sabia o quê?

— Ela foi atropelada mês passado.

— Um mês! Mas por que ninguém me disse?

— Eu não disse? Acho que esqueci. É, um carro pegou ela.

— Descobriram de quem era o carro?
— Não. Sabe como são essas coisas. O que você quer de janta, bife congelado ou costeleta de porco?

Então, Clarisse estava morta. Não, ela tinha desaparecido! Pois, numa cidade grande, você não morre, apenas some. Ninguém sente a sua falta, ninguém vê você partir; sua morte é tão insignificante quanto a de uma borboleta que morre em segredo, presa na grade do para-choques de um carro em alta velocidade.

E, com a morte de Clarisse, metade do mundo morreu e a outra metade, naquele instante, revelara o que era de fato.

Ele enxergou o que Mildred era e sempre seria, o que ele era, mas não queria mais ser. E ele entendeu que não eram coisas separadas, as tentativas de suicídio de Millie, a adorável moça de pele escura com as flores e as folhas sendo arrastada para debaixo de um carro, eram uma coisa do mundo onde viviam, eram tudo parte do mundo, eram uma parte da média barulhenta, do esmagamento das pessoas em moldes elétricos. Eram o vácuo da civilização em suas rotações sem sentido por uma rotatória, para bater contra a própria traseira. Mildred tentava morrer e escapar do vazio, enquanto Clarisse esteve lutando contra o vazio com algo, ficando consciente em vez de ir esquecendo, caminhando em vez de ficar sentada, indo buscar a vida em vez de esperar que fosse levada até ela.

E a civilização a matou por seu esforço, não de propósito, mas com um senso de ironia, por nenhum motivo. Morta por um carro veloz pilotado por um idiota com um rosto genérico, indo a lugar algum, por motivo nenhum, e muito irritado por ter sido parado por 120 segundos enquanto a polícia investigava e o libertava para que ele retornasse a alguma base distante na qual precisava passar antes de voltar correndo para casa.

Montag sentiu que ganhava consciência aos poucos. Mildred, Clarisse. Os bombeiros. As crianças assassinas. A noite anterior, os livros do velho queimados e ele num hospício. Era tudo um pesadelo, do qual só outro pesadelo, menos horrível, poderia ser usado para escapar, e Clarisse morreu semanas atrás e ele não a vira morrer, o que tornava tudo mais cruel e, de certo modo, mais tolerável.

— Clarisse. Clarisse.

Montag ficou acordado a noite toda pensando, sentindo o cheiro de fumaça em suas mãos, no escuro.

ELE ACORDOU COM CALAFRIOS e febre de manhã.

— Você não pode estar doente — disse Mildred.

Ele fechou os olhos, sentindo o calor.

— Sim.

— Mas você estava bem ontem à noite.

— Não, não estava. — Montag ouviu o rádio na varanda.

Ela se inclinou sobre a cama, curiosa. Ele sentiu a presença dela ali; ele a via sem abrir os olhos, com seu cabelo queimado até virar uma palha, seus olhos com uma espécie de catarata mental, muito atrás das pupilas, invisível, mas da qual se suspeitava, e os lábios vermelhos e carnudos, o corpo magro como um louva-a-deus por causa da dieta, a sua carne parecendo leite desnatado. Ele não conseguia se lembrar dela sendo diferente.

— Pode me trazer uma água e um analgésico?

— Você precisa se levantar — ela disse. — É meio-dia. Você dormiu cinco horas a mais que o normal.

— Pode desligar o rádio?

— É o meu programa favorito.

— Pode desligar, por um homem doente?

— Vou abaixar.
Ela saiu do quarto e não mexeu no rádio. Ela voltou.
— Ficou melhor?
— Obrigado.
— É meu programa favorito — Mildred repetiu, como se já não tivesse dito isso mil vezes antes.
— E o analgésico?
— Você nunca ficou doente antes. — Ela se afastou de novo.
— Bom, agora estou doente. Não vou trabalhar hoje. Ligue para o Leahy por mim.
— Você agiu de um jeito estranho ontem — ela disse, voltando, cantarolando.
— Cadê o analgésico? — Montag perguntou, olhando para o copo d'água.
— Ah — ela entrou de novo no banheiro. — Aconteceu alguma coisa?
— Um incêndio, só isso.
— Tive uma boa noite — ela disse, no banheiro.
— Fazendo o quê?
— Televisão.
— O que estava passando?
— Programas.
— Quais programas?
— Alguns dos melhores de todos.
— Quais?
— Ah, você sabe, aqueles grandes.
— Sim, aqueles grandes, aqueles grandes, grandes, grandes.
— Ele pressionou seus olhos onde doíam e de repente o cheiro de querosene foi tão forte que ele vomitou.
Mildred voltou, cantarolando. Estava surpresa.

— Por que você fez isso?
Ele olhou com desgosto para o chão.
— Nós queimamos uma idosa junto com seus livros.
— Ainda bem que esse tapete é lavável. — Ela pegou um rodo e começou a limpá-lo, desajeitada. — Fui na Helen ontem à noite.
— O canal não pegava no seu aparelho?
— Claro que sim, mas é bom fazer uma visita.
— A Helen se recuperou da infecção na mão?
— Não notei.

ELA FOI PARA A SALA DE ESTAR. Ele a ouvia ao lado do rádio, cantando.
— Mildred — chamou.
Ela voltou, cantando, estalando os dedos.
— Você não vai me perguntar de ontem à noite? — ele disse.
— O que houve?
— Nós queimamos milhares de livros e uma mulher.
— Livros *proibidos*.
O rádio explodia na varanda.
— Sim — ele concordou. — Cópias de Platão, Sócrates e Marco Aurélio.
— Estrangeiros?
— Algo assim.
— Então, eram radicais?
— Não dá para todos os estrangeiros serem radicais.
— Se escreveram livros, eles eram. — Mildred fixou mexendo no telefone. — Você não espera que eu ligue para o sr. Leahy, espera?
— Você precisa ligar!
— Não grite.

— Eu não estou gritando! — ele berrou. Estava de pé na cama, furioso, com o rosto vermelho, tremendo. O rádio rugia no ar tenso.

— Não posso ligar. Não posso dizer que estou doente.

— Por quê?

— Porque...

Porque você está com medo, ele pensou, fingindo doença, com medo de ligar para Leahy, porque depois de um instante discutindo, a conversa logo ia para esse caminho:

— Sim, sr. Leahy, já me sinto melhor. Chego às dez.

— Você não está doente — ela disse.

Montag caiu de novo na cama. Apalpou embaixo do travesseiro, em busca do livro escondido. Ainda estava lá.

— Mildred, o que você acharia se eu... bem, saísse do trabalho por um período?

— Você quer largar tudo? Depois de todos esses anos de trabalho, só porque, uma noite, uma mulher e os livros dela...

— Você deveria ter visto ela, Millie!

— Ela não significa nada para mim. Ela não deveria estar com os livros. A responsabilidade era dela, ela deveria ter pensado nisso. Eu odeio ela. Ela deixou você assim e quando a gente perceber, você estará na rua, sem emprego, sem casa, sem nada.

— Você não estava lá, você não viu — ele disse. — Deve ter algo nos livros, mundos inteiros sobre os quais nem sonhamos, para fazer uma mulher ficar numa casa em chamas, deve ter algo bom ali, você não fica assim por nada.

— Ela era uma simplória.

— Ela era tão racional quanto eu ou você, e nós a *queimamos*!

— Isso são águas passadas.

— Não, nada de água, Millie, fogo. Já viu uma casa queimada? Fica dias fumegando. Bom, esse incêndio vai me custar meio século. Meu Deus, eu fiquei tentando apagá-lo a noite toda, e enlouqueci na tentativa!

— Você deveria ter pensado nisso antes de virar bombeiro.

— PENSADO! — ELE DISSE. — Por acaso tive escolha? Cresci aprendendo que a melhor coisa do mundo é *não* ler. A melhor coisa é rádio, TV, jogos de futebol, uma casa que eu não consigo pagar. Meu Deus, só agora me dei conta do que foi que eu fiz. Meu pai e meu avô eram bombeiros. Segui-os, sonâmbulo.

O rádio tocava uma música dançante.

— Fiquei matando o cérebro do mundo por dez anos, jogando querosene nele. Meu Deus, Millie, um livro é um cérebro, não foi só a mulher que matamos, ou outras pessoas como ela, nesses anos todos, mas os pensamentos que queimei e nunca soube disso.

Ele saiu da cama.

— Um homem passou a vida toda dedicado a colocar seus pensamentos no papel, cuidando de toda a beleza e bondade na vida, e então nós chegamos e em dois minutos, jogamos aquilo no incinerador!

— Me deixe em paz — disse Mildred.

— Deixar *você* em paz! — Ele quase gritou de tanto rir. — Deixar você em paz é fácil, mas como eu *me* deixo em paz? Isso que está errado. Não precisamos ser deixados em paz. Precisamos ser incomodados, de vez em quando, ao menos. Ninguém mais incomoda ninguém. Ninguém pensa. O que você teria se deixasse um bebê em paz por vinte anos? Um selvagem, incapaz de pensar ou falar... como nós!

Mildred espiou pela janela.

— Veja o que você fez, olhe só quem chegou.

— Não estou nem aí. — Estava se sentindo melhor, embora não soubesse o motivo.

— É o sr. Leahy.

Sua exaltação foi drenada. O sr. Montag desabou.

— Vá abrir a porta — ele disse, enfim. — Diga a ele que estou doente.

— Diga você mesmo.

Ele se certificou de que o livro terrível estava escondido debaixo do travesseiro, deitou na cama e ficou, trêmulo, em uma posição confortável, quando a porta se abriu e o sr. Leahy entrou, com as mãos no bolso.

— Desligue o rádio — disse Leahy, distraído.

Desta vez, Mildred obedeceu.

O sr. Leahy se sentou numa poltrona confortável com uma expressão serena em seu rosto rosado. Não olhou para o sr. Montag.

— Pensei em dar uma passada para ver como está o doente.

— Do jeito que você imagina!

— Ah. — Leahy abriu seu sorriso cor-de-rosa e deu de ombros. — Tenho experiência nisso. Já vi de tudo. Você ia me ligar para dizer que precisa tirar um dia de folga.

— Sim.

— BOM, TIRE UM DIA DE FOLGA — disse Leahy, olhando para suas mãos. Ele carregava um fósforo eterno com ele em uma caixa que dizia: *Garantido: é possível acender um milhão de cigarros com esse fósforo*. Continuou batendo distraidamente na caixa enquanto falava. — Tire um dia. Tire dois. Mas *nunca* tire três. — Ele raspou o fósforo, olhou para as chamas e soprou-as. — Quando você estará melhor?

— Amanhã, depois de amanhã, no primeiro dia da semana.
— Estávamos falando de você. — Leahy pôs um charuto na boca. — Todo homem passa por isso. Só precisa compreender. Precisa ouvir como funcionam as engrenagens, a história da nossa profissão. Não contam mais aos novatos. Só os chefes se lembram disso agora. Vou contar para você. — Ele acendeu o charuto, divertindo-se. Mildred estava irrequieta.

— Você se pergunta da queima dos livros, por que, como e quando. — Leahy exalou uma grande nuvem cinza de fumaça.

— Talvez.

— Começou por volta da Guerra Civil, eu diria. Descobriram a fotografia. Gráficas rápidas. Filmes no começo do século XX. Rádio. Televisão. As coisas começaram a ganhar massa, Montag, massa.

— Entendo.

— E porque tinham massa, tornaram-se mais simples. E chegamos aos livros. Algum dia, eram atraentes a várias pessoas aqui e acolá. Podiam se dar ao luxo de serem diferentes. Tinha espaço no mundo. Mas aí o mundo ficou cheio de massa e ombros. E coisas para milhões de pessoas precisavam ser simples. Está acompanhando meu raciocínio?

— Acho que sim.

Leahy olhou através do véu de fumaça, não para Montag, mas para aquilo que descrevia.

— Imagine. O homem do século XIX, com seus cavalos, livros e ócio. Podemos chamá-lo de Homem em Câmera Lenta. Então, no século XX, você acelera a câmera.

— Uma boa analogia.

— Esplêndida. Os livros ficam mais curtos. Surgem versões condensadas. Tabloides. Os programas de rádio ficam mais simples. Tudo foi se sublimando para cair na piada, no fim-surpresa.

— Fim-surpresa. — Mildred assentiu, aprovando aqui. — Você devia ter ouvido ontem à noite...

— Grandes clássicos foram cortados para caber num programa de quinze minutos, e depois uma coluna de livros de dois minutos, depois um resumo de duas linhas. As revistas viraram livros ilustrados! Saiu-se da creche para a faculdade, e voltou-se para a creche, em poucos séculos!

MILDRED LEVANTOU-SE. Estava perdendo o fio da meada, e quando isso acontecia, ela ficava mexendo nas coisas. Ela caminhou pelo quarto, limpando-o.

— Cada vez mais rápido o filme, sr. Montag! *Rápido, clique, foto, olhar, olho, agora!* Flick, flash, aqui, lá, rápido, cima, baixo, por quê, como, quem, hein? Sr. Montag, resumo dos resumos, questões políticas em uma coluna, uma frase, uma manchete, e então, desaparecem! A mente do homem, girando tão depressa sob as mãos de editores, exploradores, apresentadores que bombeiam e centrifugam todas as ideias! Ele é incapaz de se concentrar.

Mildred alisava a cama agora. Montag sentiu pânico quando ela se aproximou do travesseiro para endireitá-lo. Em um instante, com uma inocência sublime, ela iria puxar o livro e exibi-lo como se fosse um réptil!

Leahy soprou uma cumulus de fumaça de charuto para o teto.

— A escola foi abreviada, a disciplina relaxou, limaram a Filosofia, História e o ensino de línguas, de inglês, de soletracão. A vida é imediata. O que importa é o trabalho. Por que aprender algo além de como usar suas mãos, apertar um botão, puxar uma alavanca, encaixar um parafuso?

— Deixe-me ajeitar seu travesseiro — falou Mildred, sorrindo.

— Não — sussurrou Montag.
— O botão foi substituído pelo zíper. Por acaso o homem tem tempo de pensar enquanto se veste, um tempo filosófico, de manhã?
— Não — disse Montag, automaticamente.
Mildred puxou o travesseiro.
— Saia daqui — disse Montag.
— A vida vira uma grande escorregada na casca de banana, sr. Montag. Acabou a sutileza, tudo é bang, pof e uau!
— Uau — disse Mildred, puxando a ponta do travesseiro.
— Pelo amor de Deus, me deixe em paz — falou Montag, loquaz.
Leahy o encarou.
A mão de Mildred estava congelada atrás do travesseiro. A mão dela estava no livro, seu rosto estava chocado, sua boca abria para fazer uma pergunta.
— Os cinemas estão vazios, sr. Montag, foram substituídos pela televisão, o baseball, os esportes, em que ninguém precisa pensar nada, nada, nada.
Agora Leahy estava quase invisível, era uma voz em algum lugar atrás de uma tela de fumaça de charuto.
— O que é isso? — disse Mildred, quase com prazer. Montag esmagou a mão dela com as costas. — O que você está escondendo aí?
— Vai se sentar! — ele gritou com ela. Mildred se afastou, de mãos vazias. — Estamos conversando!

LEAHY CONTINUOU, TRANQUILO.
— Desenhos por todo o lugar. Livros viraram desenhos. E a mente bebe cada vez menos. Impaciência. Impaciência nervosa. Tempo de sobra. Falta de trabalho. Estradas sempre cheias de

multidões indo para algum lugar, qualquer lugar, nenhum lugar. Os refúgios da gasolina, cidades virando quase apenas hotéis. E as pessoas em vastos movimentos nômades, de uma cidade a outra, impacientes, seguindo as fases da lua, vivendo a noite de hoje num quarto onde você dormiu ontem e eu, anteontem.

Mildred foi para o outro quarto e bateu a porta. Ligou o rádio.

— Prossiga — disse Montag.

— Escritores inteligentes desistiram de tudo, repugnados. Revistas eram tapioca de baunilha. O comprador de livro, entediado pela monotonia, seu cérebro girando, parou de comprar. Todos, tirando os editores de gibis, tiveram uma morte editorial lenta. E foi isso. Não ponha a culpa no governo. Foi a tecnologia, a exploração em massa e a censura de funcionários assustados. Hoje, graças a eles, você pode ler gibis, confissões e planilhas de economia. Todo o resto é perigoso.

— Mas por que os bombeiros...? — perguntou Montag.

— Ah! — disse Leahy, inclinando-se sobre as nuvens de fumaça para terminar. — Com as escolas formando pessoas para produzir, no lugar de pessoas que pensam, os não leitores, naturalmente ignorantes, passaram a odiar e temer os livros. Você sempre teme algo desconhecido. "Intelectual" virou um insulto. Livros eram coisas de gente esnobe. O pequeno homem quer que eu e você sejamos como ele. Nem todo mundo nasce livre e igual, como diz a Constituição, mas todo mundo se *torna* igual. Um livro é uma arma carregada na casa ao lado. Queime-o. Tire o poder da arma. Feche a mente dos homens. Sabe-se lá quem pode ser o alvo de um homem com muitas leituras? Então, quando as casas todas ficaram à prova de fogo, e não precisavam mais de bombeiros para proteção, nós recebemos um novo trabalho, como censores, juízes, carrascos. Você, sr. Montag, e eu.

Leahy se levantou.

— Chegou a hora de eu ir embora.

Montag se recostou na cama.

— Obrigado por explicar.

— Você precisa entender que nossa civilização, por ser tão grande, não pode ter minorias agitadas e irritadas. As pessoas precisam estar contentes. Os livros as inquietam. Pessoas de cor que não gostavam de *Little Black Sambo** e estavam infelizes. Então queimamos *Little Black Sambo*. Os brancos que leram *A cabana do pai Tomás*** ficaram infelizes. Queimamos esse também. Tudo pela serenidade.

Leahy apertou a mão mole de Montag.

— Ah, mais uma coisa. Na carreira de todo bombeiro, alguma vez ele fica curioso. "O que os livros dizem?", ele se questiona. É uma boa pergunta. Não dizem nada, sr. Montag, nada em que você possa tocar ou acreditar. Tratam de pessoas que nunca existiram. Criações da mente. Não dá para confiar. Mas, seja como for, um bombeiro "pega" um livro num incêndio, quase por "acidente". Um erro natural.

— Natural.

— Nós permitimos. Deixamos que ele fique com o livro por 24 horas. Se ele não o queimar até esse prazo, nós mesmos o queimamos.

— Compreendo — disse Montag. Sua garganta estava seca.

— Você estará no trabalho amanhã às seis?

— Não — disse Montag.

— O quê?

Montag fechou os olhos.

---

* Livro infantil da escocesa Helen Bannerman de 1899 que gerou controvérsia no século XX por sua representação racista do protagonista. (N.T.)
** Romance abolicionista de 1852 sobre a escravidão nos EUA, de Harriet Beecher Stowe. (N.T.)

— Vou chegar mais tarde, talvez.
— Faça isso.
— Nunca mais vou aparecer! — gritou Montag, mas apenas dentro da própria cabeça.
— Melhoras.
Leahy saiu, com um rastro de fumaça.

MONTAG OBSERVOU PELA JANELA da frente enquanto Leahy saía dirigindo seu carro reluzente, da cor do último incêndio que provocaram.
Mildred ligou a televisão para o programa da tarde e olhava para a tela de sombras.
Montag pigarreou, mas ela não olhou para ele.
— É um passo — falou Montag — entre não ir trabalhar hoje e não ir amanhã, e deixar de ir por um ano.
— Você vai trabalhar hoje à noite, não?
— Vou fazer mais do que isso — ele respondeu. — Vou começar a matar pessoas e pirar e comprar livros!
— Revolução de um homem só? — ela disse, com suavidade, virando-se para olhar para ele. — Vão botar você na cadeia.
— Não me parece má ideia. As melhores pessoas estão lá.
Ele vestiu suas roupas, furioso, caminhando pelo quarto.
— Mas vou matar algumas pessoas antes de me prenderem. Aquele Leahy é um grande imbecil. Você *ouviu* o que ele disse? Ele sabe todas as respostas, mas não faz nada quanto a isso!
— Não quero ter nada a ver com essa besteira — ela disse.
— Não? — ele falou. — Essa é sua casa, assim como é a minha, não?
— Sim.

— Então eu tenho algo para mostrar, algo que escondi e nunca mais olhei no ano passado, tudo isso sem saber o motivo pelo qual escondi e nunca falei para você.

Ele arrastou uma cadeira até a sala, subiu nela e abriu a tampa da ventilação. Com a mão, começou a jogar, aos pés dela, vários livros, pequenos, grandes, vermelhos, amarelos, verdes, de capa preta, vinte, trinta, cinquenta, um a um, rapidamente.

— Aí estão!
— Leonard Montag! Você *não fez isso*!
— Quer dizer que você não está comigo nessa? Você está envolvida nisso até o pescoço.

Ela se afastou, como se estivesse cercada por ratos terríveis. Seu rosto estava pálido, seus olhos se esbugalharam e ela respirava como se alguém tivesse dado um soco em seu estômago.

— Vão queimar nossa casa. Vão nos matar.
— Eles que tentem fazer isso!

Ela hesitou, e então, uivando, pegou um livro e correu em direção à lareira.

Ele a segurou.

— Ah, não, Millie, não. Nunca toque nesses livros. Nunca. Ou, se você tocar em um só com planos de queimar, pode acreditar em mim, Millie, eu vou matar você.

— Leonard Montag! Você *não faria isso*!

ELE A SACUDIU.

— Escute — Montag implorou, olhando o rosto dela. Ele a segurou firme pelos ombros, enquanto o rosto dela sacudia, desamparado, e lágrimas caíam de seus olhos. — Você precisa me ajudar — disse, lentamente, tentando encontrar uma maneira de entrar no raciocínio dela. — Você está comigo nessa, queira ou não. Nunca pedi nada a você minha vida toda, mas agora eu peço, eu imploro. Precisamos começar por algum lugar. Vamos ler livros. É uma coisa que não fizemos e precisamos fazer. Temos de saber do que tratam esses livros para poder contar aos outros e para que assim, pouco a pouco, possam dizer a todos. Agora se sente, Millie, ali, bem aí. Vou ajudar você, nós vamos nos ajudar. Entre nós, faremos algo que vai destruir homens como Leahy, Stoneman, Black e eu mesmo, e esse mundo onde a gente vive, e reconstruir tudo de um modo diferente. Está me *ouvindo*?

— Sim. — O corpo dela amolecia.

Tocou a campainha.

Os dois se sacudiram, olhando para a porta e os livros jogados aos montes.

— Leahy!

— Não pode ser ele!

— Ele voltou! — soluçou Mildred.

A campainha soou outra vez.

— Deixe-o ali, parado. Não vamos atender. — Montag pegou um livro do chão, sem olhar qual, qualquer livro, qualquer começo, qualquer início, qualquer beleza serviria. Colocou o livro nas mãos trêmulas de Mildred.

A campainha tocou pela terceira vez, insistente.

— Leia. — Ele apontou, tremendo, para uma página. — Em voz alta.

Os olhos de Mildred estavam fixos na porta, e a campainha tocou de forma furiosa e barulhenta, repetidas vezes.

— Ele vai entrar — ela disse. — Ai meu Deus, e botar fogo em tudo, em nós.

Mas enfim ela encontrou o verso, com Montag a seu lado, sacudindo, qualquer verso do livro, e depois de tentar quatro vezes, ela começou a pronunciar as palavras de um poema impresso num papel branco, não queimado.

"E a tarde desaparece e não há mais
A luz pálida atravessando a terra..."*

Soou a campainha.

"Nem a luz comprida sobre o mar:
E o rosto para baixo ao sol..."

Outro toque.
Montag sussurrou:
— Ele vai embora em breve.
Os lábios de Mildred tremiam:

"Sentir como era rápido e secreto
A sombra da noite que surge..."

Perto do teto, ainda restava fumaça do charuto de Leahy.

A PENEIRA E A AREIA

LERAM DURANTE TODA A LONGA TARDE, enquanto o fogo crepitava e aquecia o lar, e a chuva de outubro caía do céu sobre a casa estranhamente tranquila. De vez em quando, sr. Montag silencio-

---

* Citação de "You, Andrew Marvell", de Archibald Macleish. (N.T.)

samente caminhava pela sala, ou buscava uma cerveja gelada e a bebia tranquilo, ou dizia:

— Pode reler essa parte? É uma ideia e tanto, não?

A voz de Mildred, tão insossa quanto uma garrafa de cerveja que contém um belo vinho sem o saber, prosseguiu guardando as palavras num vidro ordinário, derramando belezas com uma boca frouxa, enquanto seus olhos pardacentos se moviam pelas palavras e mais palavras, e a chuva caía, e as horas passavam.

Leram um homem chamado Shakespeare, outro chamado Poe e um livro de um homem chamado Mateus e de outro chamado Marcos. Em certo momento, Mildred olhou, temerosa, para a janela.

— Prossiga — disse sr. Montag.

— Alguém pode estar vigiando. Podia ter sido o sr. Leahy tocando a campainha antes.

— Seja lá quem tenha sido, já foi embora. Releia a última parte, quero refletir sobre isso.

Ela leu as obras de Jefferson e Lincoln.

Quando deu cinco da tarde, suas mãos caíram para o lado.

— Estou cansada. Posso parar agora? — A voz dela estava rouca.

— Como fui insensível — ele disse, pegando o livro. — Mas não são belas as palavras, Millie? E os pensamentos, como são empolgantes!

— Não entendo nada disso.

— Mas com certeza...

— São só palavras — ela disse.

— Mas você se lembra de parte delas.

— Nada.

— Você vai conseguir. É difícil no começo.

— Não gosto de livros — ela disse — não entendo eles, estão acima de mim, são para professores e radicais, e eu não quero mais ler. Por favor, prometa que você não vai me forçar!

— Mildred!
— Tenho medo — ela disse, colocando o rosto entre as mãos trêmulas. — Fico apavorada com essas ideias, com o sr. Leahy, e de ter esses livros em casa. Vão queimar nossos livros e nos matar. Agora, sou eu quem está doente.
— Sinto muito — ele disse, enfim, suspirando. — Atormentei você, hein? Estou lá na frente, tentando arrastá-la comigo, quando eu deveria estar andando a seu lado, a um passo de distância. Espero demais de você. Precisaremos de meses para que você esteja com a mentalidade necessária para receber as ideias contidas nesses livros. Não é justo da minha parte. Certo, você não vai mais precisar ler.
— Obrigada.
— Mas vai ter que *ouvir*. Vou explicar. E um dia, você entenderá por que esses livros são bons.
— Nunca vou aprender.
— Você precisa aprender, se quiser ser livre.
— Já sou livre, não poderia ser ainda mais livre.
— Você não pode ser livre se não está consciente.
— Por que você quer arruinar nossa vida com isso? — ela perguntou.
— Escute — ele disse.

ELA OUVIA.
Bombardeiros a jato cruzavam o céu sobre a casa deles.
Esses rápidos arquejos nos céus, como se um gigante correndo ofegasse. Esses assovios agudos, quase silenciosos, que passavam e sumiam em um instante, a ponto de a pessoa pensar que não tinha ouvido nada. E não ver nada no céu, caso você de

fato procurasse, era pior do que ver algo. Havia uma sensação de que um ventilador imenso e invisível rodava uma haste hostil depois da outra nas estrelas, com murmúrios gigantescos, sem movimento, talvez apenas um tremular da luz de uma estrela. Toda noite, toda noite da vida deles, escutaram esses barulhos de jato e não viram nada, até, como o tique-taque de um relógio ou de uma bomba-relógio, passaram a ficar despercebidos, pois era o som de hoje e o som de hoje morrendo, a respiração com apneia da civilização.

— Quero saber como e por que estamos onde estamos — disse Montag. — Como esses bombardeiros passaram a ficar o tempo todo no céu? Por que houve três guerras semiatômicas desde 1960? Que caminho errado nós tomamos? O que podemos fazer a respeito disso? Só os livros sabem. Talvez os livros não possam solucionar o meu problema, mas podem lançar uma luz. E podem nos impedir de seguir cometendo os mesmos erros insanos...

— Você não pode parar as guerras. Sempre houve guerras.

— Não, não posso. A guerra é uma parte tão grande de nossa vida que, nesses últimos três dias, apesar de estarmos à beira de uma, as pessoas quase não a mencionam. Ignorá-la, somente, não é a resposta. Mas agora, quanto a nós. Precisamos ter uma agenda de leituras. Uma hora pela manhã. Uma hora ou um pouco mais na tarde. Duas horas à noite...

— Você não vai me proibir de usar o rádio, vai? — A voz dela subiu de tom.

— Bom, para começar...

Ela levantou-se numa fúria contra ele.

— Vou me sentar e ouvir isso por um tempo todos os dias! — ela gritou. — Mas preciso ter meu rádio também, e as noites vendo TV... Você não pode tirar isso de mim!

— Mas não compreende que isso é exatamente o que eu gostaria de contrapor?
O telefone tocou. Os dois se assustaram. Ela agarrou o fone e caiu na risada quase no mesmo instante.
— Alô, Ann, sim, sim! Claro. Hoje à noite. Você vem aqui. Sim, o Palhaço tá na TV hoje, sim, e o Terror, vai ser agradável.
O sr. Montag estremeceu. Deixou a sala. Caminhou pela casa, pensando.
Leahy. O Posto de Bombeiros. Esses livros perigosos.
— Vou dar um tiro nele hoje — ele disse, em voz alta. — Vou matar Leahy. Será um censor a menos no caminho. Não. — Ele riu, com frieza. — Pois aí eu teria que atirar na maioria de pessoas do mundo. Como se começa uma revolução? Estou sozinho. Minha esposa, como se diz, não me entende. O que pode um só homem fazer?

MILDRED TAGARELAVA. O rádio tinha sido ligado outra vez, e trovejava.

E então ele se lembrou de, mais ou menos um ano atrás, caminhar por um parque sozinho e se deparar com um homem de traje preto, distraído. Ele estava lendo algo. Montag não viu o livro, mas viu que o homem se mexeu com pressa, com o rosto enrubescido, e deu um salto como se fosse correr. Então Montag disse, apenas:
— Sente-se.
— Não fiz nada.
— Ninguém disse que você fez algo.
Ficaram sentados no parque a tarde toda. Montag convenceu o homem a falar de si. Ele era um professor aposentado de literatura em língua inglesa que tinha perdido o emprego quarenta anos antes, quando fecharam a última universidade de artes. Seu nome

era William Faber e, sim, temeroso, ele tirou um pequeno livro de poesia norte-americana que estava lendo, poemas proibidos que agora sacava do bolso do casaco.

— Só para saber que estou vivo — disse o sr. Faber. — Só para saber quem eu sou e onde estão as coisas. Para estar consciente. A maioria de meus amigos não está consciente. A maioria não consegue conversar. Eles gaguejam, param e ficam caçando palavras. E falam só de vendas, lucro e o que viram na televisão na última hora.

Que tarde agradável foi aquela. Professor Faber leu alguns poemas para Montag. Ele não compreendeu nenhuma, mas soavam bem, e o significado aos poucos aparecia. Quando terminou, Montag falou:

— Sou bombeiro.

Faber quase teve um ataque cardíaco fatal na hora.

— Não tenha medo. Não vou denunciá-lo — disse Montag.

— Parei de ser malvado já faz uns anos. Sabe, o jeito que você fala me lembra uma garota que eu conhecia, Clarisse. Ela morreu faz alguns meses, atropelada. Mas ela me levou a pensar, também. Nós nos conhecemos porque dávamos longas caminhadas. Ninguém mais caminha. Não vejo um pedestre há dez anos em nossa rua. Já foi parado pela polícia como suspeito de roubo ou furto apenas por andar a pé?

Ele e Faber sorriram, trocaram endereços verbalmente e foram embora. Ele nunca mais viu Faber. Não era seguro conhecer um ex-professor de Literatura. Mas, agora...?

Ele telefonou.

— Alô?

— Alô, professor Faber?

— Sim. Quem é?

— Aqui é o Montag. Lembra-se? No parque, um mês atrás.

— Ah, sim, sr. Montag. Como posso ajudá-lo?

— Sr. Faber... — ele hesitou. — Quantas cópias da Bíblia restam no mundo?
— Receio não saber do que você está falando. — Sua voz ficou gélida.
— Eu só queria saber se restam *algumas* cópias.
— Não posso discutir tais coisas, Montag.
— Essa linha telefônica é segura, ninguém mais está ouvindo.
— Isso é uma espécie de armadilha? Não posso sair falando com alguém assim no telefone.
— Me diga. Resta alguma cópia?
— Nenhuma! — E Faber desligou.
Nenhuma. Montag se recostou na poltrona, ofegante. Nenhuma! Nenhuma em todo o mundo, não sobrou nenhuma, em lugar algum, todas tinham sido destruídas, rasgadas, queimadas. A Bíblia enfim estava morta para sempre para o mundo!

Ele se levantou, tremendo, atravessou a sala e se inclinou para ver os livros. Pegou um e o ergueu.

— Antigo e Novo Testamento, Millie! A última cópia e eu a possuo!

— Ótimo — ela disse, vagamente.

— Você entende o que isso significa. A importância desse exemplar aqui na nossa casa? Se algo acontecesse com essa cópia, ela se perderia para sempre.

— E você precisa entregá-lo ao sr. Leahy hoje à noite para que ele o queime, não? — Ela não estava sendo cruel. Apenas parecia aliviada que o livro ia sumir de sua vida.

— Sim.

Ele podia ver Leahy abrindo o livro, apreciando lentamente.

"Sente-se, Montag, quero que você assista a isso. De forma delicada, como um pé de alface, está vendo?"

Rasgando uma página atrás da outra. Acendendo a primeira página com um fósforo. E quando ela vai se embrulhando até virar uma borboleta preta, acendendo a segunda página, e assim por diante, incendiando todo o volume, uma página impressa por vez. Depois de terminado, com Montag sentado ali, suando, o chão pareceria como se um enxame de mariposas pretas tivesse morrido numa pequena tempestade. E Leahy estaria sorrindo, lavando as mãos.

— Meu Deus, Millie, nós temos que fazer alguma coisa, precisamos copiar isso aqui, fazer alguma duplicata, isso não pode se perder!

— Você não tem tempo.

— Não à mão, mas fotografando.

— Ninguém faria isso por você.

Ele parou. Ela tinha razão. Não podia confiar em ninguém. Exceto, talvez, em Faber. Montag partiu rumo à porta.

— Você vai voltar a tempo da festa da televisão, certo? — ela o chamou. — Não será divertido sem você!

— Você nunca sentiria minha falta. — Mas ela estava vendo o programa de fim de tarde da televisão e não escutou. Ele saiu batendo a porta, com o livro em mãos.

Quando era criança, ele estava sentado sobre a areia amarelada, no meio de um dia azul e quente de verão, tentando encher uma peneira. Quanto mais rápido ele jogava, mais rapidamente a areia era peneirada, com um sussurro cálido. Ele passou o dia tentando porque um primo cruel dissera:

— Encha essa peneira de areia que dou uma moeda para você!

Sentado ali, no meio de julho, ele chorou. Sua mão estava cansada, a areia fervia. A peneira estava vazia.

E agora, enquanto o metrô a jato o conduzia, rugindo, pelos porões da cidade, sacudindo-o, ele se lembrou da peneira. E ele segurava a cópia preciosa do Antigo e do Novo Testamento, tentando jogar as palavras dentro de sua mente. Mas elas caíam no vazio! E ele pensou: "Em algumas horas preciso entregar esse livro a Leahy, mas preciso me lembrar de todas as palavras, não pode escapar nenhuma, cada linha precisa ser memorizada. Eu preciso lembrar, *preciso.*"

"Mas eu não consigo." Ele fechou o livro e tentou repetir as linhas.

— Experimente a pasta de dente Denham hoje à noite — disse o rádio do metrô na parede luminosa de um vagão. Soaram trombetas estridentes.

"Cale a boca", pensou sr. Montag. "Olhai os lírios do campo..."

— Pasta de dente Denham!

"Não trabalham nem..."

— Pasta de dente Denham!

"Olhai os lírios do campo, cale a boca, deixe eu me lembrar!"

— Pasta de dente Denham!

Ele esgarçou o livro, furioso, e folheou as páginas, como se fosse cego, rasgando as linhas com seus olhos, encarando a página até seus cílios ficarem úmidos e trêmulos.

— Denham, Denham, Denham! D-E-N-

"Não trabalham, nem tecem..."

Um sussurro, um leve sussurro de areia amarela passando pela peneira vazia e vazia.

— Denham é daora!

"Olhai os lírios..."

— Não tem creme dental mais daora!

— Cale a boca! — Foi um grito tão alto que o alto-falante pareceu surpreso. O sr. Montag se viu de pé, enquanto os habitantes chocados do vagão barulhento o encaravam, afastando--se daquele homem de rosto insano, uma boca balbuciante e um livro sacudindo em mãos. Aquelas pessoas-coelhos que não tinham pedido para ter música e comerciais nos veículos públicos, mas que recebiam um esgoto inteiro disso, o ar pestilento, chutado e golpeado por vozes e música a todo instante. E ali estava um homem idiota, ele mesmo, de repente arranhando a parede, espancando o alto-falante, o inimigo da paz, o assassino da filosofia e da privacidade!

— Louco!
— Chamem o condutor!
— Denham, Dentifrício Duplo Denham!
— Rua 14.

Foi isso que o salvou. O vagão parou. O sr. Montag, chocado com a falta repentina de movimento, caiu para trás, com o livro em mãos, correu pelos rostos pálidos, gritando sem emitir ruído, dentro de sua mente, e saiu pela porta do trem, correndo pelas lajotas brancas, subindo túneis, sozinho, a voz ainda gemendo como uma gaivota numa costa solitária:

— Denham, Denham...

O PROFESSOR FABER ABRIU a porta e, quando viu o livro, tomou-o em mãos.

— Meu Deus, não vejo um exemplar desses há anos!
— Incendiamos uma casa ontem à noite. Roubei isso.
— Que oportunidade.

Montag recuperou o fôlego.

— Eu estava curioso.
— Claro. É lindo. Entre, feche a porta, sente-se. — Faber andou com o livro em mãos, folheando as páginas lentamente, esfomeado, um homem magro, calvo, de mãos finas, leves como

palha. — Havia muitos livros adoráveis antigamente. Mas nós os deixamos sumir. — Ele se sentou e pôs a mão sobre os olhos. — Você está encarando um covarde, sr. Montag. Quando queimaram o último dos livros malévolos, como os chamavam, quarenta anos atrás, apenas grunhi e aceitei. Eu me culpo desde então.

— Não é tarde demais. Ainda existem livros.

— E ainda existe vida em mim, mas tenho medo da morte. As civilizações desabam porque homens como eu temem a morte.

— Tenho um plano — disse Montag. — Estou numa posição na qual posso fazer coisas. Sou bombeiro, posso encontrar livros e escondê-los. Passei a noite de ontem acordado, pensando. Podemos publicar muitos livros escondido se tivermos cópias deles.

— Quantos já foram mortos por isso?

— Nós vamos conseguir uma prensa.

— Nós? Não, você, sr. Montag.

— Você precisa me ajudar. Você é a única pessoa que eu conheço. Você *precisa*.

— Preciso? Como assim?

— Podíamos encontrar alguém para construir uma prensa para nós.

— Impossível. Os livros estão mortos.

— Podemos ressuscitá-los. Tenho um pouco de dinheiro.

— Não, não. — Faber sacudiu as mãos, suas mãos velhas, manchadas por sardas do fígado.

— Mas me deixe contar o meu plano.

— Não quero ouvir. Se você insistir em contar, pedirei que se retire.

— Vamos imprimir cópias adicionais de cada livro e plantá-las nas casas dos bombeiros!

— O quê? — O professor ergueu as sobrancelhas e encarou Montag, como se uma luz clara tivesse se acendido.
— Sim, e acionamos o alarme.
— Chamar o caminhão de bombeiro?
— Sim, e ver o motor rugindo. Ver as portas dos bombeiros sendo derrubadas. E ver os livros plantados ali sendo encontrados, e cada bombeiro acusado e jogado na cadeia!
O professor pôs a mão no rosto.
— Oras, mas isso é absolutamente sinistro.
— Gostou?
— O dragão come a própria cauda.
— Vai se juntar a mim?
— Não disse isso. Não, não.

— MAS VOCÊ VÊ A CONFUSÃO e a suspeita que vamos disseminar?
— Sim, muita encrenca.
— Tenho uma lista de casas de bombeiros em todos os estados. Com uma organização clandestina, poderíamos provocar fogo e caos para cada desgraçado cego nessa indústria.
— Mas não se pode confiar em ninguém.
— E ex-professores como você, ex-atores, diretores, escritores, historiadores, linguistas?
— Mortos ou idosos, todos eles.
— Bom. Já não estão mais sob escrutínio público. Você conhece centenas. Tem que conhecer.
— Ainda assim, não posso ajudá-lo, Montag. Vou admitir, sua ideia agrada meu senso de humor, deleito-me com essa retaliação. Um deleite temporário, no entanto. Sou um homem temeroso; me assusto com facilidade.

— Pense apenas nos que nunca tiveram oportunidade de interpretar Shakespeare ou Pirandello. Podíamos *usar* a raiva deles, e a fúria dos historiadores que não escrevem há quarenta anos. Podíamos começar com pequenas aulas de leitura...

— Não é prático.

— Podíamos tentar.

— A sociedade inteira precisa ser derrubada. Isso não é um trabalho de aparências. Temos que demolir o esqueleto e remoldá-lo. Você não se deu conta, Montag, que a queima foi quase desnecessária quarenta anos atrás? Naquela época, o público já tinha parado de ler. Bibliotecas eram como o Saara, vazias. Tirando o departamento de ciência.

— Mas...

— Você é capaz de gritar mais alto que o rádio, dançar mais rápido que a TV? As pessoas não querem pensar. Elas estão se divertindo.

— Suicidando-se.

— Deixe que se suicidem.

— Assassinando.

— Deixe que matem. Vai sobrar menos idiotas.

— Está começando uma guerra, talvez hoje à noite, e ninguém nem sequer fala disso.

A casa sacudiu. Um bombardeiro se deslocava ao sul. Tinha reduzido para oitocentos quilômetros por hora e estremecia os dois homens, parados um diante do outro.

— Que a guerra acabe com as TVs, o rádio, e jogue uma bomba nas confissões verdadeiras.

— Não posso esperar — disse Montag.

— Paciência. Essa civilização está se despedaçando. Afaste-se da centrífuga.

— Precisa haver outra estrutura pronta para quando essa desmoronar — insistiu Montag. — Aí que entramos.

— Alguns homens citando Shakespeare ou dizendo que se lembram de Sófocles? Seria cômico se não fosse tão trágico.

— Precisamos estar lá para lembrar as pessoas que restaram que há coisas mais urgentes do que máquinas. Precisamos lembrar que o trabalho correto é o da alegria, não o do prazer equivocado. Precisamos dar a essas pessoas coisas para fazerem. Precisamos fazer com que se sintam úteis outra vez.

— Só vão entrar em mais guerras. Não, Montag, volte para casa e vá para a cama. Foi um prazer ver você, mas essa é uma causa perdida.

MONTAG ANDOU DE UM LADO para o outro na sala por uns instantes, esfregando as mãos, e então voltou, pegou o livro e estendeu-o em direção a Faber.

— Está vendo esse livro? Você gostaria de tê-lo?

— Meu Deus, sim! Daria um braço por isso.

— Então observe. — Montag começou a rasgar as páginas, uma a uma, largando-as no chão, rasgando-as ao meio, cuspindo nelas e fazendo bolinhas de papel.

— Pare! — gritou Faber. — Seu idiota, pare com isso! — Ele avançou. Montag o conteve e continuou rasgando as páginas.

— Está vendo? — ele disse, com um punhado de páginas em seu punho fechado, jogando-as abaixo do queixo do velho. — Está vendo o que significa ter seu coração arrancado? Está vendo o que *eles* fazem?

— Não rasgue mais, por favor — pediu o velho.

— Quem pode me deter? Você? Eu sou um bombeiro. Posso fazer o que eu quiser. Poderia queimar sua casa agora, sabia disso? Poderia queimar tudo. Eu tenho o poder.

— Você não faria isso!
— Não, não faria.
— Por favor. O livro. Pare de rasgá-lo. Não posso suportar isso. — Faber afundou na poltrona, o rosto lívido, a boca tremendo. — Compreendo. Meu Deus, já estou velho, então não importa o que pode acontecer comigo. Vou ajudá-lo. Não aguento mais isso. Se for morto, não faz diferença. Fui um tolo e é tarde demais, mas vou ajudá-lo.
— A imprimir os livros?
— Sim.
— E começar as aulas.
— Sim, sim, qualquer coisa, mas não estrague esse livro. Nunca pensei que um livro podia significar tanto para mim. — Faber suspirou. — Digamos que você pode contar com minha cooperação limitada. Digamos que parte de seu plano, no mínimo, me intriga. A ideia de retaliar com livros plantados na casa dos bombeiros. Vou ajudar. Quanto dinheiro você me conseguiria hoje?
— Cinco mil dólares.
— Traga aqui, então. Conheço um homem que imprimiu nosso jornal da faculdade, anos atrás. Foi quando cheguei para dar aula de manhã e só dois alunos tinham se inscrito para a disciplina de Teatro Grego. Foi assim. Como um bloco de gelo derretendo numa tarde de agosto. E quando as pessoas já tinham se censurado até atingir a idiotice, o governo, que, é claro, representa a vontade do povo, composto por seus representantes, entrou em cena e congelou a situação. Os jornais morreram. Ninguém se importava se o governo dissesse que não podiam voltar. Ninguém os queria de volta, mesmo. Será que querem agora? Duvido muito, mas vou entrar em contato com o impressor, Montag. Vamos começar e aguardar a guerra. Isso é bom; a guerra sabe destruir as máquinas de forma bela.

MONTAG FOI PARA A porta.
— Lamento dizer, mas terei que levar a Bíblia.
— Não!
— Leahy adivinhou que eu tinha um livro em casa. Ele não chegou a me acusar ou a nomear o livro...
— Você não pode substituir por outro livro?
— Não posso arriscar. Pode ser uma armadilha. Se ele espera que eu leve a Bíblia e eu levar outra coisa, vou para a cadeia rapidamente. Não, receio que essa Bíblia seja queimada hoje à noite.
— Isso é difícil de aceitar. — Faber pegou o livro por um instante e folheou as páginas, lentamente, lendo.
— Tentei memorizar — disse Montag. — Mas eu esqueço. Está me enlouquecendo, essa tentativa de lembrar.
— Ah, meu Deus, se a gente tivesse mais tempo.
— Penso nisso sem parar. Sinto muito. — Ele pegou o livro.
— Boa noite.

A porta se fechou. Ele estava mais uma vez na rua, que escurecia, encarando o mundo real.

Era possível sentir os preparativos para a guerra no céu naquela noite. A maneira como as nuvens se moviam para o lado, a aparência das estrelas, um milhão delas entre as nuvens, como aviões inimigos, e a sensação de que o céu poderia desabar sobre a cidade e transformar as casas em pó, e a Lua podia virar fogo, essa era a sensação daquela noite.

Montag caminhou até o ponto de metrô, com dinheiro no bolso — tinha ido ao banco 24 horas e seus caixas mecânicos que emitiam o dinheiro — e, ao caminhar, escutava, distraído, o rádio-concha que você podia colocar em seu ouvido esquerdo ("Compre um rádio-concha e escute o oceano do Tempo"), e uma voz falava com ele assim que ele começou a caminhar para casa:

— A situação mudou bruscamente hoje. A guerra pode começar a qualquer hora.
Sempre o mesmo monólogo. Nada sobre causas e efeitos, fatos, dados, nada além de mudanças para pior. Sete jatos passaram pelo céu em um piscar de olhos. Montag sentiu o dinheiro num bolso e a Bíblia no outro. Ele tinha desistido de memorizá-la agora, apenas lia pelo prazer que sentia, o simples prazer de boas palavras na língua e na mente. Ele desencaixou o rádio-concha do ouvido e leu outra página do Livro de Jó ao luar.

ÀS OITO DA NOITE, o scanner da porta da frente reconheceu três mulheres e a abriu, deixando-as entrar, gargalhando e com uma conversa barulhenta e vazia. Sra. Masterson, sra. Phelps e sra. Bowles, bebendo martinis que Mildred entregou a elas, rindo como um candelabro de cristal que alguém empurrou, fazendo tilintar um milhão de sinos, disparando os mesmos sorrisos brancos, com ecos que se repetiam pelos corredores vazios. O sr. Montag viu-se no meio de uma conversa cujo principal assunto era como todas estavam bonitas.
— Não estamos todas lindas?
— Lindas.
— Você está linda, Alma.
— Você também, Mildred.
— Todas lindas e felizes — disse Montag.
Ele tinha deixado o livro de lado. Nada ia ficar gravado na sua mente. Quanto mais ele tentava se lembrar de *Jó*, mais rápido desaparecia. Queria dar o dinheiro para o professor Faber, dar início às coisas, e no entanto, ele se atrasou. Seria perigoso ser visto

duas vezes na casa de Faber em poucas horas, no caso de Leahy ter tomado a precaução de mandar vigiarem Faber.

Gostando ou não, precisaria passar o resto da noite em casa, pronto para aparecer no trabalho às onze, para que Leahy não suspeitasse. Acima de tudo, Montag queria dar uma caminhada, mas quase não fazia mais isso. De certo modo, ele sempre tinha medo de encontrar Clarisse, ou de não encontrá-la, em seus passeios, e isso o manteve dentro de casa, ali, parado, entre aqueles pinos de boliche loiros, devolvendo a elas a tagarelice e as piadinhas socialmente exigidas.

De alguma maneira, a TV tinha sido ligada antes de terminarem de dizer como todo mundo estava lindo, e nela tinha um homem vendendo refrigerante de laranja e uma mulher bebendo-o com um sorriso de Gato Risonho. Como é que alguém consegue beber e sorrir ao mesmo tempo? Um verdadeiro truque da publicidade! Depois disso, uma demonstração de como assar um tipo novo de bolo, depois de uma comédia doméstica bastante sem graça, uma análise noticiosa que não analisava nada nem mencionava a guerra, embora a casa sacudisse constantemente com o voo de jatos nas quatro direções, e um intolerável programa de perguntas em que se tinha que responder o nome das capitais dos estados.

Montag estava sentado, tamborilando no joelho e bufando.

Abruptamente, caminhou até o televisor e desligou-o.

— Ei! — todas disseram, como se fosse uma piada.

— Leonard — protestou Mildred, nervosa.

— Achei que seria bom um pouco de silêncio.

Ficaram paradas, piscando.

— Achei que seria bom se tentássemos conversar um pouco, para variar.

— Conversar?

A CASA SACUDIU COM ONDAS sucessivas de bombardeiros a jatos que faziam os drinks derramarem das mãos das moças.

— Lá vão eles — ele disse, olhando o teto. — Quando vocês acham que vai começar a guerra?

— Que guerra? Não vai ter guerra.

— Notei que seus maridos não vieram hoje.

A sra. Masterson olhou de canto, nervosa, para a TV apagada.

— Ah, Dick vai voltar mais ou menos daqui a uma semana. Foi chamado pelo exército. Mas fazem isso mais ou menos uma vez por mês. — Ela riu.

— Você não está preocupada com a guerra?

— Bom, mesmo se tiver uma, céus, vão lutar a guerra e acabar com ela, não dá para a gente esperar sentada, né?

— Não, mas podemos pensar a respeito disso.

— Deixo isso tudo para o Dick pensar. — Um riso nervoso.

— E morrer, talvez.

— Sempre é o marido de outra pessoa que morre, não é assim a piada? — Todas as mulheres deram um riso abafado.

"Sim", pensou Montag. "E se Dick de fato morrer, que diferença faz? Aprendemos com as fábricas a magia das partes substituíveis. Não dá para diferenciar um homem do outro hoje em dia. E mulheres, como tantas bonecas de plástico..."

Todas ficaram em silêncio, como crianças diante do diretor da escola.

— Vocês viram o filme de Clarence Dove ontem? — Mildred de repente perguntou.

— Ele é hilário.

— Mas e se Dick fosse morto, ou o *seu* marido, sra. Phelps... — Montag insistiu.

— Ele está morto. Morreu semana passada. Você não ficou sabendo? Pulou do décimo andar do State Hotel.

— Eu não sabia. — Montag ficou em silêncio, envergonhado.

— Mas, voltando ao Clarence Dove... — falou Mildred.

— Espere um pouco — disse Montag, irritado. — Sra. Phelps, por que você se casou com seu marido? O que vocês tinham em comum? — perguntou Montag.

A mulher sacudiu as mãos, desamparada.

— Oras, porque ele tinha um ótimo senso de humor, e gostávamos dos mesmos programas de TV, e...

— Vocês tinham filhos?

— Não seja ridículo.

— Pensando agora, ninguém aqui tem filhos — disse Montag.

— Tirando você, sra. Bowles.

— Quatro, tudo por cesariana. É tão fácil.

— As cesarianas não eram necessárias?

— Não. Mas sempre disse: eu que não vou passar por essa agonia toda só para ter um bebê. Quatro cesarianas. Nada de mais.

Sim, tudo muito fácil. Montag rangeu os dentes. Confundir o jeito fácil com o jeito correto, como era deliciosa a tentação, mas isso não era vida. Uma mulher que não quisesse ter filho ou um homem indolente não pertenceriam a lugar algum. Estavam apenas de passagem, eram descartáveis. Não pertenciam a nada e não faziam nada.

— Vocês já pensaram, senhoras — ele disse, ficando mais desdenhoso a cada minuto —, que talvez esse não seja o melhor dos mundos possíveis? Que talvez os nossos direitos civis e outras posses não tenham sido tirados de nós no século passado, mas, sim, abandonados por nós?

— Oras, isso não pode ser verdade! A gente teria ouvido falar disso.

— Naquela máquina de liberar papinha? — gritou Montag, apontando com o dedão para a TV. De repente, enfiou a mão no bolso e puxou um papel impresso. Ele tremia de raiva e irritação, estava meio cego, encarando a folha trêmula diante de seus olhos.

— O que é isso? — A sra. Masterson espremeu os olhos.

— Um poema que rasguei de um livro.

— Não gosto de poesia.

— Já escutou alguma?

— Eu detesto.

Mildred levantou-se num salto, mas Montag disse, friamente:

— Sente-se. — Todas as mulheres acenderam cigarros, nervosas, retorcendo as bocas vermelhas.

— Isso é ilegal, não? — guinchou a sra. Phelps. — Receio ter de voltar para casa.

— Sente-se e cale a boca — ordenou Montag.

A sala ficou em silêncio.

— Este é um poema de um homem chamado Matthew Arnold — disse Montag —, chamado "Praia de Dover".

As mulheres todas encaravam, ansiosas, a TV, como se ela pudesse salvá-las daquele momento.

Montag pigarreou. Aguardou. Queria muito declamar direito, e temia o risco de gaguejar. Ele leu.

Sua voz aumentou e diminuiu na sala silenciosa, e conseguiu chegar aos versos finais do poema:

"O mar da Fé
Foi uma vez também e plenamente;
E contorna o rochedo lá da terra
Assenta-se como as dobras
De reluzente faixa a se enrolar.

Mas agora somente escuto
Seu bramir afastado, extenso e melancólico,
Voltando ao sopro do vento noturno
Sob as vastas e lúgubres escarpas
E estéreis seixos do universo.

As quatro mulheres se remexiam nas cadeiras.
Montag encerrou:

Ah, o amor, sejamos sinceros
Um com o outro! pois este mundo, que parece
Estar pra nós como um país de sonhos
Tão belo, tão diverso, tão recente,
Não tem luz, nem amor, nem alegria,
Nem certeza, nem paz, nem pensa a dor;
E aqui ficamos como em sombria planície
Entre loucos alarmes de luta e fuga,
Onde ignaras tropas chocam-se à noite."

Montag deixou o pedaço branco de papel cair lentamente no chão. As mulheres o observaram flutuar e parar no piso.
Mildred disse:
— Posso ligar a TV agora?
— Não, que saco, não!
Mildred se sentou.
A sra. Masterson disse:
— Não entendi. O poema, quer dizer.
— Do que se tratava? — perguntou a sra. Phelps, revirando seus olhos assustados, em centelhas de preto e branco.
— Vocês não *enxergam*? — gritou Montag.

— Não vale a pena se entusiasmar por isso — disse a sra. Masterson, casualmente.

— Mas vale, sim.

— São só palavras bobas — disse a sra. Masterson. — Mas, sr. Montag, não me incomodo em dizer: é só porque você é bombeiro que não o denunciamos por ler isso hoje. Isso é ilegal. Mas também é bobo. É sem sentido. — Ela se levantou e esmagou o cigarro. — Moças, não acham que chegou a hora de irmos embora?

— Não quero nunca mais voltar aqui — disse a sra. Phelps, correndo para a porta.

— Fiquem, por favor! — gritou Mildred.

A porta bateu.

— Vá para casa e pense em seu primeiro marido, sra. Masterson, no hospício, e você, sra. Phelps, em seu sr. Phelps saltando de um prédio! — gritou Montag, à porta fechada.

A casa foi abandonada por completo. Ele estava sozinho ali.

No banheiro, a torneira estava aberta. Ouviu Mildred sacudindo a caixa de remédios para dormir.

— Seu tonto — ele disse para si mesmo. — Seu idiota. Agora sim você estragou tudo, você e seu poema, você e sua indignação.

Ele foi para a cozinha e encontrou os livros onde Mildred os havia guardado, atrás do refrigerador. Carregou uma seleção deles para o quintal, escondeu-os nos arbustos perto da cerca. "Só caso Mildred resolva queimar coisas no meio da noite. Os melhores livros estão aqui fora; os de dentro de casa não importam", ele pensou.

Voltou para casa.

— Mildred? — ele chamou, do lado de fora da porta do banheiro, mas não ouviu nenhuma resposta.

Ele fechou a porta da frente em silêncio e saiu para trabalhar.

— OBRIGADO, MONTAG. — O sr. Leahy pegou a cópia da Bíblia e, sem sequer olhar para o livro, rasgou-o com vagar e jogou-o no incinerador na parede. — Vamos esquecer isso tudo. Feliz de ver você de volta, Montag.
Subiram as escadas.
Sentaram-se e jogaram cartas, faltando um minuto para meia-noite.
Sob o olhar de Leahy, Montag sentiu suas mãos cobertas de culpa. Suas mãos eram como furões que fizeram alguma travessura na frente de Leahy, e agora nunca paravam quietos, sempre se remexendo, escondendo-se em bolsos ou saindo do seu olhar de chamas de álcool. Se Leahy apenas respirasse sobre elas, Montag sentia que suas mãos poderiam se retorcer e morrer, e ele nunca as ressuscitaria, estariam congeladas; seriam enterradas para sempre nas mangas do seu casaco, esquecidas.

Pois essas eram as mãos que agiam por conta própria, que não faziam parte dele, que eram sua consciência rápida e perspicaz, que pegavam livros, rasgavam páginas, escondiam pequenos maços que seriam abertos depois, em casa, com a luz de um fósforo, lidos e queimados. Essas eram as mãos que fugiam com Shakespeare, Jó e Rute e os guardava perto do seu coração explosivo, sobre as costelas pulsantes e o sangue quente de um homem entusiasmado pelo seu furto, chocado pela sua ousadia, traído pelos dez dedos que às vezes ele levantava e observava como se estivessem enluvados por sangue.

O carteado prosseguiu. Duas vezes em meia hora, Montag se levantou e foi para o banheiro lavar as mãos. Voltava. Sentava-se. Segurava as cartas. Leahy via seus dedos mexendo nas cartas.

— Não está mais fumando, Montag?

— Estou com uma tosse.

E então, é claro, a fumaça o lembrava dos velhos e velhas gritando e transformando-se em brasas selvagens, e deixou de ser bom segurar o fogo em suas mãos.

Ele pôs as mãos debaixo da mesa.

— Vamos deixar as mãos sobre as mesas — disse Leahy, casualmente. — Não que não confiemos em você. — E todos riram.

O telefone tocou.

SR. LEAHY, CARREGANDO suas cartas na mão cor-de-rosa, caminhou lentamente até o telefone e ficou parado ali, deixando tocar mais uma vez, e então atendeu.

— Sim?

O sr. Montag ficou na escuta, de olhos fechados.

O relógio tiquetaqueava na sala.

— Compreendo — disse Leahy. Ele olhou para Montag. Sorriu. Piscou. Montag desviou o olhar. — Melhor repetir o endereço.

O sr. Montag se levantou. Caminhou pela sala com as mãos no bolso. Os outros estava de pé, agora, prontos. Leahy fez um gesto para eles com a cabeça, em direção aos casacos, como se falasse: "apressem-se". Enfiaram os braços nos casacos e vestiram os capacetes, fazendo piadas, cochichando.

O sr. Montag aguardava.

— Compreendo perfeitamente — disse Leahy no telefone.

— Sim. Sim. Perfeitamente. Não, tudo bem. Não se preocupe. Já estamos a caminho.

O sr. Leahy pôs o fone no gancho.

— Ora, ora — ele disse.

— Uma chamada? Livros para queimar?

— Assim parece.

O sr. Montag se sentou, pesadamente.

— Não me sinto bem.

— Que pena, pois esse é um caso especial — disse Leahy, aproximando-se lentamente, vestindo o impermeável.

— Acho que vou pedir demissão.

— Espere. Só mais um incêndio, hein, Montag. E então eu estarei de acordo, você pode entregar os documentos e todos ficaremos felizes.

— Está falando sério?

— Algum dia eu menti para você?

O sr. Leahy entregou o capacete a Montag.

— Coloque isto. Tudo estará terminado em uma hora. Eu entendo você, Montag, de verdade. E logo tudo estará do jeito que você quer.

— Certo.

Deslizaram pelo mastro de bronze.

— Onde é o incêndio?

— Eu que vou dirigir — gritou Leahy. — Tenho o endereço.

O motor ganhou vida numa explosão, com um tornado de gás, e todos subiram a bordo.

VIRARAM A ESQUINA, puro trovão e sirene, com uma concussão de pneus, um grito de borracha, uma sacudida do querosene no tanque reluzente de bronze, como a comida no estômago de um gigante, com os dedos do sr. Montag saltando da grade prateada, balançando no espaço frio, com o vento tirando seu cabelo de seu rosto lúgubre, com o vento assoviando em seus dentes, e ele o tempo todo pensando nas mulheres, as mulheres que eram como o joio do trigo, com suas cascas sendo sopradas pelo vento de neon, e ele lendo um livro a elas.

Que idiotice foi essa! Afinal o que era um livro? Folhas de papel, linhas de tipografia. Por que ele se importaria com livros... um, dez, ou dez mil? Ele era o único habitante de um mundo em chamas que se importava, então por que não deixar o assunto para lá, esquecer disso, deixar os livros que agora não tinham sentido descansar?

— Lá vamos nós! — gritou Leahy.

— Rua Elm?

— Isso!

Ele viu Leahy no trono de motorista, sacudindo seu enorme impermeável. Parecia um morcego negro voando sobre o motor, sobre os números de bronze, recebendo o vento. Seu rosto rosado, fosforescente, cintilava na escuridão profunda, e ele sorria com fúria.

— Lá vamos nós, deixar o mundo feliz!

E o sr. Montag pensou: "Não, não vou deixar os livros morrerem; não vou deixá-los serem queimados. Enquanto existirem almas como Leahy, não posso prender a respiração. Mas o que posso fazer? Não posso matar todo mundo. Sou eu contra o mundo, e o risco é grande demais para um só homem. O que posso fazer? Contra o fogo, qual é a melhor água?"

— Agora entre na Park Terrace!

O Caminhão de Bombeiros parou bruscamente, jogando os homens para a frente. Sr. Montag ficou ali, fixando o olhar na grade fria e reluzente sob seus dedos trêmulos.

— Não posso — ele disse. — Não posso entrar. Não posso rasgar mais um livro.

Leahy saltou de seu trono, cheirando o vento fresco que martelava em sua cara.

— Certo, Montag, pegue o querosene!
As mangueiras foram desenroladas. Os homens corriam com as botas de salto mole, desajeitados como aleijados, silenciosos como aranhas negras.
O sr. Montag virou o rosto.
— O que foi, algum problema, Montag? — perguntou Leahy, solícito.
— Oras — protestou Montag. — É a *minha* casa.
— É mesmo — concordou Leahy, enfático.
Todas as luzes estavam acesas. Por toda a rua, mais lâmpadas foram se acendendo, e pessoas estavam paradas na varanda, enquanto a porta da casa de Montag se abria. Nela, com duas malas aos pés, estava Mildred. Quando viu seu marido, desceu os degraus com uma rigidez onírica, olhando para o terceiro botão de sua jaqueta.
— Mildred!
Ela não falou nada.
— Certo, Montag, vamos lá, com as mangueiras e os machados.
— Só um instante, sr. Leahy. Mildred, não foi você que ligou para fazer a denúncia, foi?

ELA PASSOU CAMINHANDO por ele, com os braços rígidos, e na ponta deles, em seus dedos afiados, as alças das malas. Sua boca estava pálida.
— Você não fez isso!
Ela colocou as valises num táxi que a aguardava ali e entrou no carro, onde se sentou e ficou encarando.
Montag correu na direção dela, mas Leahy o segurou pelo braço.
— Vamos lá, Montag.

O táxi se afastou lentamente entre as casas iluminadas.
Os vidros das janelas tilintaram quando foram quebrados para fornecer uma corrente de ar boa para o fogo.

O sr. Montag caminhou, mas não sentiu seus pés tocarem a calçada, nem a mangueira em suas mãos gélidas, nem escutou Leahy falando sem parar ao chegarem à porta.

— Pode espalhar o querosene, Montag.

Montag ficou ali olhando para aquela casa estranha, que se tornava estranha àquela hora da noite, por causa do murmúrio das vozes dos vizinhos, pelo vidro quebrado e pelas luzes acesas em todos os cômodos, e ali no chão, com as capas arrancadas, com as páginas se derramando como penas de pombos, estavam seus incríveis livros, e eles pareciam tão coitados e idiotas, algo com o qual não valia a pena se preocupar, pois não passavam de papel, tinta e costuras desfiadas.

Montag avançou, num profundo silêncio, pegou uma das páginas dos livros e leu o que essa tinha a dizer.

Lera três linhas quando Leahy arrancou o papel dele.

— Ah, não — disse Leahy, sorrindo. — Senão teremos que queimar a sua cabeça, também. Não dá. — Ele se afastou. — Pronto?

— Pronto — respondeu Montag, abrindo a válvula do lança-chamas.

— Mirar — disse Leahy.

— Na mira.

— Fogo!

Ele queimou primeiro a televisão, e então o rádio, o projetor de filmes, e queimou os filmes, os jornais de fofoca, o amontoado de cosméticos na mesa, e sentiu prazer nisso, e queimou as paredes porque queria mudar tudo, as cadeiras, as mesas, as pinturas. Ele não queria se lembrar de que ele morava ali com aquela mulher

estranha que tinha saído e já o esquecera, e que ouvia rádio agora, atravessando a cidade. Então queimou a sala com uma fúria precisa.
Ele apontou o fogo na direção dos livros. Os livros saltaram e dançaram como pássaros tostados, suas asas em chamas, com penas vermelhas e amarelas. Caíram em nacos carbonizados.

— Pega aquele ali, pega! — direcionou Leahy, apontando.

Montag queimou o livro indicado.

Queimou livros, queimou dezenas de livros, ele queimou livros, com suor escorrendo pelas bochechas.

— Quando você terminar, Montag — disse Leahy atrás dele —, você está preso.

Água, água, apagar o fogo

A CASA DESABOU, VIRANDO uma ruína vermelha. Acomodou-se em sonolentas cinzas rosadas e uma mortalha de fumaça pairou sobre ela, elevando-se em direção ao céu. Era uma e dez da madrugada. A multidão voltava para casa, a diversão já tinha acabado.

O sr. Montag ficou parado com o lança-chamas em mãos, com grandes ilhas de suor sob seus braços, o rosto sujo de fuligem. Os outros três bombeiros estavam parados ali, na escuridão, o rosto mal iluminado pela casa queimada, pela casa que o sr. Montag acabara de queimar de forma tão eficiente com querosene, um lança-chamas e uma mira cuidadosa.

— Certo, Montag — disse Leahy. — Vamos lá. Você cumpriu seu dever. Agora você está preso.

— O que foi que eu fiz?

— Você fez o que eu pedi, não precisa perguntar. Os livros.

— Por que tanta preocupação com uns pedaços de papel?

— Não vamos ficar aqui discutindo, está frio.
— Foi minha esposa que ligou?
Leahy assentiu.
— Mas as amigas dela também chamaram uma hora antes. De um jeito ou de outro, você seria pego. Foi muito idiota de sua parte ler poesia por aí, Montag. Muito idiota. Agora, vamos.
— Acho que não — disse Montag.
Sentiu o gatilho na mão. Leahy olhou para o dedo de Montag e viu o que ele pretendia fazer, antes mesmo que o próprio Montag cogitasse tal coisa. Afinal, assassinato é sempre uma coisa nova, e Montag não sabia nada de assassinatos, ele apenas entendia de queimar coisas, e queimar coisas que as pessoas diziam que eram ruins.
— Eu sei o que há de realmente errado no mundo — disse Montag.
— Veja bem, Montag! — gritou Leahy.
E então ele virou labaredas que gritavam, uma coisa disforme, balbuciante, todo em chamas, definhando na grama, enquanto Montag disparava mais três jatos de fogo líquido nele. Borbulhava e chiava como uma lesma na qual se joga sal. Os sons que Leahy emitiu pareciam gordura saltando no fogão quente. Montag fechou os olhos, gritou e tentou colocar as mãos no ouvido para bloquear os ruídos. Leahy se retorceu, como uma imagem de cera negra ridícula, e ficou em silêncio.
Os outros dois bombeiros ficaram ali, chocados.
— Montag!
Ele apontou a arma para eles.
— Virem-se!
Eles se viraram. Ele deu um golpe na cabeça deles com a arma. Não queria queimar mais nada na vida. Eles caíram. Então Montag virou o lança-chamas para o caminhão de bombeiros,

acionou o gatilho e saiu correndo. O motor explodiu, centenas de galões de querosene gerando uma flor de calor.

Correu pela rua, entrando num beco, pensando: "Seu fim chegou, Leahy! É o seu fim e o fim do que você representa!".

Continuou correndo.

ELE SE LEMBROU DOS LIVROS e deu meia-volta. "Você é um idiota, um grande de um imbecil, sem dúvidas um imbecil de marca maior." Ele tropeçou e caiu. Levantou-se.

"Seu idiota cego, você e seu orgulho, seu temperamento terrível e sua soberba. Você arruinou tudo, desde o começo. Mas essas mulheres, essas mulheres estúpidas, elas me levaram a fazer aquilo com as besteiras delas!", ele protestou, mentalmente.

"Um idiota, ainda assim. Não sou melhor do que elas! Podemos salvar o que é possível ser salvo, faremos o que precisa ser feito. Vamos levar mais alguns bombeiros conosco se queimarmos!"

Encontrou os livros onde os deixara, depois da cerca do jardim. Escutou vozes gritando na noite e viu os fachos de luz das lanternas sacudindo. Outros caminhões de incêndio uivavam à distância e chegavam carros de polícia.

O sr. Montag pegou o máximo de livros que conseguia carregar em cada braço e saiu cambaleando pelo beco. Ainda não tinha tido tempo de perceber o tamanho do choque que aquela noite havia sido para ele, mas de repente caiu e ficou chorando, fraco, com as pernas dobradas, o rosto no cascalho. Ao longe, ouviu passos correndo. "Levante-se", disse a si mesmo. Mas ficou ali. "Levante-se, levante-se!" Mas ele chorava como uma criança. Não queria matar ninguém, nem mesmo Leahy, o assassinato não fazia nada além de matar uma parte do próprio assassino ao ser cometido, e de repente ele viu Leahy outra vez, uma tocha aos gritos, e fechou os olhos e pôs a mão sobre seu rosto úmido. "Sinto muito, sinto muito."

Tudo ao mesmo tempo. Num período de 24 horas, a queima de uma mulher, a queima dos livros, a ida à casa do professor, Leahy, a Bíblia, a memorização, a areia e a peneira, o dinheiro do banco, a imprensa, o plano, a fúria, o alarme, a partida de Mildred, o incêndio, Leahy virando uma tocha... coisa demais para um só dia na vida de qualquer pessoa.

Pelo menos conseguiu voltar a se levantar, mas os livros estavam impossivelmente pesados. Cambaleou pelo beco e as vozes e ruídos desapareceram atrás dele. Ele se movia na escuridão, ofegante.

— Você precisa se lembrar — ele disse. — Você precisa queimá-los ou eles queimarão você. Queime-os ou eles o queimarão.

Mexeu nos bolsos. O dinheiro estava lá. No bolso da camisa, encontrou o rádio-concha e encaixou-o no ouvido.

— Atenção! Atenção, todos policiais. Alarme especial. Procurado: Leonard Montag, fugitivo, por assassinato e crimes contra o Estado. Descrição...

A seis quadras de distância, o beco se abria para uma avenida larga e vazia, que parecia um palco de tão ampla, tão silenciosa, tão limpa, tão bem iluminada e ele, sozinho, correndo nela, fácil de ser visto, fácil de virar um alvo.

— Cuidado com o pedestre, fiquem de olho no pedestre! — O rádio-concha bradava em seu ouvido.

Montag se escondeu nas sombras. Só podia usar becos. Havia um posto de gasolina ali perto. Podia ganhar uma pequena margem de segurança se estivesse limpo e apresentável. Precisava chegar lá e se lavar, pentear o cabelo, e então, com os livros sob os braços, caminhar calmamente pelo boulevard amplo para chegar onde estava indo.

— Mas para onde estou indo?

LUGAR ALGUM. NÃO HAVIA para onde ir, nenhum amigo a quem recorrer. Faber não podia acolhê-lo; seria loucura até mesmo tentar; mas precisava encontrar-se com ele por alguns minutos, para entregar o dinheiro. Seja lá o que acontecesse, queria que o dinheiro chegasse ao professor. Talvez pudesse ir para o campo, morar à margem do rio, perto das estradas, no prado e nos morros, o tipo de vida na qual ele pensava com frequência, mas que nunca tentou viver.

Algo chamou sua atenção pelo canto do olho e ele se virou para o céu.

Os helicópteros subiam, à distância, como mariposas cinza alçando voo, espalhando-se, seis deles. Ele os viu vagando indecisos, a um quilômetro de distância, como borboletas intrigadas pelo outono, morrendo com o inverno, e então pousaram, um a um, suavemente nas ruas onde, transformados em carros policiais, gritavam pelo boulevard, ou às vezes voltando a voar, prosseguindo na busca.

E havia o posto de gasolina. Entrando pela parte de trás, o sr. Montag foi até o banheiro masculino. Através da parede de latão, pode ouvir uma voz berrando:

— Declararam guerra! Declararam guerra. Dez minutos atrás... — Mas o ruído dele lavando as mãos, enxaguando o rosto e passando uma toalha cortou a voz do apresentador. Saía do lavabo um novo homem, mais limpo, menos suspeito. Sr. Montag caminhava da forma mais insuspeita possível, como um homem esperando um ônibus, no boulevard vazio.

Ali estava, um jogo que precisava vencer, a vasta pista de boliche na madrugada. O boulevard estava limpo como uma máquina de pinball, mas, por baixo, em algum lugar, era possível sentir a energia elétrica, a prontidão com que as pessoas que o procuravam podiam fazer piscar luzes azuis e vermelhas, do nada, rolando como uma bola prateada. A três quadras de distância havia alguns holofotes. Montag respirou fundo. Seus pulmões pareciam vassouras em chamas no seu peito; sua boca estava seca de tanto correr. Todo o chumbo do mundo derramado nos seus pés vazios.

Ele começou a atravessar a avenida vazia.

Cem metros, ele calculava. Cem metros a céu aberto, tempo suficiente para um carro de polícia aparecer, vê-lo e atropelá-lo.

Ele ouviu seus próprios passos barulhentos.

Um carro fazia uma curva. Seus faróis saltaram e pegaram Montag a passos largos.

— Continue.

Pisou em falso, agarrou-se melhor aos livros e se forçou a não ficar ali paralisado. Também não podia atrair suspeitas e apenas sair correndo. Tinha cruzado um terço do caminho. O motor grunhiu ao acelerar.

"A POLÍCIA", PENSOU MONTAG. "Eles me viram. Mas ande lentamente, silenciosamente, não se vire, não olhe, não pareça preocupado. É isso, caminhe, caminhe."

O carro vinha numa velocidade impressionante. A belos cento e cinquenta por hora. Sua buzina era estridente. Suas luzes enrubesciam o concreto e o calor delas parecia queimar as bochechas e pálpebras de Montag, fazendo o suor percorrer seu corpo.

Ele cambaleou feito um idiota, então decidiu sair correndo. A buzina assoviava. O som do motor aumentava e aumentava. Montag corria. Ele largou um livro, virou-se, hesitou, deixou-o ali, no meio do vazio no concreto, o carro a cem metros, cada vez mais próximo, mais próximo, uivando, empurrando, ganindo, gemendo, a buzina caçando, seus olhos cegos pela luz quente, que cintilava, a buzina mais próxima, chegando nele!

"Vão me atropelar, sabem quem eu sou, acabou tudo, acabou tudo!", pensou Montag, acabou!

Ele tropeçou e caiu.

Um instante antes de atingi-lo, o carro selvagem desviou para o lado e desapareceu. A queda o salvara.

O sr. Montag ficou onde tinha caído, com a cabeça baixa. Fiapos de risada chegaram até ele junto à fumaça azul do escapamento.

"Não era a polícia", pensou sr. Montag.

Era um carro cheio de moleques do colégio, gritando, assoviando, rindo. E viram um homem, um pedestre, uma raridade, e gritaram para si:

— Vamos pegá-lo! — Não sabiam que ele era um foragido, que ele era Montag; tinham apenas saído para uma noite na qual iam percorrer centenas de quilômetros em poucas horas sob a luz do luar, com seus rostos de gelo contra o vento.

— Teriam me matado — sussurrou Montag para o concreto trêmulo sob sua bochecha ferida. — Por motivo algum, teriam me matado.

Ele se levantou e caminhou, desequilibrado, rumo à calçada oposta. De alguma maneira, lembrou-se de pegar os livros caídos. Olhou para eles em suas mãos, achando-os estranhos.

— Eu me pergunto se não foram eles que mataram Clarisse.

Seus olhos se encheram d'água.

A queda foi o que o salvou. O motorista do carro, vendo Montag caído, cogitou a possibilidade de que atropelar um corpo a muito mais de cem quilômetros por hora poderia levar o carro a capotar e todos morreriam. Agora, se Montag tivesse permanecido de pé, as coisas seriam muito diferentes...

Montag arquejou. A quatro quadras de distância, na avenida vazia, o carro de jovens gargalhando tinha feito um retorno. Agora acelerava no caminho de volta.

Montag desviou para um beco e desapareceu na sombra antes que o carro voltasse.

A CASA ESTAVA EM SILÊNCIO.
O sr. Montag se aproximou pelos fundos, esgueirando-se pelo aroma de narcisos, rosas e grama úmida. Tocou a porta telada, viu que estava aberta, entrou sorrateiramente, atravessou a varanda na ponta dos pés e, atrás do refrigerador, atrás de outra porta, na cozinha, largou três dos livros. Ele aguardou, ouvindo os ruídos da casa.

— Sra. Black, você está dormindo aí em cima? — ele perguntou ao segundo andar, num sussurro. — Detesto ter que fazer isso com você, mas seu marido fez o mesmo com os outros, sem nunca perguntar, sem nunca se preocupar. Você é a esposa de um bombeiro, sra. Black, e agora chegou a vez da sua casa, e você vai para a cadeia por um tempo, por todas as casas que seu marido queimou e as pessoas que ele matou.

O teto não deu resposta.

Silencioso, Montag saiu da casa e retornou ao beco. A casa ainda estava no escuro, ninguém o escutou entrar ou sair.

Andou tranquilamente pelo beco, virou na esquina e entrou numa cabine telefônica 24 horas, onde se fechou e discou um número.

— Quero denunciar a posse ilegal de livros — ele disse.

A voz ficou afiada na outra ponta.

— Endereço? — Ele disse, e acrescentou: — Melhor vir logo antes que eles os queimem. Confiram a cozinha.

Montag saiu e caminhou pelo ar noturno e frio da rua. À distância, ouviu sirenes de bombeiros se aproximarem, vindo queimar a casa do sr. Black, enquanto ele estava no trabalho, e que fariam sua esposa ficar tremendo no ar matinal enquanto o telhado da casa caía. Mas agora ela estava lá em cima, em sono profundo.

— Boa noite, sra. Black — disse Montag. — Com licença, preciso fazer várias outras visitas.

UMA BATIDA NA PORTA.
— Professor Faber!
Outra batida e um longo silêncio. E então, de dentro, luzes se acenderam na pequena casa. Depois de outra pausa, a porta da frente se abriu.

— Quem é? — Faber gritou, pois mal se podia reconhecer o homem que estava ali cambaleante no escuro. — Ah, Montag!

— Estou partindo — disse Montag, desabando numa poltrona. — Fui um idiota.

Professor Faber ficou parado na porta meio minuto, ouvindo as sirenes distantes lamuriando como animais na manhã.

— Alguém andou ocupado.
— Deu certo.
— Pelo menos você foi idiota nas coisas certas. — Faber fechou a porta, voltou e serviu uma bebida para os dois. — Eu fiquei pensando no que tinha acontecido com você.

— Eu me atrasei. — Ele deu um tapa no bolso interno. — Mas o dinheiro está aqui. — Ele tirou-o do bolso e colocou-o sobre a mesa, então ficou ali sentado e deu um gole em sua bebida, cansado. — Como você se sente?

— Essa foi a primeira noite que caí direto no sono em anos — disse Faber. — Isso significa que devo estar fazendo a coisa certa. Acho que agora podemos confiar em mim. Eu não confiava.

— As pessoas nunca confiam em si mesmas, mas nunca deixam os outros saberem disso. Deve ser por isso que fazemos coisas radicais, para nos expormos numa posição da qual não ousamos retroceder. De forma inconsciente, tememos o risco de desistirmos, abandonarmos a luta, então fazemos algo idiota, como ler poesia para mulheres. — Ele riu de si mesmo. — Então acho que sou um foragido agora. Fica a seu cargo manter as coisas em movimento.

— Vou fazer o meu melhor. — Faber se sentou. — Conte-me o que você acaba de fazer.

— Escondi os livros em três casas, em lugares diferentes de cada casa, para não parecer que era planejado. Aí telefonei para os bombeiros. Suponho que até amanhecer estarei morto, e queria fazer algo antes disso.

— Meu Deus, queria eu ter estado lá para ver.

— Sim, as casas queimaram muito bem.

— E onde você vai agora?

— Não sei.

— Tem a parte fabril da cidade, basta seguir os velhos trilhos de trem, procurar campos de mendigos. Não falei isso antes, talvez ainda não confiasse em você, não sei, mas entraram em contato comigo ano passado, querendo que eu me juntasse à clandestinidade com eles.

— Com *vagabundos*?

— Há muitas pessoas com diploma de Harvard nos trilhos entre aqui e Los Angeles. O que mais podiam fazer? A maioria é perseguida e caçada nas cidades. Eles sobrevivem. Acho que não têm um plano para a revolução, porém. Nunca ouvi falar nada disso. Apenas ficam sentados ao redor do fogo. Não é um grupo muito animado. Mas eles podem escondê-lo por ora.

— Vou tentar. Estou indo em direção ao rio, creio, para o velho distrito fabril. Mantenho contato.

— Em Boston, então. Vou pegar o trem das três hoje à noite, ou melhor, de madrugada. Falta pouco. Tem um impressor aposentado em Boston que eu queria visitar com esse dinheiro em mãos.

— Contatarei você lá — disse Montag. — E pegarei com você os livros quando precisar deles, para plantar nas casas dos bombeiros ao redor do país.

MONTAG DRENOU SUA BEBIDA.

— Você quer dormir aqui por um tempo? — perguntou Faber.

— Melhor eu ir me mexendo, não quero que você vire cúmplice por me manter aqui.

— Vamos conferir. — Faber ligou a televisão.

Uma voz falava rapidamente:

— ... nesta noite. Montag escapou, mas esperamos que seja preso em até 24 horas. Acaba de chegar a notícia de que o Sabujo Elétrico está sendo transportado para cá, vindo de Green Town...

Montag e Faber se entreolharam.

— ... vocês devem se lembrar das matérias na TV a respeito dessa incrível invenção, uma máquina tão sofisticada que pode seguir uma trilha, como os cães de caça fizeram por séculos. Mas essa máquina sempre encontra seu alvo, sem problemas!

Montag largou a bebida. Estava lívido.

— A máquina funciona automaticamente, a partir de uma célula de motor em miniatura, pesa cerca de 25 quilos e se move por meio de sete rodas de borracha. A parte da frente dessa máquina é como um nariz que, na verdade, são mil narizes, tão sensíveis que podem distinguir entre dez mil comidas, cinco mil cheiros de flores e se lembrar do odor de identificação de quinze mil homens sem precisar ser reiniciado.

    Faber começou a tremer. Olhou para sua casa, para a porta, a cadeira onde Montag estava sentado. Montag interpretou esse olhar. Ambos viram o rastro invisível de pegadas que conduziam ao lugar, atravessando a sala, as impressões digitais na maçaneta, e o cheiro do seu corpo no ar e na cadeira.

    — O Sabujo Elétrico está aterrissando agora, de helicóptero, na casa incendiada de Montag. Acompanhe tudo na TV!

    "Então precisam ter um jogo", pensou Montag. "No meio de uma guerra, precisam jogar."

    Lá estava a casa incendiada, a multidão, e alguém coberto por uma lona, o sr. Leahy, sim, o sr. Leahy, e lá no alto do céu, tremulando, encontrava-se o helicóptero vermelho, pousando como uma flor grotesca e ameaçadora.

    MONTAG OBSERVOU A CENA com uma fascinação concreta, não queria mais sair dali. Se pudesse, permaneceria sentado, confortável, e acompanharia a caça inteira, por todas suas fases, descendo becos e subindo ruas, atravessando avenidas vazias, com o céu clareando com o alvorecer, passando outros becos até casas queimadas, até chegar àquele lugar, àquela casa, com ele e Faber sentados ali, fumando distraídos, bebendo um bom vinho, enquanto o Sabujo Elétrico farejava trilhas, uivando, e parava do lado de fora da porta.

    Então, se quisesse, Montag se levantaria, iria até a porta, mantendo um olho na tela da TV, abriria a porta e olharia para fora, e olharia para trás, e veria a ele mesmo parado ali, retratado na tela brilhante, de fora, um teatro que ele observava objetivamente, em que ele mesmo assistiria a si, por um instante antes de mergulhar no esquecimento, sendo morto para o benefício da plateia da televisão que agora já estava milhares de vezes maior, pois as estações de TV ao redor do país provavelmente estavam bipando para acordar os espectadores para essa grande partida, a grande caçada, esse Furo!

— Lá está ele — disse Faber.

DO HELICÓPTERO, DESLIZAVA ALGO que não era uma máquina, nem um animal, nem vivo, nem morto, que apenas se deslizava. Brilhava com uma fosforescência verde, e presa nele havia uma coleira longa, e atrás tinha um homem, com roupas leves e fones de ouvido em sua cabeça raspada.

— Não posso ficar aqui — disse Montag, levantando-se, com seus olhos ainda fixos na cena.

O Sabujo Elétrico avançou em direção às ruínas fumegantes, e o homem correu atrás dele. Levaram um casaco. Montag reconheceu-o como seu, largado no quintal durante a fuga. O Sabujo Elétrico o estudou por um breve instante. Medidores e registros clicaram e zuniram.

— Você não pode escapar — Faber suspirou e se virou. — Ouvi falar do maldito Sabujo. Ninguém nunca escapou.

— Vou tentar mesmo assim. Sinto muito, professor.

— Por minha causa? Por essa casa? Não sinta. Eu que lamento não ter agido anos atrás. Seja lá o que acontecer comigo por causa disso, eu mereço. Corra, agora; talvez você consiga atrasá-los de alguma maneira...

— Aguarde um instante. — Montag avançou. — Não há motivos para você ser descoberto. Podemos apagar os rastros daqui. Primeiro, a cadeira. Me dê uma faca.

Faber correu e trouxe uma faca. Com ela, Montag atacou a cadeira onde estava sentado. Despedaçou o estofado e o enfiou, pedaço a pedaço, no incinerador da parede, sem tocar a tampa.

— Agora — ele disse — depois que eu for embora, rasgue o carpete com minhas pegadas, recorte-o, queime-o e areje a casa. Esfregue álcool nas maçanetas, ligue o regador do jardim no máximo. Isso vai apagar qualquer rastro nas calçadas.

Faber cumprimentou-o vigorosamente.

— Você não sabe o quanto isso significa para mim. Vou fazer de tudo para ajudá-lo no futuro. Entre em contato comigo em Boston, então.

— E mais uma coisa. Uma mala: encha-a com suas roupas sujas, quanto mais sujas, melhor. Algumas calças jeans, uma camisa, sapatos velhos e meias.

Faber voltou em um minuto com uma mala que selaram com fita adesiva.

— Para manter o odor lá dentro — disse Montag, sem fôlego. Ele derramou conhaque e uísque na mala. — Não quero que o Sabujo capte dois odores ao mesmo tempo. Quando eu chegar a uma distância segura, no rio, vou mudar de roupas.

— Meu Deus, espero que funcione! Se suas roupas tiverem um cheiro forte o bastante, o que parece, posso ao menos confundir o Sabujo.

— Boa sorte.

Cumprimentaram-se mais uma vez e olharam para a tela. O Sabujo Elétrico estava a caminho, seguido por unidades móveis de câmeras de TV, por becos e ruas vazias na madrugada, em silên-

cio, silêncio, farejando o grande vento noturno, em busca do sr. Leonard Montag.
— Nos vemos.
E lá se foi ele, com passos leves, correndo com a mala semivazia. Atrás dele, ele via, sentia e ouvia o regador de grama saltar, preenchendo o ar escuro com a umidade da chuva sintética para apagar o cheiro de Montag. Pela janela dos fundos, a última coisa que viu foi Faber rasgando o carpete e enfiando-o no incinerador.
Montag corria.
E atrás dele, na cidade, corria o Sabujo Elétrico.

ELE PARAVA DE VEZ EM QUANDO, pela cidade, para observar as janelas pouco iluminadas das casas despertas. Vislumbrava a silhueta de pessoas diante de suas televisões, e nas telas via onde o Sabujo Elétrico estava, agora em Elm Terrace, agora na avenida Lincoln, agora na 34ª Avenida, agora subindo o beco em direção ao sr. Faber, agora na casa de Faber!
"Não, não!", pensou Montag. "Siga em frente! Não entre aí, não entre!"
Montag prendeu a respiração.
O Sabujo Elétrico hesitou, e então seguiu adiante, deixando a casa de Faber para trás. Por um instante, a câmera de TV mostrou a casa de Faber, que estava no escuro. No jardim, a água aspergia suavemente no ar fresco.

O SABUJO ELÉTRICO foi descendo o beco aos pulos.
— Durma bem, professor. — E Montag tinha desaparecido outra vez, correndo em direção ao rio distante, parando em outras

casas para ver o jogo nas TVs, o longo jogo de corrida, e o Sabujo se aproximando. — A um quilômetro e meio agora!
Enquanto corria, colou o rádio-concha no ouvido e uma voz corria com ele a cada passo do caminho, com as batidas do seu coração e o som dos seus sapatos no cascalho:
— Fiquem de olho no pedestre! Fiquem de olho no pedestre! Qualquer pessoa nas calçadas ou na rua, caminhando ou correndo, é suspeita. Fiquem de olho no pedestre!
Como era simples numa cidade onde ninguém andava a pé. Procure, procure o caminhante, o homem que testa suas pernas. Obrigado, Senhor, pelos bons becos escuros por onde os homens podem correr em paz. Luzes de casas se acendiam por todos os lados. Montag viu rostos observando as ruas pelas quais passava, faces ocultas pelas cortinas, pálidas, assustadas pela noite, como animais espreitando de dentro de suas cavernas elétricas, faces com olhos cinza e mentes cinza, e apressou o passo, ofegante, deixando-os a seus afazeres, e no minuto seguinte chegou ao rio escuro em movimento.

Encontrou o que buscava depois de cinco minutos correndo ao longo da margem. Era um barco a remo preso a uma estaca na areia, que ele tomou para si.

O barco flutuou tranquilamente no longo silêncio do rio e seguia a correnteza em direção à cidade, sacudindo e sussurrando, enquanto ele se despia por completo na escuridão, e jogava álcool puro no corpo, braços, pernas e rosto. Então vestiu as velhas roupas e sapatos de Faber. Jogou sua roupa antiga na água, com mala e tudo.

Ficou observando o escuro. Haveria um atraso na perseguição enquanto o Sabujo Elétrico patrulhasse o rio em busca de um homem chamado Montag que chegou à margem.

Se o cheiro de Faber seria forte o suficiente, com o auxílio de álcool, para cobrir o odor típico de Montag, era outra questão. Ele puxou um pano ensopado em álcool que tinha guardado, ensopado com o resto da bebida. Precisava segurá-lo em frente à boca quando descesse do barco.

As partículas da sua respiração podiam permanecer em uma nuvem invisível por horas depois de ele ter saído do local.

Não podia mais esperar. Estava logo abaixo da cidade agora, num lugar solitário cheio de ervas daninhas e antigos trilhos de trem. Ele remou em direção à costa, amarrou o lenço sobre o rosto e saltou do barco, quando este encostou brevemente na terra.

A correnteza levou o barco, virando-o lentamente.

— Adeus ao sr. Montag — disse. — Olá, sr. Faber.

Ele correu pelo bosque enquanto o sol nascia.

Encontrou o caminho pelos trilhos de trem que não eram usados havia dezenas de anos, encrustados de ferrugem marrom e escondidos pela grama não aparada. Ouviu seus pés se movendo na grama. Ele parou e conferiu se alguém o seguia, mas não havia nada.

A luz de uma fogueira brilhava à frente. "Um dos acampamentos", pensou Montag. "Um dos locais onde intelectuais mendigos cozinham sua própria comida e conversam!" Era inacreditável.

Meia-hora depois, ele saiu do bosque e adentrou a luz fraca do fogo, por um breve instante, e então voltou a se esconder, observando o grupo de sete homens, com as mãos na direção das chamas, conversando em voz baixa. À direita deles, a meio quilômetro, estava o rio. Subindo um quilômetro e meio, ainda visível na escuridão, estava a cidade, e não havia som algum além de vozes e do crepitar do fogo.

Montag aguardou dez minutos nas sombras.

Então, uma voz o chamou.
— Certo, pode vir agora.
Ele se encolheu.
— Está tudo bem — disse a voz. — Você é bem-vindo aqui.

Ele se permitiu avançar e caminhar exausto rumo ao fogo, encarando os homens e suas roupas sujas.

— Não somos muito elegantes — disse o homem que parecia ser o líder do pequeno grupo. — Sente-se. Tome um café.

Montag observou a mistura fumegante e escura ser despejada numa xícara quebradiça que entregaram a ele. Tomou um gole cauteloso e sentiu o líquido quente nos lábios. Os homens o observavam. Seus rostos não estavam bem barbeados, mas suas barbas estavam limpas, assim como suas mãos. Tinham se levantado, como se quisessem receber um convidado, e agora sentavam-se de novo. Montag tomou um gole.

— Obrigado — disse.

O líder falou:

— Meu nome é Granger, um nome tão bom quanto qualquer outro. Você não precisa nos dizer seu nome. — Ele se lembrou de algo. — Aqui, antes de terminar seu café, melhor tomar isso. — Ele estendeu uma pequena garrafa com um fluido sem cor.

— O que é isso?

— Tome. Seja lá quem você for agora, não estaria aqui se não tivesse se metido em uma encrenca. Ou isso, ou você é um espião do governo, e nesse caso, somos apenas um grupo de homens nômades que não fazem mal a ninguém. De qualquer maneira, uma hora depois de beber esse líquido, você será outra pessoa. Isso mexe no sistema perspiratório... muda o conteúdo do seu suor. Se você quiser ficar aqui, terá de beber, do contrário terá de seguir adiante. Se há um Sabujo atrás de você, você é uma má companhia.

— Acho que me livrei do Sabujo — disse Montag, e bebeu aquela coisa sem gosto. O líquido ardia na sua garganta. Ficou enjoado por um instante, sentiu os olhos escurecerem e um rugido na cabeça. Aí passou.

— Agora sim, sr. Montag — disse Granger, e bufou com seu equívoco. — Sinto muito. — Ele apontou com o dedão para uma pequena TV portátil depois da fogueira. — Estávamos assistindo. Mostraram uma foto sua, não muito parecida com você agora. Imaginávamos que você viria para cá.

— Foi uma perseguição e tanto.

— Sim. — Granger ligou a TV. Era do tamanho de uma bolsa, pesava uns três quilos e era quase só tela. Uma voz gritava:

— A busca agora se desloca ao sul, ao longo do rio. Na margem leste, helicópteros da polícia se reúnem na avenida 87 e no parque de Elm Grove.

— Você está seguro — disse Granger. — Estão fingindo. Você os despistou no rio, mas eles não querem admitir. Deve ter um milhão de pessoas ouvindo e assistindo àquele sabujo perseguindo você. Vão encontrá-lo em cinco minutos. Observe.

— Mas se eles estão a dezesseis quilômetros daqui, como podem...?

— Olhe.

Ele aumentou o brilho da TV.

— Naquela rua, em algum lugar, deve ter alguém que saiu para uma caminhada matinal. Uma figura rara, esquisita. Não pense que a polícia não conhece o hábito de gente estranha como ele, homens que acordam cedo sem motivos. Enfim, naquela rua, a polícia sabe que toda manhã um certo homem caminha sozinho, vai tomar um ar, fumar um cigarro. Vamos chamá-lo de Billings, Brown ou Baumgartner, mas a perseguição se aproxima dele a cada minuto. Veja!

Na tela, um homem virava a esquina. O Sabujo avançava veloz, guinchando. A polícia fechava o homem.

A TV gritou:

— Lá está Montag! Acabou a perseguição!

O homem inocente ficou ali parado, observando a multidão se aproximar. Segurava um cigarro pela metade. Ele olhou o Sabujo e ficou boquiaberto, como se prestes a dizer algo, e então uma voz que parecia divina explodiu:

— Certo, Montag, não se mexa. Pegamos você, Montag!

Ao lado da pequena fogueira, com sete outros homens, Montag estava a dezesseis quilômetros de distância, com a luz da tela brilhando no seu rosto.

— Não fuja, Montag!

O homem se virou, exasperado. A multidão rugiu. O Sabujo deu um salto.

— Pobre coitado — disse Granger, amargurado.

Dezenas de tiros disparados. O homem caído.

— Montag morreu, a perseguição acabou. O criminoso recebeu o que merecia! — disse o apresentador.

A câmera avançou. Logo antes de mostrar o rosto, no entanto, a tela ficou preta.

— Agora passamos para o quarto Sky do Hotel Lux em San Francisco para meia hora de música dançante por...

GRANGER DESLIGOU A TV.

— Não podiam mostrar o rosto do homem, é claro. Melhor que todos pensem que foi Montag.

Montag não disse nada, apenas olhou para a TV desligada. Não era capaz de se mexer ou falar.

Granger estendeu a mão.

— Seja bem-vindo de volta do mundo dos mortos, sr. Montag.

— Montag apertou a mão, frouxamente. O homem disse: — Meu nome real é Clement, antigo ocupante da cátedra T.S. Eliot em Cambridge. Isso foi antes de a universidade ter se transformado numa faculdade de Engenharia Elétrica. Este senhor aqui é o dr. Simmons da UCLA.

— Não pertenço a este lugar — disse Montag, enfim, lentamente. — Fui um idiota, o tempo todo, tropecei e estraguei tudo.

— A raiva nos torna idiotas, você só pode ficar irritado até certo ponto antes de explodir e fazer coisas erradas, e agora não há mais o que se fazer.

— Eu não devia ter vindo aqui, posso ter colocado vocês em risco.

— Estamos acostumados. Também cometemos erros, ou não estaríamos aqui. Quando éramos indivíduos distantes, tudo o que tínhamos era a raiva. Dei um soco num bombeiro uma vez. Ele tinha ido pedir minha biblioteca quarenta anos atrás. Precisei fugir. Sou um foragido desde então. E o Simmons aqui...

— Comecei a citar Donne no meio de uma aula de genética em uma tarde como esta. Sem motivo algum. Só comecei a citar Donne. Está vendo? Todos nós fomos idiotas.

Olharam para o fogo, autoconscientes.

— Então, você quer se juntar a nós, sr. Montag?

— Sim.

— O que você tem a oferecer?

— Nada. Pensei que tinha o Livro de Jó, mas nem isso tenho.

— O Livro de Jó seria ótimo. Onde estava?

— Aqui. — Montag tocou na cabeça.

— Ah — disse Granger-Clement. Ele sorriu e assentiu.
— O que foi? Isso não é bom? — perguntou Montag.
— É mais que bom, é perfeito. Sr. Montag, você chegou ao segredo de nossa organização. Livros vivos, sr. Montag, livros vivos. Dentro desse velho crânio, onde ninguém pode enxergar. — Ele se virou a Simmons. — Temos um Livro de Jó?
— Apenas um. Um homem chamado Harris em Youngtown.
— Sr. Montag. — O homem estendeu o braço e segurou com força o ombro de Montag. — Caminhe lentamente, tome cuidado com sua saúde. Se algo acontecer com Harris, você é o Livro de Jó. Compreende como é importante?
— Mas eu não me lembro!
— Besteira. Nada se esquece para sempre. Talvez tenha colocado no lugar errado, mas não esqueceu. Temos vários novos métodos de hipnose para sacudir os parafusos. Você vai se lembrar, não fique receoso.
— Tenho *tentado* lembrar.
— Não tente. Relaxe. Virá quando precisarmos. Algumas pessoas são rápidas no estudo e nem sabem disso. Algumas das criaturas mais simples de Deus têm uma habilidade chamada memória eidética, a capacidade de se lembrar de páginas inteiras com um só vislumbre. Não tem nada a ver com QI. Sem ofensa, sr. Montag. Isso varia. Você gostaria, algum dia, de ler *A República*, de Platão?
— Sem dúvida.
Granger gesticulou para um homem sentado num canto.
— Sr. Platão, por favor.

O HOMEM COMEÇOU A FALAR. Ele encarou Montag, ociosamente, enchendo um cachimbo feito de espiga de milho, inconsciente das palavras que seus lábios despejavam. Falou por dois minutos, sem interrupções.

Granger fez um gesto minúsculo com a mão e o homem parou.

— Uma memória perfeita, palavra a palavra. Toda palavra importa, toda palavra é de Platão — disse Granger.

— E — disse o homem que era Platão — não entendo uma só palavra. Só repito. Fica a seu cargo entender.

— Você não entende nada?

— Nada. Mas não consigo tirar isso de mim. Depois que entra, é como cola na garrafa, fica ali para sempre. O sr. Granger diz que é importante, isso basta para mim.

— Somos amigos de longa data — disse Granger. — Não nos víamos desde que éramos garotos. Nos encontramos faz uns anos naquela trilha, em algum lugar entre aqui e Seattle, caminhando, eu fugindo dos bombeiros, ele, das cidades.

— Nunca gostei de cidades — disse o homem que era Platão. — Sempre achei que elas viravam donas dos homens, e só, que usavam os homens para continuar funcionando, para manter as máquinas azeitadas e limpas, então saí. E então encontrei Granger e ele descobriu que eu tinha essa memória eidética, como ele diz, e me deu um livro para ler, e então nós queimamos o livro para não sermos pegos com ele, e agora eu sou Platão, e é isso que eu sou.

— Ele também é Sócrates.

O homem fez uma reverência.

— E Schopenhauer.

O homem fez outra.

— E John Dewey.

— Tudo em uma só garrafa. Você acha que não tem espaço, mas consigo abrir minha mente como uma sanfona e tocá-la. Tem bastante espaço quando você não tenta pensar a respeito do que leu, é só quando se começa a pensar que fica, de repente, lotada. Não penso muito a respeito de nada, a não ser comer, dormir e viajar. Tem bastante espaço, pode crer.

— Então cá estamos nós, sr. Montag. O sr. Simmons é, na verdade, o sr. Donne, sr. Darwin e sr. Aristófanes. Esses outros senhores são Mateus, Marcos, Lucas e João. E *eu* sou Rute.

Todos riram silenciosamente.

— Como você pode ver, não nos falta senso de humor, apesar de vivermos nessa época melancólica. E eu sou trechos e pedaços de Byron, Shelley, Shaw, Washington Irving e Shakespeare. Um caleidoscópio. Pode me erguer na direção do Sol e sacudir. E você é o sr. Jó, e em meia hora ou mais, uma guerra vai começar.

Enquanto aquelas pessoas no formigueiro do outro lado do rio estavam caçando Montag, como se ele fosse a causa da ansiedade nervosa e da frustração delas, uma guerra estava a caminho. Amanhã, nesse mesmo horário, o mundo pertencerá a pequenas cidades verdes, e trilhos de trem enferrujados e homens levando suas gravatas para passear, que somos nós. As cidades vão virar cinzas, fuligem e fermento.

Disparou um alarme na televisão. Granger a ligou.

— Negociações finais foram feitas para uma conferência amanhã com os líderes do governo inimigo, também...

Granger desligou-a.

— O que você acha, sr. Montag?

— Acho que eu estava cego, tentando fazer as coisas do meu jeito, plantando livros e chamando bombeiros.

— Você fez o que achava necessário. Mas o nosso método é mais simples e melhor, e o que queremos é manter nosso conhecimento intacto e seguro, para não despertar a raiva ou o entusiasmo de ninguém; pois, se formos destruídos, nosso conhecimento estará morto. Somos cidadãos-modelo à nossa própria maneira... caminhamos pelos trilhos, deitamos nos morros à noite, não incomodamos ninguém, e a cidade não tem nenhum de nós, e nossos rostos foram alterados por cirurgias plásticas, assim como nossas impressões digitais. Então aguardamos em silêncio o dia em que as máquinas virarão sucata, e então vamos aparecer dizendo "aqui estamos", para os sobreviventes da guerra, e diremos: "agora vocês recobraram o bom senso, homens civilizados, então talvez um livro seja bom para vocês".

— Mas darão ouvidos?

— Talvez não. Aí teremos que esperar mais. Talvez tenhamos de esperar centenas de anos. Talvez nunca nos escutem; não podemos forçá-los a isso. Então vamos passar adiante os livros para as mentes de nossas crianças, e elas vão aguardar. *Algum* dia, alguém vai precisar de nós. Isso não pode durar para sempre.

— Quantos de vocês existem?

— Milhares nas estradas, nas ferrovias, mendigos do lado de fora, bibliotecas por dentro. Não foi algo planejado de fato, apenas foi crescendo. Cada pessoa tinha um livro que gostaria de memorizar. Fazia isso. Então descobrimos uns aos outros, montamos uma rede e traçamos um plano. O que tivemos de aprender de importante era que não éramos importantes, não éramos pedantes, não deveríamos nos sentir superiores, não passávamos de capas de livros, sem qualquer importância individual. Alguns de nós moram em pequenas cidades. O primeiro capítulo de *Walden* está em Nantucket, o capítulo dois, em Reading, o terceiro, em Waukesha, cada um de acordo com sua capacidade. Algumas pessoas memorizam bastante, outras, apenas algumas linhas.

— Os livros estão a salvo, então.

— Não podiam estar mais a salvo. Oras, tem um pequeno vilarejo de duzentas pessoas na Carolina do Norte, que bomba alguma vai atingir, que tem a versão completa das *Meditações*, de Marco Aurélio. É possível pegar as pessoas e quase folheá-las como páginas, uma página por pessoa. Você não pode ser pego com isso. E quando a guerra acabar, e tivermos o tempo necessário, os livros serão reescritos, as pessoas serão chamadas uma a uma para recitar o que sabem, e serão impressos outra vez, até a chegada da próxima Idade das Trevas, quando talvez tenhamos de repetir tudo isso, pois o homem é uma criatura tola.
— O que faremos hoje à noite? — perguntou Montag.
— Aguardar. Só isso.

MONTAG FITOU O ROSTO DOS HOMENS, velhos, todos, ao redor da fogueira, e, com certeza, cansados. Talvez ele procurasse um brilho, uma determinação, um triunfo sobre o amanhã que não estava lá de fato. Talvez esperasse que aqueles homens tivessem orgulho do conhecimento que carregavam, que reluzissem com a sabedoria, como lâmpadas que brilham com o fogo que contêm.

Mas toda a luz vinha da fogueira, e aqueles homens não pareciam diferentes de qualquer outro que teve uma vida longa, que está a procura há muito tempo, que viu coisas preciosas sendo destruídas, velhos amigos morrerem, e agora, já bastante tarde, reuniam-se ao redor dela para assistir à morte das máquinas, ou para torcer que elas morram, enquanto aproveitavam um último amor paradoxal por essas próprias máquinas, que podiam gerar felicidade no chão e terror no teto, de maneira tão mesclada que um homem pode enlouquecer tentando separar as coisas e encontrar seu lugar ali.

Não tinham certeza de que aquilo que carregavam em suas mentes podia tornar a aurora do futuro melhor. Não tinham certeza de nada tirando o fato de que havia livros arquivados por trás de seus olhos e que, se um homem se dedicasse a eles, algo de dignidade e alegria poderia ser recuperado.

Montag olhava um rosto depois do outro.

— Não julgue um livro pela capa — alguém disse.

Um riso suave percorreu os homens.

Montag virou-se para olhar a cidade do outro lado do rio.

— Minha esposa está em algum lugar nessa cidade — ele disse.

— Sinto muito.

— Olhem — disse Simmons.

Montag olhou para cima.

O bombardeio já tinha terminado, enquanto as sementes ainda estavam no céu. As bombas estavam lá, os jatos também, em uma fração de segundo, como um punhado de grãos de trigo lançado aos céus por uma grande mão, e as bombas pairavam com uma lentidão tenebrosa sobre a cidade onde as pessoas olhavam para o alto, para o destino que chegava até elas como a tampa de um caixão sendo fechado e se tornando, num instante seguinte, um pesadelo vermelho e poeirento.

O bombardeio, para fins militares, já tinha acabado. Depois que os jatos viram o alvo e alertaram o bombardeiro a cinco mil quilômetros por hora, com a rapidez de um sussurro de uma faca cruzando o céu, a guerra tinha acabado. Depois que o gatilho fora disparado, depois que as bombas caíram, ela tinha acabado.

Agora, em três segundos, que é todo o tempo da história, antes que as bombas chegassem ao chão, os jatos inimigos tinham desaparecido do mundo visível, ao que parece, como balas nas quais um selvagem de uma ilha não acreditaria, porque permanecem invisíveis, mas ainda assim atingem o coração de repente, o corpo se divide, o sangue se surpreende com a liberdade no ar, e o cérebro entrega todas suas memórias preciosas, e ainda intrigado, morre.

Não se pode acreditar nessa guerra. Foi um gesto. Foi um movimento de uma grande mão de metal sobre a cidade e uma voz dizendo:

— Desintegrar. Não deixem pedra sobre pedra. Pereçam. Morram.

Montag segurou as bombas no céu por um instante precioso, com sua mente e suas mãos.

— Corra! — ele gritou a Faber. Para Clarisse: — Corra! — Para Mildred: — Saia daí, saia daí! — Mas Clarisse, ele se lembrava, estava morta. E Faber tinha saído; lá, nos vales profundos, o trem do alvorecer se deslocava de uma desolação a outra. Embora a desolação ainda não tivesse chegado, ainda estava no ar, era tão certeira quanto possível. Antes de o trem avançar cinquenta metros pelo trilho, seu destino teria perdido o sentido, seu ponto de partida, que antes era uma metrópole, agora era um quintal.

E Mildred!

"Saia, corra!", ele pensou.

Ele podia ver Mildred nessa metrópole agora, no meio segundo que restava, as bombas estavam talvez a cinco centímetros, cinco pequenos centímetros do hotel dela, e Montag podia ver Mildred, curvada em direção à televisão como se toda a fome de olhar encontrasse seu desconforto insone ali. Mildred, curvada, ansiosa, nervosa, entrando naquele mundo tubular, como se fosse uma bola de cristal, para encontrar a felicidade.

A primeira bomba atingiu.

— Mildred!

Talvez a estação de televisão tenha caído primeiro num apagão. Montag viu a tela ficar escura diante do rosto de Mildred e ela gritando, porque, no milionésimo de segundo restante, Mildred veria seu rosto refletido, esfomeado e solitário, num espelho em vez de um cristal, e seria uma face tão selvagemente vazia que ela enfim a reconheceria, e encararia o teto, quase dando boas-vindas a ele, enquanto a estrutura inteira do hotel desabava sobre ela e a carregava com toneladas e toneladas de tijolo, metal e pessoas, até o porão, onde seriam eliminados dessa maneira nada razoável.

"Lembro-me agora", pensou Montag, "de quando nos conhecemos. Foi em Chicago. Sim, agora eu lembro."

Quando Montag se deu conta, estava de cara contra o chão. A concussão fez o ar tremer para além do rio e derrubou os homens como dominós em linha, soprados como o fogo da última vela, e fez com que as árvores se lamuriassem com uma grande voz enquanto o vento se movia ao sul.

Montag encarava a cidade. Agora, era a cidade e não as bombas, que estava no ar, tinham trocado de lugar. Por mais um desses instantes impossíveis, a cidade permaneceu, reconstruída e irreconhecível, mais alta do que nunca, mais alta do que tinha sido construída, erigida, enfim, nas últimas lufadas de poeira e centelhas de metal retorcido, numa cidade que não era tão diferente de uma avalanche ao contrário, formada por chamas, aço e pedra, uma porta onde deveria ter uma janela, um teto no lugar de um piso, a lateral, e não os fundos, e então a cidade rolou e caiu.

O som da morte veio depois.

E MONTAG FICOU ALI deitado, de olhos fechados, ofegante e gritando, e de repente ele pensou:

"Agora eu me lembro de outra coisa. Agora eu me lembro do Livro de Jó." Ele o repetiu para si, deitado próximo à terra; ele disse as palavras muitas vezes, e eram perfeitas, e não exigiam esforço algum. "Agora eu me lembro do Livro de Jó. Agora eu me lembro..."

— Pronto — disse uma voz, a voz de Granger.

Os homens estavam caídos na grama como peixes arquejantes na grama.

Não se levantaram por um bom tempo, mas se agarraram à terra, como crianças se prendem a algo familiar, não importa quão frio ou morto esteja, não importa o que foi que aconteceu ou vai acontecer. Seus dedos estavam cravados no solo, e todos gritavam para manter suas orelhas em equilíbrio e abertas, e Montag gritava junto, um protesto contra o vento que os derrubava, esvoaçava seus cabelos, rasgava seus lábios e fazia o nariz sangrar.

Montag viu o sangue escorrer em direção à terra com tamanha abstração que tinha se esquecido da cidade.

O vento parou.

A cidade estava plana como se alguém tivesse pegado uma colherada de fermento e passado um dedo sobre ela, amaciando-a até ficar lisa.

Os homens não disseram nada. Ficaram deitados por um tempo, como pessoas que despertaram ao alvorecer e ainda não estavam prontas para se levantar e começar o dia, com todas suas obrigações, seus incêndios e comidas, seus milhares de detalhes como colocar um pé atrás do outro, uma mão depois da outra, suas entregas, funções e obsessões detalhistas. Piscaram com suas pálpebras ofuscadas. Era possível escutá-los respirando mais rápido, depois mais lentamente, e enfim com a lentidão da normalidade.

Montag se sentou. No entanto, não fez outro movimento. Os outros homens fizeram o mesmo. O sol tocava o horizonte com uma ponta vermelha suave. O ar estava fresco e doce, e tinha cheiro de chuva. Em poucos minutos, seria o cheiro de poeira e ferro pulverizado, mas agora era algo doce.

E pelo mundo todo, pensou Montag, as cidades de outras nações também morreram quase ao mesmo instante.

Em silêncio, o líder do pequeno grupo, Granger, levantou-se, apalpou braços e pernas, tocou o rosto para ver se tudo estava no seu lugar e então avançou até o fogo apagado e curvou-se sobre ele. Montag observava.

Riscando um fósforo, o homem o encostou num pedaço de papel e o enfiou sob uns gravetos secos e umas minúsculas tiras de palha, e depois de um tempo o fogo passou a atrair lenta e desajeitadamente os homens, e as labaredas coloriam seus rostos de rosa e amarelo, enquanto o Sol subia lentamente para colorir suas costas.

NÃO HOUVE SOM ALGUM, além da conversa baixa e secreta de homens pela manhã, e a conversa era assim:

— Quantas fatias?

— Duas para cada.

O bacon era contado num papel de cera. A frigideira foi posta no fogo e largaram o bacon sobre ela. Depois de um instante, ele começou a tremular e dançar na frigideira, e a gordura que saltava preencheu o ar da manhã com seu aroma. Quebraram ovos sobre o bacon e os homens observaram esse ritual, como se o líder participasse, assim como eles, de uma religião do despertar cedo, algo que é feito há séculos, e Montag sentiu-se confortável entre eles, como se durante a noite as paredes de uma grande prisão tivessem se dissipado ao redor deles e aqueles homens voltassem a estar na terra, e apenas os pássaros cantavam de forma intermitente, quando lhes dava vontade, sem planejamento ou insistência humana.

— Aqui — disse Granger, tirando da frigideira quente o bacon e os ovos para os outros. Cada um estendia seu prato de latão arranhado.

E então, sem olhar para cima, quebrando outros ovos na frigideira, Granger, lentamente, preocupado com o que ele dissera, relembrando as palavras, arredondando-as, mas cuidadoso com o preparo da comida, começou a recitar rimas e trechos, enquanto o dia ficava claro, como se tivessem botado mais pavio em uma lamparina, e Montag ouviu e todos olharam para os pratos de latão em mãos, esperando os ovos esfriarem, enquanto o líder começava a rotina, e os outros prosseguiam, aqui e acolá.

QUANDO CHEGOU A VEZ DE MONTAG, ele também falou:

"Tudo tem o seu tempo
e há tempo para todo o propósito debaixo do céu.
Há tempo de nascer, e tempo de morrer;
tempo de plantar, e tempo de arrancar o que se plantou..."

GARFOS SE MOVIAM NA LUZ ROSADA. Agora cada homem se lembrava de algo separado e diferente, um pedaço de poesia, uma linha de uma peça, uma velha canção. E recitavam esses pequenos pedaços no ar da manhã:

"O homem, nascido da mulher,
é de poucos dias e farto de inquietação..."

UM VENTO SOPROU AS ÁRVORES.

"Ser ou não ser, eis a questão..."

O SOL AGORA TINHA aparecido por completo.

"Ah, você se lembra da Doce Alice, Ben Bolt...?"
Montag sentiu-se bem.

HISTÓRIAS-BÔNUS

O DRAGÃO QUE COMEU A PRÓPRIA CAUDA

O QUE ELES MAIS QUERIAM? Queriam permanecer na boa e velha Chicago, respirando areia e sujeira, sentir os prédios estranhos, percorrer os túneis fétidos de Manhattan, saborear pirulitos de limão de um verão há muito esquecido, escutar o chiado dos fonógrafos em 1910, embarcar nos navios de Nelson com destino a Trafalgar, queriam um dia ao lado de Sócrates antes da cicuta, ou passear por Atenas no dia de maior movimento e vislumbrar joelhos em meio ao gás iluminado pelo Sol, qual era sua ideia, de que majestosa forma lhes aprazeria passar a próxima hora, o próximo dia, o próximo mês, o próximo ano. As tarifas eram bem em conta, como uma excursão qualquer! Determinada quantia, determinado dia, e podiam voltar para casa no instante em que a antiguidade os incomodasse, entediasse ou apavorasse. Eis uma bela maneira de conhecer sua história! Eis uma fronteira para vocês, pronta, à espera, fresca, novinha em folha.

Não perca tempo, venha!

— Não parece uma boa, Alice?

— Nem tinha pensado. Pode ser.
— Você tem vontade de ir?
— Aonde?
— Paris, 1940. Londres, 1870. Chicago, 1895. Ou a exposição de Saint Louis, por volta de 1900, ouvi dizer que estava incrível, meio naïve.

Mulher e marido estavam sentados à mesa automática de café da manhã e recebiam porções exatas de pão tostado com primor e untado de manteiga sintética e, portanto, absoluta e comprovadamente pura.

Ah, esse futuro vazio, em que o dragão já devorou sua cauda radioativa, com sua gente consternada e tão desmotivada, os rostos bronzeados pelas explosões, os cabelos queimados até a raiz, sua esperança chamuscada e retorcida em massas disformes no coração, se esse tempo, se esse tempo fosse dela, ela mandava, ela mandava ladrilhar com pedrinhas, com pedrinhas de brilhante, para o seu, para o seu amor passar!

E assim eles aceleravam, aceleravam e seguiam em frente, a lei não era capaz de detê-los, os legisladores não eram capazes de detê-los, a polícia, os tribunais, os senadores imbecis e deputados corruptos, os declamantes, redatores e coagentes de anseios não eram capazes de detê-los, o mundo se esvaziava. O botão já havia sido apertado, e as pessoas desciam pela descarga do tempo em direção ao ontem.

Alice e John Weathers estavam de pé em frente à sua porta. As casas da rua estavam vazias e silenciosas. As crianças haviam deixado as árvores, já não tinham a barriga empanturrada de horrendas frutas verdes. Nenhum carro no meio-fio, nem navios no céu, nem movimento de luz nas janelas.

— Você se esqueceu de fechar a torneira.
— Tá desligada?

— E o gás?
— Desligado.
— A eletricidade?
— Por que se preocupar?
— Vamos, tranque a porta.
— Ninguém vai entrar.
— Quem sabe o vento.
— Ah, o vento, aí é outra história.
— Mas tranque mesmo assim, John, por favor.

Eles trancaram a porta e caminharam pela grama deixando para trás suas roupas e todos os móveis cuidadosamente cobertos por lençóis.

Tudo em seu devido lugar.
— Você acha que nós voltaremos algum dia?
— Não.
— Nunca mesmo.
— Nunca.

— Eu me pergunto se algum dia nos lembraremos desta casa em Elm Terrace, dos móveis, da luz elétrica, das festas, tudo, e se, no passado, nos lembraremos que existiram este lugar e este tempo.

— Não, nunca nos lembraremos. Eles nos colocam em uma máquina que tira as memórias. E nos dão novas memórias. Eu serei John Sessions, contador na cidade de Chicago em 1920, e você será minha mulher.

Eles seguiram pela rua crepuscular.

— E imagine só — disse ela, baixinho — um belo dia encontraremos Edgar e sua esposa na rua, em Chicago, e eles olharão para nós, e nós olharemos para eles e pensaremos: "Onde foi que eu vi essa gente antes?", mas seguiremos em frente, estranhos, sem nem imaginarmos que nos encontramos cento e noventa anos no futuro.

— Sim, estranhos, é esquisito pensar nisso.

— E todos nós, um milhão ou mais, escondidos no Passado, sem nos conhecermos, mas nos mesclando ao padrão, sem nem imaginarmos que viemos todos de outra época.

— Estamos fugindo — ele disse, e parou e olhou para as casas mortas. — Não gosto de fugir dos problemas.

— O que mais podemos fazer?

— Ficar aqui e lutar.

— Contra a bomba de hidrogênio?

— Criar leis contra elas.

— Que serão violadas.

— Tentar outra vez, tentar outra vez, é o que deveríamos fazer em vez de fugir.

— Não adianta.

— Não, claro que não — disse ele. — Agora vejo que, enquanto houver um cientista inescrupuloso e um político sujo no mundo, eles se juntarão e farão uma bomba pelo primeiro motivo bobo que encontrarem. Antes éramos nós que tínhamos armas, a gente simples, para nos defendermos, um mosquete, os partisans, uma revolução do povo contra a tirania, sempre havia lanças para atirar ou armas para apontar, mas não se pode apontar armas para uma explosão de hidrogênio, nem para nenhum de seus guardiões, pelo medo de represálias. É algo tão vasto, somos como uvas-passas cercadas de fermento: quando percebemos, já fomos assados. Vamos, nem adianta falar.

Eles se afastaram da rua morta, adentrando o silêncio da zona comercial da cidade.

MAS EM MUITAS NOITES, quando o bonde vira a esquina próxima a seu apartamento do sexto andar, banhando, por um instante, sua cama de luz amarela e mecânica e fazendo os ossos de seus corpos adormecidos quicarem e chacoalharem, ela se encolhe e choraminga às costas de seu marido inerte, que desperta e se vira, sussurrando:

— Calma, calma, o que foi?

— Ai, Charles — ela diz no quarto outra vez em silêncio, outra vez no escuro, perdido e vazio — Sonhei que tomávamos café da manhã em outra época, uma mesa automática nos alimentava e havia foguetes no céu, e coisas e invenções esquisitas de todos os tipos.

— Pronto, pronto, só um pesadelo — diz ele.

E um minuto depois, com os corpos aninhados um junto ao outro, eles já dormem seu sono trêmulo outra vez.

UM POUCO ANTES DO AMANHECER

TALVEZ TENHA SIDO O CHORO tarde da noite, a histeria, o soluçar violento, e, depois que tudo já havia desaguado em um suspiro, eu pude escutar a voz do marido através da parede.

— Pronto, pronto — disse ele — pronto, pronto.

Eu ficava deitado em minha cama de barriga para cima, escutando e imaginando. O calendário em minha parede marcava agosto de 2002. O homem e sua esposa, os dois novos, com trinta e poucos, certo ar jovial, cabelos claros e olhos azuis, mas linhas de expressão em torno da boca, haviam recém se mudado para a pensão próxima à biblioteca do centro onde eu fazia minhas refeições e trabalhava como zelador. Era sempre a mesma coisa noite após noite após noite, a esposa chorando, o marido acalmando-a com voz suave do outro lado da parede. Eu me esforçava para escutar o que desencadeava aquilo, mas nunca dava para saber. Eu tinha certeza de que não era nada que ele dizia, nem nada que fizesse. Na realidade, era muito provável que tudo começasse sozinho, tarde da noite, por volta das duas da manhã. Ela devia acordar sozinha, e eu escutava o primeiro guincho aterrorizado antes do longo choro, essa era a minha teoria. Aquilo me entristecia. Velho como sou, odeio escutar o choro de uma mulher.

Lembro-me da noite em que eles chegaram, um mês atrás, era uma tarde de agosto em nossa cidadezinha no interior de Illinois, todas as casas escuras e todos chupando picolé sentados na varanda. Lembro-me de caminhar pela cozinha no térreo e parar em meio aos odores deixados pela comida e escutar, sem ver, o cachorro lambendo a água do pote debaixo do forno, um som tão noturno como o da água em uma caverna. E então caminhei no escuro até a sala onde o proprietário, sr. Fiske, seu rosto horrendamente corado pelo esforço, brigava com o ar-condicionado que, maldito seja, recusava-se a funcionar. Depois ele saiu pela porta em direção à noite quente e parou na salinha dos mosquitos — o sr. Fiske asseverava que ela havia sido construída apenas para os mosquitos, mas parou ali mesmo assim. Eu fui até a varanda, onde me sentei e desenrolei um charuto para afugentar meus próprios mosquitos ilustres, e lá estavam a Vovó Fiske e Alice Fiske e Henry Fiske e Joseph Fiske e Bill Fiske e seis outros inquilinos e pensionistas, todos tomando sorvete.

Foi então que o homem e sua esposa surgiram nos degraus de entrada, tão repentinamente que pareceram brotar da grama escura e úmida, olhando para nós como se fossem espectadores de um circo ao ar livre. Eles não tinham nenhuma bagagem. Nunca me esqueci disso. Eles não tinham nenhuma bagagem. E as roupas não pareciam do tamanho certo.

— Tem lugar para comer e dormir? — perguntou o homem, com a voz hesitante.

Todos ficaram surpresos. Talvez eu tenha sido o primeiro a vê-los, mas logo a sra. Fiske sorriu, levantou-se da cadeira de palha e deu um passo à frente.

— Sim, temos alguns quartos. Vinte dólares a diária, refeições inclusas.
Eles pareceram não entender. Olharam um para o outro.
— Vinte dólares — disse a Vovó.
— Vamos nos mudar para cá — disse o homem.
— Não querem dar uma olhada antes? — perguntou a sra. Fiske.
Eles avançaram dois degraus e olharam para trás, como se alguém os seguisse.
Aquela foi a primeira noite de choro.

O CAFÉ ERA SERVIDO ÀS SETE E MEIA todas as manhãs: grandes pilhas instáveis de panquecas, jarras imensas de melado, ilhas de manteiga, torradas, muitos baldes de café, cereal para quem quisesse. Eu estava concentrado em meu cereal quando o novo casal desceu lentamente pelas escadas. Eles não entraram de imediato na sala de jantar, mas senti que estavam ali e observavam tudo. Como a sra. Fiske estava ocupada, eu fui buscá-los, e lá estavam eles, o homem e a esposa, olhando pela janela da frente, olhando sem parar para a grama verde, os grandes ulmeiros e o céu azul. Quase como se nunca tivessem visto aquilo antes.
— Bom dia — eu disse.
Eles tocavam com os dedos o pano do sofá e a cortina de miçangas no vão da porta que dava para a sala de jantar. Por um instante, pensei ver em seus rostos um sorriso amplo de motivação secreta. Perguntei como se chamavam. Eles ficaram um pouco confusos de início, mas então disseram:
— Smith.
Apresentei-os a todos os comensais. Eles se sentaram, olharam para a comida e, enfim, começaram a comer.

Os dois falavam muito pouco e somente quando alguém lhes dirigia a palavra, e eu pude reparar na beleza de seus rostos: a estrutura óssea do queixo, da bochecha e da sobrancelha de ambos era formosa e graciosa, os narizes retos, os olhos claros, mas sempre havia certo cansaço em suas bocas.

Devo chamar especial atenção para algo ocorrido na metade do café. O sr. Britz, mecânico em uma oficina, disse:

— Bem, pelo que vi no jornal de hoje o presidente está levantando fundos outra vez.

Sr. Smith, o recém-chegado, bufou com raiva:

— Esse homem é horrível! Sempre detestei Westercott.

Todos olharam para ele. Eu parei de comer.

A sra. Smith franziu o rosto para o marido. Ele tossiu de leve e continuou a comer.

O sr. Britz fez cara feia por um instante e todos retomamos nosso café, mas agora eu me lembro bem. O sr. Smith disse:

— Esse homem é horrível! Sempre detestei Westercott.

Eu nunca esqueci.

NAQUELA NOITE ELA CHOROU outra vez, como se estivesse perdida na floresta, e passei uma hora acordado, pensando.

De uma hora para outra, havia muitas coisas que eu gostaria de perguntar a eles. Mas era quase impossível vê-los, pois os dois se trancavam no quarto o tempo todo.

O dia seguinte, contudo, era sábado. Ao passar pelo jardim encontrei os dois observando as rosas, parados, olhando sem tocar, e eu disse:

— Dia bonito!

— Um dia maravilhoso, maravilhoso! — disseram os dois quase em uníssono, e então riram, constrangidos.

— Ah, não pode ser *tão* bom assim — brinquei.

— Você não sabe como está bonito, não sabe como é maravilhoso, você nem pode imaginar — ela disse, e de repente seus olhos se encheram de lágrimas.

Fiquei pasmo.

— Desculpe — eu disse. — Você está bem?

— Sim, sim. — Ela assoou o nariz e se distanciou um pouco para juntar algumas flores.

Fiquei olhando para a macieira carregada de frutas vermelhas, até que encontrei a coragem para perguntar:

— Perdoe a indiscrição, sr. Smith, mas de onde vocês vieram?

— Dos Estados Unidos — ele disse devagarinho, como se encaixasse as palavras umas nas outras.

— Ah, eu tinha a impressão de que...

— Vínhamos de outro país?

— Isso.

— Nós somos dos Estados Unidos.

— Com o que você trabalha, sr. Smith?

— Eu *penso*.

— Entendi — eu disse, pois nenhuma de suas respostas era muito satisfatória.

— Ah, a propósito, qual é o nome desse Westercott?

— Lionel — disse o sr. Smith, e então olhou para mim. Seu rosto ficou pálido. Ele entrou em pânico. — Por favor — ele resmungou baixinho. — Por que você me pergunta essas coisas?

Eles entraram apressados na casa antes que eu pudesse me desculpar. Da janela da escada, ficaram olhando para mim como se eu fosse o maior espião do mundo. Senti-me desprezível e envergonhado.

NA MANHÃ DE DOMINGO eu ajudei a limpar a casa. Ninguém respondeu quando bati na porta dos Smith. Prestei atenção e escutei pela primeira vez o tique-taque, os pequenos cliques e murmúrios dos diversos relógios que trabalhavam em silêncio ali no quarto. Fiquei fascinado. Tique-tique-tique-tique-tique! Dois, não, *três* relógios. Quando abri a porta para recolher o cesto de lixo, vi os relógios dispostos sobre a escrivaninha, o parapeito da janela e o criado-mudo: relógios pequenos e grandes, todos ajustados para aquele horário do fim da manhã, tiquetaqueando, era como se o cômodo estivesse tomado de insetos.

Tantos relógios. Mas por quê? Fiquei pensando. O sr. Smith disse que era um *pensador*.

Levei o cesto de lixo até o incinerador no andar de baixo. Quando virei o cesto, encontrei ali dentro um dos lenços dela. Tateei-o por um momento, sentindo a fragrância de flor. Então atirei-o ao fogo.

Ele não queimou.

Cutuquei-o e empurrei-o mais em direção ao fogo.

Mas o lenço não pegava fogo.

Já em meu quarto, peguei o isqueiro e encostei o lenço nele. O lenço não queimava, e tampouco consegui rasgá-lo.

Então pensei em suas roupas. Entendi por que me pareciam peculiares. O corte era o de praxe para homens e mulheres naquela estação, mas em nenhum canto de seus casacos ou camisetas ou vestidos ou sapatos havia uma bendita costura!

Eles retornaram naquela tarde para caminhar no jardim. Espiei de minha janela no segundo andar e vi os dois juntos em pé, de mãos dadas, conversando de forma espontânea.

E então algo assustador aconteceu.

Um estrondo retumbou no céu. A mulher olhou para o céu, gritou, colocou as mãos no rosto e desabou no chão. O homem ficou lívido e olhou cegamente para o Sol, depois caiu de joelhos e insistiu para que sua mulher se levantasse, mas ela permaneceu ali, histérica.

Quando cheguei no térreo para ajudá-los, eles haviam desaparecido. Era evidente, os dois tinham dado a volta por um lado da casa enquanto eu chegava pelo outro. O céu estava vazio, o estrondo se dissipara.

Por que, pensei, o som tão simples e banal de um avião voando incógnito pelo céu causaria tamanho terror?

O avião retornou um minuto depois, e em suas asas estava escrito: FEIRA! VENHAM! CORRIDAS! DIVERSÃO!

"Não há nada de ameaçador *nisso*", pensei.

Passei em frente ao quarto deles às nove e meia e a porta estava aberta.

Nas paredes, vi três calendários alinhados, todos com a data 18 de agosto de 2035 circulada de forma enfática.

— Boa noite — eu disse, de forma amistosa. — Olha só, que lindos os calendários que vocês têm aqui. É uma mão na roda.

— Sim — eles disseram.

Fui até o meu quarto e fiquei parado no escuro antes de acender a luz, pensando por que eles precisariam de três calendários, todos do ano 2035. Aquilo era coisa de louco, algo que *eles* não eram. Tudo em torno deles era coisa de louco, à exceção deles, que eram pessoas asseadas e racionais com rostos bonitos. Mas todas essas coisas ficaram rodando em minha mente, os calendários, os despertadores, os relógios de pulso que eles usavam, pelo que eu sabia de relógios de pulso cada um devia valer uns mil dólares, e eles próprios, os dois sempre conferindo as horas. Pensei no lenço que não queimava, nas roupas sem costuras, na frase "Sempre detestei Westercott".

Sempre detestei Westercott.

Lionel Westercott. Não podia haver no mundo duas pessoas com um nome tão atípico. Lionel Westercott. Repeti-o para mim mesmo em tom suave naquela noite de verão. Era uma noite quente, as mariposas dançavam suavemente, com toques de veludo, na rede de minha janela. Tive um sono intermitente, eu pensava em meu trabalho confortável, na cidadezinha agradável, tudo tão pacífico, todos felizes, e aquelas duas pessoas no quarto ao lado, as únicas pessoas na cidade, no mundo, ao que parecia, que não eram felizes. Suas bocas cansadas me assombravam. E às vezes também seus olhos cansados, cansados demais para gente tão jovem.

Devo ter dormido um bocado, pois às duas da manhã, como de costume, fui acordado pelos gritos dela, mas dessa vez eu a escutei dizendo:

— Onde nós estamos, onde nós estamos, como viemos parar aqui, onde nós estamos?

E a voz dele:

— Shh, shh, pronto, por favor — e ele a acalmou.

— Estamos seguros, estamos seguros, estamos seguros?

— Sim, sim, querida, sim.

E então o pranto.

Eu poderia ter pensado em diversas coisas. A maioria das mentes evocaria um assassinato, fugitivos da justiça. Minha mente não foi por esse caminho. Em vez disso, fiquei deitado no escuro escutando seu choro, de coração partido, aquilo percorreu minhas veias até chegar à cabeça, e a tristeza e a solidão daquela mulher me tocaram de tal forma que me levantei, vesti minhas roupas e saí de casa. Caminhei pela rua e, quando dei por mim, já estava na colina sobre o lago, e ali estava a biblioteca, imensa e escura, e eu segurava em minha mão a chave de zelador. Sem pensar no porquê, adentrei o espaço amplo e silencioso às duas da manhã e percorri as salas e os corredores vazios enquanto acendia algumas luzes. Peguei alguns livros grandes e comecei a percorrer os parágrafos e as linhas, uma por uma, página após página, por cerca de uma hora, ainda muito, muito cedo naquela madrugada escura. Puxei uma cadeira e me sentei. Busquei mais alguns livros. Comecei a procurar com os olhos. Fiquei cansado. Até que minha mão enfim parou sobre um nome: "William Westercott, político, Nova York. Casou-se com Aimee Ralph em janeiro de 1998. Tiveram um filho, Lionel, nascido em fevereiro de 2000".

Fechei o livro, tranquei atrás de mim a porta da biblioteca e caminhei de volta para minha casa, sentindo frio, cortando aquela madrugada de verão sob o brilho das estrelas no céu negro.

Parei por um instante em frente à pensão, a varanda estava vazia, as cortinas de todos os quartos esvoaçavam no ar quente de agosto, e segurei o charuto na mão sem acender. Fiquei escutando e, acima de mim, como o lamento de um pássaro noturno, pairava o som da mulher solitária que se lamentava.

Ela tivera outro pesadelo e pesadelos são memórias, pensei, eles se baseiam em lembranças, são coisas rememoradas de forma vívida e horrenda, com excesso de detalhes, e ela tivera outro de seus pesadelos e estava com medo.

Olhei a cidade ao meu redor, as casinhas, as pessoas dentro das casas e o campo para além das casas, quinze mil quilômetros de prados, fazendas, rios e lagos, estradas, colinas, montanhas e cidades de todos os tamanhos dormindo nas horas que antecedem o amanhecer, tão silenciosas, e as luzes nas ruas se desligando por já não terem utilidade àquela altura da noite. E pensei em todas as pessoas em todos os lugares e nos anos por vir e em todos nós que temos bons empregos e estamos felizes neste ano.

Então fui até o andar de cima, passei em frente à porta deles e me deitei na cama, onde fiquei escutando, e atrás da parede a mulher dizia o tempo todo:

— Estou com medo, estou com medo. — Sem forças, chorando.

Ali deitado eu me sentia tão frio quanto um bloco ancestral de gelo em meio aos cobertores, e tremia, embora eu não soubesse de nada, sabia de tudo, pois agora eu sabia de onde aqueles viajantes vinham e como eram os pesadelos dela e do que ela tinha medo, e do que eles estavam fugindo.

Eu percebi logo antes de ir dormir, quando o choro dela mal chegava aos meus ouvidos. Lionel Westercott, pensei, terá idade suficiente para ser presidente dos Estados Unidos em 2035.

De certo modo eu não queria que o Sol nascesse pela manhã.

PARA O FUTURO

Os FOGOS DE ARTIFÍCIO ricochetearam pelo pavimento frio da praça, colidiram com as paredes de adobe do café e então dispararam em fios cálidos até se chocarem contra a torre alta da igreja; enquanto isso, um touro enérgico corria pela *plaza* e perseguia crianças e homens, que riam. Era uma noite de primavera no México do ano de 1938.

O sr. e a sra. William Travis sorriam em uma ponta da multidão que berrava. O touro investiu. Desviando de seu caminho, os dois correram com o perigo na nuca e passaram por uma banda de sopro que vibrava ao ritmo intenso de "La Paloma". Foram ultrapassados pelo touro, uma estrutura leve de bambu e pólvora carregada nos ombros por um mexicano.

— Nunca me diverti tanto em toda minha vida — Susan balbuciou ao parar.

— É incrível — disse William.

— Vamos continuar, né? Digo, vamos continuar com nossa viagem.

Ele apalpou o bolso do peito.
— Tenho tickets de viagem para uma vida inteira. Divirta-se. Esquece isso. Eles nunca vão nos encontrar.
— Nunca?
Alguém arremessou bombinhas lá de cima do campanário.
O touro estava morto. O mexicano retirou a fantasia dos ombros. Crianças se aglomeraram para tocar o magnífico animal de papel machê.
— Vamos ali ver o touro — disse William.
Ao passarem pela entrada do café, Susan viu o homem estranho que olhava para eles, um homem branco de terno branco com rosto fino queimado pelo sol. Seus olhos observavam com frieza os passos do casal.

Ela jamais teria reparado nele, não fossem as garrafas que o rodeavam: uma garrafa abastada de creme de menta, uma garrafa clara de vermute, um frasco de conhaque e outras sete garrafas de licores diversos e, à sua frente, dez copinhos pela metade dos quais ele bebia alguns goles sem desviar os olhos da rua, bebericadas ocasionais, pressionando a boca estreita sobre os elixires. Um fino charuto Havana fumegava em sua mão livre, e sobre uma cadeira repousavam vinte maços de cigarros turcos, seis caixas de charuto e alguns perfumes embalados.
— Will — sussurrou Susan.
— Fique calma — disse William. — Aquele cara não é ninguém.
— Eu o vi na praça hoje de manhã.
— Não olhe para trás, continue andando, espie o touro de papel machê. Aqui, isso, pergunte alguma coisa.
— Você acha que ele é um dos Buscadores?
— Eles não teriam como nos seguir!
— Talvez sim.
— Que touro lindo! — William disse ao proprietário da fantasia.

— Ele não teria como nos seguir por duzentos anos, teria?
— Cuidado! — disse William.
Ela cambaleou. Ele a agarrou com força pelo cotovelo, levando-a para longe.
— Não desmaie. — Ele sorriu, para que tudo parecesse bem. — Você vai ficar bem. Vamos entrar direto naquele café e beber na frente dele. Assim, se ele for quem pensamos que é, não desconfiará de nada.
— Não. Eu não vou conseguir.
— Precisamos fazer isso. Venha, agora. E daí eu falei pro David como isso era ridículo!

Ele falou a última frase em voz alta enquanto os dois subiam a escadinha em frente ao café.

"Aqui estamos nós", pensou Susan. "Quem somos? Aonde vamos? O que tememos? Comece pelo início", ela disse a si mesma, aferrando-se à própria sanidade enquanto sentia o chão de adobe sob os pés. "Meu nome é Ann Kristen, meu marido se chama Roger, nascemos no ano 2155 d.C. e vivíamos em um mundo maligno. Um mundo que era como um grande navio deixando para traz a sanidade e a civilização, que à noite fazia soar sua buzina negra levando consigo dois bilhões de pessoas, quisessem elas ou não, em uma jornada rumo à morte e aos limites da terra e do mar, de onde despencariam sobre a loucura e as chamas radioativas."

Eles entraram no café. O homem olhava para eles. Um telefone tocou.

O telefone deixou Susan sobressaltada. Ela se lembrou de um telefone tocando duzentos anos no futuro, na manhã triste de abril de 2155, quando atendeu:

— Ann, é a René! Ficou sabendo? Da Viagens no Tempo Sociedade Anônima? Viagens para Roma no ano 21, viagens para a Waterloo de Napoleão, qualquer lugar em qualquer época!

— René, isso é um trote?
— Não. Clinton Smith foi para a Filadélfia de 1776 hoje de manhã. A Viagens no Tempo S.A. organiza tudo. Custa uma grana. Mas imagine só como seria ver com os próprios olhos a queima de Roma, ver Kublai Khan, Moisés no Mar Vermelho! A essa hora você já deve ter recebido uma propaganda pelo tubo-correio.

Ela abriu a caixa de correio a vácuo e encontrou uma propaganda em metal holográfico:

ROMA E OS BÓRGIAS!
IRMÃOS WRIGHT EM KITTY HAWK!

A VIAGENS NO TEMPO S.A. PODE VESTIR VOCÊ E COLOCÁ-LO EM MEIO À MULTIDÃO DURANTE O ASSASSINATO DE LINCOLN OU CÉSAR! GARANTIMOS O ENSINO DE QUALQUER LÍNGUA NECESSÁRIA PARA CIRCULAR LIVREMENTE POR QUALQUER CIVILIZAÇÃO, EM QUALQUER ANO, SEM ATRITOS. LATIM, GREGO, AMERICANO ARCAICO COLOQUIAL. NÃO SE CONTENTE COM O LUGAR — ESCOLHA TAMBÉM A ÉPOCA DE SUAS FÉRIAS!

A voz de René zumbia no bocal do telefone:
— Tom e eu vamos para 1492 amanhã. Eles estão acertando tudo para que Tom possa navegar com Colombo. Não é o máximo?
— Sim — murmurou Ann, estupefata. — O que o governo diz sobre a Máquina do Tempo Limitada?
— Ah, a polícia tá de olho neles. Eles temem que as pessoas escapem do alistamento, fujam e se escondam no passado. Todos precisam deixar uma caução, a casa e os pertences, para garantir o retorno. Afinal, a guerra continua.
— Sim, a guerra — murmurou Ann. — A guerra.

Ali de pé, com o telefone na mão, ela havia pensado: "Eis a oportunidade de que meu marido e eu falamos e pela qual rezamos durante tantos anos. Não gostamos do mundo de 2155. Queremos escapar do seu trabalho na fábrica de bombas, de qualquer emprego que envolva a cultura de doenças. Talvez nós tenhamos uma chance, fugir, correr pelos séculos através de anos ermos para que jamais possam nos encontrar e nos trazer de volta para queimar nossos livros, censurar nossos pensamentos, escaldar nossas mentes de medo, obrigar-nos a marchar, gritar conosco pelos rádios..."

O telefone tocou.

Eles estavam no México no ano de 1938.

Ela olhou para a parede manchada do café.

Bons funcionários do Estado do Futuro tinham permissão para tirar férias no Passado e evitar a fadiga. Foi assim que ela e o marido voltaram a 1938. Eles pegaram um quarto em Nova York e curtiram os teatros e a Estátua da Liberdade, que ainda assomava em seu verde original diante do porto. E no terceiro dia, após mudarem de roupa e nome, os dois fugiram para se esconder no México.

— Deve ser ele — sussurrou Susan, olhando para o desconhecido sentado à mesa. — Os cigarros, os charutos, o licor. Tudo entrega o sujeito. Lembra da nossa primeira noite no Passado?

Um mês antes, durante a primeira noite em Nova York, antes da fuga, eles haviam provado todas as bebidas estranhas, comprado comidas esquisitas, perfumes e cigarros de uma centena de marcas raras, pois esses itens eram escassos no Futuro, onde não havia nada além da guerra. Eles haviam se comportado como dois bobalhões, entrando e saindo de lojas, tabacarias e bares antes de voltarem ao quarto, onde se estragavam deliciosamente.

E eis que surgia um desconhecido fazendo o mesmo, fazendo o que só um homem do Futuro faria, após muitos anos de fome de álcool e cigarros.

Susan e William sentaram e pediram um drinque.

O desconhecido examinava suas roupas, seus cabelos, suas joias, a forma como caminhavam e se sentavam. — Sente-se numa boa — William disse baixinho. — Aja como se tivesse vestido esse tipo de roupa a vida inteira.

— Nunca devíamos ter tentado fugir.

— Meu Deus — disse William. — Ele está vindo até aqui. Deixe que eu falo com ele.

O desconhecido se inclinou diante deles. Ouviu-se o barulho levíssimo de saltos batendo um contra o outro. Susan enrijeceu. Aquele som militar, tão inconfundível quanto certa batida feia em sua porta à meia-noite.

— Sr. Kristen — disse o estranho —, o senhor não ergueu as pernas de sua calça ao se sentar.

William ficou paralisado. Ele olhou para as mãos repousando sobre as pernas com inocência. O coração de Susan batia acelerado.

— Você está me confundindo com alguém — William disse, depressa. — Meu sobrenome não é Krisler.

— Kristen — corrigiu o estranho.

— Eu sou William Travis — disse William. — E até onde sei as pernas de minha calça não são da sua conta.

— Desculpe. — O estranho puxou uma cadeira. — Digamos que achei conhecê-lo porque você não recolheu as calças ao se sentar. Todos fazem isso. Caso contrário, elas amassam rapidinho. Estou muito longe de casa, sr... Travis, e precisando de companhia. Me chamo Simms.

— Sr. Simms, compreendemos sua solidão, mas estamos cansados. Vamos para Acapulco amanhã.
— Um belo lugar. Estive lá há pouco, procurando uns amigos. Eles estão em outro lugar. Ainda preciso encontrá-los. Ah, sua senhora está se sentindo um pouco mal?
— Boa noite, sr. Simms.

Eles irromperam porta afora. William segurava o braço de Susan com firmeza. Não olharam para trás quando o sr. Simms acrescentou:

— Ah, só mais uma coisa. — Ele fez uma pausa e então pronunciou as palavras lentamente: — Dois mil cento e cinquenta e cinco.

Susan fechou os olhos e sentiu que o chão se abria debaixo de seus pés. Ela continuou andando em direção à praça agitada, sem conseguir ver nada...

ELES TRANCARAM A PORTA do quarto de HOTEL. Então ela começou a chorar e os dois permaneceram de pé no escuro, e o chão oscilava. Ao longe, bombinhas explodiam e risadas chegavam da praça.

— Mas que maldito cara de pau — disse William. — Ele se senta ali, olha para nós de cima a baixo como se fôssemos animais, fumando seus malditos cigarros e bebendo seus drinques. Eu deveria ter matado ele ali mesmo!

Sua voz soava quase histérica.

— Teve até a coragem de nos chamar por nossos nomes verdadeiros. O Chefe dos Buscadores. E essa história da calça. Eu deveria ter levantado quando me sentei. É um gesto automático da época. Como não fiz isso, me destaquei dos demais. Foi por isso que ele pensou: "Eis um homem que nunca usou calças assim, um

homem acostumado a uniformes militares e ao estilo do futuro".
Eu poderia ter morrido, dando bandeira desse jeito!

— Não, não, o meu jeito de andar, o salto alto, foi esse o problema. Nossos cortes de cabelo, novos demais, modernos demais. Todo o nosso jeito é esquisito e pouco natural.

William acendeu a luz.

— Ele ainda está nos testando. Ele não tem certeza, não absoluta. Por isso não podemos fugir. Não podemos dar a certeza. Vamos a Acapulco, numa boa.

— Talvez ele tenha certeza e só esteja jogando conosco.

— Não descarto isso. Ele tem todo o tempo do mundo. Ele pode se divertir por aqui e depois nos levar de volta para o Futuro sessenta segundos após nossa partida. Pode nos deixar em dúvida vários dias, rindo de nós.

Susan sentou-se na cama, limpando as lágrimas do rosto e sentindo o velho cheiro de carvão e incenso.

— Eles não vão fazer uma cena, né?

— Eles não ousariam fazer isso. Eles terão que nos flagrar sozinhos para nos colocar na Máquina do Tempo e nos mandar de volta.

— Então existe uma solução — ela disse. — Nunca mais ficaremos sozinhos, andaremos sempre em meio à multidão.

O som de passos soou do outro lado da porta trancada.

Eles apagaram a luz e tiraram a roupa em silêncio. Os passos se afastaram.

De pé junto à janela, Susan olhava para baixo e fitava a praça imersa na escuridão.

— Então aquele prédio ali é uma igreja?

— Sim.

— Sempre me perguntei como seria uma igreja. Faz muito tempo que ninguém vê uma. Podemos visitá-la amanhã?

— Claro. Vem, vamos deitar.
Eles ficaram deitados no quarto escuro.
Meia hora mais tarde, o telefone tocou. Ela atendeu.
— Alô?
— Os coelhos podem se esconder na floresta — disse uma voz —, mas uma raposa sempre saberá onde encontrá-los.
Ela colocou o telefone de volta no gancho e se deitou na cama, rígida e fria.
Do lado de fora, no ano 1938, um homem tocou três canções em um violão, uma depois da outra...
Durante a noite, ela estendeu a mão e quase pôde tocar o ano 2155. Ela sentiu os dedos escorregando por espaços vazios do tempo, uma espécie de superfície corrugada, e escutou as batidas insistentes de pés marchando, um milhão de bandas tocando um milhão de canções militares. Ela viu as cinquenta mil fileiras de cultura de doenças em tubos assépticos de vidro, e a própria mão tentando alcançá-las durante o trabalho na imensa fábrica no Futuro. Ela viu os tubos de lepra, peste bubônica, tifo, tuberculose. Ela escutou a grande explosão e viu sua mão queimando até ser reduzida a uma ameixa enrugada, sentiu a repulsa diante de um baque tão gigantesco que ergueu o mundo e deixou-o cair outra vez, e todas as construções se romperam e as pessoas tombaram em silêncio e sofreram de hemorragias. Grandes vulcões, máquinas, ventos, avalanches submergiram no silêncio e ela acordou, aos prantos, na cama, no México, muitos anos distante...
No início da manhã, drogados pela única hora de sono que enfim conseguiram obter, eles despertaram ao som dos automóveis ruidosos na rua. Da sacada de metal, Susan espiou um pequeno grupo de oito pessoas que só agora irrompia lá embaixo, conversando e gritando em carros e caminhões com letras vermelhas na lataria. Um grupo de mexicanos seguia os caminhões.

— *Qué pasa?* — Susan gritou para um menininho.

O garoto respondeu.

Susan se virou para o marido.

— Um estúdio de cinema americano, filmando aqui.

— Parece interessante. — William estava no chuveiro. — Vamos lá ver. Acho melhor não irmos embora hoje. Vamos tentar enrolar o Simms.

Por um momento, ao sol brilhante, ela esquecera que em algum canto do hotel havia um homem à espera e, ao que parecia, fumando mil cigarros. Ela olhou para os oito americanos felizes e barulhentos lá embaixo e teve vontade de gritar para eles:

— Me salvem, me escondam, me ajudem! Eu venho do ano 2155!

Mas as palavras ficaram presas em sua garganta. Os funcionários da Viagens no Tempo S.A. não eram bobos. Antes que você saísse em viagem, eles implantavam em seu cérebro um bloqueio psicológico. Não era possível dizer a ninguém a data ou o local reais de seu nascimento, tampouco revelar nada sobre o futuro no passado. O passado e o futuro deveriam ser protegidos um do outro. Viajar sem acompanhamento através das eras só era permitido às pessoas que se submetessem a tal restrição. O futuro deveria ser blindado de qualquer mudança causada por viajantes do passado. Mesmo desejando do fundo do coração, Susan não poderia contar às pessoas alegres da praça quem ela era de fato nem o dilema em que se encontrava.

— Que tal um café da manhã? — disse William.

O CAFÉ ERA SERVIDO em uma imensa sala de jantar. Presunto e ovos para todos. O local estava repleto de turistas. A turma do cinema entrou, todos os oito, seis homens e duas mulheres, rindo, arrastando cadeiras. E Susan sentou-se perto deles e sentiu o calor e a proteção que emanava deles, até mesmo quando o sr. Simms desceu as escadas do saguão fumando com vontade seus cigarros turcos. Ele cumprimentou-os a distância com um gesto e Susan retribuiu com um sorriso, pois ali, diante de uma equipe de cinema de oito pessoas e outros vinte turistas, ele nada podia fazer contra eles.

— Esses atores... — William disse. — Talvez possamos contratar dois deles, dizer que é uma brincadeira, vesti-los com nossas roupas e fazer com que dirijam nosso carro quando Simms estiver em uma posição de onde não possa ver seus rostos. Se duas pessoas se passarem por nós e o distraírem por algumas horas, talvez cheguemos à Cidade do México. Ele levaria anos para nos encontrar lá!

— Ei!

Um homem gordo, com bafo de álcool, apoiou-se na mesa deles.

— Turistas americanos! — ele disse. — Não aguento mais olhar para mexicanos, eu seria capaz de beijar vocês! — Ele apertou a mão dos dois. — Venham, comam conosco. A Tristeza adora companhia. Eu sou a Tristeza, essa é a Senhorita Melancolia, e esses são o senhor e a senhora Como-Odiamos-O-México! Todos nós odiamos, mas estamos aqui para algumas filmagens preliminares de um maldito filme. O resto da equipe chega só amanhã. Meu nome é Joe Melton, sou diretor, e se esse país não for o próprio inferno... funerais na rua, pessoas morrendo... Venham, cheguem mais, juntem-se a nós, nos deem alguma alegria!

Susan e William estavam rindo.

— Eu pareço estar brincando? — perguntou o sr. Melton àqueles ao seu redor.

— Maravilha! — Susan foi para a mesa deles.

O sr. Simms fitava-os através da sala de jantar.

Ela fez uma careta para ele.

O sr. Simms avançou em meio às mesas.

— Sr. e sra. Travis! — chamou ele. — Achei que íamos tomar café juntos, a sós.

— Desculpe — disse William.

— Sente-se, camarada — disse o sr. Melton. — Se é amigo deles, é amigo meu também.

O sr. Simms se sentou. A trupe do cinema falava alto e, em paralelo, o sr. Simms disse baixinho:

— Espero que vocês tenham dormido bem.

— O senhor dormiu?

— Não estou acostumado com colchões de mola — respondeu o sr. Simms, com sarcasmo. — Mas há coisas que compensam isso. Passei metade da noite acordado, experimentando novos cigarros e novas comidas. Esquisitos, fascinantes. Esses vícios antigos propiciam todo um novo espectro de sensações.

— Não sabemos do que você está falando — disse Susan.

Simms riu.

— Nunca saem do personagem. Não adianta. Nem o estratagema das multidões. Vou pegar vocês sozinhos logo, logo. Tenho uma paciência imensa.

— Escutem — interrompeu o sr. Melton —, esse cara está incomodando vocês?

— Está tudo bem.

— Se quiserem testar se ele tem sebo nas canelas, é só avisar.

Melton se virou para falar com seus colegas. O sr. Simms prosseguiu em meio às risadas:

— Vamos direto ao ponto. Levei um mês rastreando vocês pelas vilas e cidades até encontrá-los, e todo o dia de ontem para ter certeza de que eram vocês. Se vierem comigo sem muito estardalhaço, eu posso ajudá-los a escapar dessa sem punições... contanto que você concorde em voltar a trabalhar na bomba de Hidrogênio+.

— Não sabemos do que você está falando.

— Parem com isso! — sibilou o sr. Simms, irritadiço. — Usem a inteligência! Vocês sabem que não podemos deixar vocês se safarem disso. Outras pessoas no ano 2155 podem ter a mesma ideia e fazer igual. Precisamos de mais gente.

— Para lutar em suas guerras.

Will!

— Tá tudo bem, Susan. Agora vamos falar na língua dele. Não temos como escapar.

— Excelente — disse Simms. — Sério, foi muito romântica essa ideia de vocês de fugir das próprias responsabilidades.

— Nós fugimos do horror.

— Que bobagem. É só uma guerra.

— Do que vocês estão falando? — perguntou o sr. Melton.

Susan queria contar para ele. Mas só podia falar em termos vagos. O bloqueio psicológico da mente permitia isso. Termos vagos, como aqueles em que Simms e William discutiam agora.

— Só uma guerra — disse William. — Metade do mundo morta por bombas de lepra!

— Mesmo assim — apontou Simms — os habitantes do futuro não gostarão de saber que vocês dois se esconderam em uma ilha tropical, como descobri, enquanto eles são lançados no abismo rumo ao inferno. A morte ama a morte, e não a vida. Pessoas moribundas amam saber que outras morrerão com elas. É reconfortante descobrir que você não irá sozinho para o forno, para a tumba. Eu sou o guardião do ressentimento coletivo em relação a vocês dois.

— Vejam só, temos aqui o guardião do ressentimento! — disse o sr. Melton a seus colegas.

— Quanto mais vocês me fizerem esperar, pior será para os dois. Precisamos de você para o projeto da bomba, sr. Travis. Volte agora... sem tortura. Se demorar, nós o obrigaremos a trabalhar, e, depois que terminar a bomba, você virará cobaia para diversos novos aparatos complexos.

— Tenho uma proposta — disse William. — Eu volto com você se a minha esposa ficar aqui viva, segura, longe daquela guerra.

O sr. Simms ponderou.

— Está bem. Me encontre na praça em dez minutos. Me busque com seu carro. Você dirigirá até um ponto deserto no interior. Vou marcar com a Máquina de Viagem para que ela nos pegue lá.

— Will! — Susan segurou forte o braço dele.

— Não discuta. — Ele olhou para ela. — Está decidido.

Para Simms:

— Só uma coisa. Na noite passada, você poderia ter entrado em nosso quarto e nos sequestrado. Por que não fez isso?

— Digamos que eu até que estava curtindo — respondeu o sr. Simms com languidez, tragando seu novo charuto. — Odeio abrir mão desta atmosfera maravilhosa, deste sol, destas férias. Lamento ter que abandonar o vinho e os cigarros. Ah, se lamento. Bom, na praça em dez minutos. Sua mulher estará protegida e poderá ficar aqui pelo tempo que quiser. Podem se despedir.

O sr. Simms se levantou e saiu.

— Lá se vai o Senhor Papinho! — bradou o sr. Melton ao ver o homem partir. Ele se virou e olhou para Susan. — Opa, temos alguém chorando. Não se deve chorar no café da manhã, não é mesmo?

Às nove e quinze, Susan estava na sacada de seu quarto e observava a praça. Ali, de calça alinhada e pernas cruzadas, o sr.

Simms esperava sentado em um delicado banco de bronze. Ele mordiscou a ponta de um charuto, que acendeu com delicadeza.

Susan escutou o estampido de um motor e, rua acima, saindo de uma garagem e descendo devagarinho a colina pavimentada, ela viu ao longe William em seu carro.

O carro ganhou velocidade. Cinquenta, sessenta, depois setenta quilômetros por hora. As galinhas saltavam para sair da frente.

O sr. Simms tirou o chapéu Panamá branco, esfregou a testa rosada, colocou o chapéu novamente e então viu o carro.

Ele se aproximava da praça em linha reta a oitenta quilômetros por hora.

— William! — gritou Susan. O carro atingiu o exíguo meio-fio da praça com um estrondo, deu um salto e correu acelerado pelas lajotas em direção ao banco verde, onde enfim o sr. Simms largou o charuto, encolheu-se e sacodiu as mãos antes de ser atingido em cheio pelo carro. Seu corpo voou pelos ares e caiu desvairadamente no meio da rua.

Com uma roda dianteira quebrada, o carro parou na outra extremidade da praça. As pessoas corriam.

Susan entrou e fechou as portas da sacada.

ELES DESCERAM JUNTOS a escadaria do Palácio Oficial ao meio dia, de braços dados, os rostos pálidos.

— *Adiós, señor* — disse o prefeito atrás deles. — *Señora*.

Eles estavam na praça onde a multidão apontava para o sangue.

— Eles querem que você volte? — perguntou Susan.

— Não, discutimos cada detalhe. Foi um acidente. Perdi o controle do carro. Chorei na frente deles. Só Deus sabe o quanto eu precisava de um jeito de extravasar. Eu estava com vontade de chorar. Detestei matar ele. Nunca em minha vida eu quis fazer uma coisa dessas.

— Eles não vão abrir um caso contra você?
— Eles até debateram isso, mas não vão. Eu falei mais rápido. Eles acreditam em mim. Foi um acidente. Fim.
— Para onde nós vamos? Cidade do México?
— O carro está na oficina. Vai ficar pronto às quatro da tarde. Aí a gente cai fora.
— Alguém vai nos seguir? Simms estava trabalhando sozinho?
— Não sei. Teremos alguma vantagem em relação a eles, acho eu.

A equipe de filmagem estava saindo do hotel quando eles chegaram ao local.

O sr. Melton se adiantou, com expressão séria.

— Epa, fiquei sabendo o que aconteceu. Que pena. Agora está tudo bem? Querem se distrair um pouco? Vamos fazer algumas tomadas preliminares na rua. Se quiserem assistir, serão bem-vindos. Venham, vai ser bom para vocês.

Eles foram.

Os dois esperaram na rua de paralelepípedos enquanto a equipe ajustava a câmera. Susan olhou para a via que descia a colina e terminava a perder de vista na estrada que levava a Acapulco e ao mar, passando por pirâmides, ruínas e pequenos povoados de adobe com paredes amarelas, paredes azuis, paredes roxas e buganvílias reluzentes. Ela pensou: "Devemos usar as grandes estradas, viajar em aglomerados e multidões, em mercados, em saguões, subornar policiais para que durmam perto de nós, usar trancas duplas, mas sempre em multidões, nunca mais a sós, sempre com medo de que a próxima pessoa a passar por nós seja outro Simms. Jamais saberemos ao certo se conseguimos despistar e enganar os Buscadores. E ali adiante, no Futuro, eles sempre estarão à espera do dia em que nos levarão de volta, à espera para nos queimarem com suas bombas e nos degradarem com suas doenças, à espera com sua polícia para nos obrigar a rolar no chão, fazer meia-volta e dar saltos ornamentais. E assim continuaremos a correr pela floresta, e nunca mais, nunquinha em nossas vidas, poderemos parar ou dormir em paz outra vez."

Uma multidão se reuniu para assistir à filmagem. E Susan observou as pessoas nas ruas.

— Está vendo alguém suspeito?
— Não. Que horas são?
— Três da tarde. O carro deve estar quase pronto.

A filmagem de teste terminou às três e quarenta e cinco. Todos voltaram juntos, conversando até a entrada do hotel. William deu uma passada na oficina.

— O carro estará pronto às seis — ele disse ao sair.
— Não vai demorar mais que isso, né?
— Vai ficar pronto. Não se preocupe.

No saguão do hotel eles olharam ao redor em busca de homens viajando sozinhos, homens que lembrassem o sr. Simms, homens com novos cortes de cabelo, muita fumaça de cigarro e cheirando a perfume, mas o saguão estava vazio.

Enquanto subia as escadas, o sr. Melton disse:

— Bem, foi um dia longo e cansativo. Alguém a fim de fechar em grande estilo? Martini? Cerveja?

— Quem sabe um pouco.

Toda a equipe se embrenhou para dentro do quarto do sr. Melton e a bebedeira começou.

— Não podemos ficar muito tempo — disse William.

Tempo, pensou Susan, se ao menos eles tivessem tempo. Só o que ela queria era sentar sozinha na praça, em um dia claro de primavera, sem nenhum pensamento ou preocupação, com sol no rosto e nos braços, os olhos fechados, sorrindo do calor — e nunca mais se mexer, nada além de dormir ao sol do México...

O sr. Melton abriu um champanhe.

— A dama é muito bonita, bela para aparecer nos filmes — ele disse ao brindar com Susan. — Quem sabe não fazemos um teste.

Ela riu.

— Estou falando sério — disse Melton. — Você é muito bonita. Eu poderia transformar você em uma estrela de cinema.

— E me levar para Hollywood?

— Sair do maldito México, claro!

Susan olhou para William, e ele arqueou a sobrancelha e assentiu. Seria uma mudança de cenário, roupas e local, quem sabe até de nome, e os dois viajariam com mais oito pessoas, um bom escudo contra qualquer interferência do Futuro.

— Parece ótimo — disse Susan.

Ela estava começando a sentir o champanhe, a tarde passava, o grupo zunia ao seu redor, ela se sentiu segura, bem e viva, e verdadeiramente feliz pela primeira vez em muitos anos.

— Para que tipo de filme minha esposa seria adequada? — perguntou William, enchendo o copo outra vez.

Melton avaliou Susan. O grupo parou de rir para escutar.

— Bem, eu gostaria de rodar uma história com suspense — disse Melton. — A história de um homem e sua esposa, como vocês dois.

— Que mais?

— Um filme de guerra, de repente — disse o diretor, examinando a cor de sua bebida contra a luz do sol.

Susan e William esperaram ele continuar.

— A história de um homem e de sua esposa, que vivem em uma casa pequena de uma rua pequena no ano de 2155, de repente — disse Melton. — *Ad lib*, vejam bem. Mas o homem e sua esposa se deparam com uma guerra terrível. Bombas de Hidrogênio++, censura, morte, a guerra que corre naquele ano e, eis o conflito, eles fogem para o Passado, perseguidos por um homem que acreditam ser mau, mas que apenas tentava mostrar a eles qual era o seu Dever.

William deixou o copo cair no chão.

O sr. Melton continuou.

— E o casal se refugia junto a uma trupe de profissionais do cinema, em quem passam a confiar. Eles dizem a si mesmos que é mais seguro andar em bandos.

Susan sentiu como seu corpo escorregava pela cadeira. Todos observavam o diretor. Ele bebeu um pequeno gole de vinho.

— Ah, que vinho delicioso. Bem, esse homem e essa mulher, ao que parece, não entendem o quanto são importantes para o Futuro. Especialmente o homem, que é a chave para um novo metal explosivo. Então os Buscadores, por assim chamá-los, não poupam recursos nem esforços para encontrá-los, capturá-los e levar o homem e sua esposa de volta para o futuro assim que os flagrarem totalmente a sós, em um quarto de hotel, onde ninguém mais pode vê-los. Estratégia. Os Buscadores trabalham sozinhos ou em grupos de oito. Algum dos dois truques sempre funciona. Você não acha que daria um filme maravilhoso, Susan? Não acha, Will?

Ele terminou sua bebida.

Susan estava sentada com o olhar fixo à frente.

— Quer um drinque? — perguntou o sr. Melton.

William sacou a arma e disparou, três vezes, e um dos homens caiu e os demais investiram contra ele. Susan gritou. Uma mão calou sua boca. Agora a arma estava no chão e William lutava com os homens que o seguravam.

— Por favor — disse o sr. Melton no ponto onde estava antes; via-se sangue em seus dedos. — Não vamos deixar as coisas piores do que estão.

Alguém bateu na porta do quarto.

— Abram a porta.

— O gerente — disse o sr. Melton secamente. Ele sacodiu a cabeça. — Vamos embora, todo mundo!

— Abram a porta. Eu vou chamar a polícia!

Susan e William olharam depressa um para o outro, e então para a porta.

— O gerente quer entrar — disse o sr. Melton. — Rápido!

Alguém pegou uma câmera. Ela disparou uma luz azul que envolveu de imediato o quarto inteiro. A luz se expandiu e todas as pessoas da trupe desapareceram, uma por uma.

— Rápido!

Do outro lado da janela, um instante antes de desaparecer, Susan viu a terra verde e as paredes roxas, azuis, amarelas e vermelhas e o paralelepípedo que fluíam como se fossem um rio, um homem montando um burro em direção às colinas quentes, um garoto bebendo refrigerante de laranja. Ela podia sentir o líquido doce na própria garganta, podia ver um homem de pé segurando um violão sob uma árvore fresca na praça, podia sentir o contato entre sua mão e as cordas. E, ao longe, podia ver o mar azul e suave, podia sentir como avançava sobre ela, abraçando seu corpo.

E então ela desapareceu. Seu marido desapareceu.

A porta abriu, escancarada. O gerente e sua equipe entraram correndo.

O quarto estava vazio.

— Mas eles estavam aqui agora mesmo! Eu os vi entrarem, e agora... não estão mais! — disse o gerente. — Tem barras de ferro cobrindo as janelas, não tem como eles terem saído por ali!

No fim da tarde, o padre foi chamado: eles abriram a porta do quarto outra vez para arejá-lo e pediram que o sacerdote espargisse cada canto do cômodo com água benta e purificasse o ambiente.

— O que a gente faz com isso? — perguntou a arrumadeira.

Ela apontou para o armário, onde havia 66 garrafas de licor francês, conhaque, creme de cacau, absinto, vermute, 106 maços de cigarros turcos e 198 caixas amarelas de charutos Havana cinquenta por cento de pureza...

Este livro foi impresso
no papel pólen soft 70g/m² na gráfica Edigráfica.
Rio de Janeiro, Brasil, junho de 2020.